Michelle GILLES

Les Rendez-vous de Hambourg

Roman

Editions Amalthée

PREMIÈRE PARTIE

LES ANNÉES 20

Chapitre 1

Ceux d'Allemagne
Les Linden et les Graf

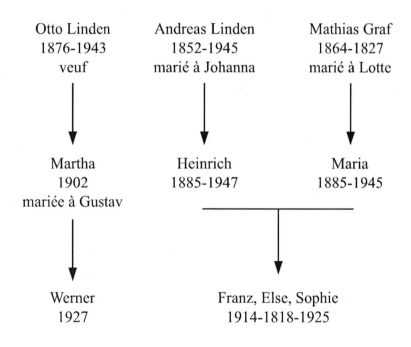

Otto Linden
1876-1943
veuf

Andreas Linden
1852-1945
marié à Johanna

Mathias Graf
1864-1827
marié à Lotte

Martha
1902
mariée à Gustav

Heinrich
1885-1947

Maria
1885-1945

Werner
1927

Franz, Else, Sophie
1914-1818-1925

« *Il n'y a pas de grandeur où il n'y a pas de vérité.* »
G.-E. Lessing

« *J'aime celui qui rêve l'impossible.* »
Goethe

« *Nous naissons pour ainsi dire provisoirement quelque part.*
C'est peu à peu que nous composons
en nous le lieu de notre origine pour y naître après coup
et chaque jour plus définitivement. »
Reiner Maria Rilke (Lettres Milanaises)

– Vous avez une petite sœur ! annonce Papa en entrant dans la cuisine où la voisine s'affaire à préparer la soupe et le ragoût.

Depuis quelques heures, Franz et Else entendent, venant de l'étage où se trouve la chambre de leurs parents, des va-et-vient inhabituels, des rumeurs confuses.

C'est un dimanche d'avril 1925. Dehors, le printemps est tout neuf, mais les deux enfants ont préféré rester à la maison, dans une attente inquiète, troublée par l'événement qui se passe là-haut et dont ils sont tenus à l'écart malgré leur récente découverte des mystères de l'enfantement.

– Vous pouvez monter, ajoute Papa, mais soyez calmes, ne fatiguez pas Maman. Cette petite sœur a été un peu longue à sortir de son nid.

Cette façon de parler d'Heinrich agace un peu les onze ans de Franz, il meurt d'envie de dire à son père d'être plus naturel. Pourquoi parler d'un nid plutôt que d'un ventre ? Pour Else, peut-être ! Mais Else non plus n'est pas un bébé, un peu plus jeune que son frère mais si réfléchie déjà. Franz cligne de l'œil vers sa sœur, la prend par les épaules et ajoute, malicieux :

– On y va ! Viens voir leur chef-d'œuvre !

La sage-femme vient de terminer la toilette du nouveau-né qui repose sous les voiles du berceau, entortillé dans ses langes. Le visage rougeaud n'est pas bien joli : paupières gonflées avec des égratignures laissées sur les pommettes par les forceps, mais Else s'attendrit. Sur le petit crâne palpite, un fin duvet jaune comme celui des poussins…

– Küken*, murmure Else, tu es un vrai Küken !

Et le surnom lui restera à cette sœurette dont les vagissements se mêlent aux tintements des cloches qui sonnent l'office du dimanche de Pâques 1925.

Heinrich a été tellement absorbé par la naissance de son troisième enfant qu'il a complètement oublié de cacher au jardin les œufs qu'aurait dû nicher « le lapin pascal ». Else et Franz ont cherché vainement les friandises au cours de cette matinée. Depuis quelques années déjà, ils ne croient plus à cette légende, mais ils n'en n'ont rien laissé voir : c'est si agréable parfois de se réfugier dans sa petite enfance ! Et puis, les gâteries enveloppées de papier d'argent sont rares pour les enfants allemands de l'après-guerre !

– Tu crois qu'il n'y a pas pensé ? demande Else à son frère.

Elle est déçue, mortifiée d'avoir cherché comme une sotte, attristée aussi que son père ait, pour une fois, négligé une tradition qui lui semble éternelle !

Mais Franz est là, qui la console.

– Peut-être qu'il a oublié, c'est presque sûr même mais, de toute façon, il fallait bien que ça s'arrête un jour ! Maintenant, c'est nous qui ferons « les lapins de Pâques » pour le Küken !

---

* "Poussin"

Tout en parlant, il tapote affectueusement l'épaule de sa sœur, en guise de réconfort. C'est un petit homme courageux, ce Franz, assailli prématurément par les difficultés où se débat sa famille, conscient déjà des soucis des adultes, raisonnable avant l'âge ; enfant de la guerre, dont les quatre ans ont vu surgir brusquement, dans sa jeune existence, la présence d'un inconnu : son père. Si bien que le souvenir de sa sœur Else remonte plus loin, dans sa mémoire, que celui de cet homme !

La voisine est retournée chez elle. Avant de sortir, elle a dit, avec l'autorité qui émane de sa voie assourdie :

– Et surtout, appelez-moi si vous avez besoin de quelque chose !

Papa s'est confondu en remerciements et puis ils se sont mis à table, dans la cuisine. Else a préparé sur un plateau une tasse de café pour maman. Sous la tasse, elle a glissé un beau napperon brodé qui souhaite « Bon appétit ». Elle fait bien attention en montant l'escalier, de ne pas renverser le liquide brûlant. Comme c'est difficile ! Elle s'applique, bouche entrouverte, sourcils froncés.

Heinrich est demeuré seul avec son fils. Ils avalent en silence la soupe aux légumes, à grandes lampées rythmées. Dans l'air, flotte une odeur de choux rouges à la cannelle, mêlée aux effluves d'un ragoût de porc.

Pour fêter Pâques, Heinrich a acheté un beau morceau de viande. Achat exceptionnel, car la vie est rude depuis deux ans. Ils habitent une cité-jardin. Chaque petite maison a son lopin de terre que l'on cultive précieusement : des légumes, quelques arbres fruitiers, et le sureau traditionnel. Il n'y a pas de place pour les fleurs, ou à peine une touffe, de-ci, de-là ; un rosier est un luxe.

Deux ans plus tôt, l'inflation a ruiné tous ceux qui avaient déposé leurs économies à la Caisse d'épargne ou dans les banques. Les Linden sont de ceux-là ! Leur existence est modeste mais Maria est tellement ingénieuse et économe que les siens mangent à leur faim et sont vêtus correctement.

Dans les magasins, une relative abondance est revenue depuis l'inflation mais qui peut en profiter ? Les salaires sont bien trop bas pour acheter ce qui vous tente ! Encore faut-il s'estimer heureux quand ce gain, si minime soit-il, permet de joindre tout juste les deux bouts. Tant de travailleurs sont encore au chômage ! Sortira-t-on un jour de cette misère ?

La petite Else est venue s'attabler avec eux, après avoir rangé le plateau et rincé la tasse. Là-haut, Maria s'est assoupie. Heinrich pense au surcroît de travail qui attend sa femme, maintenant que ce troisième enfant est là et qu'il va accaparer une partie de son temps. Else et Franz lèvent vers lui leurs yeux bleus comme un ciel de mai, graves et directs. Le garçon dit :

– Le père de Bernt a pu louer un champ pas loin d'ici. Si on en cherchait un nous aussi ? On y mettrait des pommes de terre, un peu de luzerne pour les lapins et de l'avoine pour les poules, puisque Opa Mathias va venir habiter avec nous, maintenant que le « moulin » est vendu. Il serait content d'avoir à s'occuper au dehors.

– Ça, c'est une idée ! dit lentement Heinrich.

Il se sent comblé par ce fils dont il n'a pas connu les premiers sourires, les premiers mots, les premiers pas ! Ces quatre années irrémédiablement perdues ont scellé ses lèvres sur les phrases inutiles ; elles ont fait de lui ce taciturne qui ne sait plus exprimer une joie, mais qui détaille maintenant ses deux enfants, comme jamais encore il ne l'a fait.

Il remarque combien Franz est grand, bien charpenté, genoux osseux, cuisses longues et bronzées sous la culotte courte, sa tignasse emmêlée est d'un blond éteint, comme certains sables. Else lui ressemble beaucoup, mais son regard n'a pas le poids de celui son frère ; il y manque la petite étincelle de malice qui passe, fugitive, dans l'œil clair du garçon. On a l'impression qu'Else contemple le monde, posément, avec application, sans porter de jugement, sage, lisse et raisonnable, comme les deux nattes d'or bruni qui pendent dans son dos.

Opa Matthias est arrivé. Il a amené avec lui un fauteuil de bois peint, une malle de cuir et sa caisse d'outils. Il a laissé la clef sous la porte de son moulin à eau, là-bas, dans le nord du pays de Bade. Ce moulin, il l'avait reçu lui-même de son père, et il comptait bien le remettre à son fils, après en avoir partagé avec lui l'exploitation. Mais Gunter, le frère aîné de Maria, a été tué en 1914. Alors, Matthias a vendu ses terres. Il a placé l'argent dans une banque et, peu après, l'inflation est venue. Sa femme est morte subitement, au début de l'hiver. Il vient de vendre le moulin.

« Le moulin ». C'est là que, jusqu'ici, Franz et Else passaient toutes leurs vacances. Quand ils pensent au moulin, c'est comme si le soleil devenait d'un seul coup plus intense ; une éclaboussure de lumière, le chant de l'eau sur la roue, l'arc-en-ciel allumé dans son jaillissement, la fraîcheur de la rivière et cette senteur chaude du grain écrasé !

Les enfants vivaient au rythme du moulin. Oma Lotte était encore en vie, en ce temps-là ! Elle laissait une grande liberté à ces petits de la ville qui venaient respirer le bon air des prés de l'Odenwald. Souvent, dès l'aube, ils étaient sur pied, guettant le matin qui sourdait vers l'Est. De la ferme voisine montaient les premiers tumultes du poulailler et des étables, une confusion de cliquetis, de meuglements, de grincements de barrières !

Puis le silence renaissait pour un temps, insolite, tandis que les fumées bleutées s'échappaient des toits et qu'une bonne bouffée odorante de café venait de la cuisine.

Plus tard, les bruits s'organisaient, la voix grinçante de la scie accompagnait le bêlement des moutons parqués au soleil. L'herbe s'était redressée avec le jour, bruissante d'insectes, mais le grondement de la roue du moulin avalait tous les sons dès qu'on s'en approchait.

Verte était la forêt, vertes les prairies, verts les buissons et les talus. Partout où l'œil se posait, il se posait sur une flaque verte, et la brise qui courait là-dessus apportait avec elle des odeurs neuves, odeur du tronc fraîchement taillé, alliée aux exhalaisons de la terre. De toutes ces choses qui imprégnaient leurs sens, les enfants se sentaient délicieusement captifs ; âmes baignées de la simple beauté de la nature, ils n'auraient pu libérer le trop-plein de leur émerveillement qu'en une symphonie qui naissait au plus profond de chacun d'eux, mais ne pouvait franchir leurs lèvres.

Le soir, il leur arrivait de s'attarder à côté de leurs grands-parents, sur le banc de bois, sous les géraniums de l'appui de fenêtre. La chaleur du jour restait accrochée au crépi de la façade. Le soleil s'engloutissait derrière les collines, dans l'épaisseur de la forêt ; mais le ciel rouge demeurait longtemps encore. Oma avait cuit des gâteaux secs qu'ils grignotaient tous les quatre.

A quoi pensait Opa Matthias ? Son regard était impénétrable. Il ne parlait jamais de l'oncle Gunter, « tué à l'ennemi ».

Maman racontait que son frère était enterré là-bas, dans ce pays qu'on appelait la France et d'où venaient tous les malheurs, les morts, les séparations, la misère, la faim ! Else, en regardant le soleil basculer à l'ouest, de l'autre côté des collines, s'imaginait alors que l'astre, au même instant, se levait au-dessus du pays qui avait pris l'oncle Gunter. Un jour nouveau devait naître là-bas, au-delà du fleuve, pour les gens qui vivaient hors des frontières. Etaient-ils si riches, ces Français, si heureux ?

Quelquefois, les fermiers voisins venaient en visite au moulin. Côte à côte, les jambes pendantes, en silence et sagement assis sur la banquette d'angle devant la table de pitchpin, les enfants écoutaient, sans y participer, les conversations des adultes. « Le voisin » vitupérait les socialistes, les « révolutionnaires », qui avaient provoqué la « défaite ».

– Nous n'avons pas été vaincus, répétait-il avec acharnement.

Il avait l'air de penser que la guerre n'était pas vraiment finie, qu'il serait encore possible de reprendre les armes, de chasser les Français de Rhénanie, de redevenir un pays fort et opulent.

Opa Matthias se retranchait dans un mutisme quasi total. Son regard triste semblait dire : « Laisse parler… ce baratin a si peu d'importance ! » Un jour, Franz lui avait demandé, après le départ du voisin :

– Tu ne penses pas comme lui, n'est-ce pas, Opa ?

– Tout cela, petit, ce sont des mots ! Il y a eu la guerre et c'est un grand malheur, et c'est une stupidité. La victoire, la défaite, ça ne veut rien dire ! Il y a les morts, les mutilés, les souffrances ; personne ne pourra les effacer et, ce qui compte, c'est que ça ne recommence pas, jamais ! Ce qui compte, c'est que vous puissiez vous promener par là (il montrait l'ouest), libres, sans uniformes et sans haine !

– Opa, avait encore questionné Franz, est-ce que tu crois que les Français pensent comme toi ou comme le voisin ?

Matthias avait caressé la tête hirsute de son petit-fils. Il avait eu un grand geste du bras, écartant ces tourments.

– Ah, bonhomme ! ne pense pas trop à tout cela ! Un jour, tu comprendras que les pauvres hommes sont impuissants en face de ceux qui les gouvernent !

Désormais, il n'y a plus de vacances au moulin.

La vie s'est organisée autour des nouveaux arrivés : "le petit Küken", baptisé Sophie et Opa Matthias, son fauteuil de bois peint, sa malle en cuir et sa caisse à outils.

Maria vaque de nouveau aux occupations du ménage. Au jardin, les légumes poussent.

Le temps a coulé comme le fleuve ; il emporte les enfants de Bade, Franz et Else, de plus en plus vite, loin de leurs sources vers les remous de son cours élargi.

Chez les Linden, les journaux n'entrent presque jamais, seulement parfois une « feuille » vieille d'un bon mois, qui enveloppe un achat et dont on lit distraitement quelques lignes. La fondation officielle des Jeunesses hitlériennes est passée inaperçue. C'est à peine si on connaît l'existence d'Hitler et, quand on en parle, c'est pour s'en moquer : cet exubérant n'est pas pris au sérieux !

Lorsqu'ils vont à la grande ville, la vie y bourdonne comme dans une ruche. La République emprunte aux Américains pour payer ses réparations et pour développer ses services sociaux. Le nombre des chômeurs est tombé au-dessous du million. L'espoir est dans l'air. La République commence à prouver qu'elle est capable de faire face, que la démocratie est viable sur cette terre des « Allemagnes », unies dans le malheur !

Si seulement les Français consentaient à comprendre les trop lourdes exigences de Versailles. Réduire cette dette de guerre, impossible à payer pour un pays ruiné, privé des ressources de ses colonies et de la Ruhr, sa plus riche région. Comment peut-on exiger d'un paysan à qui l'on a pris la terre, qu'il vous fournisse encore du grain ?

Le champ de pommes de terre, idée géniale du petit Franz, est à une bonne lieue de marche de la maison. Opa Matthias y travaille du matin au soir, cassant la terre à la pioche, usant ses forces sur ce lopin de sol, « libéré » grâce à cette activité, du souci d'être à la charge des jeunes. Et puis l'exercice l'empêche de se rouiller. Le plein air lui conserve le souffle large et cette joie du spectacle toujours renouvelé des saisons, la consolation que la terre donne aux hommes par son cycle sans fin !

Parfois, il garde au creux de sa main une poignée des grains d'avoine qui fournissent la nourriture des poules, qui donneront des œufs, que les « petits » mangeront. Il lui semble entrevoir l'immortalité dont parlent inlassablement les pasteurs ; tenir entre ses vieux doigts la clef d'un mystère : l'insondable pérennité de la vie !

Tout au début de l'après-midi, il voit venir par le sentier Else qui lui apporte son repas dans une marmite à anses. Lorsqu'il fait beau, il préfère ne pas rentrer, afin de ne pas perdre son temps. La petite vient après la classe.

Sa robe claire danse entre les champs. Elle presse le pas, car il faut qu'elle regagne rapidement la maison. Son violoncelle l'y attend. Franz lui, joue du piano! Maria préférerait se priver encore davantage plutôt que de renoncer aux leçons de musique que prennent ses enfants!

Trois choses sont essentielles pour cette femme qui s'épuise dans la monotonie des tâches ménagères, dévorant ses jours: l'art, la culture et la possibilité d'aller avec les siens, tous les ans, rencontrer son oncle et ses cousins à Hambourg où ils se donnent rendez-vous!

A l'occasion de ces rendez-vous, le repas de famille avait lieu à Blankenese, dans une maison de style rococo, au fronton blanc, sculpté comme une pâtisserie.

Le rez-de-chaussée, outre les cuisines qu'on ne faisait qu'entrevoir, comportait deux salles, meublées de quelques petites tables. Chacune de ces salles possédait, dans une encoignure, une vaste table d'hôtes, de bois ciré, et des banquettes d'angle, les unes garnies de tapisseries, les autres de velours vert uni. Les deux pièces, presque semblables, communiquaient entre elles mais parvenaient à garder chacune une certaine intimité. Elles donnaient sur une terrasse bordée d'une haie où jouaient les ombres des arbustes voisins.

On se rendait là directement, en débarquant dans la grande Haupt Bahnof, impressionnante comme une cathédrale. Elle semblait aux petits Badois, le centre d'un vaste théâtre. Ils prenaient le tramway reliant Hambourg à Blankenese, laissaient derrière eux les toits de cuivre de la ville et descendaient vers le petit port de pêche, tapis au pied des hauteurs de Süllberg. Des barques traînaient au bord de la rive, où séchaient les filets des dundees venant de Finkerwärden.

La première fois qu'ils étaient allés aux rendez-vous de Hambourg, Else avait quatre ans, Franz six ; c'était peu après la guerre. Ils avaient alors prêté peu d'attention à « l'autre » famille des « étrangers » qui festoyaient en même temps qu'eux, autour de « l'autre table ».

Mais la deuxième année, Maria et Otto avaient eu une exclamation de surprise, et tout au long du repas, ils avaient discuté pour savoir si leurs voisins étaient les mêmes que ceux de l'année précédente. Finalement, l'oncle Otto s'était renseigné discrètement auprès du serveur qu'il connaissait de longue date.

– Mais oui, vous ne vous trompez pas, ils étaient bien là l'an dernier ! Celui qui préside la table est norvégien ; ils sont trois ou quatre à descendre d'Oslo, ou de Bergen, je ne sais plus, pour rencontrer une branche de leur famille établie en France et ils ont l'intention de continuer comme vous à venir chaque année.

Il avait eu un sourire entendu !

– Nous devenons une maison de rendez-vous « honorable » !

A Blankenese, on mangeait des carrelets frits, des crevettes quelquefois. Franz et Else se débattaient avec les arêtes des uns et les queues récalcitrantes des autres. Finalement, ils croquaient les crevettes entières, sauf les têtes qui, lors d'un premier essai, leur avaient chatouillé désagréablement le gosier et ils s'étaient étranglés tous les deux.

– Petits terriens ! avait plaisanté l'oncle Otto.

Après le gâteau traditionnel, on permettait aux enfants d'aller se délasser dehors, sur la terrasse. Les « autres » aussi donnaient la même permission à un adolescent efflanqué, au visage coloré en lame de couteau et aux yeux bleus curieusement bridés ; celui-ci avait les mains dans les poches de son Knicker, le dos appuyé à la barrière qui fermait la terrasse sur le chemin de Mahlen ; il regardait le frère et la sœur qui ne savaient à quoi s'occuper. Un jour, Else était tombée en courant, s'écorchant le genou. Le garçon l'avait relevée et, tirant de sa poche une tablette de chocolat, il avait consolé gentiment la petite. Elle gardait le souvenir de cette main étrangère, chaude et douce, sur son front, et des mots inconnus que cette voix avait prononcés pour calmer son chagrin. Elle aimait évoquer ce souvenir, lié à celui des rives plates de l'Elbe à Blankenese.

Le temps avait coulé. Depuis quelques années, venait aussi à ces rendez-vous de Hambourg, une petite fille aux cheveux presque blancs, que l'adolescent, devenu jeune homme, appelait Ingrid.

C'était très difficile pour Franz et Else de discerner qui, chez « les autres, » était norvégien et qui était français ! Les deux langues ne se ressemblaient pourtant pas mais se mêlaient sans cesse ; à table, côté allemand, on s'amusait à deviner les liens de parenté existant entre ces étrangers mais jamais ceux de la table allemande et ceux de la table franco-norvégienne n'avaient, jusqu'alors, tenté de se parler. Ils se saluaient cérémonieusement, le sourire s'élargissait d'année en année, mais c'était tout !

Il y avait, dans la répétition du programme de ces journées de Hambourg, un certain charme qui venait peut-être du rite familial lui-même, de l'ordonnancement des heures passées dans cette ville à l'indéfinissable envoûtement. C'était une ville animée, sans être abrutissante, équilibrée entre le passé et l'avenir, trouée d'eaux et de verdure, une ville aux mille visages des choses et des hommes.

Sur les quais d'Altona, bourlinguaient toutes les races du monde. Les petits Badois trottaient parmi les marins, tenant chacun une main de l'oncle Otto, coiffé de sa casquette de drap bleu marine à la visière bordée de ganse noire. L'odeur de poisson, de saumure et de goudron, du chanvre aussi, les poursuivait par bouffées. Le paysage d'acier des grues, des passerelles métalliques, d'élévateurs à grains, un univers de « meccano » s'allongeait sur chaque rive. On voyait en passant, les grands chantiers de Blohm et Voss, on se heurtait au flot des ouvriers que des bateaux de servitude débarquaient à l'entrée du port franc.

Le dédale des bassins creusés entre les docks occupait toute la rive gauche de l'Elbe, gigantesque labyrinthe poussant ses ponts, ses quais et ses canaux jusqu'au cœur de la ville. Il ne se passait pas de séjour sans qu'on assistât à l'entrée ou à la sortie d'un grand paquebot. Dans le bas port bourdonnaient les remorqueurs, bruit de fond sur lequel éclataient les cymbales des marteaux de chaudronniers sur les tôles et le cri nostalgique des sirènes de navires en partance.

Mêlées aux camions, des charrettes attelées à de lourds chevaux rendaient plus humain cet univers de métal.

Ils allaient par la Vorsetzen, bordée d'arbres, admirant au passage les boutiques des shipchandlers ; les cirés jaunes, raides et luisants, pendaient de chaque côté des portes, au-dessus des hautes bottes de caoutchouc ; silhouettes carnavalesques, épouvantails pour géants, vêtements de fantômes, ils évoquaient le monde légendaire des « loups de mer », auréolés de courage et d'aventure, dépouillés de la servitude du travail.

Parfois, il fallait monter quelques marches pour entrer dans le magasin ou, au contraire, en descendre, si bien que, côte à côte, les boutiques prenaient, selon leur niveau, des allures de caves ou de greniers.

Franz surtout appréciait ces visites et quittait toujours à regret la contemplation des vitrines où luisaient les instruments de cuivre : sextants et lochs, boussoles et baromètres. Au plafond, pendaient des fanaux de toutes formes, des pavillons de couleurs au langage magique, que l'oncle Otto commentait, un peu fier de son savoir de pilote. Amicaux, ces pavillons ! Ils compensaient, par leur gaieté, l'inquiétude qu'inspiraient les tenues de scaphandriers, les canons harpons pour baleiniers, évoquant la grande tuerie de l'Océan, avec la mer teintée du sang des cétacés.

Sur les rayonnages s'empilaient les tricots bleu marine, les casquettes, les grosses chaussettes de laine brute. A terre, les rouleaux de chanvre, lovés en pouf, offraient toute une gamme d'épaisseurs de cordages. Et les couteaux de matelots aux manches de cuir ou de bois sculptés rejoignaient blagues à tabac, dans une armoire vitrée.

Franz et Else éprouvaient plaisir à entrer avec Otto dans les « épiceries de marine ». Une odeur particulière les assaillait dès la porte et les étiquettes désuètes, collées aux emballages, évoquaient les légendes romantiques de la mer ou l'exotisme des lointains comptoirs.

Continuant leur flânerie, ils gagnaient la Herrlichkeit où les boutiques s'ouvraient encore au ras des trottoirs, aménagées dans la profondeur des caves. Les marchands se tenaient sur le pas de leur porte, fumant leur pipe, à califourchon sur une chaise, un tabouret ou un tonneau, tels les matelots barbus des étiquettes collées sur les boîtes de tabac. Des estaminets où flottaient d'acres nuées bleuâtres venaient par bribes, des refrains, des lambeaux de rires ou de querelles.

Le métro aérien menait l'oncle et ses neveux à l'Alster. Là, de part et d'autre du pont des Lombards, autour du Binnen Alster : le petit lac, et de l'Aussen Alster : le grand lac ; c'était presque la campagne en pleine ville.

Appuyée au parapet de l'Alsterdamm ou derrière les arbres de la Jungfernsteg, on pouvait se croire bien loin de la grande cité hanséatique. Les cygnes et les voiliers glissaient avec la même sérénité sur l'eau bleue de l'été et les gens qui déambulaient là, entrant et sortant des riches magasins de la vaste avenue, semblaient venir d'un autre monde, un monde sans misère, sans chômage, un monde qui cultivait encore des fleurs et entretenait des pelouses : foule internationale des nantis, insouciants de leur opulence, et qui éclaboussaient de leur luxe les petits Badois venus des cités-jardins. Et ils regardaient, les petits Badois, de leurs yeux écarquillés, ils regardaient tous ces riches promeneurs qui dégustaient des glaces, nonchalamment installés à la terrasse ronde de l'Alster Pavillon bâti sur pilotis au bord du grand lac.

Otto, à chaque rendez-vous de Hambourg, embarquait sa famille pour une courte promenade vers la haute mer. Son petit bateau trapu mordait le gris de l'Elbe, laissant loin derrière le paysage de fers enchevêtrés. Naissaient les rives sauvages, les îlots frangés de roseaux, la blondeur des dunes succédant aux derniers bois, le vol des mouettes piaillardes et, vers l'horizon, la silhouette d'un navire en partance.

Martha et Gustav se tenaient par la main ; les grands les appelaient « les amoureux », avec un petit sourire condescendant. La tante Martha et l'oncle Gustav intimidaient peu Franz et Else. Ils étaient jeunes, gais, optimistes aussi. Gustav travaillait dans un chantier naval de Stettin, Martha était secrétaire. Ils semblaient tous deux s'intéresser beaucoup à la politique et n'étaient pas d'accord avec le reste de la famille. Dans la bouche de Gustav, revenait souvent le nom de cet homme que Matthias appelait « l'Aventurier » et Heinrich « le Fou »! Gustav assurait qu'il allait sauver l'Allemagne de la misère, lui redonner « sa place dans le monde ».

Les enfants entendaient des bribes de phrases : « retrouver une puissance économique », « l'ordre », le « dynamisme ». « Quelqu'un qui prenne en main notre destin », qui « cristallise les courages épars », « la pagaille où nous sommes ». Les mots glissaient sur Else comme une pluie d'été. Elle se moquait bien de toutes ces choses !

Franz écoutait. A la maison, personne ne soulevait ces problèmes. On vivait au jour le jour, occupés par le jardin, le champ de pommes de terre, les répétitions de musique, l'école aussi. Lui voulait s'instruire, aller à l'Université, devenir professeur, comme son grand-père paternel Andreas, qui habitait près de Konstanz, sur le Bodensee.

Avant de les reconduire à la gare, au soir du troisième jour, Otto tirait précautionneusement de son portefeuille de cuir vert foncé, quelques timbres pour Franz. Il avait pour ami un capitaine de cargo qui relâchait souvent dans un port français. Ce capitaine connaissait là-bas quelqu'un qui avait ramené d'Afrique Occidentale des spécimens très rares ; il s'était lié d'amitié avec ce Français-là… Ils échangeaient des timbres et Franz en bénéficiait.

Franz glanait au cours des rendez-vous de Hambourg, les opinions des grandes personnes. Il les enregistrait dans sa petite tête solide pour les rapporter à Opa Andreas. Il avait confiance dans le jugement de cet homme, encore jeune, n'ayant ni la résignation d'Opa Matthias, ni l'indifférence de ses parents, ni la fougue naïve du cousin Gustav.

Et chacun de ses voyages dans le grand port du Nord renforçait, chez lui cette détermination farouche de réussir sa vie, de parvenir à une situation qui lui permettrait d'éviter l'espèce d'engourdissement qu'il discernait chez ses proches vis-à-vis des événements du monde.

Ne plus avoir à penser seulement au ravitaillement, au chauffage, prendre le temps de réfléchir, de lire, d'ouvrir les yeux, se forger un jugement personnel, quel programme pour le jeune garçon dont la conscience s'éveillait au seuil du crépuscule allemand.

C'est peu de jours après leur retour de Hambourg, en 1927, qu'Opa Matthias est mort. Comme cela, d'un seul coup ! Il est tombé la tête en avant, dans le champ de pommes de terre. Franz était seul avec lui. Il a eu très peur ! Une si grande frayeur qu'il en rêve encore ; la nuit, il revoit le vieil homme, étendu en bordure des plants, avec un peu de terre entre ses doigts, comme si son dernier geste avait été de s'y accrocher, de la sentir une dernière fois, tiède et douce. Opa Matthias est retourné à la terre.

Le voisin de l'Odenwald est venu pour l'inhumation. Il a dit : « C'est une belle mort », il n'a pas souffert ! Il a dit aussi : « C'était un homme juste ! » Maria a donné les vêtements de travail de son père, rangé quelques-uns de ses souvenirs dans la malle de cuir, Heinrich désormais se sert de la caisse à outils. Et Küken hisse ses deux ans sur le fauteuil de bois peint de son grand-père.

Depuis la naissance de Küken, il semble à Else que les semaines, les mois, vont s'accélérant, que leur fuite la pousse inexorablement hors de cette sorte de brume où se noie son enfance. Küken trotte bien à présent et elle l'emmène souvent promener l'oie, au bord de la rivière qui coule à cinq minutes de la cité-jardin, au milieu des prés. C'est joli le spectacle de l'enfant si blonde qui court dans l'herbe et dont la robe rouge se soulève à chaque bond comme une corolle de coquelicot géant ! Près d'elle, le dandinement blanc de l'oie et son bec jaune qui happe les brins de verdure.

Elle s'est tellement attachée à la petite qu'elle consent rarement à s'en séparer. Au cours des grandes vacances, Franz va seul, désormais, séjourner chez leurs grands-parents paternels : Andreas et Johanna, à Konstanz, tout près des hautes montagnes de Suisse. Franz insiste chaque fois pour qu'elle l'accompagne.

– L'année prochaine, c'est promis, j'irai avec toi !

Dépité, il hausse les épaules :

– Je ne te comprends pas ! Des gosses, tu en auras à toi, tu as tout le temps de pouponner, tu gâches tes vacances, toi qui aimais tant les ballades au bord du lac, les excursions ! Tu ne vas même plus à celles de l'école.

Comment expliquer à son frère cette sorte de soif qui l'a prise de s'occuper du bébé, comme si l'occasion qu'elle a d'assouvir son instinct maternel devait être unique, à saisir sans détour ! Pourtant, Else sent bien que son frère n'a pas tout à fait tort. Et puis, ses grands-parents comprennent-ils qu'elle les délaisse ainsi ?

– L'an prochain, c'est juré, avec ou sans Küken, j'irai là-bas. Tu peux rassurer Oma et Opa ! Je ne les oublie pas, je t'assure !

Elle se souvient du jour ! – Quel âge avait-elle ? Six ans peut-être – où, avec Franz, ils s'étaient amusés à manger les petites carottes nouvelles qu'Oma avait depuis peu « repiquées ». Ils avaient replanté bien soigneusement chaque feuillage vert dans chaque trou. Le soir, le grand-père les avait consciencieusement arrosées les trouvant peu vaillantes. C'était bizarre, ces carottes qui ne reprenaient pas ! Finalement, il avait découvert pourquoi ! Else revoyait encore son courroux. Oma avait dit seulement :

– Petits sots ! Vous auriez dû déjà savoir qu'elles ne repousseraient pas !

Opa Andreas est étrange, il pique de courtes colères qui déconcertent. Ce grand-père-là est si différent de ce qu'était Opa Matthias ! Elle l'aime bien, mais il la paralyse un peu. Cette manière qu'il a de jurer sans cesse ! Et ce rire qui ne sort pas, comme un halètement, on croirait qu'il s'étouffe. Il est moqueur aussi ! A chaque début de séjour, Else s'est toujours sentie désorientée, craintive, gênée, redoutant les railleries amicales du vieil homme.

Oma possède le calme, la sérénité qu'elle a légués à son fils Heinrich. Comme sa belle-fille Maria, elle est toujours d'humeur égale mais elle joint à sa quiétude un esprit fantaisiste qui anime la vie de son entourage.

Oma Johanna règne sur le vaste jardin qui entoure sa maison. Elle désherbe, sème, récolte des graines, les ensache, « démarie » des touffes, rentre des plants dans la resserre pour l'hiver, fait la chasse aux pucerons, aux fourmis rouges et aux escargots. Elle vit au rythme des semis et des cueillettes, elle ne voit pas le temps passer, elle n'entend pas la rumeur du monde, ni les jurons d'Andreas.

Le jardin de devant, séparé du sentier qui mène au lac par une barrière de bois verni, regorge de fleurs plantées comme au hasard, dans un désordre qui n'est qu'apparent ! Derrière, il devient potager, étire ses carrés de choux, de raves et de carottes, entre les haies de groseilliers où mûrissent les baies rouges, blanches et noires. Tout au fond, un cerisier de plein vent est, chaque été, assailli par les merles dès que les fruits commencent à mûrir.

– Andreas, regarde-les, les monstres ! dit rituellement Johanna.

– Eh bien, prends ton fusil, lance Andreas.

Elle marche à chaque fois, hausse les épaules, traite son homme de cruel et de « carnassier ». Pourquoi « carnassier »? C'est l'injure de Johanna quand son mari se moque d'elle.

– Et tes chats? continue Opa, des fainéants: tu les nourris trop, ils ont perdu l'instinct.

– Heureusement, rétorque Oma. Ils ne sont pas là pour croquer les oiseaux. Ils sont là pour les rats et pour se faire caresser!

Oma expose souvent des contradictions qui anéantiraient les efforts des meilleurs philosophes. Avec un aplomb candide, elle assure que manger un oiseau ou un rat, ce n'est pas du tout la même chose... Mais c'est une grand-mère merveilleuse!

Dans les premières années de leur enfance, les petits la croyaient un peu magicienne. Cette façon qu'elle avait de lever la tête, en humant l'air, cherchant le vent, pour pronostiquer le temps du lendemain, et les « signes » qu'elle glanait en elle-même ou chez les animaux faisaient paraître son savoir surnaturel; elle semblait avoir des antennes.

– J'ai mes douleurs; le vent va tourner à l'Ouest.

– Regarde la chatte, elle rentre ses petits: le grand froid vient.
– Sens l'air! Tu ne sens pas? C'est l'orage, je te dis; nous l'aurons avant le soir!

Une fleur refermée était un présage, le nombre de pelures des oignons récoltés fournissait le diagnostic de l'hiver. Un matin, au réveil, goûtant l'air, elle annonçait, en servant le café:

– C'est le fœhn pour tantôt !

Elle interprétait les couleurs du coucher de soleil et la transparence du lac.

– Tu as vu cette limpidité, ce matin ? Couvrez-vous, les petits ; nous avons le vent d'est aujourd'hui.

En grandissant, Franz et Else se demandaient où était, chez leur grand-mère la limite entre la superstition et l'interprétation logique des « signes », mais ils voyaient toujours son jardin au bord du grand lac, comme un îlot paisible, un refuge d'innocence.

Chaque matin, Andreas appelait sa chienne, une bâtarde de barbet, toute en poils bringés, haute sur pattes et frétillante. Elle bondissait, museau tendu, levant vers l'homme sous sa frange rêche, un regard d'amour comblé.

L'enfant Franz les suivait et parfois aussi Johanna, lorsqu'elle prenait le temps d'une escapade. Ils allaient se promener ensemble, marchant sans parler, le long des rives du lac. Andreas avançait à grandes enjambées, un peu voûté, mais alerte encore. Ils emmenaient le repas dans un rucksak ; la chienne pataugeait dans les roseaux, prenait en chasse une poule d'eau, s'ébrouait, pattes écartées, dans la vase.

L'été, ils se baignaient avant de s'installer sur l'herbe pour manger. C'est Andreas qui avait appris à son petit-fils à nager et l'enfant progressait rapidement, en même temps que l'homme vieillissant voyait s'enfuir ses forces et faiblir sa cadence. Mais il était heureux de la vigueur de Franz et de ce prolongement de sa propre vie qui s'épanouissait sous ses yeux : le garçon était vif, intelligent et sensible aussi ; il suffisait d'entendre le chant du piano sous ses doigts pour deviner son âme ardente.

Avant de rentrer, Andreas prenait le temps de bourrer une pipe posément, avec les gestes rituels d'un prêtre avant l'office. Franz savait qu'il ne fallait pas questionner son grand-père à ces moments-là. Ses yeux bleus regardaient dans une sorte d'au-delà, comme si son esprit s'envolait vers l'autre rive du lac. Même lorsque l'enfant ou Johanna risquaient une parole, Andreas ne les entendait pas. Il semblait avoir la faculté de devenir sourd lorsque l'envie lui en venait, se préservant ainsi de toute intrusion intérieure dans ce domaine flou où vagabondaient ses pensées. Il fallait saisir le bon moment pour lui parler ; alors, si le sujet l'intéressait, il ne tarissait plus d'explications et de récits.

– Mon père, disait Heinrich, c'est un drôle d'homme !

Et le drôle d'homme contait à son petit-fils, dans ses périodes expansives, l'histoire de son pays de Bade, émaillée d'anecdotes se rapportant aux puissants qui, longtemps, avaient régné sur la région. Famille Zachringen, maison Hohenzollern, Margraves de Baden Durlach et de Baden-Baden, grand-duc Charles Frédéric, tous prenaient vie sous ses phrases lapidaires, châteaux et couvents se peuplaient, révoltes et soumissions demeuraient tapies derrière les murs médiévaux.

Le bureau d'Andreas était pour Franz, une sorte de sanctuaire. Les livres s'alignaient sur des rayonnages, de part et d'autre de la fenêtre s'ouvrant vers l'Est. Par temps clair, on pouvait, de là, voir Meersburg au-dessus de l'étranglement du lac. Ces livres aux belles reliures sentaient le cuir et le papier ancien ! C'étaient, pour la plupart, des récits historiques, des classiques étrangers aussi, car Andreas s'était, dans sa jeunesse, passionné pour la littérature française.

Franz essayait de lire les titres, les noms des auteurs et Andreas rectifiait sa prononciation : Voltaire, Rousseau, Balzac, Flaubert,

Zola, Michelet, Daudet… Ces noms inconnus n'évoquaient rien pour lui mais qu'Andreas les admirât lui suffisait !

Franz aimait imiter le dialecte que parlait son grand-père ; il mettait un point d'honneur à passer pour un vrai gamin de Konstanz, un « méridional » !

Au mur du bureau d'Andreas était plaquée une carte détaillée qui englobait largement les régions limitrophes des rives du Bodensee. Il l'avait dessinée lui-même, glanant des bouts de Suisse, d'Autriche, de Wurtemberg et du Bade.

— Voilà ma patrie, disait-il plaisamment, à peu près tout ce que mes jambes peuvent encore parcourir en deux jours depuis le seuil de ma maison !

Il nourrissait une vieille rancune envers tout ce qui était prussien. Pour lui, tous les malheurs venaient d'eux ! Franz trouvait là une faille dans l'esprit de justice de son grand-père. Souvent, il ne pouvait se retenir :

— Opa, est-ce que tu n'exagères pas ?

Alors, le grand-père racontait l'insurrection de mai 1849, l'occupation du Bade par les Prussiens, les exécutions sanglantes.
— Mais Opa, tu n'étais pas né, tu ne peux pas savoir !

— Mais mon père avait déjà 18 ans en ce temps-là. Il a été emprisonné et son meilleur ami a été tué. « Ach » ! Les Prussiens !

Cependant, Franz était têtu, et quand Andreas reprenait son refrain, lui, entonnait le sien !

– Moi, je ne déteste personne. Oncle Gustav et Tante Martha sont des Prussiens, je les aime bien. Je n'aime pas que tu ne les aimes pas !

Andreas passait sa main dans sa barbe qui blanchissait et de même qu'Opa Matthias l'avait fait, lui aussi murmurait :

– Petit, tu ne peux pas comprendre !

Comment expliquer à cet enfant le mal de la centralisation, mêlé à celui du gigantisme industriel développé depuis Bismarck, le Prussien ! L'âme agraire des Allemagnes n'a pas résisté à cet arrachement brutal au rythme de vie, qui était pour beaucoup la seule forme de bonheur. Les hommes, transplantés dans les villes rivées aux usines, broyés, exploités, étaient à la veille d'une grande révolte, lorsque les gouvernements des nations d'Europe avaient vu, dans la guerre, le moyen de les mater en les envoyant se battre au nom des patriotismes ! Les Prussiens encore une fois, avaient mené la danse.

Mais maintenant qu'une ébauche de démocratie balbutie sur le Vaterland, il sent, Andreas, que le danger va venir d'ailleurs, de ce petit Autrichien qui fait trop parler de lui ! Emprisonné, il l'a été. Oui, mais bientôt, il fera figure de martyr ! Pourtant, c'est le tempérament d'Andreas d'aimer les opprimés mais, pour ce rebelle-là, il n'éprouve aucune sympathie et, quant à la clique qui l'entoure, ce n'est qu'un ramassis de canailles.

Andreas, perdu dans ses pensées, lève un poing menaçant.
– Opa, tu es en colère ? questionne Franz.

Et, sans attendre, malicieux comme il sait l'être, il ajoute :

– Tu voudrais « bourrer » des Prussiens, non ?

– Pas seulement eux, grommelle le vieil homme.

– Qui, alors ?

– Ceux de là-bas, les « Alliés » comme ils disent !

Et son poing décrit un demi-cercle, s'immobilise à l'ouest, l'index se tend en malédiction, il dit seulement :

– Les imbéciles ! Pourquoi ne nous ont-ils pas aidés au lendemain de la paix, les vieux pays de la liberté ! Ils attendent un autre conflit, peut-être ?

Franz renonce à obtenir des explications, les yeux d'Opa ont repris cette expression perdue qu'ils ont, lorsqu'il n'écoute personne. Que lui importerait l'avenir, à Andreas, s'il n'y avait pas son fils, déjà si éprouvé par la guerre, et maintenant, les petits dont l'enfance restera marquée par ces années chichement vécues ! Aussi, cherche-t-il à leur procurer le plus de joies possible, les joies simples des jours de vacances passés sur les rives du Bodensee.

Petits Badois, enfants du pays des eaux ! Que sera votre jeunesse ? « Ach », se dit le vieil homme, il aurait peut-être été mieux que je ne fasse pas d'enfant à Johanna, pour l'avenir qui les attend ! La prison comme pour mon père ? La guerre encore ? Et tout ce que le génie des hommes est capable d'inventer pour détruire ?

Puis, brusquement, il chasse ses regrets, ses scrupules de géniteur. Il a suffi que sa chienne vienne quêter une parole, une caresse, qu'un bruissement monte des roseaux qui se reflètent sur le lac, pour que Franz parte d'un grand éclat de rire. Il a suffi d'une toute petite chose pour lui rendre le goût de la vie !

Depuis des années qu'il venait séjourner à Konstanz, Franz connaissait bien les méandres des rues. Ses grands-parents demeuraient presque à la pointe de la presqu'île, face à l'île de Mainau. Le garçon aimait déambuler seul dans la vieille ville, il empruntait le pont du Rhin où le fleuve rentre dans l'Untersee, passe au-delà de Reicheneau et s'apprête à reprendre son cours tumultueux vers Stein-am-Rhein, jusqu'aux grandes chutes de Schaffhausen.

En se penchant, la fraîcheur des eaux vives lui montait au visage ; ce pont-là avait été bâti juste à la naissance de son grand-père. Avant, disait-on, un autre pont de bois couvert partait de la Tour du Rhin. On s'y était beaucoup battu, sur ce pont, racontait Andreas, et Franz imaginait les corps des Espagnols basculant dans le fleuve. L'histoire était une suite de guerres, de meurtres et d'intrigues ; elle le dégoûtait !

Il suivait le Rhin jusqu'à la Pulverturm qui, jadis, défendait la vieille ville, passait devant la basilique, flânait dans la cour intérieure de Wessenberghaus, s'engageait dans la Hussenstrasse et s'arrêtait toujours devant la maison de Jean Hus, le Réformateur. Le fantôme du grand hérétique demeurait présent dans la ville. Sur la place où il avait été brûlé, circulaient les hommes du vingtième siècle. C'était non loin de la Schnetztor, seconde porte d'entrée de la vieille cité qui menait vers Kreuzlingen et la ville suisse.

Franz galopait vers la frontière ; là, il s'attardait à observer le manège des douaniers : les gris et les verts. Pourquoi Opa était-il né de ce côté-ci des barrières et non de l'autre ? Est-ce que toute leur vie n'aurait pas été différente ?

Il pensait : « Je serais un écolier du canton de Thurgovie, citoyen de ce pays où l'on parle quatre langues et qui ne connaît pas la guerre ! »

Opa lui avait raconté comment, après des siècles de tâtonnements, en 1848, la confédération avait compris qu'elle serait gagnée par l'impuissance si elle ne se transformait pas en fédération acceptant une autorité commune, respectant les libertés individuelles particulièrement à chaque canton !

Toujours 1848 ! Il semblait à Franz que cette date marquait un tournant dans l'histoire des peuples européens. « Ach », disait Opa, « nous, en 1848, on dormait, on n'a pas su saisir la chance ». Et il jurait.

C'est là, à deux pas de la Suisse, que Franz allait un jour faire la connaissance de Wolfgang et de Mika. Wolfgang et Mika : le frère et la sœur. C'était en août 1929. L'eau du lac était si tiède, que son bain l'avait à peine rafraîchi. Ce jour-là, Opa avait piqué une colère terrible en lisant son journal : un certain Hans Schemm venait de fonder l'Union des Enseignants nationaux-socialistes : l'article disait aussi que Grüber avait rassemblé deux mille jeunes pour le 4ᵉ Congrès du Parti nazi à Nuremberg. L'information avait suffi à exaspérer le vieil homme.

Envers Johanna qui tentait de la minimiser, il s'était montré très dur, injuste pour des broutilles, et l'orage planait sur la maison, tout comme sur la ville de Konstanz. Le ciel se plombait à l'horizon, au-dessus des montagnes suisses. L'air était si lourd que chacun souhaitait recevoir les premières gouttes larges et tièdes que les nuages lâcheraient sous peu. Franz était sorti, traînant son malaise à travers la touffeur des rues désertes. Et là, près du poste frontière, il avait vu.

Il avait vu un jeune SA gifler un garçon de son âge ; le coup avait été brutal et un filet de sang coulait à présent à la commissure des lèvres de la victime. L'adolescente qui accompagnait le garçon avait posé le panier qu'elle l'aidait à porter ; elle était si pâle que Franz avait cru qu'elle allait s'affaisser. Il se laissa guider par l'impulsion qui le poussait vers eux. Le SA s'éloignait, roulant des épaules, tête haute, allure de conquérant.

– Que se passe-t-il?

– Oh! fit le garçon, s'essuyant le menton, rien! Il voulait qu'on descende du trottoir et qu'on lui laisse le passage!

– Pourquoi?

– Parce qu'il estime que je dois ramper devant lui, je le connais trop, celui-là.

Le garçon laissa le reste de sa phrase en suspens et une lueur de méfiance passa dans son regard. Il questionna:

– Tu le connais, toi aussi?

– Non, je ne suis ici qu'en vacances, chez mon grand-père.
L'autre parut soulagé.

– Allons, dit Franz à la fille, remets-toi, je vais vous aider à porter ce panier.

– C'est gentil, dit-elle simplement.
Sa voix tremblait. Ils s'éloignèrent tous trois, silencieux. Maintenant, les grondements de l'orage s'amplifiaient. D'un seul coup, un rideau de pluie s'abattit sur eux et, en quelques secondes, ils eurent leurs vêtements collés à la peau.

Le frère et la sœur habitaient non loin de là, dans la Hussenstrasse où leurs parents tenaient un restaurant, aménagé dans un ancien relais de poste. Ils l'invitèrent à monter chez eux. Ils traversèrent rapidement la salle du rez-de-chaussée, une pièce sombre où les tables, les chaises et le comptoir devaient dater de plusieurs siècles. A la Stamtich, des vieux Konstanzer jouaient aux cartes. Les nuées bleuâtres de leurs pipes s'étiraient sous le plafond aux poutres séculaires. Dans l'appartement contigu à la salle du restaurant du premier étage, ils se séchèrent, savourant le plaisir du contact agréable du tissu éponge sur la peau mouillée.

– Tu habites loin d'ici ? demande Wolfgang.

– Assez, oui, vers Almansdorf !

– Alors tiens, je te prête une chemise sèche, tu me la rapporteras demain ! dit-il en ouvrant une armoire où il prit deux chemises bleues semblables, une pour lui, l'autre pour Franz.

Se regardant ainsi vêtus comme des jumeaux, ils éclatèrent de rire ensemble. Mika aussi revenait de sa chambre, ayant tronqué sa robe de couleur de bleuets contre une jupe fleurie et un corsage blanc à manches ballon qui soulignaient les formes de ses seize ans. Elle avait préparé du thé pour eux trois, et Franz se trouvait là, buvant, croquant des biscuits, comme s'ils étaient de vieilles connaissances.

La pluie avait cessé aussi soudainement qu'elle était venue. Un grand pan de ciel bleu sortait des nuées qui reculaient vers l'est en se diluant. La rue fumait, lavée, luisante, elle sentait bon, comme si l'air lui-même était neuf.

– Je suis encore ici pour une quinzaine de jours, avait dit Franz, avant de prendre congé. Nous pourrions peut-être nous retrouver demain, pour nous baigner au lac ?

Voilà comment il avait connu Wolfgang et Mika. Cette année-là, ils s'étaient revus assez souvent. La chienne d'Opa Andreas ayant eu des chiots, il avait renoncé à se promener sans elle et, du même coup, Johanna ne quittait pas son jardin. D'autre part, Franz n'était plus le petit garçon qui suivait aveuglément les pas et les idées de son grand-père : l'adolescence allait interrompre pour un temps l'admiration mutuelle qu'ils se portaient.

Avec Wolfgang, Mika et toute une bande de jeunes Konztanser, ils passaient les heures chaudes du jour à nager autour des appontements du lac, frondant les interdictions, disparaissant sous l'eau, se glissant entre les pilotis, jouant à cache-cache avec les gardes. Wolfgang, mis en confiance, lui avait raconté qu'appartenant aux Ajistes, il était très mal vu du jeune SA. Ce dernier l'avait déjà menacé d'un avenir où l'idéal national-socialiste viendrait à bout de « tous les crétins et attardés ».

Ce n'était que le début d'une lutte d'influence, un long combat que devait mener toute une partie de la jeunesse allemande de cette époque, combat obscur où ils seraient étranglés et qui conduirait la plupart des leurs en prison.

Mais déjà Mika prenait ces menaces au sérieux. Elle avait une année de plus que son frère, une santé fragile lui avait fait interrompre ses études deux ans plus tôt. Le médecin avait dit alors : « Il lui faut de l'air, de l'exercice, pas de tension nerveuse. »

Délaissant les livres scolaires, elle avait alors partagé son temps entre les sports dont la pratique lui était autorisée. Le résultat avait été magnifique. A seize ans, elle aidait sa mère tout en reprenant avec ténacité le cours de ses études délaissées. C'était une fille dotée d'une volonté de fer et d'une courageuse sérénité mais qui gardait une sensibilité extrême la rendant vulnérable à toute manifestation de violence.

Ainsi, depuis le jour où Wolfgang avait été giflé par le SA, elle ne pouvait voir le moindre uniforme sans être prise d'une panique incontrôlable. Franz était dérouté par cette adolescente solidement plantée, capable d'efforts physiques au-dessus de la moyenne et qui, soudain, perdait ses forces et jusqu'à sa voix même lorsqu'un national-socialiste s'approchait de son frère ou d'elle-même.

Quelle serait la réaction d'Else dans le même cas ? Else, toujours indifférente en apparence aux événements extérieurs, Else « absente » de la réalité, Else esclave de la petite sœur, jeune tyran qui limitait son horizon. Il fallait qu'Else revienne à Konstanz, avec ou sans Küken, il fallait qu'elle connaisse aussi Wolfgang et Mika.

L'année suivante, Else avait tenu sa promesse et, peu de temps après le rendez-vous de Hambourg, elle avait accompagné son frère à Konstanz. Entre les quatre adolescents était née une amitié qui, au fil du temps, devait grandir encore !

Le niveau de vie de Wolgang et de Mika était très différent de celui de Franz et de sa sœur : la proximité de la Suisse d'abord et le fait que leurs parents tenaient un restaurant facilitant le ravitaillement. Malgré l'instabilité de la situation politique internationale, les étrangers appréciaient l'hospitalité, la jovialité des habitants de ce « midi allemand ». Ils aimaient déjeuner dans la pittoresque cité où les buts d'excursion étaient nombreux. Les bateaux à roue les emmenaient vers Meersburg et son château, les cités lacustres voisines, l'île de Mainau, avec ses jardins exotiques où poussaient les palmiers.

La plupart aussi venaient chercher là le charme d'une architecture traditionnelle, un sens de l'équilibre des formes, un respect de la nature, toutes ces choses qui commençaient à disparaître en Europe. Les soirs d'été, il y avait des feux d'artifice sur le lac, des concerts sur ses berges et les nuits avaient une douceur, une sérénité qui laissaient à tous l'illusion du bonheur !

Andreas et Johanna s'étaient réjouis de voir leurs petits-enfants attachés par des liens supplémentaires aux rives du Bodensee. Ils se rendaient bien compte que leur seule présence, et même celle de Patsy, la chienne, ne retiendraient plus les jeunes êtres débordants de vitalité qu'étaient devenus Franz et Else. Il leur fallait des compagnons de route de leur âge. Eux ne seraient plus désormais que des spectateurs nostalgiques.

A la fin de 1929, la crise monétaire avait décuplé le chômage. Stresmann était mort le 3 octobre de la même année, épuisé par l'action qu'il n'avait cessé de mener pour relever son pays du malheur et le guider vers une paix durable.

A la SDN*, le Français Briand défendait toujours son plan de Fédération européenne trop imprécise, soucieux sans doute de ne pas choquer les Etats qui s'engluaient dans les nationalismes.

A Hambourg cette année-là, Franz entendit la tablée franco-norvégienne s'entretenir de cet espoir.

---

* "Société des Nations"

Chapitre 2

Ceux de Norvège
et ceux de France

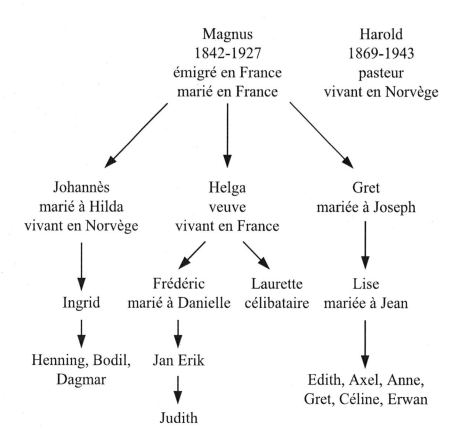

Magnus
1842-1927
émigré en France
marié en France

Harold
1869-1943
pasteur
vivant en Norvège

Johannès
marié à Hilda
vivant en Norvège

Helga
veuve
vivant en France

Gret
mariée à Joseph

Ingrid

Frédéric
marié à Danielle

Laurette
célibataire

Lise
mariée à Jean

Henning, Bodil,
Dagmar

Jan Erik

Judith

Edith, Axel, Anne,
Gret, Céline, Erwan

Ceux de Norvège

*« Sjel var trofast til det Siste Serrens seier er alt a miste Tapets
alt din vinning skepte Evig eies kun det tapte »*
Ibsen (Brand)

*« Sois ferme jusqu'au bout, ô mon âme !
La victoire est la perte de tout
Perdre tout fut ton gain. On ne possède éternellement
que ce qu'on a perdu »*

Ceux de Norvège

– Alors, on l'emmène ? interroge Johannès.

Il pose la question à sa femme, tandis qu'ils prennent le café autour de la petite table ronde, posée sur la terrasse gazonnée qui domine le fjord. Il y a dans sa voix une tendre insistance, une inquiétude aussi, venue de l'éventualité d'un refus.

– Tu y tiens tellement ? demande Hilda, en relevant une mèche de ses cheveux de chanvre que la brise de midi a chassée du chignon et poussée sur ses yeux.

– J'y tiens, oui. Mon père vieillit, c'est peut-être la dernière fois qu'il vient à Hambourg et Grete ne connaît pas encore sa nièce.

– Alors, on l'emmène. On ne sortira pas le soir, voilà tout !

– Où ça ? Vous m'emmenez ?

La petite fille blonde, encore bien plus blonde que sa mère, lève vers ses parents un regard décidé.

– Au rendez-vous de Hambourg, dit sa mère, voir papa Magnus et tante Grete, et Frederik aussi, ton grand cousin.

– C'est loin Hambourg ? On prendra un bateau ? Un très grand bateau ? Est-ce qu'on dormira dedans ?

Alors Johannès parle. Il raconte le paquebot, il raconte Hambourg, la barbe de Magnus, le drôle d'accent de Grete, sa sœur, qui a une petite fille aussi, un peu plus jeune qu'Ingrid : Lise.

– Est-ce qu'elle viendra ?

– Non, soupire Johannès, son papa ne veut pas qu'elle le quitte !

– Et pourquoi il ne vient pas, lui ?

Johannès hausse légèrement les épaules :

– Son travail sans doute, et puis les Français n'ont pas le goût des voyages, vois-tu ! Mais Harald sera là, tu sais, l'oncle Harald de Ålesund.

– Chic ! lance Ingrid, embrassant son père.

Elle a beaucoup d'affection pour l'oncle Harald, le pasteur ; une affection mêlée de respect. Peut-être est-ce dû au calme d'Harald, à l'espèce de sérénité qui émane de lui et que sa voix grave et le lent débit de sa parole accentuent encore ? Peut-être aussi à sa haute silhouette très droite, à ses cheveux gris qui ondulent au-dessus du grand front ? Ingrid voit en lui une sorte de « prince » vénérable et bien-aimé.

Pour la première fois donc, elle va accompagner sa famille au rendez-vous de Hambourg. La voilà sortie du train-train de la petite enfance, grâce à la phrase magique : « je vais à Hambourg », qu'elle répète à chaque marche, en grimpant l'étroit escalier en dalles d'ardoises qui mène de la terrasse à la maison. Elle a l'impression d'avoir accès à un autre univers, d'enjamber une fenêtre et de se retrouver plus grande, de l'autre côté.

Les voici tous trois, le 5 juillet 1925, à Oslo. Toute la ville est en fête et chaque maison est pavoisée. Que c'est beau, que c'est gai cette floraison mouvante, à dominante rouge! Ingrid ouvre de grands yeux. Autour d'elle, tous parlent d'un homme, un certain Amundsen, un héros qui va venir du ciel par hydravion. Les gens ont le cou tendu, le menton et le regard braqués vers l'azur d'où il doit arriver. Ingrid demande:

– C'est un saint pour venir ainsi de là-haut?

Ses parents rient. Il fait très beau. Juste une petite brise qui agite les milliers de drapeaux brandis par la foule. Et voilà que grandit un gros insecte qui décrit une courbe au-dessus des toits.

Du château d'Akershus, des salves d'honneur qui surprennent désagréablement Ingrid sont tirées. Johannès l'a perchée sur ses épaules et lui a mis dans la main un fanion semblable à ceux que tiennent les autres enfants. L'hydravion touche l'eau du fjord puis, lentement, se rapproche du quai. Une clameur l'accueille. Des hommes en débarquent mais, aussitôt, un déplacement de la foule cache le spectacle à Ingrid, tandis que la musique éclate.

– Papa… j'vois plus rien!

– Moi non plus!

Il la repose à terre.

– Qu'est-ce qu'ils ont fait, ces hommes-là? Comment ils s'appellent, dis?

Elle avance dans la foule, entre son père et sa mère. Ils expliquent que ces héros ont survolé la banquise du Pôle Nord en hydravion, qu'ils se sont posés sur les glaces de l'Arctique et qu'ils ont bien failli ne pas revenir car un des hydravions n'était plus utilisable. Son père précise :

– Ce n'est pas leur premier exploit, tu sais ! Je te montrerai des photographies et, quand tu sauras lire, tu pourras découvrir toutes leurs aventures. Amundsen est né à l'entrée du Fjord d'Oslo, à Borge-Sarpsberg, au sud de l'île de tante Asta, où nous serons tout à l'heure. Son père construisait des voiliers et, d'être toujours à jouer sur les ponts des bateaux, ça lui a donné le goût des grands voyages, tu vois…

L'île de tante Asta est petite ; sa maison est peinte en rouge, comme presque toutes les maisons de bois de Norvège. Elle est bâtie sur une butte où poussent une dizaine de pins dont les aiguilles tombées forment un doux tapis doré qui sent bon. C'est un personnage un peu mystérieux que cette tante Asta : veuve, nantie de nombreux enfants éparpillés en Europe et même en Amérique ; fortunée aussi, et qui ne reste jamais deux mois en place.

Il y a une deuxième maison toute semblable sur l'île. C'est celle-là qu'habitent Ingrid et ses parents. Les meubles sont en bois clair et rêche, décapés par tante Asta, qui les a achetés chez un antiquaire. La boiserie intérieure des pièces est verdâtre, les plafonds bas, les fenêtres à meneaux sont peintes en blanc et garnies de rideaux de plumetis ; partout des tapisseries, des objets de bois décorés « à la Rosemaling », et des recoins abritant des banquettes garnies de coussins brodés. La table est longue, flanquée d'un banc articulé dont le dossier-bascule permet, soit de s'y asseoir pour manger, soit de regarder l'âtre après le repas.

Ingrid dort dans une petite chambre du grenier. Elle y accède par un escalier raide, étroit et une porte basse qui oblige les grandes personnes à se baisser pour entrer. Chaque fois que Johannès vient lui dire bonsoir, il se cogne sur le chambranle et jure. C'est un rite. Bien qu'exiguë, la fenêtre est pleine de jour; les bruits qui viennent du fjord y parviennent assourdis, berçant son demi-sommeil.

Les cabinets sont construits à quelques mètres de la maison, il y a encore des marches d'ardoise à monter pour y pénétrer. Ils sont vastes, on y est assis comme sur le trône lorsqu'on laisse le couvercle en bois! Mais, une fois celui-ci enlevé, il faut se cramponner quand on est une enfant! Tomber là au fond serait terrible! Ingrid se dépêche à chaque fois mais, après usage, elle prend tout son temps pour admirer l'affiche qui recommande de « manger des fruits d'Afrique du Sud » et qui orne bizarrement la porte intérieure des cabinets! On y voit de grandes femmes noires, au cou cerclé de multiples colliers, tenant des plateaux d'agrumes.

Cette affiche sur fond ivoire restera longtemps liée pour elle au souvenir des séjours sur l'île de tante Asta, de même que les images ornant les boîtes de cacao « Boon and Cie »: la jolie Hollandaise en costume offrant une tasse de cacao à deux enfants jouant sur une luge, un vêtu de rouge, l'autre de bleu, la même jolie Hollandaise apportant sur un plateau son chocolat fumant à des voyageurs douillettement installés dans un traîneau attelé à des chevaux fringants. Sur une autre face de la boîte de métal, des moulins le long d'un canal et des petites silhouettes en sabots qui se promènent sur le chemin de halage.

Cette année-là, pour Ingrid, l'Afrique est encore une grande femme noire, au cou immense, offrant des fruits, et la Hollande, une boîte de cacao!

Elle joue sur la grève du matin au soir avec les voisins de « l'île d'en face » ; les parents la traversent en barque. Il fait chaud ; on prend les repas dehors. Devant l'île, passant deux fois par semaine, les grands paquebots qui vont à Hambourg. Ils glissent, tout illuminés, et leurs hublots sont des soleils dorés.

Et puis, un soir, Ingrid embarque avec ses parents et l'oncle Harald sur l'un deux : Le Kong Dag. C'est un bateau noir dont la coque est marquée d'une ligne blanche, ses cheminées sont noires aussi, avec deux bandes bleues. C'est un samedi, en fin d'après-midi. Et le lundi matin, ils arrivent en Allemagne.

A Hambourg, les maisons sont massives, trop grandes, trop hautes, trop lourdes et trop sombres. Ingrid, ici, a l'impression de rapetisser, d'être une fourmi dans une cour. Elle s'était fait une idée extraordinaire de Hambourg et la ville l'écrase, la déçoit. Toute cette agitation, ce bruit… Et, pour ajouter à son désarroi, les grandes personnes parlent ensemble dans le hall d'entrée de l'hôtel. Il semble qu'elles l'aient tout à fait oubliée ! Installées confortablement dans de profonds fauteuils, autour d'une table basse, elles boivent de la bière et échangent des propos auxquels elle ne comprend rien.

La dame qu'on appelle tante Grete parle très mal, avec un drôle d'accent, presque incompréhensible ; elle l'a serrée un peu trop fort dans ses bras en prononçant des mots bizarres. Frédéric, le grand cousin français, celui-là, elle le connaît, car il est déjà venu en Norvège l'an dernier. Papa Magnus est très, très, très vieux ; il tousse souvent. Tout le temps, dans sa conversation, revient un prénom : « Lise » ! Il dit : « Tu es plus grande que Lise ». Il demande : « Es-tu aussi curieuse que Lise ? Es-tu aussi gourmande que Lise ? »

Lise ! Lise ! Elle commence à l'agacer, cette fille qu'elle ne connaît pas ! Tout de même, elle regrette un peu qu'elle ne soit pas là !

Avant de se rendre à Blankenese, où a lieu le repas, ils se promènent dans Hambourg. Ils vont rue Sainte-Catherine, où les hautes maisons flamandes rappellent le « quai des Allemands » de Bergen. Près de l'église Saint-Michaël, ils rodent dans des ruelles s'achevant souvent en culs de sac, véritables boyaux où le soleil ne pénètre pas. Les maisons sont si vieilles qu'elles penchent l'une vers l'autre leurs fenêtres inclinées. Derrière leurs vitres à meneaux, on devine tout un univers étrange, comme rétréci. On croirait une rue miniaturisée pour enfants !

Du coup, voilà Ingrid réconciliée avec Hambourg ! Elle peuple de poupées ces demeures fascinantes !

– Et ce soir, tu verras l'Hôtel de Ville illuminé et la Tour du Phare !

Johannès dit quelque chose qui fait rire tout le monde. Il demande si Papa Magnus et Harald ne préfèrent pas aller à St-Pauli* ! La petite ne voit rien de bien drôle dans cette question. St-Pauli, c'est encore une église sans doute. Peut-être une « catholique », une papiste. Peut-être est-ce pour cette raison que l'oncle Harald semble un peu vexé ?

On lui promet qu'avant de partir, ils iront au zoo et aussi manger des glaces et des gâteaux dans un restaurant amusant : il est rond et bâti sur un petit lac : on dit « bâti sur pilotis ». Il s'appelle l'Alster Pavillon. Décidément, ce n'est pas si mal de venir à Hambourg !

– C'est une belle ville, assure Johannès.

– Lourde, dit Grete.

---

* St Pauli, quartier "réservé"

– Peut-être, mais bien assise, solide, comme rivée au sol. Nos ancêtres, les Vickings, l'ont incendiée. Les Français l'ont, en partie rasée, au temps de Napoléon, mais maintenant, elle a oublié toutes ces vicissitudes ; elle commerce avec le monde entier, elle est ouverte aux idées nouvelles. Quel brassage ici !

– Tout de même, dit Harald, il y a tant de chômeurs !

– Tu as vu ces queues, tout à l'heure, à l'embauche du port. Cela ne me rassure pas pour l'avenir de l'Europe !

Tante Grete a alors une brève discussion avec l'oncle Harald au sujet d'un enfant autrichien que celui-ci a accueilli chez lui, comme beaucoup de ses compatriotes l'ont déjà fait, afin de le soustraire à la misère qui, après la grande guerre, régnait en « pays vaincu ».

– Alors, il est reparti, « ton gosse de boche » ?

Harald dit doucement :

– Ma pauvre Grete, n'essaie pas de paraître plus méchante que tu n'es ! Oui, mon petit Viennois est rentré chez lui. Il avait de bonnes joues et un corps bien musclé, plus rien du squelette qu'on m'avait envoyé en 1920. Je m'y étais attaché, à ce gosse, mais il fallait bien qu'il retrouve sa famille ! Le père a obtenu du travail, la mère est enfin guérie, elle a été soignée à temps, c'est une chance !

Tout en marchant, il sort une photo de son portefeuille et la montre à Grete :

– Une bonne bouille, mon Anton, non ? Il m'a écrit pour me dire que, lorsqu'il gagnera de l'argent, il reviendra me voir.

– Tu aurais dû te marier Harald, dit Magnus en riant, tu étais fait pour être père, mais tu as voulu rester célibataire, comme les prêtres « papistes ». Tu as toujours été un peu fou !

Heureusement que papa Magnus dit cela d'un ton aimable, sans quoi Ingrid lui en voudrait. Puis, la conversation vient sur Amundsen et son exploit.

– Il a dû dépenser une énergie surhumaine, dit Johannès : ses cheveux sont devenus blancs en quatre mois.

– Tout de même, ajoute Hilda, il n'a pas la « classe » de Nansen !

Frédéric se moque gentiment de sa tante :

– Ce que tu peux être snob, tante Hilda ! Nansen est un savant, un homme de grande culture et, pour cette raison, il n'a jamais rencontré d'obstacle financier. Amundsen lui, ne doit sa réussite qu'à lui-même. Il a commencé comme matelot et il a toujours manqué d'argent ! Je croyais les Norvégiens libérés de l'esprit de classe, mais parfois, je suis déçu !

Ingrid demande qui est Nansen.

– Apprends vite à lire, dit son grand-père, et tu sauras qu'il est, non seulement un grand explorateur, mais encore un homme de cœur qui consacre la fin de sa vie aux populations éprouvées par la guerre.

Ingrid trouve qu'elle a encore bien le temps d'apprendre à lire. Les grandes personnes lui semblent paresseuses lorsqu'il s'agit d'expliquer aux enfants les choses dont elles parlent entre elles !

Les voilà maintenant qui s'entretiennent de la « Société des Nations ». Ingrid n'imagine pas ce que cela peut être, pas plus que la « neutralité », un mot qui revient souvent dans la bouche des adultes, depuis quelque temps. Elle questionne encore :

– C'est quoi, la neutralité ?

Personne ne semble l'entendre ; elle répète sa question, tirant Frédéric par la manche.

– La neutralité, c'est quand on regarde des groupes d'hommes qui se battent, sans prendre parti pour les uns ou pour les autres !

– On les laisse même se tuer ?

– Quand on est trop petit, on ne peut les empêcher, tu sais !

– Et si on se mettait à beaucoup de petits ?

– Et voilà ma fille, tu as trouvé ! C'était un peu çà, l'idée de la Société des Nations, mais dans la réalité, çà n'est pas si facile ! Il y a toujours des grands qui disent aux petits : « Vous autres, restez tranquilles, vous n'avez pas la parole, vous êtes trop petits ! » Tu piges ?

On prend le grand repas à Blankenese. Chacun a amené son petit cadeau pour Harald. Ingrid a dessiné pour lui un Niss (nain des légendes scandinaves) qui mange dans son bol de bouleau à l'aide d'une louche décorée.

Blankenese, c'est plus joli que Hambourg ; là, on retrouve des maisons moins hautes, moins sombres, entourées de jardins et le ruban argenté de l'Elbe. Blankenese est gai sous le soleil de l'été ; le restaurant niche sa façade blanche et tarabiscotée dans un fouillis de verdure.

Tandis qu'à chaque « Skål » (à votre santé), les grandes personnes lèvent leur verre et se congratulent avant d'y tremper les lèvres, Ingrid glisse un regard vers la salle voisine où une autre famille semble aussi fêter un anniversaire. Il y a deux enfants, une fille un peu plus grande qu'elle et un garçon nettement plus âgé, mais pas aussi « vieux » que Frédéric. Ils paraissent très raisonnables, bien trop raisonnables à son goût, assis sagement à leur place d'un bout à l'autre du repas, tandis qu'elle !…

Papa Magnus l'interpelle alors qu'elle s'est levée pour mieux regarder « ceux de l'autre salle ».

– Et bien, Ingrid, on ne quitte pas la table ainsi !

– Voyons, Papa, l'interrompt Johannès, nous ne sommes pas en France ! Aurais-tu oublié ton enfance ?

– France ou Norvège, poursuit le vieillard, de toute façon, de mon temps…

Johannès appuie sur son père un regard de surprise attristée. « Comme il vieillit », pense-t-il.

Et oui ! Il vieillit, Magnus, il vieillit tant que l'année suivante, il n'a plus la force de « monter » aux rendez-vous de Hambourg. C'est l'année où Amundsen accomplit sa dernière expédition : il survole le pôle Nord et les régions glacées qui s'étendent jusqu'à l'Alaska, avec un dirigeable : le Norge.

Depuis le jour où, juchée sur les épaules de son père, sur les quais d'Oslo, Ingrid avait vu se poser l'hydravion de l'explorateur, la célébrité du héros norvégien n'avait fait que croître et ce nouvel exploit lui vaut une réception solennelle à Bergen, lorsqu'il débarque à bord du Bergenfjord.

Mais on commentera peu l'événement aux rendez-vous de Hambourg. Magnus vient de mourir et il repose sous la terre du cimetière de Boulogne, en France : « Johann Magnus Humlum, né à Oslo en 1852. »

Pour Ingrid, deux grands événements avaient marqué l'année et lui semblaient bien plus importants que la mort de ce grand-père si peu connu. Tout d'abord, ils avaient quitté Bergen et déménagé pour habiter Oslo ! Ensuite, elle était entrée à l'école. L'appartement était à deux pas d'un grand parc, dans le quartier de Frogner.

Au début de leur installation, elle se sentait perdue dans ces pièces hautes de plafond mais, désormais, depuis qu'Hilda avait repeint de neuf les boiseries et tapissé de clair les murs, depuis que chaque meuble semblait avoir retrouvé une place et que les photographies reposaient sur le piano à demi-queue, les regrets qu'elle avait de sa vie à Bergen s'estompaient.

Elle ne paressait plus au lit et déjeunait avec son père dans la salle contiguë à la cuisine. L'odeur du café emplissait l'appartement et venait lui chatouiller l'odorat à travers la porte de sa chambre, l'incitant à rejeter la vaste courte pointe en duvets d'oie, chaude et légère, sous laquelle elle se nichait la nuit. Ce parfum de café excitait son jeune appétit, bien qu'elle sût pertinemment qu'elle n'y avait pas droit. Pour elle, du lait, inévitablement, et puis du poisson fumé, du saucisson, du fromage, des confitures et du pain bis beurré où croquaient les brisures de grains.

Sa mère lui préparait les smörbröds (tartines beurrées garnies de charcuterie, poisson ou fromage) qu'elle mangeait à l'école au milieu de la matinée; parfois, selon la saison, elle emmenait aussi une pomme ou une carotte que ses jeunes dents sculptaient, selon sa fantaisie.

A Oslo, sa mère avait retrouvé une amie d'enfance venue de Bergen, quelques années plus tôt. C'était elle qui avait conseillé pour Ingrid l'école où ses parents l'avaient inscrite. Hilda avait été impressionnée par la réputation de la directrice : une femme de grande intelligence qui représentait la Norvège à la Société des Nations de Genève et qui avait voyagé de par le monde, afin d'aider au développement de la scolarisation dans ces terres lointaines d'Afrique et d'Asie !

Cette directrice, aimée et respectée, apportait à ses jeunes élèves sa large vision du monde et leur faisait prendre intérêt aux questions internationales. Les enfants venaient de tous les points de la ville et même par ferry, de Bygdoy ou par tram, d'Holmenkollen mais la plupart habitaient le quartier de Frogner et Ingrid avait rapidement trouvé ses voisines avec lesquelles elle parcourait le chemin. Au retour, elles s'accompagnaient l'une chez l'autre et flânaient en regardant les vitrines. L'hiver à Oslo était bien plus agréable qu'à Bergen !

A deux pas de l'appartement, le grand parc permettait de s'initier au ski et de jouer dans la neige qui ne fondait pas trop vite comme cela arrivait couramment sur la côte ouest. Et puis, il y avait dans la capitale de la Norvège, dans la rue même où habitait Ingrid, une présence exaltante pour toutes les petites filles de l'époque : Sonja Henie, l'étoile de la glace, championne du monde déjà et qui, dès l'âge de 12 ans, avait participé aux Jeux olympiques de Saint-Moritz. Allait-elle être sacrée championne olympique à Chamonix ?

Chaque jour, Ingrid et ses camarades suivaient attentivement l'entraînement de leur vedette au stade de glace de Frogner puis elles s'appliquaient à tracer les mêmes figures « imposées », rêvant d'égaler un jour la jeune Sonja. C'était une véritable passion qui s'était emparée d'elles. On collectionnait ses photos, on bondissait sur les occasions de se trouver sur son chemin pour obtenir son bonjour et Ingrid, parmi ce clan d'admiratrices, faisait figure de privilégiée, en raison de son voisinage avec Sonja !

Ingrid venait d'avoir 8 ans quand, en juin 1928, la Norvège entière fut bouleversée par la disparition d'Amundsen. Ce personnage hors du commun lui était devenu plus familier depuis qu'elle avait fait la connaissance de Leif, rencontré chez des amis de sa mère. Leif habitait près de Sarpsborg, non loin de la maison où, depuis deux ans, Amundsen s'était retiré. Gamin de dix ans, Leif vouait au héros des Pôles, une admiration qui dépassait encore celle qu'avait Ingrid pour Sonja Henie !

Lorsqu'il avait du temps libre, il se rendait chez sa voisine, Madame K… dont le mari avait dirigé la construction du port de Kings Bay, au Svalbard, où il avait bien connu Amundsen. Elle-même avait fabriqué les biscuits de survie nécessaires aux expéditions de l'explorateur. Leif passait des heures à écouter sans se lasser les mêmes anecdotes concernant le « Capitaine ».

Un jour, il avait obtenu de Madame K… qu'elle lui préparât quelques-unes de ces fameuses galettes à base d'avoine et, naturel-lement, elles lui avaient paru merveilleuses. Comme il avait appris qu'Amundsen, pour ne rien laisser au hasard, avait testé le cirage de ses bottines en restant dans l'eau toute une matinée, Leif avait entraîné Ingrid à faire de même, un dimanche où elle était invitée chez lui ! Evidemment, tous deux avaient eu les pieds trempés et glacés, leurs parents avaient prédit pour eux angine, bronchite ou pneumonie, mais ils n'avaient attrapé qu'un rhume de cerveau et en étaient très fiers !

Leif avait aussi, une autre fois, emmené Ingrid chez un charpentier qui avait remis en état la belle maison d'Amundsen et qui avait également fait partie de l'expédition lancée à la conquête du Pôle Sud*. Cet homme possédait une chienne esquimaude, descendante directe de celle qu'il avait ramenée du continent antarctique et avec laquelle sa fille avait joué dans son enfance. Leif rêvait de posséder lui-même un chiot qu'il attellerait à un traîneau, lors des randonnées hivernales qu'il se promettait de faire quelques années plus tard.

En attendant, il se voyait déjà, s'entraînant dans le Normarka et dans le Gudbransdal où ses parents avaient une hutte de vacances. Il était convenu entre les deux enfants qu'Ingrid, bien que « fille », ne serait pas exclue de ces réjouissances. Elle devrait seulement apprendre à fabriquer des galettes de survie avec les conseils de Madame K... !

Un matin de printemps, les deux enfants avaient réussi à se trouver sur le chemin de leur héros. Ils l'avaient vu venir de loin et, au dernier moment, tremblant d'émotion, ils s'étaient dissimulés derrière un rocher. Mais Amundsen les avait aperçus lui aussi et son regard d'aigle les avait transpercés, tandis qu'il leur disait bonjour !

C'était l'époque où les journaux avaient annoncé la nouvelle expédition au Pôle Nord du général italien Nobile et quand, en mai, on apprit la catastrophe survenue à son dirigeable, « l'Italia », chacun se demandait ce qu'allait faire Amundsen qui n'était pas en très bons termes avec ce Nobile.

Mais des hommes dérivaient sur la banquise et qui, mieux qu'Amundsen, pouvait aider à les sauver ?

– Tu verras, dit Leif à Ingrid, il va partir, il va les retrouver !

* 1911

Et il avait en partie raison! Le 16 juin, Amundsen prit le train à Oslo pour gagner Bergen puis Tromsø où un hydravion, fourni par la France, devait l'emmener vers le Svalbard et la banquise. Madame K… alla lui dire au revoir à la gare. Dans la foule qui l'entourait, il la reconnut. Il lui prit les mains en disant, très ému:

– Vous avez toujours été si gentille avec moi!

C'est en retenant ses larmes qu'elle raconta cet adieu aux enfants:

– Il ne reviendra pas, dit-elle, et j'ai l'impression qu'il le sait déjà.

Amundsen s'envola le 17 juin à bord d'un hydravion français. Après son départ, un seul appel radio fut reçu par la station de Nye Alesund. Dès le 21 juin, on commença à s'inquiéter. Bientôt, les recherches s'organisèrent. A la mi-juillet, un brise-glace russe récupéra les rescapés du dirigeable italien, mais d'Amundsen et de l'équipage de l'hydravion, aucune nouvelle. Des pêcheurs affirmaient avoir déjà été survolés par un biplan, dans le nord-ouest de l'île aux Ours. L'équipage d'un navire charbonnier assura avoir capté des signaux de détresse si brouillés qu'ils ne pouvaient certifier leur provenance.

Dès la fin de juillet, l'explorateur fut considéré comme perdu. A Hambourg, cet été-là, l'affaire Amundsen fut donc au centre des conversations. Même « les autres », les Allemands réunis dans la salle voisine, en parlaient entre eux. Amundsen, disparu en portant secours à un homme qui l'avait si souvent dénigré et méprisé,[*] apportait une fois de plus à son pays une renommée pacifique qui l'enivrait.

---

[*] Le Général Nobile s'était à plusieurs reprises et publiquement attribué tout le mérite de l'expédition du dirigeable "Norge" au dessus du Pôle Nord.

A l'abri des conflits armés et des convoitises, la Jeune Nation se voyait acquérir une célébrité qui n'était pas pour lui déplaire. Le monde entier pouvait prendre exemple sur la petite Norvège qui n'avait pas eu besoin de batailles pour se couvrir de gloire ni de révolution pour être une démocratie où chacun pouvait trouver épanouissement et bonheur. Les Norvégiens étaient fiers d'être libres et indépendants. Naïf « petit peuple », grisé par ces mots de liberté et d'indépendance qui allaient l'aveugler pour longtemps ! C'était cette satisfaction qui animait la tablée de Blankenese, au rendez-vous de Hambourg !

– « Il » n'aurait pas dû partir ! assurait Hilda. On dit qu'il n'avait pas confiance dans cet hydravion.

– Peut-être, dit Johannès, mais il s'agissait de Nobile, et il avait toujours assuré qu'il se tiendrait prêt à secourir n'importe quelle expédition en détresse ! Alors, Nobile, c'était une raison supplémentaire, n'est-ce pas ?

– J'ai assisté à la conférence de Nobile, salle Wagram à Paris, racontait Frédéric. Eh bien ! Il voulait s'attribuer le rôle principal de l'expédition du Norge !

– Les fascistes sont derrière, grommelait l'oncle Harald. Ce Nobile, justement, on dit qu'Amundsen a dû le faire remplacer dans ses attributions, pour éviter une catastrophe. Il n'y connaissait pas grand-chose.

– J'ai appris, dit Johannès, qu'à bord du Norge, Amundsen avait demandé à tous ses compagnons de n'emporter que le strict nécessaire. Lui, l'Italien, avait emmené son uniforme d'officier pour le revêtir au moment de lancer les drapeaux au-dessus du Pôle. C'est une anecdote qui classe son homme !

– Ça ne m'étonne pas, reprit Frédéric, le peuple italien est victime d'une propagande honteuse. Regarde ce que j'ai trouvé dans notre *Télégramme* : un extrait du « *Lavoro* d'Italie».

Il traduisait en norvégien : « Les Italiens se serreront, frémissants d'admiration, autour de ces frères qui reviennent. Ils ne les abandonneront pas aux chacals. Nous attendons avec confiance que résonne, dans le monde entier, l'heure de la réparation, où l'on revendiquera la gloire pure de nos héros ! mais en attendant, nous leur rendrons justice nous-mêmes par nos acclamations unanimes. Et nous crierons aux fauves qui hurlent à leurs trousses : « Arrière, gare à qui les touche ! »

Harald se tapa sur les cuisses :

– Ils sont fous ! Nous sommes les fauves qui hurlent, sans doute ! Et quelle réparation veulent-ils ? Dieu nous préserve de cette Vengeance fasciste !

Les fascistes ! Ingrid se demandait ce que pouvait être cette sorte de gens dont on parlait beaucoup depuis peu de temps.

– C'est quoi un fasciste ?

Tout le monde s'était mis à lui expliquer tant bien que mal. Elle avait retenu que les fascistes étaient des gens qui dirigeaient un pays, décidaient de tout sans demander l'avis des populations et ne voulaient pas avoir un « Storting » (Parlement) – l'indépendance date de 1907 ; autrefois, la Norvège était rattachée au Danemark puis à la Suède.

Là-dessus, la conversation avait inévitablement dérivé sur la politique. Harald s'était « accroché » avec tante Grete au sujet d'un Allemand qui avait été condamné à cinq ans de travaux forcés pour avoir arraché le drapeau français d'un bâtiment de la ville de Deux-Ponts. Il reprochait aux Français d'être trop durs dans leur occupation de l'Allemagne.

Grete se sentait atteinte dans sa dignité de demi Française, d'autant plus que le cousin Frédéric, son neveu bien-aimé, avait pris le parti de Harald !

Prenant le relais du pasteur, il bravait tante Grete :

– Grete, voyons, ne sois pas intransigeante ! Ne gobe pas tout ce que racontent les journaux ! Ecoute plutôt Grete, toi qui veux toujours être juste ! Ecoute les inepties de mon « canard » : « Il faut se défier de l'Allemagne, quel que soit son régime, quels que soient ses maîtres de l'heure. Ils naissent tous avec un sac sur le dos, de l'autre côté de la frontière ! »

– Tu ne crois pas qu'il y a de quoi rire, Grete ? Ou même d'avoir peur car ici paraissent vraisemblablement les mêmes idioties qui intoxiquent le bon peuple. Et dis-moi, où cela peut-il mener, ce petit jeu ?

Tout le monde avait bien plaisanté sur cette histoire de nouveaunés, portant un sac sur le dos ; même la tante Grete avait fini par rire et admettre la bêtise de l'article.

Sur la terrasse du restaurant de Blankenese, une fois de plus, Ingrid s'était retrouvée avec les deux enfants allemands ; une fois de plus, ils s'étaient regardés curieusement, bêtement, séparés à la fois par le langage et la différence d'âge, qui laissait encore la petite Norvégienne dans l'enfance alors que les jeunes Badois parvenaient au seuil de l'adolescence.

C'est en septembre que des pêcheurs retrouvèrent, près de Tromsø, une aile et un flotteur de l'hydravion d'Amundsen. Ce flotteur avait été découpé, soit pour s'agripper, soit pour faire une embarcation de fortune.

– Je suis certain qu'ils ont lutté, commenta Leif, ils ont dû chercher à s'en sortir.

En octobre, on découvrit un des réservoirs d'essence. Le 14 décembre, jour anniversaire de la conquête du Pôle Sud, toutes les cloches sonnèrent et toute vie s'arrêta pendant quelques minutes en hommage à celui qui avait dit un jour : « Les petits pays doivent pouvoir, eux aussi, montrer qu'ils existent. »

La grande maison d'Urianenborg se couvrit de neige. Plus de fumée, plus de lumières aux fenêtres du bureau où l'explorateur avait rédigé ses mémoires. Urianenborg allait devenir un musée.

En 1929, tante Grete annonça une fois de plus qu'elle viendrait seule à Hambourg, elle écrivait que le voyage coûtait trop cher pour venir à trois et se plaignait aussi que Joseph, son mari, ne prît jamais de vacances. Mais Ingrid était bien persuadée que c'était là de mauvaises excuses ! Si elle avait été à la place de Lise, cela ne se serait certainement pas passé ainsi. Elle se serait bien débrouillée pour se trouver à la gare au dernier moment ou pour se cacher dans un wagon !

Elle devait être un peu gourde, cette lointaine cousine ! Ingrid était heureuse d'être née et de vivre en Norvège, plutôt qu'en France, comme cette pauvre Lise ! Elle avait conscience du privilège d'appartenir à ce pays paisible, où toutes sortes de joies gratuites étaient à la portée de la main et où la nature, été comme hiver, lui apportait des bonheurs renouvelés.

CHAPITRE 3

CEUX DE FRANCE

« Je ne suis ni d'une nation, ni d'une race, ni d'une classe.
Tout ce qui sépare les hommes m'est également odieux. »
Romain Rolland

Papa Magnus somnole dans son fauteuil à bascule, un meuble robuste dont le siège et le dossier ne font qu'un, taillés dans la masse d'un bois bruni, patiné et luisant, qui accroche la moindre lumière.

Assise à terre, dans le coin le plus sombre de la pièce, Lise observe le vieil homme, guettant son réveil, l'instant où les petits yeux clairs et bridés pétilleront de malice au creux des orbites profondes. Les paupières chiffonnées se lèveront, rangées sous les sourcils broussailleux ; Magnus passera la main sur la toque noire qui cache son crâne chauve et protège son front des courants d'air.

La petite fille détaille le visage de son grand-père, son nez mince, long et bien droit. L'immobilité du sommeil l'impressionne, mais l'imperceptible frémissement des narines et la coloration des pommettes saillantes au-dessus des joues creuses qui se perdent sous une barbiche blanche et pointue la rassurent un peu.

Papa Magnus est-il bien vivant ? Elle sait qu'il est très vieux et que bien des vieux meurent ainsi dans leur sommeil ; ils deviennent pâles, raides, froids et muets. On dit alors : « Il est mort ! »

Elle a demandé une fois déjà : « Qu'est-ce que la mort ? » On le lui a expliqué ; du moins, on a essayé et elle a compris que c'était « juste le contraire de la vie ». Mais quand elle a questionné encore : « Qu'est-ce que la vie ? Pourquoi on vit ? », les explications reçues lui ont paru très difficiles à saisir.

Soudain, une sorte de grand vertige la prend, elle se dit : « Est-ce que je vis vraiment, est-ce que j'existe ? » Elle tâte son corps, elle se pince le bras. « Est-ce que ce qui m'entoure n'est pas seulement un rêve ? »

En cette fin d'après-midi de juin 1925, Lise guette donc le réveil de Papa Magnus. Elle affectionne particulièrement cet angle de la grande pièce où elle se tient assise à terre ; c'est un des domaines privés qu'elle s'est créés ici et là, dans la maison. Installée derrière un barrage de chaises, elle se trouve là chez elle, à l'abri des grandes personnes.

Lise n'aime pas beaucoup les grandes personnes. Elle les trouve prétentieuses et bêtes. Et souvent aussi, elles sentent mauvais, même celles qui sont convenablement habillées et bien propres. Elles n'ont certes pas les ongles sales ni des taches d'encre sur les doigts, leurs cheveux sont coiffés, en ordre ; mais voilà, il leur arrive d'avoir une « odeur » ! Aussi, depuis qu'elle s'en est rendue compte, Lise a-t-elle pris l'étrange habitude d'humer les sièges des salons, et particuliè-rement ceux recouverts de velours, avant de s'y hisser à contrecœur, lorsque Maman la traîne en visite chez des dames qu'elle nomme, en son for intérieur, « les rabâcheuses ».

Mais Papa Magnus n'est pas vraiment une grande personne ! Il n'a pas de siège en velours, lui, et son fauteuil à bascule sent très bon – une odeur de bois ciré – et puis, il a une manière spéciale de prononcer les mots, on croirait qu'il chante !

Aussi, lui avoir chipé des fraises à la crème dans la petite armoire basse réservée à lui seul, bien que lui donnant quelques remords, n'inquiète qu'à demi sa petite fille ! Lorsqu'il se réveillera et qu'il se rendra compte du larcin, il rira sans doute, il prendra sa grosse voix pour dire, en martelant les syllabes avec son drôle d'accent : « Cette petite est la plus effrontée qui vit en France, c'est la plus effrontée qui vit en Norvège, en Europe, et dans le monde entier » et il la fera sauter sur ses genoux, de plus en plus haut !

Il est toujours très fier des initiatives de Lise et lui donne chaque fois une référence internationale. C'est quelque chose d'avoir un grand-père comme Papa Magnus ! L'enfant y voit une sorte de privilège.

Christian Haller, le vieil ami de Magnus, l'a réveillée en frappant trois coups à la porte. Il est très grand « le père Haller », comme on l'appelle à la maison. Lise a beaucoup de respect pour lui ; il l'intimide, on ne le comprend pas très bien quand il parle français, il roule les « r » bien moins que Magnus. On dit que c'est parce qu'il est de Bergen. Grand-père, lui, est de Christiana (ancien nom d'Oslo avant l'indépendance), ce n'est pas tout à fait le même accent.

Christian Haller se tient très droit, raide même, il paraît plus jeune que Magnus et s'occupe encore des « affaires ». Il est toujours consul de Norvège. Papa Magnus lui, était consul de Finlande et de Russie mais il est trop vieux maintenant et seules les plaques émaillées et ovales, au-dessus de la porte d'entrée de « la maison » témoignent de ses anciennes activités. Elles encadrent la hampe qui servait à hisser les drapeaux.

– On devrait enlever çà, dit souvent Papa, un doigt en l'air.

– Ça me ferait mal, répond Maman : c'est ma jeunesse qui est encore perchée là-haut !

Lise imagine la jeunesse de Maman, perchée sur un bâton. Les grandes personnes sont vraiment bizarres.

– De toute manière, la Russie… marmonne Papa, mais il n'achève pas ; il fait un grand geste et sa main chasse quelque chose d'invisible devant lui !

Bien sûr, Papa Magnus a tout de suite pris son ami à témoin de l'exploit, du pillage de la « Petite ». Il a cligné de l'œil avec un faux air de sévérité où Lise a perçu de la tendresse. Elle est maintenant complètement rassurée !

Lise aime assister aux rencontres des deux vieux camarades. Arrivés l'un et l'autre de Norvège cinquante ans plus tôt, ils reprennent, dès qu'ils sont ensemble, leur langue maternelle. Parfois, ils se disputent comme des enfants, le ton de la discussion monte peu à peu, les vieilles joues ridées s'empourprent, les barbes tressautent. Quand ils se quittent en s'appelant « Monsieur » en français, c'est le signe d'une crise grave qui risque de ne pas ramener le père Haller à la maison avant plusieurs jours.

Lise ne comprend rien à leur conversation, peut-être est-ce justement cela qui lui plaît. C'est simplement une musique, quelque chose de très différent de ce qu'on entend dans les autres maisons. Ce chant en langue étrangère c'est, pour elle, la marque particulière de son foyer. C'est de ne plus l'entendre qu'elle se sentirait exilée ; de cela, elle ne s'en remettra jamais tout à fait ! Pour l'instant, elle écoute, elle retient des mots, des mots en « ett », en « ikke », des noms aussi, qui reviennent souvent : « Fjord, Christiana, Amundsen, Fram ».

Quelquefois, Magnus monologue ; peut-être parle-t-il de la Russie ? Il y a une malle au grenier, pleine d'objets russes et, depuis quelque temps, on a permis à Lise de découper une liasse de feuilles joliment imprimées en vert, toutes quadrillées de rectangles réguliers, faciles à détacher. Elle peut jouer, tant qu'elle le souhaite, à la marchande ou à la banque avec ces coupons-là.

– Tu peux y aller, dit Papa, avec un rire un peu fêlé, ce sont les « fonds russes » de ton grand-père !

Naïf consul de Russie, Magnus a, voici vingt ans, transformé toutes les économies de sa fille Grete, la mère de Lise, en emprunt russe*. Mais ces considérations sont bien incapables de perturber les jeux de l'enfant !

Magnus et Christian ont repris leur duo. Elle ferme les yeux, les mots sonores la bercent, deviennent une mélopée, puis un ronronnement. Naît l'engourdissement tiède, le seuil conscient du sommeil ; elle savoure cet instant proche du rêve, enveloppée de bien-être !

Si Papa Magnus ne lui paraît pas être une grande personne comme les autres, il en est de même du cousin Frédéric à qui elle voue une admiration sans bornes. Frédéric n'est absolument pas une grande personne ! Ces dernières trouvent toujours du mal à dire de lui ! Parce qu'à la plage, il baisse les bretelles de son maillot de bain pour que son torse brunisse régulièrement, il est incorrect ! D'ailleurs, on dit aussi qu'il est fou : il se baigne en mer pendant tout l'hiver !

Son vocabulaire est riche, coloré d'expressions patoisantes qu'on dit inconvenantes. Il n'aime ni les cravates ni les costumes sombres ; d'un bout à l'autre de l'année, il porte des culottes de golf, en tweed beige ou roussâtre. C'est, paraît-il, une tenue négligée. Les grandes personnes considèrent Frédéric comme un anarchiste. Lise ne comprend pas très bien ce qu'est un anarchiste mais, si Frédéric en est un, vive les anarchistes !

---

* Emprunt russe d'avant la première guerre mondiale qui n'a jamais été remboursé.

On lui reproche aussi de ne pas être patriote, car il n'est jamais d'accord avec les grandes personnes lorsqu'elles se mettent à attaquer leurs bêtes noires : l'Allemagne et les Allemands.

Seul Papa prend alors le parti de Frédéric mais tous deux paraissent si peu compris, tellement isolés parmi les autres qu'ils finissent par se taire en haussant les épaules.

C'est que Frédéric a eu un professeur d'histoire qui connaissait bien l'Allemagne et les Allemands et assurait qu'on gaffait sans cesse envers eux. Quant à Papa, il sait les mensonges racontés au sujet de leur prétendue incurie coloniale. Les mots « incurie coloniale » sont difficiles à retenir pour Lise mais elle les a enregistrés tout de suite parce qu'ils se rapportent à une discussion entre son père, Frédéric et les grandes personnes.

Papa a visité les pays ravagés par « l'incurie coloniale » allemande. Il raconte que les indigènes n'y étaient pas plus exploités par les Allemands que par les autres « Blancs ». Il avait même admiré le travail fait là-bas : des écoles où les enfants apprenaient à fabriquer de jolis objets de cuir, d'ivoire et de bois. Papa a rapporté quelques-uns de ces objets, une canne d'ébène au pommeau d'ivoire sculpté qu'il a donné à Papa Magnus, des portefeuilles de cuir rouge, des boîtes à cigares qui exhalent des parfums mystérieux.

Les grandes personnes reprochent aux Allemands de parler une langue affreuse, une langue de brutes, désagréable à l'oreille. En évoquant les Allemands et tout ce qui s'y rapporte, elles ont les yeux méchants et leur bouche devient molle, avachie, en les appelant « les Boches ». Elles prétendent que la Grande Guerre, les morts, les blessés, les pauvres soldats, tout ça, c'est de leur faute. Mais Lise se méfie des grandes personnes et de leurs jugements ! Elles mentent si souvent, sans vouloir l'admettre. Sans cesse, on pourrait les prendre en flagrant délit !

Et puis, en plus, elles vous reprochent de ne pas être poli quand on a l'air de s'ennuyer franchement en leur présence. Mais elles, est-ce qu'elles sont polies avec leur manie de chuchoter ou de raconter des histoires drôles, des histoires « qui ne sont pas pour les petits enfants ». Dieu ! Qu'elles sont laides, les grandes personnes, lorsqu'elles racontent des histoires drôles !

L'année dernière encore, Lise se demandait ce que signifiaient ces mots qui revenaient sans cesse dans les conversations de ceux qui l'entouraient : France, Norvège, Allemagne, Russie, et aussi celui prononcé souvent par Joseph, son père : « Laouef » (AOF). Maintenant, elle sait qu'ils désignent « des pays avec des habitants » et qu'entre eux, il y a des frontières ! Il n'y a pas bien longtemps, elle s'imaginait chaque pays enclos de hautes barrières infranchissables, comme les grands prés où on enferme le bétail. Cette idée de clôture la révoltait. Au plus profond d'elle-même, c'est une libertaire !

Elle sait que le pays où elle vit s'appelle France mais, pour elle, il n'est pas plus vaste que la ville où elle est née : Boulogne. De l'autre côté de la mer, il y a l'Angleterre d'où vient le bateau blanc à roue : le Devonia. Et bien au-delà, il y a la Norvège où a vécu Papa Magnus. Là-bas, habitent encore l'oncle Harald, « le Pasteur », qui est le jeune frère de Papa Magnus, et aussi Johannès, le frère de Maman ; sa femme, c'est tante Hilda ; sa fille, cousine Ingrid.

Lise n'a jamais vu tous ces gens, sauf sur des photographies mais, grâce aux tableaux qui garnissent les pièces de la maison, elle peut se représenter la Norvège et s'imaginer cette famille à la fois proche et lointaine, vivant dans une maison de bois, peinte en rouge, plantée sur un pré qui descend vers le fjord.

On prononce un « fiour » a dit Maman. Et elle a ajouté que les fjords étaient des endroits merveilleux, l'eau y est transparente, lisse ; on y nage, on y navigue à la voile et, à la Saint-Jean, on allume des feux sur des radeaux. En hiver, pendant des mois et des mois, la neige couvre la Norvège. On patine, on se promène à skis, on attelle les chevaux aux traîneaux ; il fait bon vivre là-bas !

La Russie, c'est autre chose, plus mystérieux. C'est vert ! Peut-être à cause du portefeuille vert de Papa Magnus, en cuir de Russie, peut-être à cause des fameux bons qu'elle a eu le droit de découper. La Russie, c'est aussi le pays des ours. Son grand-père raconte de terribles histoires d'ours. Il dit qu'il en a mangé en Russie !

Quand à « Laouef », en Afrique, Papa en a ramené des photographies et une grande malle en fer : une cantine pleine de souvenirs ! En « Aouef », les habitants ont la peau noire, les maisons ont de drôles de formes, sans fenêtres. On peut apprivoiser des gazelles et le soleil est très chaud. Les grands chefs organisent des « Fantasia » en l'honneur des hommes blancs. Les femmes font du couscous et transportent les bébés sur leur dos.

Mais l'Allemagne ? Papa lui a montré un jour une zone jaune sur une carte de géographie : c'est l'Allemagne. Et sur cette carte, un petit point noir : Hambourg, une grande ville, un grand port. Elle a répété : Ham… bourg, trouvant le mot joli et déjà, peut-être, en a-t-elle pressenti la magie !

La dernière fois que Frédéric est venu dîner à la maison, Maman lui a demandé s'il irait cette année encore aux rendez-vous de Hambourg. Les rendez-vous de Hambourg… Ils ont lieu tous les ans à la même date : celle de l'anniversaire de l'oncle Harald, le Pasteur. Maman les manque rarement. Papa Magnus est maintenant trop vieux pour s'y rendre et Grete y va seule avec Frédéric.

C'est une tradition que cette rencontre rituelle dans le vieux port hanséatique situé à mi-chemin entre Oslo et Boulogne. Grete y retrouve son frère Johannès, sa belle-sœur Hilda et la petite Ingrid, sa nièce. C'est un séjour rapide, coûteux, mais qu'elle ne veut pas manquer, si fugitives que soient les retrouvailles. Joseph, son mari, ne l'accompagne jamais ; il ne peut quitter son travail ; d'ailleurs, il n'aime plus voyager : une enfance sans foyer l'a rendu casanier. Il n'est bien que chez lui, à la maison. Il appréhende ces déplacements de Grete et surtout il craint qu'un jour elle n'insiste trop pour emmener « la petite ». C'est un inquiet et un sentimental que toute séparation rend malade.

Hambourg ! Ce nom impressionnait toujours Lise ; il était captivant et mystérieux. C'était une musique grave qui l'envoûtait. Hambourg symbolisait pour elle les choses inaccessibles, l'aventure. Elle imaginait les quais immenses, les paquebots majestueux, astiqués de près, l'odeur du port, les docks, les rues de Hambourg, l'animation de Hambourg, les habitants de Hambourg. Elle avait l'impression de voir tout cela au travers d'une vitre qui lui en interdisait l'accès. Quand on parlait de Hambourg, elle se sentait prisonnière. Pour elle, c'était la porte de la liberté !

A chaque voyage, Grete rapportait de petits cadeaux à sa fille et la chambre de Lise se peuplait d'objets qu'elle alignait sur sa cheminée. Ils étaient davantage source de regrets que de plaisir car ils évoquaient ce qu'elle n'avait pu voir elle-même, sa frustration !

Et voici que, depuis quelque temps, Joseph aussi parlait de Hambourg ! Il avait fait la connaissance d'un de ses habitants, un capitaine de cargo avec qui il sympathisait. Ce capitaine avait une fille du même âge que Lise, et c'était un collectionneur de timbres comme lui-même. Joseph évoquait souvent cet homme mais elle ne le rencontrait jamais ! Il devenait ainsi une sorte de personnage mythique.

Alors, elle transposait ses rêves, passant de longs moments à jouer avec des cale-pieds, petits tabourets carrés rembourrés de tissu épais et rouge qui, retournés, glissaient superbement sur le plancher ciré de la salle et devenaient des bateaux. Elle s'y installait à califourchon, ramant avec les mains. Le grand tapis multicolore délimitait le bord de quai. Tout autour, elle naviguait de bassin en bassin. L'espace qui séparait le tapis du salon de celui de la salle à manger représentait le grand large. A la limite des deux pièces, là où demeurait le bâti d'une porte démontée, Lise entrait dans le port de Hambourg.

Son imagination lui procurait ainsi des jeux sans cesse renouvelés, mais coupés de rêveries délicieuses au cours desquelles non seulement tout pouvait se transformer, mais s'effacer aussi et la mener à cet oubli d'elle-même qui l'épuisait, l'angoissait mais vers lequel pourtant la poussait un obscur besoin.

Sa maison lui paraît immense ! Elle est située dans une impasse, juste devant le tunnel où s'engouffrent les trains, à toute heure du jour et de la nuit. Le couloir d'entrée est large et ses murs sont garnis d'assiettes de faïence. Tout au bout de celui-ci se trouvent une cuisine et une arrière-cuisine, toutes deux petites et sombres. Ces deux pièces sont réservées à Grete qui cuisine, à Damère, la mère de Joseph, qui y fait la vaisselle et à Florence qui, une fois par semaine, vient repasser le linge de la famille.

A côté de la cuisine, une petite porte vitrée donne sur une courette qui contient le trou à charbon ; la courette est contiguë au triangle de jardin anémique où, en été, les troènes mêlent la senteur écœurante de leurs fleurs à celle de la fumée. Au premier étage, sa chambre et celle de ses parents communiquent entre elles par une porte cloisonnée percée dans le mur et tapissée de papier peint. Sur le palier, l'armoire en chêne, haute jusqu'au plafond, contient les piles de draps et, derrière une toile protectrice, les costumes de Papa.

Lise n'aime pas monter au-delà. Une sorte de malaise la saisit dès qu'elle pose le pied sur la première marche de cette seconde partie de l'escalier. Aussi, lorsqu'on lui demande d'y aller, se précipite-t-elle, cœur battant, afin d'être plus vite redescendue. Pourtant, rien ne justifie cette terreur. C'est à ce deuxième étage que se trouve la chambre de Papa Magnus ainsi que celle de Damère. Contiguë, une petite pièce : la chambre au linge sale. A côté, la chambre d'amis, troublante par son anonymat. Ses tentures lui ont valu le surnom de chambre rouge. Ici, elle a l'impression que quelqu'un est caché sous le lit, qu'on va l'attraper par les pieds !

Là où règne l'obscurité : derrière les portes, dans les placards, elle sent cette présence qui l'épouvante, une menace imprécise qui atteint son paroxysme derrière la porte de l'escalier du grenier, escalier en colimaçon qui mène cependant à des trésors inestimables : malles mystérieuses bourrées de souvenirs, de défroques et de naphtaline que Grete consent à lui montrer en de rares occasions. Malle de Papa Magnus contenant des gravures de Norvège, croix de St Olav, vieilles photos et argenterie. Malle de Damère, étonnantes chemises de nuit de toile rêche, strictes comme du linge de nonne. Malle de Joseph sentant l'Afrique, vieil uniforme de soldat, plumes d'aigrettes, cuir de mouton et enfin celle de Grete, la plus troublante : costume de Vestfjord que Lise essaie chaque année, dans l'espoir d'être assez grande pour le porter ! Modèles réduits en bois sculpté, datant du IXe siècle et représentant des femmes et des stavkirke (église de « bois debout »), trop fragiles pour être livrés aux jeux mais qui lui sont promis pour sa chambre, plus tard, quand elle sera grande.

Quand elle sera grande… Elle a dit une fois :

– Et si je ne suis jamais grande ?

– Ne dis pas de bêtise, a répondu Grete, toute remuée.

Et, pour la consoler de cette fausse lenteur de l'enfance, elle lui a donné une belle image de Norvège, un jeune garçon qui pêche au bord d'un fjord.

L'impasse a peu d'importance, elle se compose d'un trottoir et d'une bande herbue où aucune fleur ne peut pousser. Le mur qui protège la tranchée du chemin de fer est haut d'un bon mètre. On lui a bien recommandé de ne jamais se pencher.

Une fois, Papa l'a soulevée dans ses bras pour qu'elle puisse voir ce qu'il y avait au fond : des voies de métal brillant, des traverses de bois épais et, sur les côtés, la signalisation. Tout cela s'engouffre sous la voûte d'entrée du tunnel. C'est effrayant ! Elle ne cherche jamais à revoir le mystère des voies. En revanche, en traversant la rue où s'ouvre l'impasse, elle aime pénétrer dans le jardin public qui longe les quais de la petite gare voisine.

Agrippée aux hautes grilles (tes mains, voyons, Lise, comme tu es sale) elle voit passer les trains. Les trains bleus surtout, l'intéressent... avec des inscriptions en lettres d'or. Ils ralentissent et s'immobilisent quelques minutes en gare. A travers les vitres, on aperçoit les voyageurs qui prennent leur repas : nappe blanche, abat-jour rose, petit bouquet sur la table... le Calais-Bâle ! C'est un monde merveilleux qui glisse lentement sous ses yeux lorsque le train ralentit. Wagons-lits, wagon-restaurant, mots magiques, images somptueuses des « ailleurs »...

De l'autre côté de la voie ferrée, vit Florence. Parfois, Lise va passer un moment avec elle dans la petite maison biscornue aux ouvertures étriquées. Dès le pas de la porte, plane l'odeur des fers chauds et du linge empesé.

Florence chante tout en repassant. Elle est aussi un peu magicienne : préparer l'amidon Verley constitue une sorte de cérémonie ; il y a le bain cuit et le bain cru ; de la boîte cartonnée où l'ours blanc se dresse sur son iceberg, une averse de blancs grêlons tombe dans la bassine où l'eau transparente s'opalise et devient lait, douce surface liquide où Lise ne résiste pas à l'envie de plonger le doigt.

Sous le fer de Florence, les tabliers bleus virent au mauve et les verts deviennent bleus. Quand, pour parfaire son œuvre, elle décolle les poches, ça craque comme du carton !

– Dis, Flo, tu me laisses décoller les poches ?

Entre les doigts de Florence, les plastrons se plissent, respectables. Elle transforme les bandes de tissu mates et molles comme des chiffons en cols brillants et durs qui tiennent ensuite tout seuls, emboîtés les uns dans les autres. Les bonnets de baptême ou les coiffes de communiantes, sous l'agilité du fer à tuyauter se gonflent, s'aèrent, prêts à l'envol, comme des ailes de mouettes. Et tout cela sent bon le frais, le propre. Florence chante du matin au soir.

– C'est un rossignol, dit Maman.

Quand Florence vient travailler à la maison, elles mêlent leurs voix en duo d'opérette. Florence fait un peu partie de la famille ; on fête son jour en achetant des croissants pour le goûter de quatre heures.

Damère ne comprend pas. Dans sa famille, les domestiques mangeaient dans la cuisine et un autre menu que celui des patrons. Grete sait bien qu'elle choque sa belle-mère et même, cela l'amuse un peu. Pauvre Damère ! C'est une petite personne mince et effacée. Qui croirait qu'elle a eu onze enfants ? Abandonnée par un mari volage ou découragé, elle a élevé sa famille, aidée par ses parents qui, peu à peu, ont vendu leurs biens : hôtel, maisons et terres, pour nourrir les petits et payer les dettes.

Damère passe la majeure partie de son temps à la chapelle des Pères Rédemptoristes, non loin de la maison. Grete pense qu'elle doit souvent s'y endormir, dans la pénombre et sous l'effet du parfum d'encens.

A table, Damère parle peu. Grete essaie parfois de lancer la conversation sur un sujet qui pourrait l'intéresser, mais sa belle-mère « s'éteint » très vite. On croirait qu'elle n'a pas de souvenirs ! Peut-être tout simplement est-elle victime d'une éducation étriquée qui la marquera jusqu'à la fin de ses jours !

Une seule réminiscence la fait rougir comme une jeune fille lorsqu'elle évoque la soirée où elle ouvrit le bal avec Napoléon III, lors de l'inauguration des usines dont son beau-père était le directeur. Jeune mariée, ces heures-là lui ont semblé prestigieuses !

Maintenant encore, une lueur d'orgueil brille dans son regard lorsqu'elle les évoque. Mais aussitôt, cette brève vanité la mortifie et elle baisse les yeux, toute modestie retrouvée. Grete ne comprend pas sa belle-mère. Comment une conscience aussi scrupuleuse, torturée par l'idée du péché, l'appréhension du purgatoire et de l'enfer, peut-elle être si indifférente à la justice et à la charité ? Damère ne comprend pas sa belle-fille. Comment une femme aussi bonne, aussi franche, aussi serviable, peut-elle rester indifférente à Dieu et à l'Eglise ?

Lise observe l'une et l'autre et ressent combien ces deux êtres sont dissemblables ! Ce n'est pas l'âge qui creuse entre elles un abîme ! Papa Magnus aussi est vieux et pourtant il ne ressemble en rien à Damère. Peut-être est-ce parce qu'il a des choses à raconter, des souvenirs intéressants et joyeux ? Peut-être faut-il avoir eu du bonheur dans sa vie pour savoir se faire aimer des gens ?

Quelquefois, Lise questionne son père sur son enfance, mais elle n'obtient pas grand-chose. Joseph ne parle jamais de son père, un peu de sa grand-mère maternelle qui emmenait ses petits-enfants en carriole à la grand-messe, tous les dimanches, et leur interdisait de rire en chemin, car ce n'est pas convenable ! Un jour aussi, il lui a raconté que ses parents, ruinés, s'étant mis à élever des lapins, ils devaient, ses frères et lui, aller en vendre sur le marché de Montreuil, pendant les grandes vacances. Là, ils rencontraient des camarades du collège des Jésuites où ils étaient pensionnaires, qui les regardaient avec surprise et un rien de mépris. Certains ne les « reconnaissaient pas » ! « Les enfants sont impitoyables », dit-il souvent.

Des onze frères et sœurs, il reste seulement trois enfants vivants : une sœur, entrée au couvent à l'âge de 18 ans, c'est tante Marie-Sophie que l'on va voir une fois par an, derrière les grilles de son cloître ; un frère prêtre : l'oncle Etienne, qui a été blessé à la tête, pendant la guerre. Il est malade, dit-on. Une espèce d'exaltation née de la torture morale d'avoir tué et qui fait de lui une sorte de religieux en tutelle qu'on a casé à « l'Action populaire » et à qui on a signifié l'interruption de son ministère. On ne peut courir le risque de le laisser monter en chaire ! Peut-on prévoir ce qu'il prêcherait ?

Les autres frères de Joseph sont morts enfants et deux ont été tués en 1915, au début des combats. L'enfance de Lise se déroule ainsi, parmi ces adultes conditionnés par la grande tourmente qui a soufflé sur le monde. Leurs souvenirs, encore tout proches, constituent la toile de fond de sa propre existence. Tous autour d'elle se réfèrent encore à ces quatre années où les hommes d'Europe ont été broyés dans le même creuset. Avant-guerre ! Après-guerre ! Pendant la guerre !…

*** *

Papa Magnus est mort ! Il y avait déjà plusieurs mois qu'il n'habitait plus la maison. Tante Helga avait accueilli chez elle le vieillard déclinant afin d'éviter à Lise toutes sortes de microbes.

C'est donc chez tante Helga que Papa Magnus s'est éteint et son souvenir s'estompe. Mais ce qui demeure, c'est sa voix. C'est la mélopée étrangère qui a bercé les premières années de la petite fille, le chant des mots, les résonances, le rythme de cascade, tout cela est en elle : bien gratuit et précieux que rien ne pourra lui ravir et qui évoque les « ailleurs » !

Chaque fois que Grete va aux rendez-vous de Hambourg, on confie Lise à tante Helga, la mère de Frédéric. Tante Helga habite Marquise, dans une maison basse où Lise passerait un séjour fascinant s'il n'y avait la voix terrifiante de sa tante. Sa demeure est assez vieille et rustique – insignifiante vue de la rue – mais son charme naît dès qu'on en a franchi le seuil. Dans le hall du rez-de-chaussée, un large escalier de bois massif conduit à l'étage. Il débouche sur une galerie qui le surplombe et sur laquelle s'ouvrent les portes des chambres mansardées.

La cuisine, qui donne sur le jardin, est grande, meublée d'une longue table, d'un haut buffet et de chaises de bois blanc. De larges dalles de grès beige recouvrent inégalement le sol, l'évier est une vaste pierre grise, toute bosselée et veinée de ruisselets. Une pompe à main y amène l'eau. Dans le fond de la pièce et dans l'ombre, trois portes semblables donnent accès à des caveaux dont l'un a été trans-formé en salle de bains. Quand on ouvre l'une de ces trois portes, une odeur de pierre humide envahit la pièce.

Le hall d'entrée dessert aussi la petite salle, presque entièrement occupée par un piano, et la grande salle, avec des meubles foncés, torturés par la main d'un sculpteur baroque. Ces pièces-là sont glacées, on ne les utilise qu'en été, lorsque les Anglaises sont là. Les Anglaises sont des pensionnaires que tante Helga reçoit à la belle saison et qui viennent là afin d'améliorer leur français et apprendre à cuisiner savamment.

Les cousines les promènent, conversent, organisent des pique-niques. Tante Helga, elle, donne ses recettes. Le séjour des Anglaises lui procure un précieux bénéfice tandis que les jeunes filles retournent chez elles avec quelques kilos gagnés en échange.

Lise, enfant de la ville, s'émerveille devant le jardin. Chez elle, il y en a bien un, mais petit, qui reçoit la fumée venue du tunnel voisin. Les feuilles des troènes y sont grises, la terre y est ingrate. Seuls poussent des capucines grimpantes et quelques pieds de « désespoir du peintre ». L'unique rosier n'a donné qu'une seule fois une seule rose et ce fut un événement. Depuis, Lise guette vainement, chaque année, dans l'espoir d'un nouveau miracle !

Mais, chez tante Helga, le jardin est un enchantement ! Une petite rivière le sépare du potager et du poulailler où l'on se rend en empruntant un pont de bois branlant. L'eau, en dessous, est verte et fougueuse ; elle se précipite sous une voûte à l'extrémité du jardin et disparaît, engloutie sous la rue ; mais en amont, elle vient d'une propriété voisine qu'on devine sous les arbres et elle apporte la fraîcheur.

Lise n'aime pas entrer seule dans le poulailler. Elle craint les volatiles depuis qu'une poule lui a arraché une tartine qu'elle tenait à la main. Elle a honte d'avoir peur mais elle n'ose pas refuser d'aller ramasser les œufs. C'est agréable d'ailleurs de les sentir encore tout chauds dans le creux de la main. Parfois, un duvet reste collé à la coquille, délicieusement doux. Elle a le droit aussi de cueillir des fleurs : « Attention, choisis de longues queues et ne touche pas aux roses, tu te piquerais aux épines ! »

Elle ramène des brassées multicolores de bleuets, de gueules de loup, de marguerites et de soucis, et surtout les hampes azurées des pieds d'alouettes et les cloches si délicatement rosées des campanules. Le visage disparaît, le nez enfoui dans l'odorante merveille. Cousine Laurette les dispose dans des vases.

Tout au fond du jardin pleure un saule imposant et respectable ; on se sent chez soi sous son ombre, bien protégée par le rideau mouvant et léger de son feuillage clair et bruissant. Lorsqu'il fait chaud, Lise prend un petit pliant de toile rayée et va s'installer pour la matinée sous son arbre. Elle espère qu'un jour elle y entendra des voix. L'histoire de Jeanne d'Arc l'a fortement impressionnée et elle pense que saint Michel pourrait bien recommencer une fois à se faire entendre, pour soulever des armées. Elle admire Jeanne d'Arc parce qu'elle s'habillait en homme et parce qu'elle montait à cheval. Le père de Lise est un ancien cavalier, il parle des chevaux avec vénération. Elle sait qu'on dit la bouche d'un cheval et les jambes... pas les pattes, surtout !

Lise a le respect de ce genre de recommandations. Donc, elle aimerait être habillée en garçon et monter à cheval. Mais elle a une idée bien définie sur son armée. Ce serait une Croisade pour la paix. Les volontaires auraient des tuniques blanches et des couronnes de fleurs dans les cheveux ; ils auraient des voix douces, persuasives, ils chanteraient en chevauchant ; ils parcourraient toute la terre, ils renverseraient et piétineraient les frontières, ces fameuses barrières qu'elle imagine maintenant rouges et blanches comme un passage à niveau. Des années et des années plus tard, rencontrant les premiers hippies, elle se dira qu'elle est née trop tôt.

L'idée de cette croisade lui est venue bizarrement alors qu'elle jouait avec des soldats de plomb. Un jour, elle en avait fait tomber un, un cavalier, comme son père l'avait été et elle l'avait ramassé, décapité. Quelqu'un avait dit en riant : « Ce sont des choses qui arrivent à la guerre ! » Et brutalement, elle était entrée de plain-pied dans la réalité : les soldats pouvaient perdre leur tête à la guerre et leurs enfants avaient alors des pères sans tête, des pères morts, pire que morts. C'était une vision d'horreur, un cauchemar qui allait hanter ses nuits. Si son père était envoyé à la guerre, il pouvait perdre sa tête et le cousin Frédéric aussi.

Elle avait pleuré sur le sort du soldat de plomb sans tête et sur la petite fille du soldat de plomb. Bien sûr, personne ne l'avait comprise : on lui en avait offert un autre. Mais elle n'en avait pas voulu. Elle n'aimait plus jouer à la guerre. C'est ainsi qu'elle en était venue à attendre les voix de saint Michel ou de quelque autre saint, des voix qui lui intimeraient l'ordre d'aller prêcher la paix sur les grandes routes !

Sous le saule pleureur, elle attend donc encore… en vain ! Et voilà qu'observant son tronc, elle vient d'y découvrir une blessure, une sorte d'entaille par où la sève s'écoule lentement. Alors, elle oublie les voix, elle ne pense plus qu'à la plaie de l'arbre, elle veut guérir le saule, elle lui fabrique des emplâtres, lui fait des pansements.

« Cette petite a des idées saugrenues » diront ses cousines quand elles apercevront des feuilles de sycomores maintenues sur l'entaille par les lacets de chaussures de Lise.

A défaut des voix de saint Michel, résonne à ses oreilles la voix tonitruante de tante Helga. Veuve, cette dernière est restée seule avec une famille nombreuse à élever et une brasserie à diriger alors qu'elle n'avait pas trente ans. Elle a pris des habitudes de matrone. L'entreprise a fermé ses portes depuis longtemps, ses enfants sont maintenant des adultes, mais elle les considère encore comme s'ils avaient dix ans.

Bien des années plus tard, Lise se rendra compte que la rudesse de tante Helga n'était qu'apparente et que son intransigeance servait de paravent à sa faiblesse. Mais, en ces années d'enfance, la petite est souvent terrorisée par sa tante dont la haute silhouette massive est toujours vêtue, été comme hiver, d'une sorte de tunique noire, boutonnée depuis le cou jusqu'aux chevilles, à la manière d'une soutane. Elle ressemble au curé du village. Son teint très coloré, ses cheveux tirés en chignon, accentuent la ressemblance lorsque, par temps froid, elle les cache sous un chapeau noir, vrai tricorne de chanoine.

Un jour de verglas où elle est tombée dans la rue, un passant s'est précipité vers elle, en s'enquérant : « Vous ne vous êtes pas fait mal, Monsieur le Curé ? ». L'histoire est passée de bouche en bouche parmi les habitants du bourg et tout le monde en rit encore, tante Helga la première.

A Marquise, Lise dort dans la chambre de cousine Laurette. Son lit est niché au creux d'un placard profond dont on s'est contenté d'enlever les portes pour le transformer en alcôve. Un couvre-pieds de coton blanc, frangé, cache l'édredon de satinette bordeaux, gonflé de plumes.

Dans la pénombre, avant de basculer dans le sommeil, Lise s'amuse à suivre, sur l'écran du plafond, les images renversées et fugitives des passants dans la rue, que la lueur des réverbères renvoie par les vitres de la chambre. De temps à autre, les rayons lumineux des phares viennent caresser d'or l'Angélus de Millet, accroché au-dessus de la table de toilette, sur un papier à rayures. A la pleine lune, brillent les cuvettes encastrées dans le lavabo d'acajou où trônent de ventrus pots à eau de faïence.

Tante Helga ne va jamais aux rendez-vous de Hambourg. Depuis que son mari est mort, elle n'a plus quitté sa maison ; peu lui importe les « ailleurs » ! Elle n'a jamais revu son frère Johannès et ne connaît ni sa nièce, la petite Ingrid, ni même sa belle-sœur Hilda. Elle vit dans un univers qu'elle a voulu volontairement rétréci et n'a pas conscience que ses filles en souffrent. Elle ne comprend pas son fils Frédéric qui parcourt l'Europe sur sa moto et la scandalise par ses propos révolutionnaires.

Mais elle aime faire des petits plaisirs à la mesure de son maigre budget : une galette fondante, un gâteau de Pentecôte. Tout ce qui lui reste d'amour passe dans la pâte pétrie avec une énergie désespérée. Elle niche les œufs de Pâques parmi les touffes de fleurs hâtives ou dans les vieux arbustes afin que Lise les découvre lorsqu'elle vient chez elle. A ces moments-là, Lise se prend à l'aimer et à éprouver pour cette statue de tissu noir une sorte d'affection. Pour un peu, elle se nicherait contre la tunique de curé qui cache les formes mysté- rieuses de tante Helga ! Il lui arrive de se demander si là-dessous il peut y avoir un corps semblable aux autres corps, des mollets, des genoux, des cuisses.

Quelquefois, elle s'amuse à deviner où finit la poitrine et où commence le ventre. Sa tante lui paraît sculptée dans un bloc d'argile. Mais lorsque Frédéric est là, que les discussions reprennent, que le ton monte immédiatement, la terrible voix fait trembler les vitres, les chats filent sous les meubles et Lise, recroquevillée sur sa chaise, l'appétit coupé, voudrait s'enfuir très loin et ne jamais remettre les pieds dans cette adorable maison.

Papa est venu chercher Lise chez tante Helga. Grete rentre ce soir de Hambourg avec Frédéric. Joseph est resté seul pendant quatre jours à la maison, avec Damère. Tante Helga a préparé un pâté de lapin odorant pour son beau-frère qu'elle s'ingénie à régaler, sans doute pour compenser les nombreuses discussions houleuses qu'elle a avec lui à tout propos.

Lise vit dans la peur d'une de ses attaques verbales. Elle a horreur de percevoir la mésentente autour d'elle. Cela la paralyse d'autant qu'elle sait très bien que donner son avis ferait d'elle la risée des grandes personnes. « Ces questions ne sont pas de ton âge ! Tu ne peux pas savoir ! Tu n'as pas d'expérience ! », etc. Alors elle se tait. Quelquefois, elle se trouve lâche. Elle se demande déjà si elle pourra un jour surmonter cette lâcheté, ce « à quoi bon » qui lui scelle les lèvres et la fait rentrer dans son trou. « Mon Dieu, pense-t-elle, faites que je ne devienne jamais une grande personne, faites que je me souvienne de maintenant ! »

– Alors, Joseph, attaque tante Helga, en versant à chacun un petit verre de Quintonine, que dites-vous de la proposition de Briand ?

Joseph parle posément :

– La réglementation qu'il veut obtenir de la production et de la circulation charbonnière en Europe ? Ce serait une excellente chose mais j'ai peur qu'elle ne soit pas comprise !

– C'est encore une idée à la Streseman, un ministre boche. On ne peut pas se fier à eux !

– C'est un jugement tout fait, dit Joseph. Moi, je crois en la bonne foi de Streseman.

– Je ne vous comprends pas, Joseph, vous, un ancien combattant, vous les excusez toujours, les boches ! C'est comme Frédéric, vous êtes de mauvais Français, vous reniez votre patrie !

– Moi, pas du tout, dit doucement Joseph. Une Fédération européenne – et c'est l'idée de Briand comme celle de Streseman et de Goudenhove Kalergi – ne va pas contre la Patrie, au contraire, et ce serait bien l'unique chance d'éviter une nouvelle guerre !

– Les Allemands ne veulent pas admettre le traité de Versailles, continue tante Helga en haussant le ton; ils veulent reprendre l'Alsace-Lorraine et leurs colonies. Mussolini aussi aimerait profiter de la traîtrise de Briand pour avoir des colonies! Et la SDN, c'est de la foutaise, je vous dis! D'abord, comment un catholique comme vous peut-il soutenir un homme de gauche?

– Mais Helga, reprend Papa, dont la voix s'affermit et devient coupante, avec un rien de tristesse, ça n'a rien à voir, ou peut-être si, peut-être... mais vous ne pouvez pas comprendre!

– Vous me prenez pour une imbécile? Dites-le, mon cher Joseph!

Il y a beaucoup d'ironie dans le « cher ».

– Nous payons Versailles, reprend Papa, lancé sur un sujet qui lui tient à cœur, la Conférence de la paix a été un dialogue de sourds.

Pêle-mêle, Lise glane des noms qui reviennent souvent dans les discussions des grandes personnes, des adjectifs qui se collent à ces noms-là, des verbes compliqués mais qu'elle retient sans bien les comprendre car elle boit les paroles de son père:

– Poincaré, intraitable! Clemenceau, Wilson et Lloyd George, des rapaces; Clemenceau, obnubilé par le désir d'enserrer l'Allemagne d'une ceinture de petits états placés sous l'influence française; Lloyd George (encore lui) qui s'inquiète de voir le Rhin contrôlé par la France... l'orgueil de Clemenceau...

Tandis que Papa se laisse entraîner dans cette énumération de griefs, Lise voit tante Helga qui tapote la table et devient toute rouge!

– Vous êtes un anarchiste! lance-t-elle, comme Frédéric, un Bolchevik!

Joseph soupire. Il pense à cette Société des Nations. En un sens, Helga a raison! De la foutaise, comme elle dit; conçue sans obligation ni sanctions par des esprits nationalistes qui se sont acharnés à découper l'Europe, traçant des frontières arbitraires.

En esprit, tandis qu'il discute avec lassitude, persuadé qu'il ne convaincra personne, il voit ce couloir de Dantzig, cette ineptie, et il sait déjà que de là naîtra un nouveau conflit. Il revoit la boue de Dixmude, les tranchées où patauge son régiment de Zouaves.

Dans un tiroir de son secrétaire, dorment deux médailles: la Croix de Guerre qu'il a gagnée pour être allé rechercher son lieutenant blessé et l'avoir ramené dans les lignes, sous le feu. L'autre médaille est celle de son frère Paul, tué à Verdun, engagé volontaire à 18 ans. Engagé volontaire, mon Dieu, pourquoi? Quelle bêtise, quel enfantillage. Pauvre petit Paul, personne n'a donc su le retenir!

Quand Joseph a montré ces souvenirs à Lise, un jour où elle explorait le vieux meuble respecté, la petite fille lui a dit: « Moi, si mon frère ou quelqu'un que j'aime était tué à la guerre, j'irai jeter sa médaille à la figure de ceux qui l'ont obligé à y aller, à la guerre. »

Cette enfant, comme elle est étrange, si calme en apparence, mais l'orage, la révolte même couvent au-dedans d'elle-même! Il en est à la fois fier et inquiet.

Pour l'instant, elle le regarde avec cet air affolé qu'elle a souvent lors de ces discussions d'adultes.

– Petite fille, n'aie pas peur, sois solide, mon petit ! Il tente de lui exprimer ces choses dans le regard gris qu'il pose sur elle et, volontairement, il détourne la conversation.

– Une merveille, Helga, votre pâté ! Quel dommage que Grete ne soit pas avec nous pour y goûter !

De son côté, tante Helga est heureuse d'abandonner le terrain politique. Joseph est trop documenté. Elle craint toujours de perdre la face vis-à-vis de son auditoire mais cela ne l'empêchera pas chaque fois qu'elle rencontrera son beau-frère, de relancer le débat ! Pour l'instant, elle a eu sa dose de discussion et la voilà toute prête à parler cuisine, condiments et herbes aromatiques !

Il fait chaud, la porte de la cuisine est ouverte. Le soleil de juillet pose des flaques dorées sur le carrelage ; du jardin, arrivent par bouffées l'odeur poivrée des œillets et le bruissement du feuillage ; la chatte grise se roule sur la tiédeur du grès. Lise ne pense plus qu'à la mousse au chocolat qu'on servira au dessert, toute fraîche sortie du « caveau » et qu'elle a vu préparer la veille avec le chocolat Meunier à cuire, tiré de son emballage vert pâle, poinçonné d'une médaille d'or !

L'hiver ramène le temps des grippes et des bronchites… le temps du thermomètre, des cataplasmes à la moutarde ou de l'ouate thermogène ; celui aussi du petit merlan sans sauce et de la compote de pommes… les heures privilégiées durant lesquelles Lise lit et relit les aventures de Bicot, dans son lit laqué blanc, tandis que les autres sont assaillis par toutes les tracasseries de l'école car il a bien fallu que Lise aille à l'école !

Grete l'aurait volontiers gardée encore avec elle mais, finalement, elle s'est rendue aux bonnes raisons de Joseph. Mais quelle école ? Grete penchait pour le collège – si bien tenu – disait-elle, et où les enfants jouissaient malgré tout d'une certaine liberté. Mais Joseph aurait préféré l'Institution pour jeunes filles. On en rencontrait parfois les élèves, toutes fagotées dans leur uniforme triste.

– Jamais, avait dit Grete, jamais je ne consentirai à ce qu'on affuble ma fille comme une pauvre orpheline ! Et puis, ces dames, je ne peux pas les blairer ! Au terme « blairer », Joseph fronçait les sourcils.

– Grete… voyons… Grete !

Finalement, il y avait eu un compromis, une école libre de quartier fréquentée par un petit nombre d'élèves de milieux disparates et venues, pour la plupart, des ports artisanaux voisins. L'école était dirigée par Mademoiselle Garbi, une petite femme voûtée, au chignon gris. Ses yeux, d'un bleu d'acier, avaient un regard glacial et foudroyant. Elle ne souriait jamais.

Avec Mlle Garbi, la peur est née dans la vie de Lise. A l'école, tout est terreur ! Le bâtiment communique avec la rue par un hall pavé et le froid passe sous la porte à deux battants. Un banc de bois, contre le mur, est réservé aux enfants attendant qu'on vienne les rechercher. Sur la droite, le parloir ; on y accède par trois marches de marbre. C'est là que Mademoiselle reçoit les parents ; on pourrait dire : rabroue les parents ! Quand ils sortent, on les croirait punis.

La porte vitrée du hall donne sur une allée close de hauts murs menant à la cour de récréation. Sur la droite, s'allonge la salle des fêtes, avec une estrade et un piano verni noir. Tout autour de la salle, des portemanteaux pour accrocher tabliers et vêtements. Gare à vous si une surveillante trouve votre manteau à terre !

Lise est petite, trop petite ! Elle saute, elle saute pour suspendre son overcoat (vêtement de ratine bleu marine d'origine anglaise). C'est un coup de chance quand elle y arrive du premier coup. Dès qu'elle entre dans ce vestiaire, elle cherche des yeux son tablier! S'il disparaissait, s'il fallait fouiller partout, risquer d'être en retard, elle en frissonne rien que d'y penser! Car l'horaire est devenu pour elle une obsession! Surtout, ne pas faire crier Mlle Garbi, ne pas subir ses remontrances! Elle l'a vue se mettre en colère avec d'autres, des colères terribles!

Dans la cour, en attendant que la directrice sonne la cloche (elle tire sur la chaîne avec une telle vigueur que Lise espère toujours que la cloche se décrochera), on doit ranger les cartables sur les appuis des fenêtres. Et le supplice d'être petite recommence; il faut se mettre sur la pointe des pieds, pousser... parfois la sacoche retombe. Si elle est mal fermée, si le claquoir est usé, son contenu s'éparpille. Il faut ramasser crayons, gommes, cahiers, entre les jambes des autres qui courent ou dansent, indifférentes. Et puis, quand le cartable est bien installé, des grandes arrivent, qui empilent les leurs par-dessus.

Aussi, dès que Mlle Garbi s'approche des marches du perron, tendant le bras vers la cloche, Lise se précipite-t-elle vers la fenêtre, attirant frénétiquement son bien vers elle, par petits bonds répétés, jusqu'à ce qu'il soit dans ses bras. Vite, vite, à toutes jambes, gagner les rangs. Elle est essoufflée, elle a chaud, son cœur bat à grands coups trop répétés. Ah! Grandir, grandir et ne plus aller à l'école!

Pourtant, les cours l'intéressent; plusieurs niveaux sont réunis dans une même classe; aussi, s'amuse-t-elle souvent à écouter ce que dit la maîtresse des grandes. Travailler, ce n'est pas désagréable, mais elle se sent étouffée par l'ambiance. Ces menaces incessantes qui planent sur les élèves: « Si vous ne faites pas ceci, si vous faites cela, vous serez punies ». Punies, punies... Le mot « punies » revient comme un écho. On croirait qu'il vous enfonce en terre!

Et puis il faut subir les assommants Saluts du vendredi à la chapelle. Monsieur l'aumônier officie. Il est vieux. Sa voix chevrote en latin. Lise prend le latin en horreur. Il faut rester agenouillée sur des prie-Dieu paillés qui font mal aux genoux. Elle soulève les siens l'un après l'autre pour les soulager tandis que l'harmonium, sous les doigts d'une vieille fille rousse aux épaisses lunettes de myope, joue toujours les mêmes cantiques et que l'ostensoir, manié par l'enfant de chœur, envoie des bouffées d'encens.

Heureusement qu'il est là, cet enfant de chœur ! Il est distrayant ! Ce n'est jamais le même, un jour blond, un jour brun, vêtu magnifiquement de la soutane rouge sous la dentelle blanche du surplis, visage naïf ou sournois !

Lise a remarqué que, lorsque Monsieur l'aumônier lève l'ostensoir, il n'y en a plus pour longtemps. Alors, elle guette cet instant avec impatience ! Baisser la tête et hop : c'est la fin !

Et chaque semaine, revient la messe à la Paroisse. On y va en rangs, sans parler. L'église est sombre, glacée, on se blottit sur soi-même, la tête dans les épaules, les pieds sur les barreaux de la chaise, pour que les genoux remontent et créent une zone de chaleur au bas-ventre. Monsieur l'Abbé parle longtemps du haut de la chaire. Il faut regarder dans sa direction et ne pas toucher sa voisine. Heureusement, juste à côté de la chaire, il y a un chandelier où brûlent en permanence les cierges mis en l'honneur de saint Antoine. En fermant à demi les yeux, on obtient des clignotements passionnants, les lueurs dansent, montent, descendent, monde merveilleux des flammes mystiques.

A l'heure de la fin de classe, tabliers accrochés à la patère, manteaux enfilés, on se dirige en rangs vers le banc de bois du grand hall humide. Quelques mères sont déjà là qui attendent leurs enfants.

Avant de franchir la porte, Lise se tient des paris : « Maman sera-t-elle là, faudra-t-il l'attendre ? » Mais Grete est exacte au rendez-vous ! Une fois, il lui est arrivé d'être assez en retard. Lise s'en souviendra toujours. Elle se croyait abandonnée. Pourtant, ce n'était pas possible. Maman avait eu un accident, ou alors, elle l'avait oubliée. Elle s'imaginait alors restant là, jusqu'au soir, mangeant au réfectoire, dormant dans un dortoir, avec les pensionnaires !

Grete l'avait trouvée en larmes ! Longtemps, Lise était demeurée muette puis, entre deux sanglots, elle avait supplié :

– Faudra plus m'oublier, ne me laisse jamais, dis ?

Depuis, Grete est toujours présente à la sortie.

L'été apporte une suite de petits plaisirs qui vous réchauffent encore, lorsqu'on y songe au cœur de l'hiver !

D'abord, les capucines, qui s'épanouissent courageusement contre le mur du jardin ? Lise passe de délicieux moments à comparer les couleurs éclatantes, à respirer leur odeur forte ; parfois, elle cueille une fleur et elle la mange. La langue pique un peu, mais c'est si bon !

Et puis, la plage, les bains de mer, le sable brûlant, vers midi, dans lequel elle se roule voluptueusement. Les soirées sont douces. Elle peut alors rester en costume de bain, très tard, après le dîner. Il arrive même qu'elle ne se rhabille pas pour rentrer en ville à la nuit tombée. Plusieurs fois par semaine, au kiosque de la digue, l'Orchestre municipal donne un concert symphonique nocturne. Alors, on s'attarde sur la plage jusqu'à l'heure où les musiciens s'installent sur leur chaise pliante de fer peint.

Dans le noir qui vient, montent les bruits confus, conversations des promeneurs, rumeurs lointaines du port, une sirène, le grincement d'une drague qui travaille encore puis, plus proches, les instruments qu'on accorde et, tout à coup, le grand silence de quelques secondes qui précède l'attaque du chef d'orchestre. Sur les fauteuils de toile, les jambes couvertes pour atténuer la fraîcheur de la nuit, on écoute la musique !

L'Eté ramène aussi à la maison pour quelques jours, tante Jeanne, l'amie de Grete. Jeanne vit à Paris. Elle est divorcée. Ses deux enfants viennent souvent passer de longues périodes à la maison. Pour Lise, ce sont des frères et sœurs de passage. Jeanne est gaie malgré ses malheurs ! Elle est conciliante, calme, musicienne aussi. Sous ses doigts, le piano chante à faire pleurer !

Jeanne travaille dans un hôtel. Parfaitement bilingue, elle y reçoit la clientèle internationale. Quand elle a quelques jours de vacances, elle vient donc les passer à la maison. « C'est comme si j'y étais chez moi » dit-elle. Elle a eu une jeunesse dorée. Ses enfants ont été élevés par des nurses, mais elle est d'une extrême simplicité ; seulement, elle a gardé de son jeune temps (avant-guerre), le goût des belles et bonnes choses : les vins fins, par exemple ! Aussi, lorsque Joseph achète un lot de bonnes bouteilles, en met-il de côté quelques-unes, en disant : « Ce sera pour quand Jeanne viendra ! » Il arrive souvent qu'elles soient bues avant ! Alors, on renouvelle aussitôt la réserve et jamais Jeanne ne manque d'un bon vieux Bourgogne.

Quand Jeanne est à la maison, tout le monde est heureux, tout le monde est gai. Grete chante de plus belle : « Dans la vie, faut pas s'en faire, toutes ces petites misères seront passagères, tout ça s'arrangera ! »

Pour taquiner Jeanne, devenue parisienne, on l'appelle la Parigote ! Grete parle avec elle théâtre, acteurs, concerts. Lise entend des noms qui reviennent sans cesse dans leurs propos éparpillés au fil des heures : Sacha Guitry, Maurice Chevalier, Yvonne Printemps, Joséphine Baker, Mistinguett, Cécile Sorel... Même Damère sourit parfois lorsque Jeanne est à la maison. Pourquoi donc le mari de Jeanne n'aime-t-il pas vivre avec elle ? Pourquoi a-t-elle dû divorcer ?

Les années passent, de moins en moins longues pour Lise, à mesure qu'elle grandit. Elle n'a pas encore obtenu d'aller aux rendez-vous de Hambourg ! Mais elle voit des photographies que Frédéric prend là-bas chaque année. Elle peut, grâce à elles, suivre le vieillissement du pasteur et la croissance d'Ingrid. L'oncle Johannès et la tante Hilda n'ont pas d'âge, ni jeunes, ni vieux, un peu figés dans le temps. Sur la photographie de l'an dernier, l'oncle a coupé ses moustaches. Il a rajeuni du même coup. Ingrid est jolie, avec ses cheveux pâles encadrant un visage aux traits fins. Son nez est bien droit, sans bosse, ses narines découpées en biseau, les lèvres s'ouvrent sur des dents bien rangées.

Lise se trouve moche en comparaison de sa cousine. Elle voit dans les glaces, où son regard se pose, ses cheveux blonds trop dorés, coupés à la Jeanne d'Arc, qui virent au châtain en hiver, son nez un peu fort, avec cette bosse, et la couleur de ses yeux indéfinissable : des yeux de chat ! Elle sait que ceux d'Ingrid sont d'un bleu très clair.

Frédéric lui a montré d'autres photos qu'il a prises à Hambourg, celles d'une famille allemande qui, par une curieuse coïncidence, se réunit aussi chaque année, à la même date, dans le même restaurant, pour fêter aussi un anniversaire. Il y a là deux enfants, un frère et une sœur, tous deux plus âgés que Lise, quelques adultes aussi, qui ressemblent à tous les adultes. Ils ont l'air grave, tandis que, du côté norvégien, il y en a toujours un qui fait une grimace ou une clownerie.

Déric s'amuse chaque fois à photographier les deux tables. Lise voit ainsi le frère et la sœur grandir en même temps qu'elle.

– Je voudrais connaître leur nom, dit-elle à son cousin. La prochaine fois, tu leur demanderas, dis ?
Déric promet. Il a beaucoup d'affection pour Lise.

– La petite Allemande te ressemble un peu, sais-tu ! Mais elle est plus âgée que toi certainement, c'est presque une adolescente.

– Tu me donnes cette petite photo, Déric ?

– Si tu veux, moustique.

Il dit quelques mots en allemand.

– Répète un peu ! demande l'enfant ; c'est joli ce que tu dis là. Je ne comprends pas, mais j'aime l'entendre !

Comment définir ce qu'elle aime dans cette musique de mots ? Quelle analogie avec celle qui a bercé sa petite enfance ? La profondeur de l'accent tonique, peut-être ! L'expiration des « H », et cette séparation bien nette des syllabes. C'est comme si elle écoutait du piano. Cette langue est une sonate. Pourquoi les grandes personnes la trouvent-elle barbare ?

Elle emporte dans sa chambre le cadeau de son cousin ; elle pose la photographie sur la table de nuit. Souvent, elle la regarde. C'est vrai que cette grande fille a dans le visage quelque chose de commun avec elle : le front haut, la même implantation des cheveux et les lèvres minces qui paraissent scellées sur les secrets et les tourments de l'enfance.

Lise aurait bien voulu l'avoir comme amie, elle est certaine qu'elle s'entendrait bien mieux avec elle qu'avec ses camarades d'école parmi lesquelles elle se sent curieusement étrangère. Les autres ne pensent qu'à leurs vêtements, les filles n'aiment pas le sport et les garçons méprisent les filles.

Bien peu de gens ici apprécient la nature. Ils craignent toujours le froid, la chaleur, la neige, le vent, la pluie. Elle, au contraire savoure pleinement les sensations que les éléments procurent, la pluie qui coule sur le visage et tiédit sur les joues, le froid du dehors qui fait paraître si douce la chaleur de la maison en hiver. Le vent qui soulève la mer si joliment et vous donne des ailes, le grand soleil éblouissant, grillant la peau, la neige surtout, si rare et si merveilleuse où elle voudrait pouvoir se rouler comme un chiot.

Lise rêve de partir à pied sur les routes, de coucher au hasard, dans des granges, d'allumer des feux de camp mais tout ce qu'elle aimerait faire est considéré ici comme fou ou incorrect et, en tout cas, impossible !

Dieu se serait-il trompé en la faisant naître ici plutôt qu'ailleurs ? A Hambourg, par exemple ? Pourquoi n'est-elle pas la sœur du garçon de la photographie ? Il est beau cet adolescent à la chevelure pâle ! L'arc marqué des sourcils saillit sur un regard clair, franc. Son menton court, osseux, révèle une certaine énergie ; la peau se tend sur les pommettes nettement dessinées et le front, dégagé comme celui de sa sœur, se plisse de quelques rides précoces. « Tu pourrais être mon frère » murmure Lise, « mon grand frère ! »
– Lise, à quoi penses-tu ? demande Grete, tu parles toute seule !

– A rien, à rien du tout ! bredouille la petite.

Elle ne peut dire à personne qu'elle se promenait avec des inconnus dans une forêt sentant bon la résine ou qu'elle marchait avec eux le long des quais de Hambourg! On pourrait se moquer d'elle! C'est ainsi qu'elle s'habitue à vivre en imagination avec des ombres.

Quelquefois, l'été, lorsqu'elle accompagne son père à bord des grands paquebots qui croisent en rade, la tentation lui vient de s'y cacher, de manquer le départ du tender qui assure le va-et-vient entre le port et les transatlantiques, amenant passagers, consul et personnel des agences maritimes et des douanes.

Les longs bateaux dont les illuminations se reflètent dans l'eau sombre et calme des nuits d'été sont pour elle la révélation d'un monde cosmopolite, fascinant et interdit : Le Bremen... Cap Arcona... Cap Polonio... La Hambourg America Line... La Norddeutscher Lloyd... autant de noms qui chantent et la bercent au cœur d'un rêve d'évasion où la langue norvégienne de Papa Magnus se confond peu à peu avec la langue allemande qui bourdonne sur les ponts.

Un soir, elle se décide à tenter sa chance! Papa discute dans le fumoir confortable où l'on vient d'offrir à Lise une orangeade. Comme chaque fois, à bord, Joseph lui a fait signe qu'elle pouvait aller se promener un peu mais son regard et son doigt, frappant deux coups sur sa montre-bracelet, ont précisé tacitement qu'elle devait être de retour à la minute convenue. C'est un accord passé entre le père et la fille. Il l'emmène partout avec lui mais elle doit être silencieuse et ponctuelle.

Lise inspecte le dédale des ponts. Comme il serait facile de partir! Elle se mêlerait à un petit groupe d'enfants de son âge. On ne s'étonnerait pas de la voir là, d'autant plus qu'une dizaine de nouveaux passagers viennent de rejoindre le bord par le tender. Quand tout le monde serait couché, elle trouverait bien un recoin obscur, à proximité des cheminées ; il doit y faire bien chaud en pleine nuit. Elle se dirige délibérément vers l'une des trois cheminées jaunes au large bandeau noir du Cap Arcona. Il se dessine justement là une zone d'ombre propice à son plan. Elle s'y recroqueville, le cœur battant. Aura-t-elle le courage de ne pas se montrer quand on va la chercher? Car on va la chercher! Ce serait trop beau que Joseph embarque sur le tender sans vérifier si sa fille est à bord. Si elle se montre, c'est qu'elle est lâche!

Et soudain, Joseph est devant elle: c'est raté! Sa voix est anxieuse.

– Eh bien! Je te cherchais partout! Ils s'attardent aujourd'hui! Encore un bon quart d'heure certainement! La douane n'en finit pas. J'ai pensé que tu devais t'ennuyer toute seule. Qu'est-ce que tu fais là, dans ton petit coin? Tu n'allais pas t'endormir, non?

– Si je m'étais endormie et que tu m'aies oubliée, où est-ce que je me serais réveillée?
– Quelle question! bougonne Joseph. En plein Atlantique, sans doute! Mais comment peux-tu imaginer que je puisse t'oublier?

Il l'a aidée à se remettre debout; il lui serre très fort le bras.

– Tu sais que tu m'as fait peur! Je ne te trouvais pas et cette obscurité sur la mer et tout autour!

Il a toujours cette intonation angoissée. En retrouvant la lumière du fumoir, elle reçoit le choc de son regard inquiet, comme un reproche. Elle ne sera jamais passagère clandestine, elle est trop lâche! Mais ce monde des bateaux, comme il comptait dans sa vie! De son enfance, il lui resterait toujours le souvenir de cette galopade au long des hangars, sous les grues, cette senteur âpre de sel et d'iode, de goudron et de chanvre. Elle connaissait par cœur les signaux du poste de pilotage autorisant ou refusant l'entrée du port aux navires. Tous ces pavillons hissés, aux formes diverses, lui ont fait longtemps l'effet d'appartenir à un cérémonial grandiose, quelque chose où se confondaient le divin et le magique, une sorte de liturgie maritime !

Une porte s'est fermée, mais une autre s'est entrouverte avec tous ces bateaux aux équipages de nationalités diverses qui appareillent pour Melbourne, Singapour, Poti ou tout simplement Hambourg. Grâce aux bateaux, elle côtoie des hommes qui ont les mêmes métiers, les mêmes peines, les mêmes joies, les mêmes fardeaux ! Presque tous ont laissé quelque part, dans un port du monde, une famille, une femme, des enfants, tout ce à quoi ils doivent tenir le plus ! La seule idée que tous ces gens qui se croisent ici, sur ces quais, puissent un jour s'entretuer lui apparaît déjà une énorme absurdité, un courant contraire qu'il lui faudra toujours braver. Et dès lors, elle surmonte pour un temps sa timidité. Elle discute, à la leçon d'histoire, avec la maîtresse qui exalte le retour à la France de l'Alsace-Lorraine et la victoire de la Patrie ! Elle demande calmement :

– Mademoiselle, combien d'hommes a-t-on fait tuer pour ce petit morceau de terre ?

Pendant quelques semaines, elle n'a de cesse d'attaquer le chauvinisme de Mademoiselle. Elle expose tous les arguments avancés par Joseph dans ses discussions avec les grandes personnes. Elle y ajoute ceux de Frédéric qu'elle écoute toujours religieusement. Toute cette période de rébellion aboutit à la convocation de Grete chez Madame la directrice : Lise est accusée d'être impertinente et de se montrer indocile… si jeune !

– Je dis simplement ce que je pense sur les guerres, explique-t-elle à sa mère, mais je sais bien que ça ne sert à rien ! Les autres croient tout ce que Mademoiselle leur raconte, tout ce qui est écrit dans le livre ! Alors moi, ce que je dis, est-ce que ça compte ?

Elle sait bien qu'elle ne discutera plus ; consciente de l'inutilité de son petit effort de justice et de vérité, elle va se réfugier dans le confort du silence. Mais, au fond de sa jeune conscience, une fois de plus, elle se sent lâche !

DEUXIÈME PARTIE

LES ANNÉES 30

CHAPITRE 1

1930-1931-1932

En France, en cette année 1930, les grandes personnes, encore et toujours, parlaient des guerres, celle qui était finie, celle qui pouvait venir! Lise entendait dire que les Allemands avaient trouvé leur maître, un certain Hitler et, quand Joseph soutenait qu'on ne devait pas s'en réjouir, les autres affirmaient que c'était parfait ainsi. « Que les boches se débrouillent entre eux! On n'a pas à se mêler de ce qui se passe chez eux, encore moins de les secourir »!

Depuis que Stresemann était mort, le 5 octobre 1929, l'idée de Fédération européenne lancée par Briand, un mois plus tôt, n'avait pas rencontré l'enthousiasme nécessaire à son éclosion. L'Assemblée de la SDN avait bien voté le projet de résolution mais, dès le 4 octobre, la session était close.

Joseph n'était pas optimiste. L'effondrement de la Bourse à Wall Street avait plongé l'économie allemande dans un tel désastre que cet agitateur dont on commençait à parler pouvait désormais se faire passer pour un sauveur! Que pourrait la dérisoire SDN face à la réalité de la violence dont les échos parvenaient, assourdis, aux vainqueurs de 1918? Son ami, le capitaine de Hambourg, lui avait fait part de ses craintes : les élections de septembre 1930 avaient apporté une mauvaise surprise qui gâchait la satisfaction générale causée par la fin de l'occupation de la Rhénanie par les Alliés. On en oubliait même les représailles pour collaboration qui avaient suivi cette libération du territoire!

Dans les milieux libéraux, elle laissait une atmosphère de désespoir. Le docteur Scholz, chef du parti populiste, soulignait la nécessité de l'union des partis du centre. Les modérés venaient de perdre plus d'un million de voix et, si les communistes avaient gagné quelques sièges au Reichstag, les nazis, eux, en avaient obtenu 107 contre 12 aux dernières élections.

Beaucoup se demandaient encore comment ce pitre avait pu obtenir 107 sièges au Reichstag ! Comment son petit parti, si bruyant fût-il, avait pu prendre le deuxième rang au Parlement ? Frédéric aussi était inquiet. Les queues de chômeurs vues à Hambourg l'avaient impressionné. Quant à Grete, on l'aurait cru aveugle, pour une fois, à la détresse humaine. De toutes les souffrances vues dans les hôpitaux pendant la guerre, elle rendait en bloc les Allemands responsables. Son âme simple s'était laissée influencer par l'intoxication des années de guerre qui avait semé la haine chez ceux de l'arrière. Lorsque l'on parlait d'un conflit possible, Grete disait seulement : « S'il y avait une autre guerre, je me jetterais sous un train dès le premier jour » ! Joseph haussait les épaules tristement : « Allons, allons, Grete, tu ne ferais pas cela, ne dis pas de bêtises ! »

Mais Joseph était encore mobilisable. Oh ! Ce droit des Etats sur les hommes ! Comme il rendait furieuse l'enfant Lise qui se sentait déjà abandonnée, consciente de son impuissance à chasser les menaces qui se profilaient.

Par le monde, d'autres enfants ressentaient peut-être la même angoisse ; comme elle, ils seraient ballottés par le cours de l'histoire ; mais de pressentir que ces autres existaient quelque part, au-delà des frontières et, qu'à la même minute, ils pensaient la même chose, représentait déjà pour ses neufs ans, un certain réconfort ! Les enfants des « rendez-vous de Hambourg » partageaient-ils son inquiétude ?

Cependant, malgré la crise qui avait atteint l'économie mondiale, les affaires maritimes se portaient assez bien. A la maison, on avait remplacé la vieille lampe à gaz à l'abat-jour garni de perles par un affreux lustre électrique sans âme et, depuis le printemps, Joseph avait acheté la TSF. En tournant les boutons, les langages changeaient. Sur Radio Paris, les chansons alternaient avec les informations. Radio Normandie égrenait ses réclames : « La crème Simon MAT vous promettait un teint de star ! » Le poste débitait les disques offerts « pour les vingt ans de Janine, de la part de son Gégé qui l'aime » !

Sur Londres, on captait souvent de très beaux concerts retransmis du Queen's Hall. Grete se mettait de moins en moins au piano ; mais, parfois, quand Lise insistait, elle consentait encore à jouer les chères romances sans paroles de Mendelssohn et la petite fille rejoignait ses ombres amies au cœur d'un paysage imaginaire. Que lui importait que sa mère ne soit pas une artiste comme Jean Doyen. Elle préférait le piano sous ses doigts ou sous ceux de Tante Jeanne à celui qui venait de la grande boîte de palissandre.

Les journaux annonçaient la prochaine Exposition coloniale et Lise avait obtenu la promesse d'aller à Paris pour cette occasion. Déjà, elle rêvait de se promener dans les villages reconstitués « d'Aouef », semblables à ceux dont les photos se décoloraient au fil des années dans l'album de son père.

La TSF avait annoncé l'atterrissage à New York du « Point d'Interrogation » ! Coste et Bellonte étaient les héros de l'année, ils effaçaient Alain Gerbault*. Les exploits aériens de l'époque intéressaient davantage les Français que les efforts de Briand qui défendait toujours, à Genève, son projet de Fédération européenne et très peu se souciaient de la misère allemande qui inquiétait Joseph et Frédéric.

---

* Grand navigateur

1932... Frédéric chevauche sa motocyclette, une forte cylindrée dont la vitesse le grise. C'est trop bête de se rendre à Hambourg par le train puisqu'il possède maintenant cette bête puissante qu'il cale fermement entre ses jambes. Il a pris plusieurs semaines de vacances afin d'effectuer un périple à travers l'Allemagne dont il ne connaît jusqu'ici que le grand port de l'Elbe. Au passage, il cueillera l'ami d'Outre Rhin Manfred qu'il a connu deux ans plutôt en Norvège.

En France, depuis peu, Pierre Laval est devenu président du Conseil; avec Tardieu, ils enterrent l'œuvre de Briand, lui substituant le projet d'entente bicéphale franco-allemande, ou tricéphale même, englobant l'Italie fasciste. L'heure de la Fédération européenne est bien passée! Ce n'est pas que la politique passionne Frédéric! Aucun parti ne saurait satisfaire ce garçon si peu conformiste, tellement épris de liberté et dénué de « patriotisme » mais il a de la sympathie pour ceux qui tentent d'établir un peu plus de justice et de bannir la connerie des guerres...

Il veut voir par lui-même ce qui se passe chez ses cousins germains, comme il appelle en blaguant ceux d'outre-Rhin! Pour Frédéric, l'Allemagne est le creuset d'où le socialisme devrait sortir triomphant! Sa jeunesse possède un dynamisme que l'euphorie de la victoire a éteint chez les vainqueurs de 1918. Là-bas, la classe ouvrière s'instruit, s'organise et ne s'épuise pas en vaines querelles; la tension qui l'oppose aux derniers grands possédants, les magnats de l'industrie, devrait favoriser l'éclosion d'un monde nouveau. Pourtant, Frédéric se méfie... Cet Hitler dont se moquent les Français pourrait bien tirer parti de la situation!

Voici bientôt dix ans qu'il s'agite, exploitant la faiblesse de la nouvelle république, le balbutiement de la démocratie exploitant aussi la vieille rivalité de la Bavière et de la Prusse, l'orgueil des Junkers, la cupidité des industriels et, surtout, de jour en jour davantage, la déception du peuple devant le chômage grandissant.

A la veille d'une possibilité de bouleversement social, tout homme, à quelque nation qu'il appartienne, craint de perdre le peu qu'il possède ; celui qui rétablira l'ordre, celui qui aura la poigne, lui apparaît alors auréolé d'une mission providentielle et le voilà prêt à suivre ce chef, aveuglément ! L'Allemagne va-t-elle, par ce biais, et sans en avoir conscience, renier sa vocation socialiste et sombrer dans une aventure tragique ?

Frédéric rumine toutes ces craintes tandis que les vallonnements le conduisent à sa première étape en Forêt Noire. Douceur d'un de ces villages aux maisons fraîchement repeintes, aux fenêtres fleuries sous les grands toits de bardeaux, à pans coupés. Douceur d'un soir, près de la fontaine sculptée, fumée bleuâtre exhalant la bonne odeur du bois qui brûle dans les gros poêles de faïence !

Frédéric traverse la place au ralenti. Avec ses enseignes de fer forgé et ses façades à croisillons, on croirait un village jouet. Quelle harmonie dans ces proportions, quelle sérénité sur ces lieux ! Comme Frédéric l'aime, ce pays... Dans le crépuscule, quelques appels, l'aboiement grave d'un chien de berger et les heures qui chantent au clocher de l'église. Un enfant rose et blond, à la traditionnelle culotte de cuir patinée, s'attarde à la fontaine ; le soleil déclinant dore les gouttes d'eau qui jaillissent de ses petits doigts, tendus sous le jet. Petit garçon si beau, tellement fait pour la vie.

Et Frédéric retrouve, avec la vision de ce gosse, cette angoisse qui le tenaille, cette prémonition des menaces qui pèsent sur tous ces gamins aux culottes de cuir. Toujours à vitesse réduite, il s'engage à la sortie du village sur une route secondaire qui mène à l'Auberge de jeunesse ; une flèche sculptée sur une planchette de bois indique la source du Danube. Le jour s'éteint. Frédéric a appuyé sa moto sur sa béquille. Il monte sa tente cercueil sur un pré. De l'auberge parvient une rumeur confuse. C'est là qu'il passera sa première soirée de touriste étranger.

Avec, sur son visage, dans sa démarche même et dans son comportement, ce « je ne sais quoi de Nordique » dont il a hérité de Papa Magnus, Frédéric passe ici inaperçu. Lorsque, mêlé à un groupe, il se met à parler, l'accent trahit alors son origine. Les questions pleuvent sur la France et ce qu'on y pense des Allemands.

Puis, les discussions reprennent entre les groupes de conceptions opposées, même les gosses s'en mêlent. Communistes, nationaux-socialistes, socialistes rivalisent d'arguments et, dans le feu des débats, on sent qu'il faudrait très peu pour que la parole cède la place aux coups !

Pourtant, à maintes reprises, l'accord se fait sur un même thème : la nécessité d'un nouveau système, d'un monde meilleur, plus juste ! L'image du café et du blé qu'on brûle en certains pays, pour préserver des intérêts, tandis que des populations entières sont affamées, cette image de l'absurdité et de l'accaparement, du profit criminel, est pour eux le symbole d'une société en faillite.

Le lendemain, Frédéric reprend la route et remonte vers le Nord. Il lui arrive de rencontrer des groupes de jeunes chantant sur le chemin, se reposant dans un pré, ou une assemblée autour d'un joueur de guitare. La plupart du temps, ils ont le torse nu, les shorts très courts révèlent les cuisses brunies et musclées. Leurs sacs à dos débordent de bidons et de gamelles. Leurs chants sont beaux : pas une fausse note !

Alors, Frédéric arrête sa moto, prétexte un renseignement à demander. L'accueil est presque toujours aimable. Certains bavardent en exposant leurs idées pacifistes : « La politique, on s'en fout ! Ils peuvent toujours essayer de nous embrigader, on ne marchera pas ! » L'exemple de Gandhi, aux Indes, les impressionne beaucoup.

Ces joyeux lurons ne sont pas les seuls « vagabonds » que Frédéric rencontre au long de sa route. Il y a aussi les bandes de jeunes chômeurs, un mélange disparate que le hasard du chemin a réunis. Ils pillent les arbres fruitiers et les jardins potagers, demandent l'aumône, errant sans but. Bientôt, ils seront volontaires pour les camps de travail d'un gouvernement qui glisse inexorablement vers le fascisme.

Près de Stuttgart où Frédéric a rendez-vous avec Manfred, il croise, avant d'entrer dans la ville, une camionnette bondée de filles et de garçons chantant des refrains révolutionnaires et saluant, le poing tendu, des familles en promenade, des cyclistes aux guidons fleuris, qui répondent de la même façon, criant frénétiquement : « Rote Front ! »

Mais il y a aussi, dans presque chaque village, sur la place principale, ces mâts où trône le drapeau rouge à croix gammée noire, les affiches placardées, les journaux de propagande qui envahissent les tables des auberges et des brasseries. Tout ce peuple ne va-t-il pas basculer, envoûté par cette ambiance de kermesse, et pris de vertige, vers la tentation d'un certain renouveau auquel il aspire profondément !

Et voici Berlin. Dans une grande ville, la misère est encore plus saisissante. Ici, elle prend Frédéric à la gorge. C'est là qu'il rencontre pour la première fois une bande sauvage, d'un tout autre genre que celles qu'il a croisées sur les routes : gang d'adolescents dévoyés, rejetés par la société ! On les croirait déguisés tant ils accumulent dans leur tenue vestimentaire les éléments les plus baroques. Bras tatoués, anneaux aux oreilles vont de pair avec toutes sortes de vieux chapeaux disparates et de foulards bariolés.

Manfred est étudiant en histoire, il explique à Frédéric l'origine de ces cliques qui n'ont rien à voir avec les Ajistes ou les Randonneurs :

la guerre, puis l'après-guerre, le père au front, la mère à l'usine. Cela a commencé par des jeux de gosses livrés à eux-mêmes, jeux d'Apaches, de Peaux Rouges, de Pirates… Maintenant, les enfants de 1916 sont devenus des jeunes hommes sans travail.

Manfred et Frédéric vont mettre leurs motos dans un garage afin de déambuler paisiblement sur le Kurfuerstendamm. Le jeune Allemand est soucieux ; il désigne des SA qui viennent de passer.

– Tu as vu ces types ? Au train où nous allons, l'un deux sera peut-être parmi les puissants de demain ! Alors, mon vieux, souhaitons ne jamais tomber entre leurs pattes !

– Mais enfin, dit Frédéric, tout n'est pas perdu ! Ces gens-là ne sont qu'une minorité ! (37 % des voix en 1932).

– Pas pour longtemps, crois-moi ! Ce qui est grave, c'est que le bon peuple est absorbé par les difficultés de la vie quotidienne et qu'il est fatigué surtout, si las, si abandonné et si peu préparé à la démocratie ! Le bras de Manfred fend l'air d'un grand geste.

– Ach ! Tu sais : malheur aux vaincus !

Ils entrent dans un restaurant, avalent un plat de saucisses aux lentilles, deux grandes chopes de bière et décident d'aller explorer Wedding, le quartier « rouge » de Berlin. Bien que n'appartenant pas au parti communiste, Manfred entretient de bonnes relations avec quelques militants du parti.

– A mon avis, confie-t-il à Frédéric, ils s'engagent sur une voie dangereuse : ils ne pensent plus qu'à détruire les sociaux-démocrates, leurs anciens compagnons de combat. Ils disent que ces derniers se sont détournés de la bonne voie ; ils s'imaginent que, s'ils doivent subir l'épreuve du nazisme, ils s'en libéreront rapidement ! Ils ne semblent pas comprendre que l'union de leurs deux partis pourrait s'opposer aux visées d'Hitler et encore leur faudrait-il l'appui de l'armée ! Quant aux sociaux-démocrates, eux, ce sont des indécis. Hitler, lui, fait des promesses à tous : aux ouvriers, aux fermiers, aux hommes d'affaires, aux militaristes ; il a même, au Lustgarten, promis que, sous le 3e Reich, chaque fille d'Allemagne trouvera un mari. Résultat : il a doublé en deux ans le nombre de ses électeurs.

– Non, tu vois, la seule chose qu'on puisse espérer, c'est la rivalité qui se fait jour entre les dirigeants du parti nazi et ceux des SA.

Lorsque les deux amis arrivent à Wedding, on y discute de la grève manquée du 20 juillet. On se méfie, car l'interdiction qui frappait les SA est levée par von Papen, pour complaire à Hitler. En Prusse, des émeutes ont fait quatre-vingt-six victimes et on vient d'apprendre qu'à Altona, le faubourg ouvrier d'Hambourg, dix-neuf personnes ont été abattues. Toutes les manifestations politiques ont été interdites et la loi martiale a été proclamée à Berlin. Des ministres socialistes ont été arrêtés.

Frédéric et Manfred reviennent de Wedding, déprimés. Le lendemain, ils se rendent sur les rives de Nüggelsee où s'est installé un camp de chômeurs berlinois. Les familles résident là, éparpillées sous les pins. Au moins ici, ils profitent gratuitement des bains et du soleil ; la misère y est plus supportable qu'en ville et un esprit d'entraide règne sur « le Village ».

Frédéric et Manfred se baignent avec les autres. Le temps est orageux, les taons s'acharnent sur leur peau mouillée, ils les chassent avec de grandes claques et des plaisanteries sur les SA. Le soir, on chante, on joue de l'harmonica, de la guitare, c'est toute l'âme romantique de ce peuple qui demeure bien vivante et que rien n'éteindra jamais, même lorsqu'il aura sombré au plus profond de l'horreur et de l'abjection ! C'est toute leur gentillesse qui s'exprime par la main du chômeur qui se pose sur l'épaule de Frédéric et par celle de sa fille qui lui tend un verre ! Frédéric pense à son vieux professeur d'histoire disant : « Jamais peuple ne fut plus méconnu ! » En cette nuit d'été berlinois, il se sent vraiment frère de ces hommes délaissés.

Frédéric a rejoint Grete et leur famille norvégienne, au rendez-vous de Hambourg. Les autres, ceux d'Allemagne, sont là, fidèles à la tradition annuelle, deux enfants sont ajoutés au groupe habituel, un bébé et une petite fille anguleuse qui perd une incisive au cours du repas et qu'ils appellent « Küken ». Quel âge peut-elle avoir ? Sept ans sans doute, puisqu'elle a commencé à perdre ses dents, ses aînés ont toujours dans le regard cette quête d'amitié qu'il a remarquée dès leur première rencontre mais, jusqu'ici, ils se sont à peine adressé la parole, leurs fugitives retrouvailles n'ont été que des frôlements. A chaque fois, le temps a manqué pour nouer des liens.

Pourtant, en cette année 1932, Frédéric s'entretient avec le jeune allemand qu'il a vu passer de l'enfance à l'adolescence et qui est presque devenu un homme. Il apprend son prénom : Franz, et celui de ses sœurs, Else et Sophie. Il lui donne son adresse à Boulogne et lui raconte son séjour récent à Berlin. Il voudrait connaître son opinion sur la situation politique de son pays.

Ce garçon n'est pas pro nazi ; il l'a entendu discuter avec un membre de sa famille ; l'altercation a été si violente, à l'autre tablée, que les Franco-norvégiens ont subitement saisi le changement survenu dans le climat familial de ceux qui, jusqu'alors, semblaient si unis et ce que lui explique le jeune Franz confirme ses craintes.

Franz a eu 18 ans à la fin de 1932. Else, 16. Ils lisent, discutent, écoutent et comprennent que l'Allemagne croit avoir trouvé un sauveur car Hitler se dit socialiste; d'ailleurs, il a pillé tout ce qui est cher aux aspirations socialistes allemandes, même ce drapeau rouge qu'il a oblitéré de sa croix torturée, même les chants populaires qu'il a transformés en hymnes à la gloire du parti. Mais combien se sont rendu compte de cette usurpation? Le peuple se laisse bercer par les vieux airs de folklores, il reprend en chœur le refrain, il ne sait même plus ce qu'il chante, les mélodies vantent la nature, les racines, la terre des pères...

La nature! Elle aussi, Hitler l'annexe, il la vide de sa douceur. Il en tire un dynamisme pour conquérants! Le chômeur, le vagabond se disent: « Peut-être va-t-il me donner du travail ou la bouffe... » L'ouvrier pense que, depuis quatorze ans, on lui promet le socialisme et qu'aucun glissement ne s'est dessiné de ce côté. Alors pourquoi ne pas tenter l'expérience? Le paysan de l'Est espère: peut-être va-t-il enfin faire le partage des terres? Le petit boutiquier attend de lui d'être protégé contre le grand capital. Il est l'homme du miracle!

Qu'importe qu'il ait paru grotesque, qu'on l'ait caricaturé dans les journaux, qu'il soit devenu la cible des chansonniers, qu'on l'ait traité de clown ou de pitre: il est toujours là! Il commande et on lui obéit, même des hommes prestigieux, des grands généraux, mais aussi des hommes d'Eglise. Voilà de quoi faire basculer les consciences encore hésitantes, consciences respectueuses du pouvoir établi et qui n'ont pas encore acquis le réflexe démocratique!

Espoirs et angoisses alternés, comme le flux et le reflux étaient passés sur l'Allemagne. En 1930 déjà, trois ans avant l'arrivée d'Hitler au pouvoir, interdiction des Jeunesses hitlériennes dans les écoles, mais aussi création de l'Union des jeunes filles allemandes du Parti BDM. Récemment, création des cellules d'usine nationales socialistes mais aussi interdiction des SA et HJ, petits événements dont l'incohérence déroutait une partie de la population, tandis qu'ils passaient inaperçus chez l'autre.

Et ces flux et reflux allaient amener un beau jour la grande marée de 1933. Le temps allait s'arrêter pour certains cette année-là, suspendu, comme si quelque cataclysme allait maintenir étale cette marée, d'une façon qui défierait les lois de la nature. Et, le 30 janvier 1933, c'est bien la nuit qui tombera sur l'Allemagne ! Mais au cœur de la nuit, vacillera encore une flamme sous le boisseau, flamme dont nul courant politique ne détiendra le monopole exclusif, communistes, socialistes, membres d'associations de jeunesses catholiques, protestants, neutres, individualistes de tout poil, ils seront dénoncés, emprisonnés, torturés, décapités, mais ils auront été. La grande majorité se taira et attendra une délivrance qui, au fil des années, deviendra illusoire !

***

En Norvège, Ingrid se souciait encore très peu des événements d'Allemagne. Il y avait quatre ans qu'Amundsen était entré dans la légende. Leif faisait maintenant partie d'une troupe de scouts et Ingrid le voyait beaucoup moins souvent, sauf aux vacances de Pâques où elle partait désormais avec ses parents et tout leur groupe d'amis, dans le Gudbrandsdalen. Certains louaient des setters (chalets d'alpage) ; d'autres possédaient des huttes.

Il y avait, sur ces hauts plateaux, quelques hôtels et, si la vie dans les huttes et les setters était des plus rustiques et sans grand confort, les repas pris à l'hôtel, les « super dinners » de la soirée étaient aussi copieux que délicieux ! Depuis quelques années que toute la bande venait là-haut en vacances, tous se connaissaient et c'était une grande famille dont les enfants s'ébattaient dans la neige, construisaient des igloos et organisaient des courses à ski, auxquelles les parents participaient.

Ainsi, la vie de la fillette, sans pauvreté ni richesse, mais exigeant d'elle des efforts physiques inséparables de toutes les distractions qui lui étaient offertes, s'écoulait dans une ambiance sereine que nulle inquiétude ne pouvait troubler.

Ingrid chantonnait en retirant l'hameçon du lyng qu'elle venait de pêcher. C'était un très joli poisson bleu et son corps frétillait entre ses doigts. Elle le jeta dans un seau empli d'eau de mer, puis elle rangea son matériel. L'après-midi était bien entamé et le repas l'attendait pour cinq heures. Elle devait rentrer à temps car elle avait très faim et il lui fallait encore s'arrêter chez Madame Hansen.

Elle rangea son canot le long du quai de Flaskebekk, l'amarra à un anneau, entre deux autres barques de bois verni, semblables à la sienne, et grimpa à terre. C'était la fin du printemps, mais l'air demeurait encore froid ; la journée avait été grise, une petite bruine persistante lui rappelait le temps de Bergen. Ingrid fouilla dans la poche de son ciré jaune d'or, en retira du pain qu'elle s'amusa à jeter aux mouettes ; elle aimait les voir planer et plonger vers leur butin en piaillant. Elle aurait aimé être une mouette. Au fond, peut-être en avait-elle été une autrefois !

Il lui venait souvent cette idée qu'elle n'en était pas à sa première existence, qu'elle en avait vécu d'autres dans un temps si lointain que le souvenir en était perdu. Avait-elle déjà été oiseau ou dauphin ou cheval ? Avec une crinière blonde et la robe café au lait des petits chevaux de montagne ? Ou bien dans une vie antérieure, était-elle née ailleurs, dans un autre pays ? Elle en avait parlé avec l'oncle Harald. Il avait dit que c'était impossible, qu'il ne fallait pas penser des choses pareilles. Ingrid avait même eu l'impression qu'il n'était pas très content. Mais elle ne pouvait s'empêcher de songer parfois : « Dans ma vie antérieure… »

Elle jeta un dernier coup d'œil aux mouettes qui planaient au-dessus du débarcadère et prit le chemin de la boutique de

Madame Hansen d'où elle était chargée de ramener un peu de ravitaillement.

Depuis le milieu du mois de mai, ils étaient dans l'île de tante Asta. Chaque matin, elle prenait le vapeur pour Oslo avec son père et revenait en début d'après-midi après l'école. Les vacances d'été commençaient à la mi-juin et alors, que de pêches en perspective ! A la fin de juin, l'eau du fjord prenait des reflets rouges. C'était l'algue du fond qui fleurissait à mesure que la mer se réchauffait. C'était le signe aussi que le fjord attiédi devenait agréable aux nageurs.

Y avait-il quelque chose de plus merveilleux que les vacances à Ildjerne ? Existait-il meilleur lieu de pêche, meilleure mer pour nager ? Elle ne se souvenait pas d'une époque où elle n'eût pas su nager ! Au début, on lui avait mis un petit gilet pour l'aider à flotter. Quand s'en était-elle débarrassée ? Elle se rappelait très nettement cependant qu'un jour, en jouant, sa mère l'avait lancée dans les bras de son père ; elles se tenaient toutes deux sur le quai, en surplomb du fjord. Maman l'avait soulevée : « ouvre bien les yeux » avait-elle recommandé et, Papa, dont seule la tête dépassait de l'eau, l'avait attrapée au vol et, avec elle, s'était laissé couler. Elle n'avait pensé qu'à faire ce qu'Hilda lui avait dit : regarder.

Cela avait été très rapide, juste le temps de voir briller des choses mouvantes, des bulles d'air lumineuses et elle avait refait surface, toujours dans les bras de son père. Après, il l'avait tirée par les mains vers un rocher plat. Ils avaient dû recommencer souvent et elle ne savait plus à partir de quel moment exactement elle s'était mise à évoluer seule dans le fjord.

Il y avait un bon bout de chemin à parcourir pour aller à l'épicerie et Madame Hansen commençait à ranger sa boutique quand Ingrid y pénétra. La grande femme grisonnante dont le nez fascinait la petite fille, parce que son appendice formait une sorte de boule lui donnant une ressemblance avec les clowns, avait hâte d'en avoir terminé et de rentrer chez elle boire une bonne tasse de café chaud. Ce n'était plus l'heure des clients ! Mais Ingrid, qu'elle connaissait depuis sa naissance, était une brave petite. Elle avait connu toute sa famille et c'était amusant de la questionner sur tous ces gens qu'elle perdait de vue avec le temps.

– Que te faut-il, ma fille ?

Ingrid tendit la liste écrite par sa mère.

– Bon, bon, on va te donner tout ça.

– A propos (à propos de quoi ? se demanda Ingrid), irez-vous encore à Hambourg comme d'habitude ? Ta tante Grete viendra-t-elle avec sa fille ?

– Il paraît que non, répondit Ingrid, se haussant un peu sur la pointe des pieds pour mieux humer l'odeur du chocolat haut perché sur les comptoirs. Tout en coupant le fromage et empaquetant le fiskepudding et le maquereau fumé, Madame Hansen monologuait :

– C'est qu'elle aimait venir en Norvège, ta tante Grete ! On la voyait souvent avant la guerre… Hiver comme été, elle prenait le bateau et débarquait un beau jour, sans prévenir. Même les tempêtes ne l'arrêtaient pas ! Ah ! On croyait bien qu'elle allait épouser Olaf Jansen mais elle est restée deux années sans venir et Olaf, lui, a pris une autre femme. Je me demande encore pourquoi des jeunes gens comme eux, qui semblaient si amoureux…

Elle laissa sa phrase en suspens, hocha la tête et répéta :

— Olaf a pris une autre femme, enfin, ça s'est trouvé ainsi ! C'est peut-être pour ça qu'elle n'est jamais revenue ici, ta tante Grete !

— Peut-être bien, Madame Hansen, dit gravement Ingrid, haussant les épaules et pensant davantage aux chocolats du comptoir qu'aux histoires de tante Grete.

Mais Madame Hansen n'était plus pressée de fermer son magasin. Elle avait en cette petite une bonne interlocutrice et elle voulait en profiter. Elle reprenait déjà :

— Je cause, je cause… mais tu n'as même pas connu Olaf Jansen. Il a quitté Oslo depuis longtemps. Je crois qu'il est maintenant à Trondheim. C'était un beau garçon, tu sais… et si gai ! Elle aurait été heureuse, ta tante Grete ! Et le fils d'Helga, ton cousin Frédéric, le verrez-vous là-bas, cette année ? Pas encore marié, celui-là ?

— Il paraît qu'il va voyager en Allemagne avec sa moto avant de nous rejoindre à Hambourg. Heureusement qu'il vient ! Sans lui, ce ne serait pas bien intéressant pour moi, vous savez ! Et je n'ai pas du tout envie qu'il se marie ! S'il prenait une femme qui n'aime pas voyager, on ne le verrait plus, et il est si drôle !

— Oui, je me souviens bien de lui, quand il est venu apprendre le norvégien. Est-ce que ta cousine, la fille de Grete, ne viendra pas un peu ici, pour apprendre la langue de son grand-père.

— Oh ! fit Ingrid, un geste vague de la main accompagnant ses paroles, ça, vous savez, ça m'étonnerait, elle n'est même jamais venue à Hambourg. Frédéric l'aime bien, il dit qu'elle serait heureuse ici. Peut-être que, si elle venait, elle ne voudrait plus repartir ! Il dit aussi qu'elle n'a pas l'air gai du tout, il trouve qu'elle semble affamée, c'est le mot qu'il a employé !

Elle précisa avec assurance :

– Naturellement, ce n'est pas parce qu'elle n'a pas assez à manger, mais Frédéric dit qu'elle aimerait faire ou voir des choses qui sont impossibles ou interdites là-bas. Enfin, on n'y peut rien, n'est-ce pas ? On ne choisit pas où on naît !

Parlant ainsi avec gravité, elle se sentit soudain très satisfaite d'elle-même, fière un peu du sérieux de cette conversation mais, tout de même, elle se souvint des chocolats.

– Avec tout ça, j'allais oublier mes chocolats ! Mettez-m'en une demi-douzaine, s'il vous plaît, Madame Hansen !

L'épicière compta les chocolats un à un et les tendit à Ingrid dans un emballage de papier glacé, orné de jolis dessins rouges. La fillette mit le tout dans la poche de son ciré, après avoir payé les friandises avec son propre argent. Elle glissa son bras gauche dans la bretelle du petit sac à dos, gonflé maintenant par les denrées.

– A bientôt, Madame Hansen, bonne soirée, dit-elle en refermant la porte. Et elle se hâta vers les quais.

Avec tout le bavardage de la commerçante, elle était en retard maintenant. Elle allait devoir ramer dur pour rattraper le temps perdu. Le Vapeur du service régulier qu'elle prenait le matin venait de s'arrêter au débarcadère. Il repartait pour Oslo. Le remous agitait encore le rivage et l'Huske dansait au bout de sa corde d'amarrage. Elle le tira à elle, déposa son sac et s'installa sur le banc de nage.

La bruine s'était arrêtée et, pour ramer plus aisément, elle enleva son ciré dont elle couvrit le sac à dos. Son gros chandail de laine était bien suffisant pour la garantir de l'humidité. Avec l'été, venait la saison sans nuit véritable, seulement un déclin de lumière auquel, très vite, succédait l'aurore. Les roches grises, arrondies et craquelées comme des dos d'éléphants, retiendraient bientôt la chaleur du long ensoleillement. On se baignerait alors plusieurs fois par jour et l'île de tante Asta serait toute parfumée par les tapis d'aiguilles de pin. Bientôt, arriverait Finn.

Elle avait connu Finn dans sa petite enfance à Bergen où il était né comme elle-même ; ses parents, camarades de jeunesse de Johannès, étaient eux aussi venus habiter Oslo depuis deux ans. Finn allait sur ses quinze ans. Il n'arrivait à Nesodden qu'aux premiers jours de vacances d'été lorsque l'école ne l'obligeait plus à effectuer quotidiennement le trajet aller et retour en bateau pour Oslo. Son grand-père, un vieux médecin retraité, possédait une maison sur la presqu'île de Nesodden, entre Flaskebekk et Sjostrand et c'était là qu'il demeurait pendant deux mois. A la rame, c'était à dix minutes de l'île de tante Asta. Dès le 15 juin, lorsque le bateau venant d'Oslo longeait les côtes de Nesodden, Ingrid guettait le mât devant la maison de Finn, pour voir si le drapeau norvégien y était hissé. C'était la coutume, quand les résidences d'été étaient occupées, de hisser le pavillon national.

Ainsi, les amis apprenaient de loin qu'on était là et pouvaient venir sans craindre de trouver porte close. Tout le long de la côte s'égrenaient les petites maisons de bois peintes en rouge foncé, comme des fleurs semées parmi les pins. Chacune avait son quai, sa cabine de bains et son canot amarré au bout d'un mât couché, surplombant l'eau.

La maison du grand-père de Finn se distinguait des autres par sa longue fenêtre, divisée en trois vitrages cintrés et par le bouleau planté dans l'axe de la chambre de Finn, seule mansarde située au centre de la construction. Au-delà, on apercevait le Stabbur (petit chalet servant d'annexe) que le grand-père de Finn s'était fait construire un peu au-dessus de la maison et qu'il se réservait pour l'été.

Finn était entré dans la vie avec difficulté, ôtant à sa mère la possibilité d'avoir d'autres enfants que ce bébé malingre, pâlot et sans vigueur. Fils unique à la santé délicate, il avait longtemps préféré la compagnie d'Ingrid à celle des garçons de son âge, trop forts pour lui et qu'il trouvait souvent brutaux. Maintenant, si la fragilité marquait encore son visage mince, elle avait quitté le corps musclé, tout en longueur, et seuls les traits délicats et la douceur du regard rappelaient le frêle bonhomme d'autrefois.

On disait : « C'est fou ce que Finn devient beau garçon ! » Mais, de ces années où son corps avait lutté pour survivre et se développer, pour surmonter aussi une nervosité maladive, il lui restait peut-être une certaine gaucherie de la parole, un souvenir des bégaiements de jadis et cette voix de crécelle un peu éraillée, accentuée encore par la mue récente.

Finn n'aimait pas les études ; Ingrid l'avait vu parfois pleurer sur ses livres de classe, découragé par sa mémoire défaillante mais c'était un artiste et, déjà, ses peintures témoignaient d'un don certain. Il aimait aussi reproduire des maquettes de bois et ses longs doigts osseux édifiaient des chalets, des Stavkirke (église de « bois debout ») et construisaient des bateaux. Ainsi avait-il déjà reconstitué un « Fram » miniature (bateau de l'explorateur Nansen, puis d'Amundsen).

Ses parents, architectes, devaient souvent voyager. A chacun de leurs départs, Finn prenait son sac à dos, y fourrait pêle-mêle pyjama, pinceaux, peintures, manuels de navigation et disait à sa mère, gentiment :

– T'en fais pas, M'man, je vais chez Humlum.

Chez Humlum, c'était chez les parents d'Ingrid. Il y passait huit jours, quinze jours, parfois un mois, si l'absence de ses parents se prolongeait. C'était sa seconde famille et, puisqu'il n'avait pas de frère, longtemps, il s'était contenté de cette sœur occasionnelle qu'était Ingrid !

Tout au long de l'hiver, elle rencontrait Finn pendant les week-ends. Les deux familles partaient faire de longues promenades à ski au nord de l'Oslo, dans le Nordmarka. Johannès emmenait cartes et boussole et apprenait aux enfants à s'orienter dans les bois.

C'est au cours d'une de ces sorties d'hiver que Leif avait fait la connaissance de Finn. Les deux garçons, bien que de tempéraments différents, avaient sympathisé. Ingrid se sentait parfois frustrée par l'amitié qui naissait entre ses deux camarades ; inconsciemment, elle devenait jalouse de leur affinité ! Aussi était-elle très satisfaite des camps scouts qui occupaient Leif une partie de l'été, ne lui laissant pas le loisir de les rejoindre à Nesodden.

Rentrant de la pêche en ce soir de mai, elle pensait aux beaux jours qui venaient, d'autant plus que Finn, pendant l'hiver, s'était construit un voilier et qu'il avait promis de l'initier à la navigation. Tout cela était tellement plus enthousiasmant que les quelques jours qu'elle devrait encore passer à Hambourg comme chaque année !

Comme elle s'était ennuyée à Hambourg cette année-là ! Pourtant, tout ce qui avait été dit et discuté au cours de cette journée ne l'avait pas laissée indifférente. Elle commençait, à douze ans, à comprendre les grands courants qui tiraillaient l'Europe. Mais c'était un peu pour elle l'histoire d'une autre planète, tant elle avait conscience du peu d'importance de la Norvège. Elle savait que cet Hitler dont on parlait beaucoup était un peu fou et que sa folie pouvait devenir dangereuse.

Pour cette raison, les ministres des Affaires étrangères du Danemark, de Norvège et de Suède s'étaient réunis pour convenir d'une politique commune. Si le fou passait à l'action guerrière, ce n'était certes pas la Scandinavie qui pourrait l'en empêcher! Les grandes personnes disaient qu'il fallait tout faire pour sauvegarder la neutralité et, en même temps, s'assurer un ravitaillement qu'un blocus pouvait rendre difficile, comme lors de la première guerre mondiale.

Pourquoi les Européens du Continent ne parvenaient-ils pas à s'entendre pacifiquement? La Norvège et le Danemark avaient bien eu leur problème quant au droit d'annexion de la côte est du Groenland par la Norvège; la Norvège se basait, pour cette revendication, sur un ancien droit des pêcheurs norvégiens dans ces parages. Et bien, les deux pays avaient porté l'affaire devant la Cour internationale de La Haye et, quoi que celle-ci décidât, il était certain que l'un et l'autre accepteraient sa décision.

On discutait de tout cela à Hambourg et, le cousin Frédéric, qui avait voyagé pendant un mois en Allemagne, semblait avoir oublié sa gaîté habituelle! Chez les autres, leurs voisins de table, il y avait eu discussion aussi, et même, à un moment donné, ils avaient paru se fâcher entre eux.

Le garçon qu'elle voyait chaque année depuis sept ans était à peine reconnaissable. C'était un homme à présent. Sa sœur avait coupé ses nattes et son visage s'en trouvait arrondi. Ils avaient avec eux, pour la première fois, une fillette toute blonde, comme l'était Ingrid et qui semblait être leur sœur. Un bébé, leur cousin, s'était aussi ajouté au groupe. Ils l'appelaient « petit Werner ». Il tenait à peine sur ses jambes.

Frédéric avait appuyé sa moto contre un muret et, après le repas, le jeune garçon allemand s'était intéressé à l'engin. Ainsi, pour la première fois, ils avaient parlé un peu, en allemand, et Ingrid ne pouvait clairement comprendre ce qu'ils se disaient. Elle saisissait juste quelques mots au passage et cela l'avait distraite un moment : il était question de Sonja Henie qui, par deux fois déjà, avait été championne olympique de patinage.

Ils étaient sympathiques, ces jeunes gens ! Mais, de toute manière, elle ne les connaîtrait jamais assez pour en faire des amis. Ils devaient avoir leurs camarades ; elle avait les siens ! Tant de choses les séparaient. Elle avait prodigué des sourires, échangé des poignées de main. Eux avaient eu l'air ravis. Peut-être appartenaient-ils, comme la cousine Lise, à l'espèce des affamés dont parlait Frédéric !

Aussitôt rentrée de Hambourg, Ingrid avait repris son entraînement d'équipière sur le bateau de Finn. Le Capitaine était patient, donnait des ordres d'une voix calme et, très vite, elle avait cessé de cafouiller, maîtrisant les mauvais réflexes des débutants. Elle partageait les joies nouvelles de Finn, joies d'entendre bruire l'eau contre la coque, lorsqu'ils filaient bon vent, joies des débarquements sur leurs îles, joies des retours, et celles aussi de l'astiquage et des remises en ordre. Chose extraordinaire ! Elle qui détestait ranger, prenait plaisir à plier soigneusement les voiles.

Quel bel été que cet été 1932 ! Peut-être était-ce ses dernières vacances d'enfant insouciante ? D'autres viendraient au long des années, mais comme celles-ci, paisibles et lumineuses, jamais elle n'en retrouverait qui leur soient comparables ! Elle en eût le pressentiment et pleura en cachette en fermant pour l'hiver la maison de Nesodden.

CHAPITRE 2

1933-1934

Andreas devait longtemps se souvenir du 30 janvier 1933, et non pas seulement en raison de l'événement qui engagea ce jour-là l'Allemagne dans la machine infernale, mais parce que ce matin d'hiver lui avait apporté l'affliction. Il avait été atteint par un chagrin dont il n'aurait jamais, auparavant, imaginé l'intensité.

Ce matin-là, Patzi, sa chienne, était morte à ses pieds. La veille, elle avait refusé sa pâtée. Plus toute jeune, Patzi, bien sûr, traînait un peu l'arrière-train, mais enfin, douze ans, ce n'était pas si vieux ! Il ne s'était pas inquiété outre mesure : il arrivait parfois à la chienne de jeûner 24 heures, de se mettre au régime. Quand il était sorti de sa chambre, Patzi ne s'était pas levée pour lui dire bonjour comme elle le faisait chaque matin. Elle était allongée sur le flanc. Le chat la regardait, tête penchée, dans une attitude de perplexité. Andreas s'était accroupi près d'elle :

– Eh bien ma vieille, que se passe-t-il ?

La chienne avait tenté de se redresser ; vite retombée, elle avait poussé un cri qui s'était terminé en une sorte de sanglot, les pattes avaient battu l'air désespérément, l'iris de l'œil était remonté sous la paupière, avant de reprendre sa place, fixe. Dix années de compagnonnage, de douce fidélité venaient de se terminer là, brutalement, en ce matin de janvier 1933. Patzi souffrait-elle depuis longtemps d'un mal qui était passé inaperçu ? Peut-être n'avait-il pas été assez attentif? Les chiens ne se plaignent pas! Il avait encore caressé la gorge demeurée tiède. Patzi semblait dormir simplement, comme cela lui arrivait souvent, couchée en travers d'une porte.

Johanna, rentrant de la ville, avait trouvé son homme immobile, le visage blême, caressant le poil rêche d'un geste mécanique. Lorsqu'il avait levé son regard vers elle, elle avait tout de suite compris. Sans voix tous les deux, ils avaient soulevé le corps raidi et l'avaient porté au jardin. Le chat allait et venait entre leurs jambes, désemparé. Il avait si souvent joué avec Patzi! Andreas avait creusé profondément la terre, sous les branches du cerisier. Il avait mis des heures à achever sa tâche; de temps en temps, Johanna lui apportait du café, regardait le trou, repartait, revenait, la gorge nouée, le regard perdu. C'était l'enfance de Franz et Else qu'ils enterraient, c'était aussi une partie de leur vie et ils se sentaient soudain plus vieux tous les deux.

Ce même jour, dans la soirée, ils avaient appris qu'Hitler était nommé chancelier. Le 5 mars 1933 eurent lieu les dernières élections démocratiques et, malgré les arrestations, les intimidations et la terreur, la majorité repoussa Hitler mais les voix nazies, jointes aux voies nationalistes, donnaient une majorité au gouvernement et, le 23 mars, Hitler, libéré de l'entrave du Parlement « suicidé » se trouvait dictateur.

Andreas, pour la première et la dernière fois de sa vie, avait, le 5 mars, voté communiste. L'herbe pointait sur le rectangle de terre sous lequel reposait Patzi. Il arrivait que la sensibilité d'Andreas et de Johanna soit la victime de leur imagination; ils voyaient alors la chienne gambader dans le jardin, vision fugitive qui remuait douloureusement leurs souvenirs.

– Nous n'aurons plus de chien, avait dit Andreas, plus jamais!

Mais, deux ans plus tard, aux vacances d'été, Franz devait ramener dans ses bras une petite boule de poils roux. C'était un jeune mâle de race Howaward qu'un fermier lui avait donné. Ils l'appelèrent Wander.

La venue au pouvoir d'Hitler ne provoqua nul déchaînement verbal chez Andreas : elle l'éteignit. Ni jurons, ni imprécations ne saluèrent l'événement. Seulement une grande lassitude. Patzi était morte ce jour-là, en même temps que l'espoir de parvenir libre au terme de sa vie. Il se sentait trop vieux pour agir encore. Son fils Heinrich lui, affaibli par la guerre et les tranchées, était une plante fanée. Restait Franz ! Mais il pressentait que ce qui se préparait là était trop cruel, trop impitoyable, pour qu'un grand-père osât inciter son petit-fils à s'y broyer. Le temps de sa vieillesse lui amenait la désespérance !

Peut-être parce qu'il avait toujours eu l'esprit critique, peut-être parce que, très jeune, il avait côtoyé la forte personnalité d'Andreas, appris à discuter, Franz suivait avec clairvoyance l'effondrement moral de son pays. Sans doute parce qu'il avait vécu les attaques contre les ajistes, sans doute aussi parce qu'il avait rencontré Franz, Wolfgang demeura vigilant devant la montée du souffle de folie qui allait emporter l'Allemagne. Et parce qu'elles témoignaient à leurs frères admiration et attachement profond, Else et Mika demeuraient également lucides, sourdes aux enchantements, insensibles à l'ivresse qui s'emparait aussi des filles ! Ensemble, ils comptaient les coups !

Pourtant, Hitler se montrait alors relativement modéré et modeste dans ses ambitions, mais Franz et Wolfgang ne s'y trompaient pas. Le courant était bien inexorable ! Le prélude à l'asservissement du peuple allemand eut lieu dès le 27 février avec l'incendie du Reichstag. Provocation préméditée par les nazis, elle permit à ces derniers de prendre le parti communiste comme bouc émissaire. Dans la nuit même de l'incendie, plus de mille arrestations eurent lieu parmi les communistes, les sociaux-démocrates et les opposants notoires.

Tous ces gens, sincèrement hostiles à la dictature, mais venant de milieux différents, influencés par les diverses doctrines ou courants philosophiques, n'étaient pas parvenus à temps à s'unir. Ils étaient pourtant l'âme lucide et saine de l'Allemagne. Le suicide du Parlement avait revêtu une apparence légale qui n'en était pas moins une abominable comédie. Le nouveau chef du pays travaillait avec frénésie à abolir tout ce qui pouvait encore se dresser sur le chemin du pouvoir absolu. Un à un tombaient les obstacles à sa toute puissance. Un à un, s'effritaient les restes des libertés régionales et individuelles.

Les premiers à capituler furent les Etats. Dès le 9 mars, le nouveau chancelier s'attaquait au Système fédéral. Avec l'aide de ses troupes d'assaut, il renversa le gouvernement de Bavière. C'était le plus indépendant. Le 31 mars était promulguée une loi de dissolution des Diètes des Etats, à l'exception de la Prusse. Ces Diètes devaient être reconstituées selon les suffrages exprimés par les récentes élections, mais en éliminant les sièges communistes.

Le 7 avril, la loi nommant des gouverneurs du Reich dans les Etats leur donnait pouvoir de nommer et déposer les gouvernements locaux, de congédier juges et fonctionnaires. Bien entendu, chacun des nouveaux gouverneurs était un nazi. Parallèlement attaquée dès le 21 mars, la Justice capitula. Un tribunal spécial retira aux tribunaux ordinaires les affaires de crimes politiques.

Les tribunaux spéciaux comprenaient trois juges qui devaient être loyaux et membres du Parti. Pas de jury. Un procureur nazi avait le choix dans ces sortes d'affaires : entre faire comparaître les accusés devant un tribunal ordinaire ou les faire juger par un tribunal spécial. Pour un nazi, le choix était aisé ! Les avocats de la défense devaient, devant ce tribunal, être approuvés par les chefs nazis et encore, ces avocats étaient sujets à pression, à menaces, et certains furent envoyés et gardés au camp de Sachsenhausen pour n'avoir pas cédé. Hitler et même Goering avaient en outre le droit d'étouffer un procès.

Le 26 avril, apparut un nouvel organisme policier : la Gestapo. Elle remplaçait un département de l'ancienne police politique de Prusse. Son nom n'évoquait rien alors, si ce n'était une suspicion supplémentaire pour qui n'était pas tout à fait dans la ligne.

Bien plus flagrante était la vague d'arrestations qui menait déjà les récalcitrants en camp de concentration. Restaient encore des forces d'opposition : les partis politiques. Des forces ? Des résidus de forces plutôt. Ils se sabordèrent ! Les sociaux-démocrates d'abord, et ce, par le vote du 19 mai en faveur d'Hitler, de ses membres qui n'étaient pas en prison ou en exil. Le Parti catholique du peuple bavarois ensuite, puis le parti du Centre, puis le vieux parti de Stresemann : le Parti du peuple ; enfin, celui des démocrates. Les communistes étaient, depuis longtemps, éliminés.

Le 14 juillet, une loi décréta que le parti national-socialiste des travailleurs allemands constituait le seul parti politique d'Allemagne. La même loi menaçait de trois ans de travaux forcés et de six mois à trois ans d'emprisonnement quiconque entreprendrait la reconstitution d'un ancien parti ou la formation d'un nouveau. C'était l'Etat totalitaire, quatre mois après les élections de mars où la majorité avait repoussé Hitler.

Comment cela avait-il pu arriver ? Et bien, il avait fallu appâter le peuple – tout le peuple ! – travailleurs, patrons, financiers, militaires et paysans. Franz et Wolfgang avaient suivi les progrès de la grande duperie. Trois jours après la prise du pouvoir, en deux heures de discours, « il » avait commencé par encenser les cadres militaires qui subsistaient, les comblant de promesses, leur laissant entrevoir le prochain réarmement de l'Allemagne, mettant généraux et amiraux dans l'impossibilité de lui faire obstacle sans sacrifier leur avenir. Toute tentative de révolte de leur part était ainsi étouffée.

Le 4 avril était créé le Conseil de défense du Reich pour accélérer un nouveau réarmement secret. Moins de quatre mois plus tard naissait une loi supprimant la juridiction des tribunaux civils sur les militaires. Elle apporta aux chefs de l'armée une vision optimiste et favorable de la révolution nazie. Parallèlement, « il » se tournait vers les travailleurs et, presque en même temps, vers le patronat. En quarante-huit heures, il réussissait un tour de prestidigitation qui mettait à la fois travailleurs et patrons dans sa poche.

Les syndicalistes furent manipulés adroitement, flattés lors de la fête du 1er mai, organisée sur le thème : « Honneur et respect au travailleur allemand » ! C'était enfin l'espoir pour les chômeurs et les pauvres !

Mais, le 2 mai, les syndicalistes récalcitrants étaient rossés et emmenés dans des camps, les organisations dissoutes et la grève déclarée illégale. Voilà qui rassurait le patronat ! Quelles étaient encore les fortes influences sur l'âme crédule du peuple ? Qui pouvait alors réveiller sa conscience, faire obstacle à ces entreprises brutales et préméditées ? Quel vent pouvait encore souffler contre lui ? Le vent de l'Esprit, le vent des Eglises et celui de la Culture ? Il fallait juguler l'Esprit !

Dans son discours inaugural du régime, le 23 mars, au Reichstag, il avait rendu hommage aux Fois chrétiennes et, peu après, il obtenait de Pie XII un Concordat rassurant pour les catholiques. En même temps, il tranquillisait la Chrétienté. Mais, instinctivement, Hitler se méfiait des catholiques. Il lui semblait humer là un relent de latinisme, opposé à la doctrine de la supériorité aryenne. Quelque chose lui disait qu'avec eux, il aurait des surprises. Les martyrs, les catacombes, il fallait que le peuple oublie ces choses-là.

A la fin de juillet, il prenait des mesures pour dissoudre la Ligue des jeunesses catholiques. En même temps, les nazis tentaient de s'attacher l'Eglise réformée ; ils organisaient des mouvements de Chrétiens allemands, escroquerie morale destinée à abuser des fois naïves. L'Eglise du Reich naissait et, jusqu'en 1935, elle allait rester dans la poche des nazis.

Franz et Wolfgang continuaient de compter les coups. Un des plus durs à leurs yeux avait été l'autodafé du 10 mai. Ce jour-là, sur la place de Unter den Linden, face à l'Université de Berlin, partirent en fumée, sous les acclamations hystériques de la foule, les œuvres de Thomas et Heinrich Mann, Stefan Zweig, Erik Maria Remarque, Einstein, Heinrich Heine et combien d'autres...

En cendres *A l'ouest, rien de nouveau*, en cendres *Les heures claires de l'humanité*, *Tonio Kruger*, *La montagne magique*, *Les Poèmes de Heine* ! Dans le brasier s'ajoutèrent les œuvres d'étrangers : Zola, Gide, Proust, London, tous jugés subversifs. C'était le premier acte de haine envers la culture.

Bientôt, l'interdiction frappa toute l'Allemagne. Les bûchers s'allumèrent, feux de joies des déments, retour à l'obscurantisme du Moyen Age d'un peuple dont l'âme reculait ! Alors, ceux qui le pouvaient, ceux qui en avaient les moyens ou qui n'étaient pas retenus par des attaches familiales quittèrent l'Allemagne, contraints de fuir, sacrifiant tout ce qu'ils possédaient, abandonnant parfois femme, enfants, vieux parents. Le 31 août, Franz et Wolfgang apprenaient par le canal d'amis suisses que le professeur Lessing, célèbre dans le monde académique, avait été poursuivi et assassiné en Tchécoslovaquie.

Les deux garçons s'interrogeaient : allaient-ils partir ? Ils étaient jeunes encore, à l'aube de leurs études, Franz était né en décembre 1914, son ami en mars 1915. Partir, c'était laisser les leurs, c'était aussi attirer l'attention malveillante sur ceux qui resteraient. Ils décidèrent donc de rester et de devenir professeurs de français, ce qui leur permettrait peut-être d'effectuer des séjours hors de l'Allemagne, de se sentir libres quelques semaines. Et puis cette sorte d'enseignement leur éviterait les écueils des autres disciplines – pas de propagande à exiger d'un professeur de langue –, ils garderaient un œil sur la jeunesse et feraient ce qu'ils pourraient pour combattre la force du courant.

Le coup suivant fut pour la presse. La loi du 4 octobre 1933 sur la presse du Reich annonçait que le journalisme était une vocation publique réglementée légalement ; elle stipulait que tous les journalistes devaient avoir la nationalité allemande, être d'ascendance aryenne et ne pas être mariés à une juive. Paradoxalement, cette loi précisait qu'était interdite toute publication pouvant tromper le public et porter atteinte à la force du Reich allemand. Tromper le public… mais qui pensait à l'ironie du texte ? Qui devait-on encore mater ? Et bien, les jeunes, naturellement : dès le 5 avril, les locaux de la Confédération des mouvements de jeunesse avaient été occupés.

Certaines associations se regroupèrent alors en une Union allemande, opposée à l'intégration aux Jeunesses hitlériennes (la HJ). Mais, le 10 avril, la gestion des Auberges de jeunesse et leur fédération étaient prises en main par la HJ, et ceci était de la plus haute importance car les auberges avaient été une pépinière de jeunes opposants, avant de se retrouver sous la coupe des nazis.

Le 17 juin, Baldur von Schirach était nommé chef des Jeunesses du Reich allemand. Aussitôt en place, il commençait le nettoyage systématique de toutes les associations de jeunesse, indépendantes de la HJ. Le 3 juillet, dissolution de la Confédération des mouvements de jeunesse. Le 29 juillet, la Direction nationale de la jeunesse exigeait des organisations catholiques de la jeunesse leur double appartenance à la HJ. Le 2 septembre, le congrès du Parti rassemblait 60 000 jeunes à Nuremberg et le 19 décembre, l'évêque réformé Müller livrait les jeunesses évangélistes à la HJ. C'était l'avenir du peuple qu'Hitler possédait désormais avec cette jeunesse, avide d'action.

Et les paysans? Ceux qui, de loin, suivaient superficiellement le cours de l'histoire. Ils n'assistaient qu'aux démonstrations anodines des camps de la HJ ou en recevaient l'aide au moment des moissons.

La chasse aux juifs? Les tracasseries du régime? Tout arrivait atténué jusqu'à leurs champs, réduit à des racontars de citadins! Leurs revenus n'avaient cessé de diminuer depuis 1924. La dette des fermiers s'accroissait sans cesse. Les impôts s'ajoutaient aux impôts. Dès l'automne 1933, le nouveau Chancelier résolut de flatter le peuple paysan. Mais comment les satisfaire sans heurter les grands propriétaires terriens?

Avec diplomatie, il ménagea les uns et les autres. Le 29 septembre, la loi de la ferme héréditaire rétablissait une sorte de droit d'aînesse. Toute ferme jusqu'à 125 hectares, capable de faire vivre une famille, fut déclarée « Bien héréditaire », ne pouvant être ni vendu, ni divisé, ni hypothéqué ou saisi. A la mort du propriétaire, il devait passer à l'aîné ou au plus proche parent mâle, à charge pour ce dernier de subvenir aux besoins de la famille. Il était stipulé que seul un Aryen « pur et sang » jusqu'à l'an 1800, pouvait être propriétaire. Cette loi constituait une protection pour beaucoup de paysans.

Fini le cauchemar des saisies pour dettes! De plus, ils étaient désormais des hommes respectés dont on tenait enfin compte. Ils se trouvèrent fiers d'être rivés à la terre dont le nouveau régime exaltait la noblesse! D'autant que tout ceci s'assortissait d'une promesse d'augmentation des prix agricoles, de promesses de bénéfice. Les paysans étaient, eux aussi, mis en poche.

Restait encore le malaise de l'armée et le grand Capital! C'était plus difficile et il allait falloir attendre 1934 pour que tout fût réglé. Dès juillet 1933, étaient apparues des divergences entre les nouvelles troupes des nazis: les SS et celles déjà anciennes qui avaient porté le maître au pouvoir: les SA. Or, il fallait s'allier le Capital, apeuré par les SA brutaux et leur chef Roehm qui proclamait des idées trop révolutionnaires, bien trop proches des idéaux bolcheviques pour ne pas alerter le monde des affaires, de la finance, l'aristocratie, les propriétaires Junkers et les généraux prussiens.

Hitler avait d'abord songé à tempérer les SA mais il avait déçu leur ardeur par son apparente modération et l'opposition avait grandi peu à peu entre SS et SA.

Cet antagonisme réjouissait en secret la minorité opposante et Franz voyait là un motif d'espérance bien plus que ne lui apportaient les discours pacifiques que le chancelier prodiguait pour endormir l'Europe, tout en insinuant qu'il se retirerait de la Société des Nations si l'Allemagne n'obtenait pas les mêmes facilités pour s'armer que les autres pays d'Europe.

Ce besoin d'armement n'aurait-il pas dû alerter les consciences? Comment ne pas voir se profiler déjà l'ombre de la guerre? Danger d'un peuple qui mesure sa dignité à la puissance de ses armes! Et c'est pour contenter la droite conservatrice, les Junkers, les industriels qui, cette année-là, s'indignaient encore des arrestations arbitraires, de la persécution contre les juifs – il y en avait encore beaucoup parmi eux – qu'Hitler avait déclenché, le 30 juin 1934, la grande purge contre les SA. « La nuit des longs couteaux »… Hitler, délivré de ce poids, reçut les félicitations du président Hindenburg. Le massacre fut légalisé et qualifié de « mesure nécessaire à la défense de l'Etat ».

C'était peu après le 1er juillet 1934, et Franz s'était demandé si, au prochain rendez-vous de Hambourg, l'oncle Gustav trouverait à magnifier le nouveau chancelier qui dorénavant, avait aussi la droite dans la poche.

Et voilà que, le 2 août, mourait le vieux président Hindenburg. Trois heures après sa mort, on annonçait qu'une loi, votée la veille, combinait les charges de chancelier et de président ! Hitler était désormais le Führer et son premier geste fut d'exiger des militaires un serment d'obéissance sans condition à ses ordres. Si quelques généraux demeuraient hésitants, il les avait maintenant muselés.

Le 19 août, Franz et Wolfgang, trop jeunes encore, ne purent ajouter leurs voix à celle des dix pour cent d'Allemands qui eurent le courage de voter non. Le peuple, soulevé d'enthousiasme, applaudissait aux mille ans d'avenir heureux que le Führer promettait dès le 4 septembre, à Nuremberg, au congrès du Parti nazi. La radio retransmit la cérémonie ; le cinéma montra au monde le dynamisme de cette force qui soulevait les milliers de bras tendus. Les drapeaux du Parti qui avaient totalement éliminé l'emblème allemand, fleurissaient les rues d'un rouge éclatant, marqué de la Svastika. La puissance de l'orchestre couvrait la voix du commentateur et la clameur de la foule hurlant ce « Heil » solennel et frénétique, donnait le vertige à ceux qui demeuraient encore lucides.

Franz et Wolfgang étaient ensemble chez Opa Andreas. Ils écoutaient le reportage à la TSF. Oma avait fait une tarte aux prunes. Ils avaient cessé de compter les coups. La boucle était fermée et ils se trouvaient à l'intérieur. Des larmes leur vinrent, larmes de dépit de se sentir si insignifiants, si seuls. Désormais, venait le temps du silence. Se taire pour survivre, survivre et témoigner, si le cercle un jour, miraculeusement venait à s'ouvrir ! Ils serrèrent les poings et ils mangèrent la tarte d'Oma. C'était une bonne tarte qui fondait dans la bouche et les prunes venaient du jardin.

***

Depuis quelques années, les rendez-vous de Hambourg avaient perdu tout attrait pour ceux d'Allemagne mais c'était une tradition établie de longue date et personne n'osait encore la briser. Les discussions entre Gustav et son beau-père, l'oncle Otto et son jeune cousin Franz, étaient devenues plus âpres ! Quand le ton montait trop, de sa voix douce, Maria implorait :

– Voyons, voyons, vous aviez tous promis de ne pas parler politique !

Une fois Franz, regardant insolemment Gustav, avait rassuré sa mère :

– Ne t'en fais pas, Maman, bientôt, nous n'oserons plus parler politique dans un restaurant.

Maria n'avait pas saisi l'ironie amère de son fils. Küken aussi était du voyage désormais ; elle écoutait les conversations des grands, comme l'avaient fait ses aînés. Elle connaissait maintenant les personnages dont Else lui parlait depuis si longtemps, les auréolant de prestige.

Tous ces gens, cette famille lointaine, l'avaient un peu déçue : l'oncle Otto ? Un homme bourru qui l'avait appelée « la gamine » ! La tante Martha ? Elle ne s'occupait que de son jeune fils Werner ! Seul l'oncle Gustav avait retenu son attention. Il lui avait paru très beau, et aussi, il avait admiré ses épaisses nattes blondes et ses yeux très bleus. Il avait dit, parlant d'elle : « une belle petite Allemande de bonne race » !

Elle avait vu Else hausser les épaules, la soupçonnant d'avoir été vexée parce que, elle, n'avait pas de cheveux blonds. Depuis qu'elle était sortie de l'enfance, ses aînés l'agaçaient, trop pris par leurs amis de Konstanz, ce Wolfgang et cette Mika dont ils parlaient sans cesse et puis Else ne lui témoignait plus la même admiration, ne cédait plus à ses moindres caprices, elle en était toute désemparée… Alors, puisque Franz et Else paraissaient être contre l'oncle Gustav, et bien elle, elle le soutiendrait.

Tout se gâta définitivement en 1934. Gustav avait amené des arguments pour convaincre ses cousins rétifs ; déjà, son beau-père avait cessé de le contredire ; celui-là finirait bien par s'aligner ! Cette fois, il avait apporté un journal anglais : le *Daily mail*, afin de clouer le bec de ses interlocuteurs. On y reproduisait une interview d'Hitler dans laquelle il assurait qu'il n'y aurait plus de guerre, que l'Allemagne concevait plus vivement qu'aucune autre nation l'étendue des maux causés par la guerre et que les problèmes qui se posaient pour l'Allemagne ne sauraient être réglés par la guerre. Même les Anglais, affirmait Gustav, commençaient à comprendre !

Alors Franz avait jeté pêle-mêle ses griefs : d'abord l'assassinat du chancelier Dolfuss, quelques semaines plus tôt et que Gustav, soutenant les nazis autrichiens, accusait d'être un fasciste. Puis l'illégalité de la prise du pouvoir et la main mise sur la jeunesse, enfin le meurtre d'Adalbert Probst, chef du Mouvement de jeunesse catholique, abattu par la Gestapo en juillet. Gustav s'en était alors pris aux catholiques qu'il fallait mettre au pas.

L'altercation devenant violente, Maria, une fois de plus, était intervenue mais personne n'avait paru l'entendre. Franz avait redoublé ses attaques, parlant des unités disciplinaires encadrées par la police et introduites par la HJ (Hitler Jungen).

– Ce gouvernement est au pouvoir depuis dix-huit mois, avait repris Franz. Réalises-tu combien l'idée même de la liberté nous devient étrangère ? T'es-tu informé du nombre de gens arrêtés et mis sous surveillance protectrice, du nombre de camps concentrationnaires ouverts depuis peu ?

Gustav était blême, les mâchoires contractées.

– Et si tu étais Bolchevik, serais-tu plus libre ? Hitler nous préserve de ce qui se passe en Russie. C'est notre seule chance, les imbéciles ne veulent pas le comprendre.

Il s'était tourné vers Maria :

– Ton fils a l'esprit déformé par les divagations de ton beau-père. Tu n'aurais jamais dû laisser tes enfants sous l'influence de ce vieil anarchiste !

A partir de là, les choses s'étaient gâtées tout à fait. Heinrich, offensé par l'allusion désagréable à son père, avait secoué cette sorte de torpeur qui l'envahissait dès que le ton montait au cours d'une réunion ; il s'était tourné vers Gustav :

– C'est bien de mon père que tu viens de parler, Gustav ?

Il n'avait pas prononcé un mot de plus. Un silence lourd s'était abattu, d'un seul coup. Dans la salle voisine, les étrangers aussi se taisaient soudain ; ils avaient dû se rendre compte de la tension latente ; peut-être intéressés, essayaient-ils de comprendre. Else, gênée, s'était tournée vers eux. Celui qu'ils appelaient Frédéric l'avait regardée avec insistance, comme pour la consoler. Franz avait quitté la table avant la fin du repas.

Au retour, Maria avait adressé des reproches à son fils, Heinrich avait pris la défense du jeune homme mais lui avait recommandé aussi d'apprendre à se taire dans les lieux publics.

– Tu sais aussi bien que moi ce que tu risques ? Il faut prendre patience, fils, ne compromets pas la fin de tes études, ne nous rends pas la vie encore plus difficile !

Franz était sorti sans répondre mais en claquant la porte. Il était rentré tard dans la nuit. Maria avait pleuré ; la politique allait-elle empoisonner l'atmosphère familiale ? Chaque rendez-vous de Hambourg allait-il tourner au conflit ? Elle sentait bien que ce n'était plus les mêmes petites discordes qu'autrefois. Quelque chose naissait qui allait séparer ceux qui, jusqu'ici, s'entendaient et s'aimaient, quelque chose d'assez puissant pour venir à bout de longues amitiés, pour briser aussi les liens les plus solides.

Elle pensa à un conte lu dans son enfance : « Elle n'avait pas vu le loup approcher. Toute absorbée par ses tâches quotidiennes, elle ne l'avait pas entendu, et maintenant il était dans la maison ! Elle ne savait pas encore que, non seulement il était dans la maison mais qu'il allait prendre, pour leur mener la vie dure, la forme la plus inattendue : celle d'une petite fille de dix ans : Küken. »

Küken, qu'on tentait désormais d'appeler de son prénom : Sophie. Elle allait avoir huit ans, lorsqu'elle avait remarqué ce nom qui revenait souvent dans les conversations, qui s'inscrivait en grandes lettres dans les journaux et dont la TSF retransmettait les discours : Hitler. Etre pour Hitler, c'était se désolidariser de ses grands-parents, de ses parents, de son frère et de sa sœur, c'était leur opposer son propre jugement, sa propre personnalité, c'était se ranger parmi ceux qui chantaient en défilant, impressionnants dans leur uniforme et portant les drapeaux, ceux qui ne geignaient pas et qui avaient l'air heureux de vivre !

Peu après ce dernier rendez-vous de Hambourg, qui s'était si mal terminé, la radio diffusa tous les mercredis : *L'heure de la jeune nation.* Elle l'écouta désormais avec acharnement. Fin novembre, des élèves de son école, qui appartenaient à une association de gymnastique, furent versées dans la Hitler Jungen. Dès lors, elle harcela ses parents pour faire de la gymnastique mais ils tinrent bon et elle s'en trouva mortifiée.

***

En 1934, l'atmosphère de Hambourg avait donc surpris ceux de Norvège. Dans les rues, la misère avait disparu presque totalement. Les gens semblaient rassasiés. Apparemment, les habitants étaient satisfaits de leur sort. Les édifices publics pavoisaient comme si chaque jour était une fête. L'ordre régnait ; le nombre de policiers avait augmenté, mais il fallait venir d'ailleurs pour s'en rendre compte, et la population de Hambourg ne semblait pas s'en émouvoir.

Sans doute, le beurre était-il toujours rare mais c'était un petit inconvénient auquel on s'était habitué. Il comptait peu au regard des progrès réalisés : diminution du chômage, fin des bagarres de rue, enrôlement de tous ces jeunes oisifs que craignaient tant la bourgeoisie allemande : la nouvelle génération avait besoin d'une poigne pour l'empêcher de glisser vers l'anarchie. Et tant pis si certaines libertés individuelles disparaissaient. La dignité n'est-elle pas un bien plus précieux que tout !

C'était ce dernier point que commenta Frédéric à Blankenese cette année-là, pour répondre à la trop grande admiration qu'Hilda semblait porter à l'ordre nouveau du 3ᵉ Reich. Par Manfred, son ami allemand, il avait appris bien des choses !

A la table allemande, on ne semblait pas d'accord non plus, les discussions avaient tourné à l'aigre. Le jeune homme avait parlé longtemps avec Frédéric, à tout hasard, ils avaient échangé leurs adresses. Franz (il s'appelait Franz) espérait séjourner à Paris quelques semaines l'année suivante pour parfaire ses connaissances en français. Sa sœur, elle, avait noté l'adresse d'Ingrid à Oslo. Elle aurait tant aimé connaître la Norvège !

– Nous ne nous reverrons peut-être jamais, avait dit Franz, car je pense que, pour notre famille, c'est la dernière réunion ! Trop de choses nous séparent désormais, vous avez dû vous en rendre compte, n'est-ce pas ?

Ils s'étaient salués et Ingrid avait embrassé le bébé Werner que sa petite cousine promenait sur la terrasse ; elle sentait bien que ces adieux étaient empreints d'une certaine gravité. Franz l'avait regardée d'une manière qui l'avait troublée subitement. C'était la première fois qu'un garçon la regardait ainsi. N'était-elle plus une gamine pour tous ? Une gamine qui, aussitôt rentrée à Oslo, retrouverait son ami Finn.

Les parents semblaient jeter un regard favorable et même complaisant sur l'amitié qui l'unissait à Finn. Avant cette année-là, les deux enfants ne s'en étaient pas aperçus mais, désormais, la moindre allusion à leur entente devenait gênante, irritante même. Cette sorte de complicité des parents qui paraissait les mener à un avenir tout naturellement uni leur était parfois douce mais, de plus en plus souvent, leur pesait. Ils ne pouvaient supporter ces regards attendris qui ressemblaient trop à une bénédiction !

C'est pourquoi, sans doute, et sans pour autant délaisser sa deuxième famille, Finn sortait désormais davantage avec une bande d'amis, garçons et filles, parmi lesquels Ingrid se recroquevillait, complexée sans vouloir l'admettre. Elle était la plus jeune du groupe, silhouette encore garçonnière accentuée par ses cheveux raides, trouvant, sans oser l'avouer, que la danse était une corvée à laquelle elle préférait de beaucoup les heures passées sur l'eau avec Finn. Mais allaient-ils tout gâcher? Leur camaraderie allait-elle évoluer bêtement, aboutissant à des fâcheries? Depuis un certain temps, elle sentait qu'elle l'agaçait parfois, même sur l'eau. Depuis le début de la saison, ça ne marchait plus comme avant! C'était sans doute sa faute à elle aussi: elle s'attachait trop à ce garçon; il lui arrivait de rêver pendant les manœuvres.

– Grid! Voyons, pense à ce que tu fais!

Finn jurait, l'invectivait, exactement comme il l'aurait fait si elle eût été un garçon! Deux ans plus tôt, cette attitude de grand frère l'aurait encore ravie! Mais c'était autre chose, désormais. Elle aurait préféré qu'il s'aperçoive vraiment qu'elle était une fille! Au cœur de l'hiver, elle avait laissé pousser ses cheveux. Il l'avait à peine remarqué et avait dit, au bout de plusieurs rencontres:

– Tiens, tu te prends pour Samson, tu penses que tu vas avoir plus de force avec des cheveux longs!

Alors, comme ses mèches folles l'encombraient, elle avait fait tout couper le lendemain! Un soir, au retour d'une régate par gros temps et au cours de laquelle ils s'étaient mal classés, ils avaient eu ensemble une explication. Il faisait froid et Finn avait voulu qu'elle vienne prendre du café chez son grand-père, avant de gagner Ildjerne à la rame. Une fois là, il l'avait frottée vigoureusement pour la réchauffer. Il était redevenu gentil; elle était heureuse.

Elle aimait beaucoup cette maison de Sjostrand, avec sa grande baie où s'encadrait le fjord derrière le bouleau que le moindre souffle animait. Best Papa, le grand-père, avait allumé un feu de bois dans la cheminée de la grande salle tandis que Finn préparait le café.

– Vilain été, mes enfants… Il doit y avoir une fuite dans ma toiture ! J'ai vu qu'il pleuvait dans ta chambre, Finn ! J'ai mis une cuvette sous le rond humide du plafond mais, demain, tu téléphoneras de Flaskebekk pour avoir un ouvrier.

– Ne te tracasses pas, grand-père, je vais aller faire un petit tour là-haut, tout à l'heure et peut-être que je pourrais réparer cela moi-même.

Ils avaient bu le café. Elle s'était résolue à parler :

– Finn, c'est de ma faute si on a cafouillé comme cela tout à l'heure ! Et comme il ébauchait un geste pour protester :

– Oh ! Ne sois pas trop poli, va… Je sais bien… Par ce temps-là, je n'ai pas assez de force, je ne suis pas assez lourde. Il faut que tu trouves un autre équipier, un garçon ! Moi, tu me garderas pour le petit temps, quand on a intérêt à être légers !

Elle souriait, avec, dans la voix et le regard, quelque chose de résigné qui ne pouvait échapper à la sensibilité de Finn. Il avait entouré de son bras les épaules d'Ingrid. C'est qu'il était bien plus grand qu'elle maintenant ! Et ses 17 ans gardaient une profonde tendresse pour la petite sœur qu'elle avait été !

– Tu as raison, Grid, je suis content que tu t'en sois aperçue ; pour les régates, oui, je chercherai un équipier plus robuste. Je ne tiens pas à t'user, tu sais. Mais il n'y a pas que la régate et nous sortirons ensemble, va ! Nous avons bien du temps devant nous et ne crois pas que tout finisse ce soir !

Comme elle avait un sourire mouillé, il l'avait embrassée, et longtemps il était resté sur le quai, en contrebas du jardin, lui faisant signe de la main, tandis qu'elle ramait vers Ildjern.

« Et ne crois pas que tout finisse ce soir »… Pourtant tout avait fini ce soir-là ! Et des mois, des années après, elle ne pouvait encore y croire ! On dort bien à quatorze ans et elle n'avait rien entendu de l'agitation de la nuit. Au matin, elle avait trouvé la maison vide ; la barque de ses parents n'était pas à l'amarrage. Que se passait-il ? Elle entra dans la cuisine, et là, sur le coin de la table, à côté du pot de café, elle trouva un mot griffonné : « Le grand-père de Finn a besoin de nous : Finn a eu un accident. Leur voisin vient de nous prévenir. Le pauvre vieil homme nous réclame. Ne bouge pas d'ici, sois raisonnable, nous rentrerons au plus vite pour te donner des nouvelles. »

Un accident ? Finn ? Etait-ce possible ? Il n'avait plus l'intention de sortir, la veille au soir. Elle dégringola jusqu'à sa barque ; déjà elle détachait l'amarre lorsqu'elle vit Johannès arriver. Elle se mit à marcher de long en large, incapable de rester en place, s'énervant de la lenteur apparente de Johannès. A deux mètres, elle remarqua sa pâleur, ses yeux rouges aussi, et elle comprit. C'était une certitude qui s'abattait brusquement sur elle : la certitude de l'irréparable.

Il ne dit rien en débarquant, il la prit simplement dans ses bras, la serra contre lui et la laissa pleurer. Elle répétait :

– Mais dis-moi, dis-moi, est-ce qu'il est… ?

Il fit « oui » de la tête ; il ne pouvait pas prononcer le mot, le mot absolu, trop absurde : « mort » !

Il fallait bien raconter : Finn avait grimpé sur le toit la veille au soir, pour une réparation. Elle l'entendait : « Grand-père, ne te tracasse pas, je vais aller tout à l'heure faire un petit tour là-haut ! » Le vieil homme avait été alerté par le bruit de la chute et s'était précipité dehors. Finn était étendu sur le dos, il ne bougeait pas, il ne geignait pas. Le vieux médecin avait immédiatement compris qu'il n'y avait aucun espoir. Les vertèbres cervicales étaient rompues.

C'était la fin des vacances. Ingrid et ses parents rentrèrent aussitôt à Oslo. Dans l'appartement de la rue Thomas Hefteys, tout était encore souvenir du dernier séjour de Finn. Dans le tiroir de la chambre d'amis : les chaussettes qu'il avait oubliées ; dans une armoire : les pinceaux, une ébauche d'aquarelle (inachevée) ; sur la table de nuit : un roman policier.

Ingrid ne pouvait pas croire possible ce « jamais plus » qui s'imposait pourtant à son esprit un peu plus chaque jour. Elle revoyait Finn, tout au début de leur amitié, Finn pleurant sur ses livres, Finn reniflant, se tamponnant les yeux, puis le Finn sorti de l'adolescence, libéré de sa fragilité primitive, heureux de vivre, à l'aise dans sa nouvelle peau, sachant manier l'humour.

Elle entendait la voix de crécelle qu'il gardait encore et qu'il n'aurait peut-être jamais perdue. Elle n'avait plus de goût à rien. Il lui avait fallu revoir les parents de son ami, revenus aussitôt de voyage. Au cœur des semaines qui suivirent, elle les rencontra de nouveau ; au début, elle se trouvait muette, contractée. Le nom de Finn ne parvenait pas à sortir de ses lèvres. Il en était de même pour Johannès et Hilda, si bien que toute réunion des deux familles semblait vide de sens. Ingrid se demandait si sa présence n'était pas trop douloureuse, trop lourde de souvenirs pour ce couple éprouvé. Elle fut tentée de renoncer à les voir. Et puis, un jour où elle était seule chez elle, vint à passer la mère de Finn. Elles pleurèrent encore toutes les deux, puis l'adulte consola l'enfant :

– Maintenant, Grid, tu vas me promettre de secouer ton chagrin. Il n'aimerait pas que tu t'attardes à son souvenir, que tu épuises ta jeunesse ! Il faut que tu oses me parler de lui, cela te soulagera et moi, je crois que j'aimerais t'entendre. C'est convenu ? Continue à faire ce que vous faisiez ensemble : nager, naviguer, skier, peindre… Vois les amis que vous aviez en commun : Leif et les autres, sois courageuse, ma petite fille !

Et les saisons glissèrent sur la peine d'Ingrid, balayant son enfance !

Et en France…

Jusqu'à ce début de 1934, le Capitaine de Hambourg avait continué à relâcher périodiquement au port de Boulogne. Avec Joseph, il échangeait toujours des timbres-poste, parlait des événements, épanchait son cœur de père, trop souvent séparé de ses enfants. Grâce à cette amitié qui existait entre les deux hommes, Lise bénéficiait d'une connaissance plus large. Elle s'accrochait encore à l'espoir qu'un jour, le Capitaine l'inviterait à séjourner chez lui. Mais, s'il le faisait, ses parents la laisseraient-ils partir ?

Elle avait demandé à apprendre l'allemand, mais il semblait que ce soit impossible. Au pensionnat, on ne pouvait suivre que des cours d'anglais, et quel anglais ! Depuis un an qu'elle l'ânonnait, elle se rendait bien compte qu'elle n'en avait rien assimilé. Au fond, elle s'en moquait ; c'était l'allemand ou le norvégien qu'elle aurait voulu parler, comme Frédéric !

En rentrant de Hambourg cette année-là, Grete s'était sentie très fatiguée. Depuis, elle ne quittait presque plus la maison. Aussi, Lise suivait-elle son père plus que jamais. Elle allait souvent le chercher à la sortie de son travail et, l'été, ils se rendaient ensemble à la plage pour se baigner avant le repas.

Le bureau où travaillait Joseph s'était modernisé. Des comptoirs d'acajou neufs remplaçaient les boiseries où la peinture noire s'écaillait, mais il y avait toujours, dans un coin, la vieille presse à vis, lourde, massive, qui la fascinait lorsqu'elle était enfant. Pendant que son père achevait un travail, elle faisait tourner machinalement entre ses doigts la grosse mappemonde, cadeau d'une compagnie de navigation. Le monde glissait sous sa main. Quelques années plus tôt, il lui était impossible de faire le tour du globe avec les bras. Maintenant, il manquait peu de chose à son encerclement.

Sur les paquebots en partance pour l'Amérique du Sud embarquaient, de plus en plus nombreuses, des familles d'émigrés. Souvent, Joseph se débattait afin d'obtenir pour l'un d'eux la pièce d'identité, le visa dont l'absence menaçait les pauvres gens de séparations. Beaucoup venaient d'Allemagne, de Pologne, d'Europe centrale. Ils s'entassaient avec leurs maigres bagages, à fond de cale, tandis que, sur le pont supérieur, les passagers exhibaient robes de soirées et smokings !

– Quelle pitié de devoir fuir son pays, disait Joseph, en soupirant.

– Pourquoi partent-ils, demandait Lise.

– La misère, pour les uns ; la peur des persécutions, pour les autres.

– Pourquoi sont-ils persécutés ?

– Leur race, et puis, pour certains, leurs idées politiques !

Quelquefois, jusqu'à l'ultime minute, un homme restait sur les quais. Il arrivait qu'il ne puisse embarquer ; la police méfiante, ne fermait pas les yeux sur une irrégularité. Parmi ce troupeau, comment distinguer les indésirables ? Joseph, ces soirs-là, ne pouvait s'endormir. Qu'allait devenir cet homme, cet apatride que les polices d'Europe allaient rejeter d'une frontière à l'autre ? Ne serait-il pas, tôt ou tard, dans un pays ou dans un autre, rattrapé par ceux qu'il avait voulu fuir ? Reverrait-il jamais les siens ? Mais qu'y pouvait Joseph ! Sinon se retourner inlassablement dans son lit sans trouver le sommeil ! Et voici qu'un soir de mai, Joseph rentra plus particulièrement accablé.

– Je ne reverrai plus mon Capitaine de Hambourg, dit-il au repas. A son prochain voyage, il embarque sa famille et il a l'intention de s'installer aux Etats-Unis. Son beau-frère, opposant au régime, a été envoyé en camp de concentration, une sorte de bagne, paraît-il…

Joseph raconta comment le Capitaine parlait bas dans son bureau, tel un homme qui se méfie. Il lui avait dit : « Monsieur, vous ne pouvez pas imaginer ce qui se prépare chez nous ! Nous allons vivre des années épouvantables, vous aussi peut-être, et même l'Europe entière, croyez-moi ! Il n'y a pas de limite à ce qui se fera. La machine est en route, elle fonctionne bien. Je veux essayer d'éviter cela aux miens. De l'autre côté de l'eau, eux au moins ne seront pas contaminés ni broyés ; aussi je pars pendant qu'il est encore possible de s'échapper et j'ai la chance de pouvoir le faire ! Croyez-moi, à l'étranger, on ne se rend pas compte. On veut ignorer ce qui se passe chez nous ! »

Le 25 juillet de cette année-là, le chancelier d'Autriche Dolfuss est assassiné. Alors les journaux commencent à s'émouvoir. *Le Jour* fait de la littérature avec la mort du petit chancelier. Pourtant, la venue de cet Hitler au pouvoir n'est pas passée inaperçue mais qui a vu, dans le 30 janvier 1933, une date historique ? Frédéric peut-être, à qui Manfred a écrit par le truchement d'un ami suisse : « A partir de maintenant, tu devras comprendre mes lettres au travers des lignes. Peut-être même devrai-je cesser de t'écrire. Ma correspondance est surveillée... »

En France, on est tout occupé par la jactance du colonel de la Roque. Les Croix de Feu, avec leurs insignes, leurs affiches et leurs groupes de militants trouvent un certain soutien auprès d'une partie de la population.

Le 6 février 1934 fera 20 morts et 100 blessés, renforcera la crainte du désordre. Et tandis que les premiers résistants allemands au nazisme seront enfermés dans les camps créés pour eux : Dachau, Buchenwald, Bachsenhausen, Ravensbrück, bien des grandes personnes se disant ici qu'après tout, cet Hitler, c'est quelqu'un d'énergique ; il sait ce qu'il veut, il a le sens de la discipline et de l'organisation. Au fond, les Allemands ont bien de la chance !

CHAPITRE 3

1935

1935. En France… les trains passent, ils marquent les heures bien mieux qu'une pendule. Comme les jours allongent déjà ! Grete sait bien qu'elle va mourir ! Depuis six mois qu'elle est au lit, elle a perdu peu à peu tout espoir de guérison. Son vieil ami, le Docteur F. vient de moins en moins la voir. Son impuissance à combattre le mal lui fait fuir cette chambre où s'éteint inexorablement un être qui fut si riche de vitalité. Grete a bien compris qu'il a abandonné la lutte.

Le printemps revient derrière les vitres, le soleil arrive jusqu'au lit de cuivre qui étincelle et se reflète dans le cadre ovale où trône une Lise de trois ans, assise nue, sur une peau de mouton. Depuis quelques jours, Grete s'est singulièrement détachée du présent. Il n'a plus pour elle d'importance, hormis le soulagement de la morphine qu'on lui injecte parcimonieusement. Elle revoit ses années de jeunesse, se demandant encore le pourquoi des choses, le sens de sa vie. Tout aurait-il été différent si son éducation française ne l'avait écartée de Christiana ? (ancien nom d'Oslo).

Christiana, Olaf… Il s'en était fallu de si peu qu'elle ne prenne racine là-bas. Se mourait-elle à cette heure, laissant dans ce monde inquiétant un homme désemparé et une fille que l'adolescence trouvera ballottée par la vie ? Pourquoi s'est-elle refusée à Olaf lorsqu'il la désirait ? Ça ne se faisait pas ! Non pas qu'elle fût spécialement conformiste mais elle avait trouvé qu'il allait trop vite et, bien qu'elle s'en défendît, elle restait terriblement ligotée, mettant un certain point d'orgueil à maîtriser ses impulsions.

Olaf n'avait pas insisté. C'était au soir d'un 23 juin. Les feux de la Saint-Jean embrasaient le fjord, l'air sentait bon la résine et la fumée de fagots de bouleaux : la vie pétillait ! L'année suivante, quand elle était arrivée pour les vacances, Olaf avait une autre amie. Il avait voulu renouer avec Grete, lui promettant d'être patient, de l'attendre mais, ulcérée, elle s'était montrée implacable, refusant avec intransigeance d'admettre qu'il l'eût si rapidement remplacée. Elle n'était jamais revenue à Christiana et, quelques années plus tard, Christiana était devenue Oslo.

Après, tout à fait par hasard, elle avait rencontré Joseph. Il ressemblait étonnamment à son frère Johannès. Son air sérieux, posé, lui donnait dix ans de plus que son âge réel. C'est longtemps après qu'elle s'aperçut être très largement son aînée. Joseph s'était épris d'elle comme un enfant sevré de tendresse familiale. Elle avait compris qu'il trouvait en elle l'originalité, l'optimiste qui l'aidait à oublier un peu sa jeunesse austère et confinée. Avec Grete, s'était ouvert pour lui un monde nouveau de droiture et de fantaisie qui l'avait fasciné ! Et Grete s'était laissée aller à un tendre sentiment quasi maternel. Elle avait voulu rendre heureux cet homme juste, intelligent et bon qui n'avait connu dans sa jeunesse qu'un entourage de bigots desséchés.

Ils s'étaient écrit pendant trois années, car, du front de Dixmude, Joseph avait été envoyé en Afrique pour instruire des troupes sénégalaises. Elle avait passé la guerre au chevet des blessés, reléguant dans un monde interdit Olaf et la Norvège. Toute cette souffrance qui l'avait environnée nuit et jour, pendant quatre ans, la marquant à jamais, lui avait fait perdre toute pratique religieuse. Sincère, d'une absolue franchise, elle avait refusé de jouer la comédie des convenances.

Au retour de Joseph, Grete lui avait exposé le refus de sa conscience devant ce qui lui paraissait une parodie de l'Evangile. Peut-être aurait-elle été une bonne protestante ! En tout cas, elle ne pourrait jamais être une bonne catholique. Pourquoi lui avait-on imposé une religion ?

Malgré tout, elle avait épousé Joseph. Elle n'avait pas été malheureuse, non, c'était de l'affection qu'elle avait pour lui, plus que de l'amour car, jamais, elle n'avait ressenti au creux de son corps l'émoi que faisait naître en elle le moindre geste d'Olaf. Elle contentait son mari avec sérénité, heureuse de lui donner du bonheur, mais la flamme ne la dévorait pas.

Et maintenant, elle va s'en aller. « Fais tes bagages, Grete. » Pourquoi, en ces dernières heures de lucidité, se revoit-elle à vingt ans ? Pourquoi entend-elle la voix d'Olaf ? Lorsqu'on parle la même langue, une certaine pudeur vous empêche d'employer des mots tendres, mais pour eux, cette entrave n'existait pas. En la serrant contre lui, en frottant sa joue contre la sienne, Olaf disait des mots qu'elle comprenait à peine, qu'elle ne cherchait pas à comprendre ; mais, aux inflexions de la voix aimée, à la pression des doigts qui l'enserraient, au regard bleu buvant son propre regard, elle devinait ce que les mots devaient signifier et des vagues de bonheur la submergeaient.

Pourquoi Olaf la regarde-t-il encore ainsi, d'une manière si intense, au bout de tant d'années ? Est-il encore de ce monde ? Elle n'a jamais voulu s'en informer. Elle est l'épouse de Joseph, la mère de Lise. Et voici que cette femme qui a voulu une vie droite, qui a accordé tant d'importance à la parole donnée, réalise au seuil de sa mort qu'elle a toujours traîné les fantômes de sa jeunesse, et voilà qu'elle se méprise tout à coup et qu'elle appelle doucement celui qui lui a procuré l'équilibre d'un foyer, Joseph. Il n'est pas loin ; depuis quelques jours, il ne quitte plus la maison.

– Joseph, tu aimerais que je voie un prêtre, alors, va, et choisis-le bien !

Lise a vu la maigre silhouette noire qui est montée à l'étage, accompagnée de son père. Puis Joseph est redescendu seul, le blanc de ses yeux est strié de rouge, il a une drôle de voix enrhumée. Ensuite, le prêtre a frappé à la porte de la salle et il est parti avec Joseph. Ils ont fait les cent pas dans l'impasse. Lise les a vus derrière les rideaux de crochet qui garnissent la fenêtre. Ils sont restés longtemps ensemble.

Depuis quelques semaines, Papa paraît ne plus s'intéresser à rien, même pas à sa fille. Il passe à côté d'elle sans la voir. C'est comme si elle n'existait pas !

Pendant des semaines, Lise a cru que Grete était seulement très fatiguée et que ses forces allaient revenir peu à peu. Maintenant, elle a conscience de la gravité de la maladie. La veille, au salut du premier vendredi du mois, elle s'est remise à faire du marchandage avec Dieu : « Vous la guérissez et je ferai pénitence : plus de chocolat ou bien une douche froide tous les jours. »

Au fond d'elle-même, elle se traite de sotte, de bébé. Elle revient honteusement au temps des autres marchandages, lorsqu'elle guettait le retour de son père, derrière la vitre, hantée par la crainte qu'il ne soit tombé des quais dans les bassins.

Cette fois, elle sent que le poids qu'elle peut mettre dans la balance est bien trop léger en comparaison de ce qu'elle voudrait acheter. Alors, elle pleure silencieusement, les larmes tombent sur le rebord du prie-Dieu. « Au moins, pense-t-elle encore, ne me les prenez pas tous les deux ! Laissez-moi Papa ! Faites qu'il ne meure pas de chagrin ! »

Madame Jeanne, qui surveille les rangs, lui fait signe de sortir avec elle ; elle a dû se rendre compte qu'il se passait quelque chose d'anormal. Elles descendent en silence l'escalier de bois blanc, imprégné de l'odeur d'encens. Elles font quelques pas dans la cour, sous les sycomores dont les premiers bourgeons éclatent.

– Qu'y a-t-il mon petit ?

Lise renifle, elle dit calmement, presque avec froideur maintenant :

– Je viens de comprendre que ma mère va mourir !

Grete divague, mais au travers de l'incohérence de ses paroles, on sent flotter son tourment. Il en émerge des éclairs de lucidité : « Il ne faut pas en vouloir à Lise si elle ne sait pas laver les radis, ce n'est pas de sa faute, elle a le temps d'apprendre ! » ou encore : « Pas de noir surtout, pas d'habits noirs, je ne veux pas ! » Et puis : « Laisse-la vivre, goûter la vie, laisse-là rire ! » « La vérité, Lise, n'oublie pas ! La rectitude, pas être lâche, le courage… dire ce qu'on pense, Lise ! » Et toujours ce refrain hallucinant : « Ces pauvres soldats… des blessés encore, encore… mais quand donc va finir cette sale guerre ? »

Mais Lise n'entend pas. Elle s'est réfugiée dans la chambre au linge sale, au deuxième étage. Elle ne peut supporter les gens qui la contemplent avec commisération, soupesant son malheur. Elle ne veut plus descendre dans cette chambre où Grete, défigurée, mène un vain combat. Elle est lâche. Elle se couche, recroquevillée contre le mur et, au petit matin, Joseph ouvre la porte. Il lui dit :

– C'est fini ! Tu peux venir la voir si tu veux ! N'aie pas peur, on dirait presque qu'elle sourit maintenant !

Deux mois après la mort de Grete, sans que rien ne l'ait laissé prévoir, Damère se paralysa brusquement et s'éteignit en l'espace d'une semaine.

Depuis avril, Lise se traînait dans les vêtements noirs que sa famille lui avait imposés. Lorsqu'elle avait insisté auprès de Joseph pour qu'on lui épargnât cette contrainte, lui rappelant que sa mère avait toujours demandé qu'on évitât à sa fille un accoutrement qu'elle-même abhorrait, Joseph avait paru excédé !

– Mais enfin, Lise, cela a si peu d'importance !

– Mais justement, puisqu'elle ne voulait pas de noir pour moi. Je suis laide en noir, elle n'aurait pas aimé me voir laide.

Hélas ! Elle avait eu contre elle tante Helga, cousine Laurette et d'autres tantes, d'autres cousines…

Quelques années plus tôt, Frédéric aurait pris sa défense, mais Frédéric avait bien d'autres soucis. Il était amoureux et avait aussi toutes les grandes personnes – famille et amis – contre lui. Son choix n'était soi-disant pas convenable. Lise n'avait pas encore vu son cousin depuis plusieurs mois. Il n'était pas venu à l'enterrement de Grete pour ne pas rencontrer sa mère. Tante Helga dramatisait, prétendait qu'elle maudissait son fils et qu'elle refuserait dorénavant de le revoir, même sur son lit de mort. Elle avait dit à Joseph : « Ce sera lui ou moi ! »

Lise, toute de noire vêtue, et consciente d'être affreusement moche, accompagna la dépouille de Damère au cimetière ensablé de l'église de Berck. Ce fut à l'occasion de cet enterrement que Joseph devait renouer avec l'une de ses tantes, veuve et sans fortune, nantie d'une nombreuse famille, cette tante Paule qui n'avait jamais sympathisé avec Grete. Mais Joseph gardait d'elle le souvenir de la jolie jeune femme que son oncle René lui avait présenté trente ans plus tôt. Elle sembla reprendre sur lui l'ascendant qu'elle avait exercé sur sa jeunesse morose. Il quêta auprès d'elle des conseils d'éducation concernant sa fille.

Il fut décidé tout d'abord que Lise irait quelques semaines à Paris, chez tante Paule puis que celle-ci viendrait avec ses fils occuper la maison de Boulogne en septembre. Pour aller à Paris, on lui acheta un affreux chapeau de paille noire, garni de cerises noires. Ce chapeau menaçait de lui gâcher l'été ! C'était la première fois qu'elle voyageait seule ; accoudée à la fenêtre grande ouverte du compartiment, elle profita d'un courant d'air pour aider l'horreur à planer sur les voies. Ce fut sans doute, pour quelques années, son dernier geste libératoire.

Lise ignorait que Joseph avait reçu du vieil oncle Harald une lettre l'invitant à passer l'été en Norvège, en compagnie de sa cousine Ingrid et que, poliment mais fermement, il avait décliné cette offre.

A Paris, tante Paule, déplorant la perte du chapeau, s'attaqua aux divers points de son habillement qui devaient, disait-elle être digne d'une jeune fille convenable ! Tout devait être convenable : le béret basque qui remplaçait le chapeau aux cerises devait être posé bien droit sur le front. Le pencher sur l'oreille, comme le voulait la mode, n'était pas convenable. Le port des socquettes non plus, il fallait des bas et qui disait bas, disait jarretelles, gaine...

– Voyons, tu n'as pas de gaine ? Une jeune fille convenable doit porter une gaine !

Chose curieuse, les quatorze ans de Lise faisaient d'elle au gré de tante Paule, soit une jeune fille, soit une gamine de quatorze ans !

Quand il fallait faire la vaisselle, accumulée par la négligence de la famille, Lise était une jeune fille qui devait savoir tenir une maison, même chose pour toute besogne ménagère ! En revanche, émettre une idée personnelle, tenter d'imposer sa volonté, faisaient d'elle une gamine de quatorze ans ! Lorsqu'il s'agissait de sortir avec l'aîné des garçons, Luc, ce n'était pas convenable pour une jeune fille. Elle n'avait qu'à rester avec les jumeaux Pierre et Jacques dont les quinze ans moqueurs l'accablaient de complexes.

Avec Luc, c'était différent ! Il souffrait aussi de la tyrannie maternelle ; c'était un jeune homme renfermé, rêveur, insatisfait. Il s'était pris d'une tendre amitié pour la petite cousine. Quant à elle, elle se laissait emporter par le charme mystérieux émanant de ce héros romantique. Au diable tante Paule ! Elle ne pouvait les empêcher de se regarder dans les yeux, d'admirer les étoiles le soir sur le balcon et de s'embrasser sagement sur la joue en se souhaitant bonne nuit.

D'ailleurs, la tante Paule ne devait pas être dupe ! Pour quelle raison ne renvoya-t-elle pas Lise plus tôt que prévu ou ne renonça-t-elle pas à son propre séjour à Boulogne ? Nul ne l'a jamais su ! La paresse peut-être… La commodité de vacances gratuites à la mer ? Elle ne modifia pas ses projets.

C'est à Boulogne que tout se gâta. Lise, depuis l'enfance, prenait des leçons de piano avec une vieille amie de Grete, Alice Ragons. Elle avait commencé le solfège avec elle dès qu'elle avait su lire. A cette époque, Grete avait dit : « Alice va la faire débuter ; après, elle ira au Conservatoire » !

Mais il s'était avéré, au fil des années, qu'on ne pouvait enlever une forme de gagne-pain à cette pauvre Alice, ni lui faire de la peine en semblant sous-estimer ses qualités de professeur. Lise continuait donc de jouer toutes les œuvres qui lui plaisaient et surtout celles qui étaient encore bien trop difficiles pour son niveau, les écorchant, sautant ou ajoutant des notes, avec une fantaisie et un aplomb qui auraient fait frémir les professeurs du Conservatoire. « Elle n'est pas appliquée » soupirait Alice « mais elle a un beau toucher, un jeu sensible ! » Et Lise, sur ce point-là au moins, était très satisfaite d'elle-même.

Sa mère disparue, Alice Ragons était devenue progressivement la confidente de l'adolescente en quête d'une oreille bienveillante. Après avoir refermé le piano, Lise commençait :

– Tu ne sais pas ? Hier, il m'a dit :

Il lui avait dit quoi ? Qu'elle avait de beaux cheveux ou quelque chose d'analogue ?

Ou bien :

– Tu sais, hier, à la plage, j'avais froid ; il m'a frotté les jambes, ce que c'était agréable !

Ou encore :

– Il m'appelle Chevrette quand je pose mon front sur son bras et que je lui donne des petits coups de tête. J'ai toujours envie de m'appuyer sur lui !

Finalement, elle avait raconté :

– On a les mêmes goûts, tu sais, il veut être commissaire de bord sur les paquebots ; je crois qu'il aimerait bien se marier avec moi, mais c'est un peu embêtant qu'on soit cousins.

Et Alice Ragons, peut-être parce qu'elle était depuis longtemps amoureuse de Joseph, et qu'elle aussi, à cinquante ans, rêvait encore de mariage, avait cru bon de lui raconter toutes les confidences de Lise, exagérant sans doute, enjolivant, poussée par l'intimité de cette sorte de conversation qui faisait d'elle, auprès de Lise, la remplaçante de son amie Grete.

Ce fut un drame ! Une réunion eut lieu chez Alice Ragons. Luc et Lise furent sommés de tout raconter ! Tout ! Mais il n'y avait rien eu ou si peu… Seulement l'éveil sentimental et charnel d'une gamine de quatorze ans ! Une approche… même pas, de sa part en tout cas, d'un moindre désir précis ou inconvenant !

Luc, dédaigneux, ne dit rien – il ne chercha même pas à la consoler. A partir de là, plus jamais il ne l'approcha ; il n'avait pas admis qu'elle ait eu besoin de se confier. Poussé par tante Paule, Joseph conseilla à sa fille d'aller se confesser. Elle entra dans la boîte sombre, incapable d'expliquer ce qui l'amenait. Elle prit une liste de péchés toute préparée et débita le tout, sans penser à rien. L'abbé insista ; et le 6ᵉ commandement, et le neuvième ? Sa faute devait avoir quelque chose à voir là-dedans, mais de si loin. Elle n'allait quand même pas expliquer à cet homme qu'elle aimait se faire caresser les jambes par son cousin ! Elle sortit de là étouffée et, par la suite, chaque fois qu'elle communiait – en rang, à la chapelle du pensionnat – elle se demandait si elle ne commettait pas un sacrilège ! Mais elle avait désormais la certitude qu'elle ne devait plus rien confier à personne. Elle se renferma.

Avant la rentrée des classes, pour tenter de reprendre en main sa fille, Joseph décida de l'emmener en voyage.

– Devine où nous allons ?

– En Norvège ? dit Lise. Non ? En Suisse ?

– Mais non, pas si loin, voyons !

C'était à Lourdes ! Lise avala la déception raisonnablement. Pauvre Papa ! Il était si heureux de la distraire ! Elle obtint de faire un petit détour par Arcachon et la côte basque. Du balcon de leur hôtel de Biarritz, elle voyait les autres se baigner. Joseph n'avait pas mis de baignades au programme. Ils se promenèrent sur la plage de Saint-Jean-de-Luz, tenant leurs chaussures noires à bout de bras. Elle avait obtenu de remplacer le chemisier de deuil par un blanc. A l'hôtel, on les avait pris pour un couple. Ils en avaient ri tous les deux ! Les histoires de l'été s'oubliaient.

Lise se prenait à espérer la possibilité d'entraîner Joseph dans d'autres voyages plus lointains. Ils organiseraient leur vie. Elle avait un grand besoin de tendresse mais, depuis que l'hôtelier l'avait prise pour la jeune femme de son père, elle n'osait plus l'extérioriser. Il lui faudrait attendre pour appuyer son front sur l'épaule d'un homme, donnant de petits coups de tête. « Chevrette, chevrette ! »

**

Ceux de Norvège.

A Oslo, on aurait pu croire que Finn avait emporté avec lui tout ce qui, jusqu'ici, avait représenté le bonheur. Les épreuves s'acharnèrent sur la famille d'Ingrid, au cours de l'année qui suivit l'accident survenu au jeune homme. Les lettres de Frédéric leur apprirent sa brouille avec sa famille. Grete s'était alitée à l'automne et souffrait d'une maladie incurable. En janvier, Johannès attrapa un mauvais rhume. Lorsque le télégramme annonçant la mort de sa sœur Grete arriva, il était dans un sanatorium pour un temps indéterminé.

L'oncle Harald se fractura la jambe au moment de partir à l'enterrement de sa nièce. Et le fossé se creusa entre la France et la Norvège.

Au cours du printemps, Ingrid avait accompagné tante Asta pour un week-end à Ildjern. C'était l'époque de la mort de Grete. Le souvenir de Finn peuplait encore les rivages. Le vieux docteur avait mis en vente sa résidence de Sjostrand ; ni lui, ni ses enfants n'auraient eu le courage d'y revenir. Les volets étaient clos sous le toit d'ardoises qui avait tué !

Il lui fallait laisser couler le temps pour qu'un séjour prolongé sur l'île de tante Asta fût de nouveau possible. Ingrid savait cependant que ce temps-là viendrait. L'oncle Harald, convalescent, eut l'idée d'inviter pour les prochaines vacances Lise, sa petite nièce française. Il écrivit à Joseph, ce neveu qu'il n'avait jamais vu, pour lui proposer de réunir chez lui, pour quelques semaines, les deux cousines qui ne se connaissaient pas.

La réponse fût négative comme il le redoutait ! Joseph le remerciait, expliquant longuement en anglais qu'il ne pouvait se résoudre à se séparer de sa fille ; il n'avait jamais eu le courage de le faire du temps où Grete vivait et, dorénavant, cette seule pensée de la laisser partir le rendait fou ! Il ajoutait combien il regrettait que la distance l'eût toujours empêché de rencontrer la famille de sa femme ; il pensait aussi que Lise lui était très attachée et qu'il essaierait de lui procurer une jeunesse heureuse dans le cadre de vie que la Providence avait choisi pour elle ! Lisant ces lignes, l'oncle Harald soupira, résigné. Frédéric l'avait bien prévenu que sa proposition serait repoussée.

— Pauvre homme, murmura-t-il, il craint qu'elle se plaise trop ici, il a peur de la perdre !

Il revoyait Grete au temps où elle passait ses vacances à Christiana. Il était de peu d'années son aîné, un bien jeune oncle qui accompagnait sa nièce dans toutes les distractions offertes à la jeunesse d'alors. Ensemble, ils avaient vu Grieg diriger lui-même Peer Gynt. Ensemble, ils s'étaient baignés, ils avaient dansé, les nuits de la Saint-Jean. C'était un de ses meilleurs amis, Olaf, qui la voulait pour femme. Et puis Grete avait rompu. Il n'avait jamais su exactement pourquoi. Ni l'un, ni l'autre, n'avaient voulu lui donner d'explications.

En ce temps-là, Grete était encore ouverte aux problèmes européens. Elle n'avait pas d'idées préconçues contre les Allemands et elle s'était, avec Johannès, enthousiasmée pour l'espérantisme*.

C'était après cette guerre imbécile de 1914 qu'elle avait changé ! A la fois intoxiquée par la propagande grotesque de l'époque et meurtrie dans sa sensibilité par les quatre années de sa vie d'infirmière, elle était devenue différente. A chaque rencontre, elle ne pouvait étouffer sa rancœur, devenant mordante lorsqu'il s'agissait de l'Allemagne. Inconsciemment, elle avait toujours un peu gâché ainsi les rendez-vous de Hambourg.

Olaf Jansen habitait maintenant à Molde. Il était veuf. Un jour, il avait montré à Harald un agrandissement qui représentait Grete revêtue du costume du Vestfjord et qu'il avait toujours gardé au fond d'un coffre. Mais Grete n'avait jamais, lors de leurs rencontres, évoqué le souvenir d'Olaf et sans doute avait-elle toujours ignoré l'existence de cette photographie ! Ah Dieu ! Pourquoi la fille de Grete n'était-elle pas la fille d'Olaf ? Il comprenait bien qu'au train où allaient les choses, il ne connaîtrait jamais cette petite nièce française !

Ingrid partit donc pour Bergen où des amis de sa mère l'invitaient pour deux semaines ; de là, elle rejoindrait l'oncle Harald qui se reposait à la montagne. Elle prit le train à la fin de juin. Seule dans son coin de compartiment, il lui semblait que chaque secousse l'éloignait définitivement de ses années d'insouciance. Avec ce voyage solitaire commençait une autre période de sa vie, sans rendez-vous à Hambourg.

---

* Tentative d'unification des langues européennes.

Sa mère l'avait accompagnée à la gare. Le trajet était long et elle lui avait donné à emporter des provisions de route en plus des petits cadeaux à offrir aux amis de Bergen, et une veste qu'elle avait tricoté pour Harald. Tout cela gonflait le vieux sac à dos gris que Johannès avait traîné au cours des hivers dans les forêts de Nordmarka. Elles étaient là les forêts, tout autour. Du train, on voyait les lacs et les tapis de bruyère.

Après Roa, le paysage changeait d'un seul coup. C'était la campagne, avec les foins qui séchaient près des claies de bois recti-lignes striant les prés de leurs chevelures blondes alignées. Dès l'arrêt d'Hønefoss (ø barré se prononçant e), le train commençait à grimper ; dès lors, il s'engouffrait périodiquement dans les nombreux tunnels de la ligne. Entre eux, on apercevait rivières, montagnes et lacs, toujours des lacs, sombres ou clairs selon leur environnement.

A Ål, le train s'arrêtait sur une voie de garage pour laisser passer le convoi venant de Bergen. Ingrid en profita pour manger un peu, puis elle somnola un moment. Quand elle s'éveilla, elle constata qu'ils étaient dans la neige, en plein été ! C'était la région des hautes montagnes de Finse et, au Nord-ouest, se dressait le Hallingskarvet, à près de 2 000 mètres tandis qu'au Sud, s'allongeait le glacier du Hardangerjokulen.

Ce n'était pas tous les ans qu'il y avait de la neige ici aux approches de juillet ! Mais Ingrid fut toute réjouie d'avoir effectué ce voyage en cet été exceptionnellement froid. Les voies étaient bordées de clôtures de bois pour retenir les avalanches ; des équipes de jeunes gens travaillaient à réparer les tunnels, de bois aussi, qui protégeaient les voies en hiver.

A Hallingskeid, nouvel arrêt dans la gare couverte, toujours en raison des risques d'avalanches. Avant Myrdal, le train ralentit et quelques touristes se précipitèrent aux fenêtres pour photographier la vue qui s'étendait sur la magnifique vallée de Flamm. Puis, le train amorça sa descente, s'insinuant à travers des gorges sombres, se coulant dans une succession de tunnels avant d'atteindre Bergen.

Elle fut heureuse de retrouver sa ville natale, la ville aux sept collines, le vieux quai des Allemands : le Tyskebryggen et l'alignement de ses maisons hanséatiques, aux toits pointus, avec leurs mâts de charge débordant des greniers et leurs façades de bois à clins peintes de couleurs variées. Les amis de sa mère habitaient tout en haut de Flyefjellet. De là, on découvrait la cité neuve, reconstruite après le grand incendie de janvier 1916. Le marché aux poissons sur les quais n'avait pas changé, on y vendait toujours les énormes flétans, les crevettes roses et les marchands retiraient encore des viviers les variétés les plus petites qu'ils assommaient d'un coup de bâton avant de les vendre.

Dans le parc de la ville, la statue d'Edward Grieg sculptée par Vik, lui parut rétrécie. Ses yeux d'enfant en avaient gardé une image démesurée. Elle passa deux bonnes semaines à Bergen, fit des pique-niques avec les autres jeunes gens rencontrés chez les amis de sa mère, fût invitée au concert, au cinéma, se vit forcée de vivre, de dépasser les souvenirs qui la tiraient encore en arrière.

Puis, toujours seule, elle rejoignit l'oncle Harald. Il avait choisi, pour se rééduquer à la marche, une douce vallée verdoyante du Hardanger. Leur Setter avait un toit de gazon où fleurissaient les graminées ; la salle s'agrémentait d'une cheminée de grosses pierres, dans laquelle chaque soir ils faisaient une flambée odorante. Ingrid cuisinait, décidait des menus et se chargeait des provisions. Au cours des promenades qu'elle faisait avec son oncle, ils rentraient dans les fermes éparses ; on les invitait à manger du fromage ou bien des multes – sortes de mûres de la couleur du miel – arrosées de crème fouettée.

Une fois, tandis qu'ils marchaient côte à côte, elle avait évoqué le souvenir de Finn.

– Oncle Harald, crois-tu tout à fait impossible qu'à la minute où il est mort, un bébé soit né quelque part dans le monde qui soit un nouveau Finn ? Qu'il y ait eu… transfert… de son âme ?

– Enfant, enfant, ne t'accroche pas à ces sortes de rêves ! Tu m'as dit autrefois, je m'en souviens bien, va, que tu avais peut-être été une mouette avant d'être une petite fille et que tu deviendrais sans doute un poulain ou je ne sais quel animal, après ta mort !

– Ce serait une sorte de miracle, non ? Et toi, tu crois à des miracles, oncle Harald ? La résurrection, par exemple ! Pourquoi le miracle ne serait-il pas permanent ?

– Tu as été bien secouée, ma petite fille, mais n'essaie pas toujours d'échapper à la réalité, même si elle te fait mal. Pourquoi te cramponner à des chimères ? As-tu si peu de foi dans notre enseignement chrétien ?

Mais elle lui avait tenu tête, le plongeant dans l'embarras et la perplexité.

– Et qui te prouve que ce sont des chimères ? Tout ce que l'on enseigne à « l'Ecole du Dimanche »* pourrait être aussi un ramassis de chimères ! Est-ce que tu ne te poses jamais de questions, oncle Harald ?

Il s'était arrêté en chemin, avait pris le menton d'Ingrid entre ses grandes mains osseuses, avait plongé son regard dans celui de sa petite nièce, puis il avait hoché la tête et s'était mis à marcher

---

* Sorte de catéchisme chez les Protestants.

en silence. Cette enfant... quel âge avait-elle au fait ? 15 ans ? Loin d'être sotte ! Elle lui rappelait Grete et son neveu Frédéric, leur côté raisonneur, leur quête de vérité. « Oui, ma fille, pensait-il, oui, il m'est arrivé de me poser des questions ». Mais à celles touchant au domaine qui préoccupait l'enfant, il n'avait trouvé ni certitude, ni réponse et il avait acquis maintenant l'humilité de les laisser inexpliquées, de consentir au mystère de la vie et à celui de la mort, sans jamais perdre l'espérance. Mais comment dire ces choses à Ingrid ? Il les avait en lui et elles étaient inexprimables ! Elle insistait, répétant sa question :

– Est-ce que tu ne te poses jamais de questions, oncle Harald ?

– Si Ingrid, si... par exemple : pourquoi le monde ? Pourquoi la terre ? Et la galaxie ? Mais elles sont sans réponse et je les ai reléguées dans un coin de mon cerveau. Il ne fallait pas qu'elles m'encombrent, qu'elles m'empêchent d'agir. Et puis, au cours d'une vie, il y a bien des petites joies à glaner en route. Par exemple, tu vois, aujourd'hui, la lumière qui court sur la forêt, les flocons de nuages blancs là-haut, le chant du torrent et l'odeur, Ingrid, l'odeur de l'eau vive, taillant son cours entre les arbres. Si ta tête est embarrassée de problèmes insolubles, tu vas passer à côté d'elles sans les voir, tu vas perdre le réflexe de la vie. Peux-tu comprendre cela, ma grande ?

Ils parlaient peu depuis lors de leurs marches quotidiennes, mais ces cheminements paisibles par les sentiers qui couraient à travers prés, dessinant un long serpent d'herbe râpée, devaient unir le vieux pasteur Harald et sa petite nièce d'une amitié plus forte que leurs liens familiaux.

De retour à Oslo, elle retrouva sa bande d'amis. Leif, son premier camarade d'enfance, avait aussi été très affecté par la mort de Finn; il s'ingénia à la distraire. Ensemble, ils reprirent goût aux mille joies de la vie!

Il n'y eut pas de rendez-vous de Hambourg en 1935, ni pour ceux de Norvège et de France, ni pour ceux d'Allemagne. Les premiers avaient vu les épreuves fondre sur eux brutalement et, chez les seconds, d'un commun accord, chacun trouva d'excellentes fausses raisons pour renoncer à la rencontre habituelle.

***

Franz avait eu 20 ans le 30 décembre 1934. A deux jours près, il échappait au service militaire rétabli le 16 mars et qui atteignait les jeunes gens nés en 1915. Hélas! Wolfgang, lui, ne devait pas pouvoir s'y dérober. Cet été 1935 allait être son dernier été heureux! Tous deux décidèrent d'aller passer les vacances en France. Evidemment, il leur était impossible d'obtenir des devises mais Opa Andreas, en tant que frontalier, avait déposé depuis plusieurs années les dix marks mensuels autorisés, dans une banque suisse. Cela ne faisait pas une bien grosse somme mais Andreas les donna de bon cœur à son petit-fils afin qu'il puisse suivre des cours d'été à Paris.

Mika était entrée dans une école qui formait les infirmières et Else se retrouva donc seule pour la première fois depuis longtemps lorsqu'elle se rendit à Konstanz pour deux semaines, chez ses grands-parents. Sophie refusa de l'accompagner. Auprès d'Oma, Else tenta d'apaiser son tourment; elle recherchait l'optimisme de sa grand-mère, espérant trouver de bonnes raisons d'espérer en la guérison de Sophie; car c'était bien d'un mal qu'était atteinte la petite sœur, maladie contagieuse à laquelle parfois, elle se trouvait surprise d'avoir elle-même échappé.

Où était sa Küken chaude et potelée, sentant bon la brioche tiède, l'enfant câline à laquelle elle avait consacré tant d'heures qu'elle ne regrettait pas. La petite s'était refermée sur elle-même; puisque

168

personne dans sa famille n'appréciait ce qui l'enthousiasmait, elle fuyait les siens, refusait les explications qu'on avait voulu lui donner, et toute son attitude témoignait en quel mépris étaient tombés son frère et sa sœur.

Ses parents, Sophie les excusait : ils étaient d'une autre époque, la période honteuse de l'après-guerre, mais que Franz et Else se refusent à participer à l'élan constructif qui animait la jeunesse, qu'ils se soient laissés entraîner à contre-courant par ce Wolfgang, cette Mika et ce vieux grand-père radoteur, Opa Andreas, elle ne pouvait l'admettre.

Else s'efforça de remplacer Franz auprès de ses grands-parents. Elle avait toujours compris qu'Opa Andreas avait une affection toute particulière pour son frère. Etant enfant, elle en avait souffert, mais c'était fini désormais. Le chien Wander qui avait succédé à Patzi les accompagnait dans leurs promenades au bord du lac. Oma racontait que les chattes avaient fait le gros dos lorsqu'elles avaient constaté son intrusion mais, au bout de quelques jours, elles l'avaient adopté.

Quand Wander, lourdement, posait ses grosses pattes sur l'une d'elles, il recevait une gifle rapide, accompagnée d'un crachement bref mais c'était seulement une façon de prévenir qu'il ne devait pas abuser. Parfois, elles immobilisaient sa patte, la maintenant dans leurs griffes. Mais elles jouaient aussi à une sorte de cache-cache, au cours duquel elles s'embusquaient derrière les meubles, bondissaient sur la queue du chien, la saisissaient et se laissaient traîner. Le matin, à l'heure des retrouvailles, les petits coups de lèche et les frottements de nez s'échangeaient.

Else s'émerveillait. Chez elle, il n'y avait jamais eu d'animaux ; plus jeune, quand elle venait chez ses grands-parents, elle n'y prêtait guère attention ; même le souvenir de Patzi ne l'avait pas marquée. Elle était restée aussi tant d'années sans venir à Konstanz, à cause de

Sophie! Plus tard, lorsqu'elle avait consenti à accompagner Franz, leurs jeux et leurs randonnées avec Wolfgang et Mika ne lui avaient pas laissé le loisir de s'attarder à observer chiens et chats.

Opa Andreas jurait moins, il semblait avoir enfin acquis une certaine résignation. Dans les dernières années de sa vie, Andreas subissait une sorte de mue intérieure, ultime mue de l'esprit dont personne ne s'était aperçu car, apparemment, il ne changeait pas. Si son corps s'était tassé, aucune trace de raideur n'apparaissait dans ses membres alertes. Il gardait de sa lointaine jeunesse le regard vif, scrutant l'autre, comme pour soupeser sa pensée, l'air frondeur comme à vingt ans.

Mais ses gestes avaient encore pris de l'amplitude, son pas, loin de se rétrécir, s'était semble-t-il allongé, on eût dit qu'il s'acheminait doucement vers le grand vol final! Son endurance ne paraissait nullement altérée mais, en dedans, c'était autre chose, le détachement de ce qui l'avait autrefois passionné l'habitait. Il se contentait de goûter pleinement ce qui demeurait à sa portée : les odeurs du foin ou de l'eau, le bruissement du feuillage, la tiédeur de l'air aux premiers jours du printemps ou celle des soirs d'été!

Quant à Oma, les années étaient passées sur elle sans lui ôter un pouce de sa sérénité. Autrefois, il lui arrivait de regretter de n'avoir eu qu'un seul enfant, pendant la guerre surtout, où elle avait tellement tremblé pour Heinrich. Mais, devenue vieille, une famille nombreuse ne lui manquait plus. Ses trois petits-enfants lui suffisaient bien. Les grands disaient que la petite dernière tournait mal! Etait-ce Dieu possible! Une enfant de cet âge devait-elle s'occuper de toutes ces mascarades? Car, pour Oma, défilés, congrès, tout était mascarade! Elle continuait à prédire que le goût en passerait! Hélas, il ne s'agissait plus de se tourner vers l'est ou l'ouest pour humer le vent et prédire le temps. C'était un temps contre nature et la bienheureuse Oma ne pouvait étendre ses prévisions au-delà de la haie du jardin.

En rentrant de Konstanz, Else trouva une proposition de travail. Il s'agissait d'être préceptrice dans la famille d'un médecin originaire de la Baltique, installé en pays de Bade. Elle avait l'occasion de gagner sa vie, de ne plus être à la charge de ses parents et, qui sait, peut-être la séparation d'avec Sophie serait-elle salutaire ? Elle s'empressa d'accepter.

A Paris, on étouffait. Franz et Wolfgang déambulaient dans les rues désertées du mois d'août. Prendre le métro les avaient enchantés au début, son haleine spéciale, forte, indéfinissable, inoubliable aussi, les saisissait à la gorge. Pour eux, elle incarnait bizarrement l'odeur de Paris. Dans ces couloirs jouaient, ici ou là, des musiciens aveugles. Sur les bancs des stations tranquilles, des clochards ronflaient. Les deux jeunes gens retrouvaient dans le souterrain une fraîcheur relative en même temps que la révélation d'un monde besogneux, humble, résigné au médiocre et qui se bousculait devant les portillons aux heures de pointe. Mais ils aimaient cette foule anonyme, parce qu'elle représentait pour eux l'âme d'un peuple libre.

Aux terrasses des grands cafés ou des bistrots, les Parisiens, les provinciaux de passage prenaient l'apéritif, le demi de bière, le « filtre ». Le dimanche, des familles sirotaient ensemble autour d'une table de fer peint et les gosses happaient leur limonade à l'aide d'une paille, jambes pendantes, battant le vide. Comme l'Allemagne était loin ! Une autre planète. Ils flânaient sur les berges de la Seine, feuilletaient les vieux livres chez les bouquinistes, regardaient les reproductions d'images d'Epinal, parlaient haut, riaient, se donnaient de grandes claques sur l'épaule.

Les gens, ce peuple dégénéré (assuraient les nazis), leur paraissaient cependant terriblement insouciants. Lorsqu'il leur arrivait de parler avec de jeunes Français, ils se trouvaient désemparés, décontenancés par l'ignorance qu'ils avaient des choses d'Allemagne.

– Vous savez qu'Ernst Wiechert a enfin dénoncé, en avril, au cours d'une réunion d'étudiants à Munich, le style gladiateur qu'ils veulent nous imposer ?

Cette nouvelle ou une autre tombait à plat. Ernst Wiechert ? Ils ne connaissaient pas ! Les persécutions, les camps ? Peu y croyaient. D'autres étudiants allemands les avaient précédés, apportant un autre son de cloche.

« Ce n'est pas possible, pensaient Franz et Wolfgang ! Il doit y en avoir d'autres ! Il faut que nous les trouvions ! La France d'Opa Andreas, celle de Jean-Jacques Rousseau et de Renan doit bien être quelque part ! »

Pourtant, les journaux que Franz et Wolfgang lisaient : *L'œuvre*, *Le Temps*, ne gardaient pas le silence sur ce qui se passait en Allemagne. Chaque jour apportait quelques lignes, voire quelques colonnes, sur les agissements du Chancelier. Mais, sans doute, la majorité des Français ne lisait-elle que les gros titres consacrés aux décrets-lois du 17 juillet, concernant le redressement du budget français !

En sport, l'équipe des nageurs d'Allemagne avait rencontré l'équipe française aux Tourelles, le 8 juillet. L'Allemagne avait gagné le relais 4 fois 100, mais la Française Blondeau avait enlevé le 100 mètres nage libre en 1 minute 8 secondes.

Le Tour de France avait vu la victoire de Charles Pélissier. Mermoz avait réussi le vol Casablanca – Dakar et des incidents dans les arsenaux de Brest et de Toulon avaient fait 50 blessés. La presse consacrait aussi de longs articles aux agissements de Mussolini et le conflit italo-abyssin, devenait, semblait-il inévitable.

Les Français se cramponnaient à des espoirs d'avenir paisible, entretenus par de fausses interprétations des nouvelles. Ils se contentaient de lire que l'association des Casques d'acier était dissoute, qu'Hitler n'était pas seulement prisonnier de son programme mais qu'il était surtout captif de l'armée.

Les quotidiens publiaient la photo d'étudiants français et allemands passant ensemble leurs vacances sur une île de la Baltique. On y voyait les deux drapeaux qui décoraient le local où ils étaient réunis. Qu'importait à la plupart des Français le fait que des instituteurs allemands, réfugiés à Paris, aient déclaré que l'école allemande préparait la génération à la guerre contre le peuple français et qu'ils aient ajouté que la classe ouvrière et les républicains n'abandonneraient pas la lutte, lutte héroïque où chaque porteur de tract risquait sa vie ! Ils croyaient qu'Hitler venait de lâcher du lest dans le différend qui l'opposait à la Pologne au sujet de Dantzig. Naïfs Français !

De fait, le rétablissement en mars du service militaire en Allemagne ne soulevait pas ici grand émoi. Le 17 mars, la libération du dictat de Versailles avait vu là-bas un parterre d'uniformes, de tuniques et de casques ressortis des armoires comme des reliques. Les vieux maréchaux, les généraux rayonnaient. Les actualités françaises avaient retransmis cette scène dans les cinémas. Le public avait ri ! Mais les gouvernements français, anglais et italien multipliaient leurs avertissements au Führer. Le Conseil de la SDN était mécontent. Et la France, confiante dans sa ligne Maginot s'apprêtait à signer un pacte d'assistance avec la Russie et la Tchécoslovaquie.

Aussi, dès le 21 mai, Hitler s'était empressé de rassurer l'Europe. Il avait prononcé ce jour-là, devant le Reichstag, le discours de paix le plus adroit et le plus fallacieux qui soit ; même sa voix avait changé... Raisonnable, tolérant, disposé à la conciliation, il s'y montra remarquable, énumérant ses treize propositions de paix, leurrant les nations d'Europe autant que le peuple allemand. Tous avaient alors une telle soif de paix qu'ils avaient chassé bien vite leurs soupçons.

Les deux amis ruminaient ces choses, accoudés à la balustrade, devant la basilique Montmartre. Sous leurs yeux, noyées dans la brume du soir, s'ouvraient les courées sordides qu'ils avaient visitées ce jour-là. Tout un peuple miséreux y grouillait. Pourquoi ce pays riche restait-il si arriéré dans ses conceptions sociales ? Franz et Wolfgang souffraient de petites déceptions qui, jour après jour, ternissaient leurs joies.

Au cours de quelques week-ends, ils prirent le train de banlieue pour retrouver l'ambiance chaude des auberges de jeunesse. Forêt de Sénart, forêt de Fontainebleau, sables d'Ermenonville, ils suivaient les pas de Rousseau, ils se récitaient des poèmes, des lambeaux de prose. La vie était belle, malgré tout ! Ils avaient vingt ans !

Ils logeaient dans une chambre, au sixième étage d'un appartement de la rue du Regard, non loin du Quartier Latin, chez une veuve dont le fils s'était récemment marié. La pièce donnait sur le palier, indépendante de l'appartement ; ils pouvaient y préparer eux-mêmes leur café du matin.

Le premier levé avait mission de se rendre jusqu'à la boulangerie toute proche, y acheter une flûte fraîche et croustillante dont ils devaient longtemps garder le souvenir. Le soir, ils bavardaient un peu sur le balcon. Ils n'étaient pas les seuls à prendre ainsi le frais, à l'heure où les rues s'allumaient en même temps que les étoiles, dans un ciel rétréci par les hauts immeubles du quartier.

Ils s'amusaient à suivre le flirt qui s'ébauchait entre un garçon de leur âge et une adolescente arrivée depuis peu chez leurs voisins. La fille buvait les paroles du garçon ; il devait y avoir entre eux un vague cousinage qui les autorisait à cette intimité relative, à ce baiser du bonsoir, de jour en jour plus prolongé. L'adolescente appelait tante Paule, la mère de son amoureux, une dame âgée, à la démarche hautaine, raide, engoncée dans des vêtements gris mal coupés, et qui portait en permanence un petit ruban autour du cou.

La petite aussi était mal fagotée, habillée de noir et blanc, elle semblait être en deuil, sans doute s'agissait-il d'une orpheline. Ses beaux cheveux, d'un blond roux, étaient mal coiffés, taillés d'une coupe enfantine qui désavantageait son visage trop grave. Parfois, Franz ou Wolfgang la croisaient à l'heure du boulanger. Elle avait fini par les reconnaître, rougissait et baissait les yeux dès que leur regard l'effleurait.

Au milieu d'août, ils eurent envie d'aller voir la mer. Franz se souvint de cette famille française qui habitait sur les côtes du Détroit. Il avait l'adresse de ce Frédéric Darbois, rencontré chaque année au rendez-vous de Hambourg. Soudain, il fut tenté de le retrouver, d'essayer de nouer les liens qu'il n'avait pas su nouer plus tôt.

Ils arrivèrent à Boulogne en fin de matinée. Il faisait beau, malgré une légère brise de nord-est. L'air était vif. Son souffle surprit leurs poumons parisiens. Ils traversèrent un pont. De leur gauche, montait une odeur forte de vase marine, toute imprégnée de relents d'iode. Cela venait de l'arrière-port où la marée basse révélait un fond inégal, fait de dalles rocheuses, engluées d'algues grises où mourait le flot d'écume lâché par les écluses qui venaient d'être ouvertes. Une rivière se déversait là en une chute grondante que des nuées de mouettes perchées sur les roches luisantes semblaient se plaire à contempler.

Vus du quai qui les surplombait d'une dizaine de mètres, les bateaux de pêche paraissaient minuscules ; ils étaient rassemblés dans une enclave où le port se creusait brusquement. En face, un gril de carénage révélait des coques mises à sec et que des ouvriers repeignaient. Les mouettes tourbillonnaient sur tout cela, piaillant, plongeant vers des déchets qu'elles se disputaient, avant de reprendre leur pose, groupées comme des touffes de fleurs blanches.

L'adresse donnée par le Français de Hambourg les conduisit vers un boulevard bordé d'arbres, longeant la rivière qui venait des collines d'arrière-plan et glissait sa moire entre les pâturages. Des jeunes gens s'y entraînaient à l'aviron. L'appartement était situé au premier étage d'un immeuble dont le rez-de-chaussée était occupé par les bureaux d'une maison d'importation. Il faisait sombre dans l'escalier mais, sur le palier, une fenêtre donnait sur les berges, éclairant la porte de l'appartement. Une carte de visite, fixée par une punaise, leur apprit qu'ils ne s'étaient pas trompés ; Frédéric habitait bien là.

Ils frappèrent vainement. Peut-être n'était-il pas rentré de son travail ? Franz pensa alors à interroger un employé du comptoir installé au rez-de-chaussée.

– Vous vouliez voir Frédéric Darbois ? Vous tombez mal. Il est parti hier en voyage avec sa jeune femme, en Autriche, je crois !

C'était trop bête ! Bien sûr, Franz aurait dû lui envoyer quelques lignes pour s'assurer de sa présence mais il n'y avait pas pensé. L'homme qui le renseignait était aimable et le jeune Allemand éprouva le besoin de lui fournir quelques explications.

– C'est bien dommage, voyez-vous ! C'était une occasion de le rencontrer et je ne sais pas si je reviendrai de sitôt en France ! Savez-vous s'il est allé en juillet à Hambourg ? C'est là que je le retrouvais chaque année.

– Ah oui ! Je suis au courant, nous travaillons ensemble depuis six ans bientôt. Non, il n'est pas allé à Hambourg. Sa tante, qui habitait Boulogne aussi, est morte en avril ; c'était surtout pour elle qu'il y allait. Et du côté norvégien, ils ont eu des ennuis de santé, je crois, si bien que personne ne s'est rendu en Allemagne, cette année.

– Cette tante qui est morte, j'ai dû la voir aussi là-bas ? Avait-elle des enfants ?

– Une fille seulement. Darbois a su qu'elle était partie à Paris pour passer quelques jours chez une parente de son père. Elle avait été invitée en Norvège pour les grandes vacances mais ça n'a pas dû s'arranger et Darbois le regrettait.

Franz devait sembler désemparé, car son interlocuteur poursuivit :

– Laissez-moi votre nom, je préviendrai Darbois à son retour, c'est un amateur de voyages. Un jour ou l'autre, il ira vous voir, vous verrez ! Vous comptiez loger chez lui ?

– Je n'avais pas de projets précis. D'abord, j'ignorais qu'il s'était marié.

Il écrivit son nom et son adresse sur un feuillet que lui tendait le collègue de Frédéric. Dessous, il ajouta : « Dommage ! »

Ils demandèrent le chemin de la plage et allèrent s'y baigner, puis ils montèrent vers la vieille ville entourée de ses épais remparts.

Une plaquette touristique leur apprit qu'en l'an 810, l'Empereur Charlemagne avait séjourné à Boulogne pour tenter de combattre les Vikings, mais ceux-ci ne débarquèrent que trente-deux ans plus tard, à 30 kilomètres au Sud. Franz, lui, était venu ici voir un descendant des Vikings qui roulait vers la Germanie. Le soir même, ils rentraient à Paris. Le petit feuillet sur lequel Franz avait porté son adresse était demeuré sur le bureau. Un courant d'air, lors du ménage quotidien, le fit échouer près du bac à papiers.

Lorsque Frédéric rentra de vacances, son collègue oublia de lui raconter la visite de Franz et de Wolfgang. Trois mois plus tard, il quittait Boulogne pour Le Havre. Sa rencontre avec les jeunes Allemands s'était effacée de son esprit. Franz s'étonna du silence du Français de Hambourg. Il le mit, mais à contrecœur, sur le compte de l'indifférence.

Ils regagnèrent l'Allemagne à la fin de septembre. Au jardin du Luxembourg, tourbillonnaient l'or et le roux des feuilles mortes. Sur les Champs-Elysées, les écoliers inauguraient leurs chaussures neuves et leurs manteaux d'hiver. Paris prenait un air frileux qui lui seyait à l'approche du Salon de l'automobile. Wolfgang trouva, l'attendant, sa convocation pour le camp de travail !

CHAPITRE 4

1936-1939

Printemps de 1936...

Franz pressentait que ce printemps serait décisif. Hitler laissait trop percer ses intentions belliqueuses. L'Angleterre et la France allaient-elles secouer enfin leur apathie et le fatalisme qui semblait les accabler?

Le 7 mars, Hitler dénonça le pacte de Locarno. Une petite colonne symbolique de troupes allemandes s'achemina vers la zone démilitarisée de Rhénanie. Franz les vit défiler ce jour-là, assis au bord de la route qui relie Fribourg à Donaüeschingen. Sur sa moto, il avait grimpé les lacets qui menaient au sommet d'une colline, près de Neustadt. Une centaine d'hommes en uniforme s'avançait vers l'Ouest. Il se demandait ce qu'allaient faire la France et l'Angleterre! Ce coup de poker se heurtant à une politique européenne unie aurait pu marquer la fin du Führer. En Allemagne, on s'attendait alors à une efficace résistance française. Certains la souhaitaient vivement. Plus nombreux que les années précédentes étaient ceux qui désiraient maintenant mettre un terme à l'expérience!

La crise économique s'était atténuée considérablement depuis 1933 mais la population commençait à prendre conscience des pertes de liberté qu'avait imposé le régime fasciste. Peu à peu, émergeant de la misère, le peuple ouvrait les yeux sur la répression brutale exercée sur l'opposition, sur les atteintes à la liberté de la presse et sur l'embrigadement des enfants.

Aussi, l'attitude des nations démocratiques allait-elle être décisive. Leur fermeté n'aurait pu dégénérer en conflit armé, l'Allemagne n'étant nullement prête à l'affronter. Mais la France se contenta de protester vivement et la Grande-Bretagne resta muette. La dernière chance de voir s'enrayer la machine venait de leur échapper !

Appelant de tous leurs vœux la paix, les Européens s'en allaient vers la guerre. Lorsque s'ouvrirent les Jeux olympiques, des milliers de voix allemandes acclamèrent la délégation française, symbole de liberté. C'était la seule manière qui restait à beaucoup d'exprimer en public leur attachement à la démocratie. Ce chœur, apparemment enthousiaste, clamait une détresse que le monde ne perçut pas.

Ceci se passait en août et, depuis trois mois, Sophie était membre des Jeunesses hitlériennes. Enfin, le 20 avril, pour l'anniversaire du Führer, elle avait revêtu l'uniforme des JM (Jungmädel fillettes) cadettes du BDM (Bund Deutsher Mädel : ligues des jeunes filles d'Allemagne).

Le 1er mai, elle avait défilé à la Fête du Travail. Elle appartenait maintenant au groupe 3 qui réunissait les fillettes de onze ans et, aux vacances de Pâques, elle avait participé à un camp en Forêt Noire. Elle qui se montrait peu soigneuse de ses affaires et qui, souvent, avait subi les remontrances de la grande sœur Else, témoignait d'une extrême minutie pour l'entretien de son uniforme : blancheur des chemisiers à manches courtes ; repassage du foulard noir ; lustrage des grosses chaussures marron qui lui donnaient une démarche disgracieuse dont Franz ne manquait pas de se moquer.

Elle qui n'aimait pas coudre, s'appliquait, tirant la langue, à venir à bout des écussons et insignes à placer sur l'épaule et sur la poitrine. Pendant les week-ends, elle s'évadait de chez elle, écrasée sous un gros sac à dos, mais le cœur débordant de joie, à l'idée de la veillée à l'auberge et de l'intérêt que lui porteraient ses chefs.

Cette année 1936 était l'année de la jeunesse populaire. Depuis le 11 mars, peu de jours après que le peuple allemand eut été lavé de la honte de Versailles, par l'entrée de ses troupes en Rhénanie, les écoles ayant 90 % d'élèves membres de la HJ devaient hisser le drapeau de la HJ à leur porte. La promotion de Sophie avait permis à son école de le faire et elle en était fière !

Ses parents persistaient à voir dans ses activités un jeu puéril. Quelle rage animait le cœur de l'enfant de ne pas être prise au sérieux ! Ils verraient bien un jour qu'il ne s'agissait pas là d'enfantillages !

Depuis l'année précédente, les garçons de la HJ participaient à de grands rassemblements au nom prestigieux de « Marche aux Etoiles ». Ceux de l'Est avaient parcouru plus de huit cents kilomètres, certains avaient voyagé pendant quarante-sept jours afin de se regrouper aux frontières où les acclamaient les minorités allemandes brimées dans les territoires perdus depuis 1918 : Couloir de Dantzig, pays des Sudètes et de Haute Silésie.

Les filles n'étaient pas aussi gâtées. Les chefs s'étendaient un peu trop, à leur gré, sur le rôle de la femme, la nécessité de préparer son corps à la maternité pour donner de beaux fils à la Patrie. Malgré tout, il y avait des instants exaltants lorsque, traversant des villages, on réglait le pas, chantant, bien en rang, tête haute. La population alors accourait, offrait des gâteaux et les responsables du Parti venaient les saluer, rompant les barrières des générations, les intégrant eux, enfants, à l'âme collective.

En cette année 1936, sur huit millions six cent mille jeunes de 10 à 18 ans, plus de la moitié appartenait à la HJ et, parmi eux, les plus nombreux étaient les enfants d'ouvriers et d'agriculteurs.

Heinrich était artisan luthier, métier d'artiste qui plaçait sa famille hors des catégories sociales encore existantes. Sophie se réjouissait du prestige que ses camarades prêtaient à son père. Le monde ne reconnaissait-il pas la supériorité allemande en matière musicale ? Pas un pays qui ne comptât autant de grands compositeurs ! Sophie les énumérait fièrement à son père.

– Tu en oublies, lui dit-il un jour : entre autres, Mendelssohn !

Elle ne le connaissait pas.

– Ça ne m'étonne pas, dit Heinrich. Il était juif !
Cette histoire de juifs commençait à la tracasser. Elle s'en était ouverte à son chef de groupe :

– Je sais, c'est un grand problème qui doit bien tourmenter le Führer. Il y a de pauvres juifs qui n'ont rien fait de mal et qui payent à cause des grands capitalistes de leur race, sans scrupules et sans patrie et qui se sont enrichis aux dépens du peuple allemand. Pour rétablir la justice, le Führer doit les chasser et, pour qu'ils partent, qu'ils abandonnent leurs biens, il a fallu leur faire peur, même les terroriser. Mais ne t'inquiète pas, Sophie, nos chefs savent ce qu'ils font et ils le font pour le bien commun du peuple. Notre pays sort d'une grande misère. Pour que l'arbre soit beau, il faut souvent le tailler !

– Tu connais la musique de Mendelssohn ? avait interrogé la fillette, après les quelques instants de silence qui avaient suivi l'explication.

Le chef de groupe avait froncé légèrement les sourcils. Elle avait hésité.

– J'ai déjà entendu ce nom, mais vaguement! Il ne doit pas avoir un grand talent, sans doute!

L'été s'éteignit. C'était la période de l'année où, déjà, on préparait le secours d'hiver : ne pas se laisser prendre au dépourvu, être efficace, aider les vieux, les malades, les familles en difficulté : telle était la tâche à assumer. En Espagne, un corps de volontaires s'était joint aux troupes italiennes pour aider le général Franco à combattre le Bolchevisme. Ainsi était présentée la chose!

Les livraisons d'armes devaient surtout rapporter de gros dividendes aux caisses de l'Etat. Et quel petit Allemand de l'époque apprit la vérité sur l'anéantissement de Guernica et de sa population civile par la Légion Condor?

Else rentrait parfois passer quelques jours dans sa famille. Il arrivait que son passage coïncidât avec la venue de Franz. Ils sortaient ensemble. C'était les seuls moments où ils pouvaient ouvrir leur cœur, mêler leur chagrin. A quoi bon tenter encore de raisonner cette enfant, leur petite sœur? Elle était empoisonnée! Insister pour justifier à ses yeux leur jugement était parfaitement inutile! C'était la pousser plus encore dans son entêtement, la mener à la délation! La chose s'était vue déjà! Il arrivait maintenant que des enfants appartenant à la Hitler Jungend n'hésitaient pas à dénoncer les membres de leur famille!

Dans le 3e Reich, ceux qui n'appartenaient pas au Parti étaient, la plupart du temps, suspects. Pour un jeune enseignant comme l'était Franz, les tracasseries se multipliaient. Le directeur du lycée devait, périodiquement, établir des rapports sur le comportement des professeurs, et il s'en tirait du mieux possible. Excédé d'avoir à remplir des questionnaires et pour avoir la paix, Franz s'inscrivit au Club des motocyclistes du Parti. Dès lors, on le laissa tranquille. Mais cette nécessité de se taire, de garder en soi ses pensées, cette impossibilité d'exprimer un jugement, comme elle devait miner leur vie! Ceux-là qui, comme Franz et Else, avaient été contraints au silence, en pourraient-ils jamais guérir?

En France, Lise avait quitté la petite école qu'elle avait fréquentée au cours des huit dernières années. Joseph l'avait inscrite à l'institution des Ursulines. Elle était entrée là, un peu perdue, ne connaissant personne, fouillée par les regards des anciennes qui détaillaient avec curiosité cette nouvelle, affublée d'un uniforme noir, copié sur le modèle bleu marine qui était de rigueur : robe chasuble de serge épaisse, taillée sans grâce par l'atelier de couture du couvent, gros plis dont l'épaisseur laissée dans les coutures engonçait la taille.

Les autres, pour la plupart, avait des uniformes confectionnés par des couturières de la ville qui réussissaient à garder, aux filles de leurs clients, des silhouettes moins disgracieuses. Lise, par bonheur, arrivait en classe de seconde, largement en avance sur le niveau général. Elle se passionna pour l'histoire et la géographie. Le professeur était une grande et forte femme, célibataire, qui avait beaucoup voyagé, vécu en Afrique et en Orient. Lorsqu'elle disait Bagdad, toutes les senteurs de l'Arabie accompagnaient la magie de l'évocation. Mlle Wanpaert avait de petits yeux noirs et ronds, brillants comme du jais, qui savaient se faire moqueurs mais qui laissaient percevoir une grande sensibilité.

Tunis, les souks, le désert, prenaient dans sa bouche une réalité étonnante. Au cours d'histoire, elle savait commenter, flétrir les agissements de Monsieur Thiers et l'action néfaste des Patriotards qui avaient poussé aux deux guerres de 1870 et 1914. Dans la bouche de Mlle Wanpaert, Lise retrouvait les jugements de Frédéric et ceux de Joseph. C'était Mlle Wanpaert qui assurait les cours de littérature. Corneille, avec son Horace, avait divisé les élèves. Lise savourait les Imprécations de Camille et stigmatisait dans ses devoirs l'esprit cornélien, cette stupide notion d'un faux honneur, et les écrire lui paraissait une délivrance.

Au printemps de 1936, la guerre civile espagnole ébranlait les consciences. Joseph avait lu les articles de Bernanos qui révélaient les horreurs commises par les troupes franquistes. Le meurtre n'était pas le seul fait des républicains, comme certains auraient voulu le faire croire. Mais lorsque Lise abordait ce sujet avec ses camarades, elle se heurtait à un mur d'obstination !

Lorsque survinrent les grèves du mois de mai, la directrice, au cours de sa causerie quotidienne du matin, laissa son jeune auditoire désemparé en assurant que, s'il n'y avait pas eu chez les marxistes le refus d'admettre toute religion, elle aurait été communiste. Cette affirmation, dans la bouche d'une religieuse sécularisée, était tombée tel un pavé dans la mare.

Souvent, Lise et Joseph commentaient ensemble les nouvelles. Le dimanche, ils partaient se promener à bicyclette ; parfois, ils allaient manger chez tante Helga, parfois chez des amis, des parents du vieux père Haller, le compatriote de Papa Magnus. Les Haller habitaient un château aux environs de Boulogne. La petite-fille de Christian Haller avait une dizaine d'années de plus que Lise ; elle impressionnait l'adolescente par sa beauté éclatante et l'assurance qui émanait d'elle. Fiancée à un Norvégien, elle se rendait parfois à Oslo et connaissait un peu la cousine Ingrid qui, pour Lise, restait une inconnue.

En semaine, en rentrant de classe, Lise préparait le repas du soir, prenant plaisir à réussir les recettes laissées par Grete dans un vieux cahier jauni. La grande maison était vide et silencieuse mais elle s'était habituée à la solitude. Parfois lui revenait comme un écho de son enfance, le souvenir de la langue de son grand-père, berceuse de ses jeunes années, et alors renaissait en même temps cette nostalgie des « ailleurs » inaccessibles et des amitiés impossibles.

En rangeant l'armoire de sa chambre, Lise avait retrouvé les photos que Frédéric, quelques années plus tôt, avait prises à Hambourg. Qu'étaient devenus les adolescents aux visages graves qu'on y voyait figés ? Depuis deux ans, le Capitaine de Hambourg n'avait plus reparu au port. Sans doute avait-il réussi à s'établir en Amérique avec les siens. Les événements d'Allemagne ne venaient plus à elle que par l'anonymat des journaux et, plus que jamais, la menace de la guerre s'alourdissait sur l'Europe.

Elle ne pouvait pas croire qu'elle vivait, comme disaient les adultes, les meilleures années de sa vie, l'insouciance de la jeunesse dont on lui rebattait les oreilles. « Ton bon temps, tu le regretteras un jour ! » Non, ce n'était pas possible ! Pouvait-on parler d'insouciance à quelqu'un qui avait eu 15 ans le jour où Mussolini avait pénétré dans Addis-Abeba, l'année de la naissance de l'axe Rome-Berlin ?

Les voici parvenus, ceux de France, au terme de 1936. Frédéric, jeune marié, renié par sa famille. Joseph et Lise : le veuf et l'orpheline. Elle va vers ses 16 ans, l'orpheline, et sa vie ressemble désormais à l'uniforme noir et gris qu'elle enfile le matin avec résignation. Elle pense encore parfois à ceux de Norvège : l'oncle Harald, le pasteur, Johannès, Hilda et Ingrid, toute cette famille qu'elle ne connaît pas. Alors, elle découpe dans de vieilles revues découvertes au grenier des reproductions de tableaux du peintre Tidemand et en orne les murs de sa chambre ; elle s'amuse à compléter la carte de Norvège sur son livre de géographie, elle ajoute des villes, des vallées, des noms de montagne. Elle se trouve en exil, mais qui pourrait la comprendre ?

Certainement pas son père, trop casanier, trop français. Frédéric peut-être ? Mais Frédéric semble inabordable, maintenant qu'il est amoureux !

Depuis la mort de Grete et son entrée au pensionnat, Lise avait eu peu d'occasions de rencontrer son cousin. La brouille demeurait entre Helga et son fils. Celui-ci, avec philosophie, laissait passer la tempête maternelle, fondre l'opprobre de la famille liguée contre la mésalliance. Seul Joseph, bon oncle, comme Frédéric se plaisait à l'appeler, s'était montré le plus compréhensif. Il lui avait dit, parlant d'Helga et de Laurette :

– Laisse-les se calmer, tout ça finira par se tasser, tu verras ! Un jour, ta mère sera amenée à accueillir ta femme et elle lui ouvrira son cœur !

Un soir de l'année précédente, il était allé avec Lise rendre visite aux jeunes mariés. Voyant pour la première fois sa nouvelle cousine, Lise s'était demandée pourquoi ce mariage avait fait tant d'histoires. Danielle était jolie, il n'y avait rien de vulgaire en elle et même une certaine assurance que lui donnait l'amour ! Mais cette rencontre coïncidait pour elle avec la perturbation de l'été 1935. Déjà, elle se recroquevillait, méfiante, contractée, n'apportant au jeune couple que l'image morose et terne de son âge ingrat.

Frédéric en fut touché ! Lise avait perdu le regard vif et franc qui animait autrefois son visage d'enfant. Comment cette petite, qui avait semblé si précoce, avait-elle pu devenir cette morne adolescente que rien ne paraissait plus intéresser ? Il n'osa parler de l'invitation de l'oncle Harald refusée par Joseph au lendemain de son veuvage. Mieux valait que Lise l'ignorât !

De son côté, Lise ne reconnaissait plus le Frédéric de son enfance. En se mariant, il lui semblait qu'il fût entré, lui aussi, dans le monde des adultes, un monde raisonnable et sourd. Désormais, il l'intimidait. Elle préféra le fuir et sa visite fut sans lendemains immédiats. Frédéric, pourtant, n'avait pas profondément changé. Il était seulement chaque jour plus heureux d'avoir su pressentir la droiture et la nature saine de Danielle, cette belle enfant brune, à l'esprit ouvert, en quête de connaissances.

Elle avait apporté à son appartement de célibataire quelques agencements qui témoignaient à la fois d'un esprit pratique et d'une grande sûreté de goût ! La vie n'avait pas été facile pour elle. Aînée d'une famille nombreuse, de modeste origine, dont le père était manœuvre en usine, elle avait dû, dès le certificat d'études, prendre le premier travail qui s'offrait : vendeuse.

Frédéric et Danielle n'avaient ni trousseau dans l'armoire, ni service de table dans le buffet ! Ils n'en souffraient pas ! Ils avaient la moto et ils avaient pris des vacances à une époque où les congés payés n'existaient pas encore.

– Pas de piles de draps, ma jolie, mais tu auras des collections de souvenirs…

Sitôt mariés, Frédéric avait emmené sa jolie vers ce qu'il appelait le cœur de l'Europe : l'Autriche ! Ils étaient passés par la Suisse, avaient remonté la vallée de l'Inn jusqu'à Innsbruck, parcouru la région du Salzkammergut. A Pertisau, sur les bords de l'Achensee, Frédéric avait donné rendez-vous à l'ami Manfred. Manfred amenait avec lui un flot de précisions sur la vie en Allemagne qui assombrirent la rencontre.

Ce doux pays, si vert et si harmonieux, ces villages paisibles, tout cela aussi était menacé. L'Autriche, appauvrie, séparée de la Hongrie, refusait l'isolement ; tout la rattachait à la terre allemande, sa langue, sa culture, et même ses vallées qui, d'un pays à l'autre, ne rencontraient aucun obstacle naturel. Le renouveau économique qui s'amorçait au-delà du Zugspitze et au Nord de Salzburg tentait les jeunes. L'Autriche n'était-elle pas une des premières victimes de l'arbitraire démantèlement de Versailles ?

Depuis le partage de l'Empire de Charlemagne jusqu'en 1806, elle avait appartenu aux princes allemands et, après 1 815 et jusqu'en 1866, elle était rattachée à la Fédération allemande. La propagande nazie trouvait facilement en ces terres rurales des oreilles toutes prêtes à la recevoir. Danielle apprenait l'histoire en même temps qu'elle ouvrait un regard neuf sur les paysages. Frédéric était son professeur. Elle buvait son langage imagé, sans jamais se lasser. Mais ce qu'elle entendait ternissait son bonheur. La guerre redoutée, menaçante, grimaçait derrière la splendeur des maisons baroques, anéantissant tout "Gemutlich" (ambiance de bonheur simple et partagé), puisque Frédéric, tôt ou tard, pouvait lui être arraché !

1936 a vu la Norvège briller aux Jeux olympiques d'hiver de Garmisch. Sonja Henie a encore été, une fois de plus, championne olympique et Birger Rud s'est illustré au tremplin de ski, lors de son fameux vol plané. La foule enthousiaste, en Allemagne, a acclamé la délégation norvégienne et pourtant, derrière cette euphorie, se cachait l'angoisse des peuples menacés. Bientôt, allaient sombrer toutes chances de paix. C'est là, en cette année 1936 que son équilibre précaire allait basculer d'un coup ! Ingrid n'en avait pas conscience ; son père allait mieux, mais il devait rester une année encore au sana. Elle suivait des cours de peinture, s'intéressant au vieil art norvégien du Rosemaling, recherchant les meubles antiques, les motifs primitifs, pour décorer les objets de bois, très prisés des touristes.

Le souvenir de Finn ne s'était pas effacé mais il n'était plus obsédant, ni même douloureux. Il appartenait désormais au passé et, bien qu'évoqué avec une douce nostalgie, il ne troublait plus ni le présent, ni l'avenir. Lorsque Frédéric et sa femme vinrent passer une quinzaine de jours à Oslo, ils se rendirent ensemble à travers la montagne, jusqu'à Aalesund où Harald vieillissait sans dommage, admirablement remis de sa fracture, de nouveau droit comme un « i ».

– Et Lise ? leur demanda-t-il.

– Nous la voyons rarement, dit Frédéric. On a l'impression qu'elle se recroqueville davantage. Très studieuse – assure son père – mais c'est pitoyable de la voir si peu épanouie à cet âge ! Je crois que les dernières vacances n'ont pas été une réussite ! Si tu voyais le genre de la tante à qui elle a été confiée pour l'été, tu comprendrais ! Enfin, Joseph se laisse convaincre peu à peu de la laisser entrer dans le scoutisme. Ce n'est pas que ce milieu soit des plus larges d'esprit, mais elle y trouvera sans doute des amis ; elle va probablement se plonger là-dedans tête baissée ! Les camps, les longues marches, tout ça va l'emballer ! Elle est très affamée de ces sortes de choses et le côté international du scoutisme est fait pour lui plaire. Peut-être après tout, trouvera-t-elle là un moyen de s'extérioriser car, tu vois, elle me fait l'effet d'être terriblement coincée la petite cousine ! Grete n'aimerait pas la voir ainsi.

Alors, ils parlèrent encore de Grete et la conversation dévia sur Hambourg.

– Je me demande bien si la famille allemande que nous rencontrions là-bas s'y réunit encore, dit Harald. Au fait, ne devais-tu pas revoir le jeune homme ?

– Il avait pris mon adresse, il y a deux ans et m'avait dit vouloir venir à Paris l'été dernier, mais je ne l'ai jamais revu ! Il est vrai que nous avons passé une partie du mois d'août en Autriche.

Ils évoquèrent l'Autriche, ses difficultés et Manfred, l'ami allemand de Frédéric.

– J'ai peur pour Manfred, dit Frédéric. Depuis quelques mois, il est passé à la clandestinité. Un de ces jours, il se fera pincer !

– Oui, soupira Harald, les dernières chances de paix s'effritent ! L'Angleterre et la France risquent bien de payer un jour leur faiblesse ! Quelle déception que la Société des Nations !

Il semblait en effet aux Norvégiens que cette assemblée, en qui ils avaient mis leur cœur et leurs espoirs, ait perdu tout crédit auprès des petits pays et tout pouvoir sur les grands. Déjà l'année précédente, en octobre, lors de l'invasion de l'Ethiopie par les troupes de Mussolini, cinquante Etats avaient voté des sanctions contre l'Italie et les grandes nations, la France en tête, ne les avaient pas appliquées !

En mars, Hitler avait rompu le pacte de Locarno, sans que la France et l'Angleterre n'aient eu d'autre réaction que les protestations. Elles avaient alors irrémédiablement découragé tous ceux qui, en Allemagne, souhaitaient que ce bluff entraîne la chute définitive du chef nazi. La guerre civile d'Espagne faisait rage et, dans ce pays aussi, la dictature s'annonçait victorieuse sans que les grandes démocraties interviennent autrement qu'en votant des motions de non-intervention !

Les Norvégiens, désemparés par l'incohérence de la politique européenne, analysaient donc en spectateurs la pièce tragique qui commençait. Consciente de son impuissance, l'Union scandinave, Finlande comprise, cramponnée à sa volonté de neutralité, croyait encore à son destin privilégié. En juillet de l'année suivante, le Japon attaqua impunément la Chine. La SDN agonisait !

Au printemps de 1937, Harald eut la bonne surprise de trouver, un soir en rentrant chez lui, Anton, son petit Viennois devenu un homme. Depuis plusieurs années, il n'en recevait plus aucune nouvelle ! Aussi se croyait-il oublié par l'enfant qu'il avait choyé aux jours de famine de 1920. De le voir à table, installé à la place qu'il avait occupée autrefois, de l'entendre évoquer ce temps-là, lui procura de la joie. Cette joie pourtant ne tarda pas à s'effriter. Anton souhaitait ardemment le rattachement de l'Autriche à l'Allemagne nazie dont il semblait être devenu un grand admirateur. Son langage sentait la propagande à plein nez.

– Laissons cela, veux-tu ? avait dit Harald. Parle-moi de tes études, de tes parents, de tes amours !

Ils avaient passé la soirée ensemble. La vieille Bertha, qui s'occupait du ménage d'Harald depuis vingt ans, avait serré sur son cœur l'enfant retrouvé, elle avait apporté des gâteaux, préparé du café frais. Le lendemain, Anton avait accompagné le pasteur jusqu'aux villages d'intérieur. Ce n'était pas encore le printemps mais tout l'annonçait. Les jours mordaient désormais rapidement sur les nuits. L'herbe nouvelle perçait sous la terre gorgée d'eau enrichie par la neige de l'hiver.

Les premières fleurs aussi la crevaient. Harald les découvrait, incrédule, tant paraissait soudaine leur éclosion. Il guettait chez l'enfant la joie qui rayonnait jadis sur son visage lorsqu'il leur arrivait de trouver ensemble ces signes de la nouvelle saison. Mais l'enfant était maintenant aveugle, il avançait sur les chemins comme un cheval attelé qui ne sait plus gambader dans un pré. Et il sembla au pasteur qu'on lui avait volé un bien précieux !

Hitler annexa l'Autriche le 12 mars de l'année suivante. Johannès rentra du sana à cette même époque et décida de s'installer avec les siens sur l'île d'Ildjern, en occupant pour l'été le chalet de tante Asta. Ingrid retrouva la maison de bois telle qu'elle l'avait laissée en 1934. Elle revit la boîte de cacao hollandais sur l'étagère de la cuisine, l'affiche vantant les fruits du Cap dans les toilettes et même, dans sa chambre, un livre sur la navigation, prêté par Finn !

On eût dit qu'elle faisait un bond dans le temps ; que les quatre années qui venaient de s'écouler n'avaient pas réellement existé. Un pavillon norvégien flottait au mât de l'ancienne demeure du vieux docteur. Des enfants jouaient sur son quai où une barque neuve était amarrée.

Elle éprouva soudain l'impérieux besoin de retourner là-bas, de rejoindre son enfance. Il arrivait souvent que, croisant un petit garçon à l'apparence fragile, elle retrouvât en lui le Finn de ses douze ans. Une nuque creuse, une voix de crécelle, un certain regard bleu, lui rappelaient subitement son ami. D'autres fois, c'était un adulte qu'elle croyait reconnaître. Revenue à la réalité, elle se disait : il serait ainsi aujourd'hui !

Malgré son apparence de jeune fille insouciante, elle n'était pas guérie. Quelques jours après leur arrivée, n'y tenant plus, elle mit à l'eau le nouveau canot acheté pour remplacer le vieux Huske qui achevait de pourrir dans le hangar et, comme jadis, elle rama vers la maison de Finn.

L'homme, dont le regard suivait le vol d'une mouette au ras de l'eau, la vit venir et accoster. Midi sonnait et il prenait un bain de soleil sur le banc. Il se redressa pour l'accueillir.

– Bonjour, dit-elle gentiment, je suis confuse de venir vous ennuyer. J'habite sur l'île. Du geste, elle montrait Ildjern.

– Je sais, dit-il, amusé par ces précisions qu'elle croyait devoir lui donner ; je vous ai vue arriver.

– Vos enfants ne sont pas là, aujourd'hui ? interrogea-t-elle.

– Ce ne sont pas mes enfants, mais ceux d'un ami !

– N'êtes-vous pas le nouveau propriétaire ?

– Non, non, répéta l'homme en secouant la tête et en faisant un geste de la main. Je suis seulement un hôte de passage. Mes amis et les gosses sont partis hier soir, ils me prêtent la maison pour trois semaines.

– Alors, les enfants sont partis ? C'est dommage, je voulais les connaître ! A leur âge, mon meilleur copain habitait ici tout l'été !

– Eh bien ! dit l'homme en riant, ça ne doit pas faire bien longtemps !

– Quatre ans ! dit-elle gravement, d'une voix changée, cela fait quatre ans qu'il est mort !

Il se trouva gêné devant le chagrin subit qui trahissait le regard clair levé vers lui.

– Ne restez donc pas debout, venez prendre quelque chose, une tasse de café, non ? Alors, une bière, n'importe quoi, une Vørterol (bière sans alcool) peut-être ?

Il semblait tellement navré de son refus et tellement insistant qu'elle finit par accepter.

– Eh bien une Vørterol, oui, si vous le voulez bien.

Il s'appelait Erling, était professeur de dessin et peintre aussi, mais seulement pour son plaisir. Elle l'observait tout en buvant à petites lampées. Une trentaine d'années, tout le contraire de ce que Finn autrefois promettait de devenir : chevelure sombre et drue, regard d'ambre, visage carré, teint mat et lèvres pleines, beau et surtout si vivant ! Réellement présent. Celui-là pouvait l'aider à atténuer l'obsédante image de Finn. Celui-là pourrait peut-être refermer pour elle le livre de son adolescence meurtrie. Son cœur se mit à battre la chamade. Etait-ce cela qu'on appelait le coup de foudre ?

Ils se revirent presque chaque jour. Ils allaient à la pêche ou se baignaient ; après quoi, côte à côte, allongés sur une couverture étendue dans l'herbe, ils se séchaient au grand soleil de l'été. Erling avait de larges épaules, un buste triangulaire attaché sur des hanches étroites et plates, une peau bronzée et lisse dont le moindre contact émouvait Ingrid.

Elle ne savait presque rien de lui, sauf qu'il préférait la peinture de Munch à celles d'Adolphe Tidemand et de Matthias Stoltenberg, qu'elle aimait tant. Des reproductions de leurs œuvres : visages de paysans, vieux couple lisant sa Bible, garnissaient les murs de sa chambre à Oslo. Elle les défendait vaillamment auprès de ce détracteur de l'Ecole de Düsseldorf.

L'ardeur avec laquelle elle discutait amusait Erling, mais aussi il éprouvait grand plaisir à constater l'ascendant croissant qu'il prenait sur elle. Tout dans l'attitude d'Ingrid laissait clairement deviner les tendres sentiments qu'elle ressentait et qu'il ne tarda pas à éprouver lui-même.

– Mais enfin, bougonna Hilda, l'avant-veille du départ d'Erling, tu es toujours avec cet homme que tu ne connaissais pas il y a trois semaines ! Nous ignorons tout de sa famille. Nous ne savons même pas d'où il vient !

– Et après ? répondit Ingrid, qu'est-ce que tu veux que cela me fasse ? C'est le moment présent qui compte et je suis heureuse quand je suis avec lui.

– Méfie-toi, ma petite, méfie-toi quand même ! renchérit son père.

– Je n'aurais jamais pensé que ce type d'homme te plairait ! reprit Hilda. L'hiver dernier encore, tu sortais avec Leif, l'ami de Finn.

La jeune fille devint écarlate et sa voix prit une résonance inhabituelle.

– Ah non ! Ne recommencez pas, je vous en prie ! Laissez-moi m'en sortir ! Finn est mort et Erling est vivant, vivant vous m'entendez ? Etes-vous donc incapables de comprendre ?

Ils allaient se mettre à table. Ingrid coupa court et partit en claquant la porte. Tout en ramant, elle pleurait à gros sanglots d'enfant. Erling rangeait un peu le désordre accumulé dans la salle par sa négligence lorsqu'elle frappa au carreau de la baie vitrée. Elle avait encore les yeux rouges et les traits contractés. Elle se jeta contre lui et il la serra dans ses bras.

– Mon petit ! Qu'y a-t-il ? Que se passe-t-il ?

– Garde-moi, garde-moi avec toi ! supplia-t-elle. Ils sont absurdes, ils ne t'aiment pas. Je ne veux plus rester avec eux !

Elle blottissait sa tête sous le menton d'Erling, sa joue contre sa poitrine et elle se cramponnait à lui.

– J'aurais bien envie de te garder, tu ne peux pas savoir comme j'en ai envie !

Il embrassait son front, ses paupières, ses lèvres. Il la sentait mollir en même temps qu'un éclair de bonheur renaissait sous les dernières larmes. Quand elle parut calmée, il l'écarta un peu de lui et parla à voix basse :

– Il faut bien que tu le saches, dit-il, je suis marié et j'ai deux enfants.

Il était séparé de Liv depuis six mois. Elle avait, raconta-t-il, un caractère trop difficile, trop indépendant. Lui-même avouait ne pas être assez souple pour la supporter. Ils se heurtaient sans cesse et la vie commune était devenue intenable : ils allaient divorcer. Ingrid voulait-elle encore de lui maintenant qu'elle savait la vérité ? Le rejoindrait-elle lorsqu'il l'appellerait près de lui ?

Elle se sentait incapable de répondre. Le choc était trop fort et, s'ajoutant au combat familial, l'anéantissait. Mais elle l'aimait ; non seulement elle ne pouvait plus se passer de lui mais elle était devenue sa chose, prête à affronter toutes les contradictions, pourvu que se maintienne le feu qu'il avait allumé en elle dès leur première rencontre.

Elle passa la nuit avec lui.
Il fut convenu qu'elle tairait la vérité quelque temps, celui nécessaire aux formalités du divorce. Mais il la persuada de rentrer chez elle :

– Si tu restes ici, la vie auprès de tes parents sera bien plus pénible lorsque je serai parti et je ne peux pas t'emmener !

Johannès et Hilda, qui n'avaient pas trouvé le sommeil, entendirent Ingrid revenir à l'aube.

– Laisse-là, surtout ! recommanda Johannès. Nous ne devons plus la questionner sur cet homme. Plus nous essaierons de la conseiller, plus elle se cabrera. Il faut lui faire confiance, c'est une femme maintenant !

Au moment de se séparer d'elle, Erling avait encore promis de lui écrire ; il devait déménager et lui enverrait sa nouvelle adresse sitôt qu'il la connaîtrait. En attendant, il lui laissa celle de son école de dessin.

Les semaines, les mois passèrent sans qu'aucune lettre ne lui parvienne. Elle se tourmentait : il avait pu avoir un accident, il était peut-être malade. Elle n'y tint plus. D'une cabine téléphonique, elle appela l'oncle Harald. Elle lui raconta tout, le suppliant d'aller voir sur place ce qui se passait.

– Toi, oncle Harald, tu peux même aller chez lui sans que sa femme ait un soupçon ; pour moi, c'est impossible !

– Mais te rends-tu compte, ma petite, de ce que tu me demandes ? Justement à moi !

Au téléphone, le pauvre Harald semblait tomber des nues.

– Mais c'est parce que je t'aime bien, oncle Harald ! Tu es le seul sur qui je puisse compter. J'ai besoin que tu m'aides ! Ce n'est pas possible que je te raconte tout cela à la maison, ils ne comprendraient pas !

– Et tu crois que je te comprends davantage ?

– Je l'espère ! dit-elle simplement.

Une semaine plus tard, Harald débarquait à Oslo. Elle lui avait donné rendez-vous dans la grande pâtisserie de la rue Karl-Johan.

– Monsieur Sorensen va très bien, dit-il en s'asseyant devant son gâteau et sa tasse de café. Rassure-toi, ma petite, sois courageuse aussi. Il n'était pas à son atelier : je l'ai trouvé chez lui, en famille. J'ai prétexté qu'un de ses élèves m'avait donné son adresse et dit qu'il pourrait expertiser un tableau chez un ami. Je lui ai demandé de m'accompagner. Il a dû flairer quelque chose car il n'a pas hésité à accepter ma proposition. En route, je lui ai dit qui j'étais. Il a reçu tes lettres et il a préféré ne pas y répondre : il ne savait pas comment t'expliquer qu'il s'était réconcilié avec sa femme.

En face de lui, le teint gris, les larmes aux yeux et les mâchoires contractées, Ingrid déchirait entre ses doigts une serviette de papier. Il posa sa vieille main parsemée des taches brunes de l'âge sur celle de sa petite nièce.

– Mon enfant, je te fais du chagrin, je ne t'apporte pas le bonheur que tu attendais ! Je ne pouvais quand même pas détourner cet homme de son foyer ! C'est une drôle de mission que tu m'avais donnée là, Ingrid !

Il sortit de son portefeuille une enveloppe qu'il lui tendit en disant :

– Il m'a donné quand même quelque chose pour toi : « Pardonne-moi et essaie d'oublier ! Nous n'aurions pu être heureux ! J'aurais fini par regretter mes fils. Tu restes pour moi un merveilleux souvenir ! » C'était tracé d'une petite écriture serrée et signé : Erling.

199

– Tu ne vas pas faire de bêtises, au moins ? ajouta le pasteur. La vie est plus forte que tout, Ingrid ! N'oublie pas cela !

Elle ne parut pas l'entendre.

– Comme ils vont se réjouir ! dit-elle lentement, avec un drôle de sourire triste.

– Qui « ils » ?

– Mes parents, naturellement !

– Ils savaient ?

– Qu'Erling était divorcé ? Non, bien sûr. J'attendais encore pour leur dire ! Mais ils s'étaient aperçus qu'il ne m'écrivait pas.

– Sais-tu, dit Harald, je vais écrire à Frédéric. Un petit séjour en France te ferait du bien, et tu nous ramènerais peut-être ta cousine Lise pour l'été !

La proposition ne l'enthousiasmait pas mais, pour faire plaisir au vieil Harald, elle l'accepta. Elle retint sa place à bord d'un bateau partant de Kristiansand à destination de Harvich, en Angleterre. De là, elle gagnerait Londres puis Folkestone et Boulogne. Frédéric avait répondu qu'il l'attendait.

Ingrid s'embarqua par une journée orageuse. Après avoir déposé ses bagages dans la cabine qui lui était réservée, elle monta sur le pont, s'appuya au bastingage et regarda machinalement la mer, grise à l'infini ; bientôt, de larges gouttes annonçant le grain s'écrasèrent sur son ciré ; les nuages montaient de partout, sombres, d'un bleu acier. Ils envahissaient le ciel à une vitesse vertigineuse.

Une puissante rafale cingla les coursives ; la pluie s'abattit sur elle en rideau mais elle ne bougeait pas. Maintenant qu'elle était à bord, elle regrettait d'être partie ! La perspective de passer plusieurs semaines chez Frédéric, d'être le témoin constant d'un jeune couple heureux, lui faisait peur ! Elle rencontrerait la cousine Lise mais auraient-elles l'une et l'autre quelque affinité ? Et puis Lise ne parlait pas le norvégien et elle-même ignorait tout du français. Les échanges d'idées seraient impossibles.

D'un autre côté, vivre actuellement auprès de ses parents lui paraissait au-dessus de ses forces. Elle ne pouvait supporter ni l'espèce de silencieuse commisération dont ils l'entouraient, depuis quelques mois, ni les constantes discussions qui s'élevaient souvent entre eux depuis que Johannès était rentré du sana. Il lui semblait que son père et sa mère ne parvenaient pas à se réadapter à la vie commune. L'un et l'autre avaient pris des habitudes d'indépendance qui s'accordaient mal.

La pluie tombait toujours, ruisselait sur son visage, s'infiltrait dans son cou, dans ses chaussures. Comme elle était chaudement vêtue, elle éprouvait un certain plaisir à la sentir tiédir au contact de sa peau. « Pluie, pluie, lave-moi, emporte mon chagrin. Pluie, aide-moi à forger mon destin ! » C'était la première fois qu'une chanson coulait de son esprit comme la pluie des nuages. Soudain, elle tressaillit, une main s'était posée sur son épaule. Une voix qu'elle connaissait bien disait :

– Tu ne vas pas rester là-dessous, Ingrid, tu vas attraper la crève ! »

Un cri de surprise lui échappa :

– Leif ! Que fais-tu là ?

Il plissait les paupières pour distinguer son chemin tandis qu'il l'entraînait à l'abri du pont supérieur. Le vent emportait leurs paroles. Elle se laissa guider jusqu'au salon des passagers.

Leif Amsrud, le vieux camarade, l'ami de Finn, avec qui elle sortait l'année de ses 16 ans, partait pour trois mois parfaire son anglais dans un collège britannique.

– Ce séjour en France, demanda-t-il, tandis qu'ils prenaient leur repas, ce séjour t'intéresse-t-il vraiment ?

Et sans attendre la réponse, il poursuivit :

– Tu pourrais très bien rester en Angleterre avec moi ! Il y a certainement encore des places disponibles au King's School à cette époque de l'année. De Londres, tu peux téléphoner chez toi !

En un éclair, elle imagina la tête de ses parents. C'était une vision si drôle qu'elle éclata de rire :

– D'accord, décida-t-elle sans hésiter. Ça me plaît, ton idée, c'est inattendu et je crois que j'avais besoin de prendre une initiative de ce genre ! Tu ne peux pas comprendre encore, Leif, mais un de ces jours, je t'expliquerai !

De Londres, elle écrivit à Frédéric pour s'excuser. Elle lui raconta tout, certaine qu'il ne lui en voudrait pas. Elle avait l'impression d'émerger d'un tunnel vers la lumière du jour ! Ingrid et Leif passèrent le printemps en Angleterre. Ils rentrèrent ensemble en Norvège pour la Saint-Jean, fiancés. En mars, la Tchécoslovaquie avait, à son tour, été avalée par le Reich allemand et, quelques jours après, Hitler soulevait déjà la question polonaise. L'été flamba et s'éteignit. Les grandes nations étaient en guerre !

TROISIÈME PARTIE

LES ANNÉES DE GUERRE

CHAPITRE 1

1939-1940

Le 21 août 1939, Franz campait sur le pré de Winkelmatten, au-dessus de Zermatt. Chaque fois qu'il en avait la possibilité, il passait la frontière et allait respirer en Suisse un air doublement pur. Il était souvent seul pour ces escapades. Else passait le peu de congés qu'elle avait auprès de ses parents.

Wolfgang avait été pris dans un cycle sans fin du service du travail puis du service militaire. En octobre 1935, son ami avait reçu sa première convocation pour un camp de travail. Il n'était parti qu'au 1er avril 1936 mais avait été tenu six mois, puis le service militaire l'avait récupéré pour deux ans, rappelé par l'Anschluss, rappelé encore pour la question des Sudètes, il désespérait de retrouver un jour la vie civile.

Quant à Mika, elle était maintenant infirmière. Il la rencontrait épisodiquement, entre deux trains, et toujours sans intimité. Sa profession semblait l'absorber tout entière ; sans doute, se refusait-elle à regarder au-delà des salles d'opérations et des chambres de malades ! Il fallait vivre pourtant, malgré les événements.

Lorsque la Conférence de Munich eut réglé le sort de la Tchécos-lovaquie, la population, jusqu'alors bercée d'illusions pacifiques, comprit qu'Hitler menait l'Allemagne à la guerre ; si elle acclama Daladier et Chamberlain, ce fut bien dans le même esprit que celui des foules françaises et britanniques, applaudissant les mêmes hommes :

un dernier espoir de paix à tout prix, un instinct de conservation qui fait accepter aux grands malades condamnés la piqûre qui les prolongera. Et ce n'était pas alors la lâcheté qui animait ces foules. Ici et là, il y avait surtout de pauvres gens, saisis de panique, qui acceptaient le sursis comme une délivrance fugitive.

A Konstanz, Franz avait rencontré par hasard un camarade de lycée, ancien randonneur, opposant actif de la première heure et qui venait de passer huit mois dans un camp d'internement. Il l'avait questionné sur cette expérience mais l'autre s'était tu obstinément et l'avait finalement supplié de ne pas insister.

– Je t'en prie, ne me demande rien, je ne peux pas ! Pour toi aussi, mieux vaut ne pas savoir, sois heureux d'être ignorant !

Franz avait compris que son camarade risquait trop à raconter et lui-même avait tu cette rencontre à Opa Andreas. Pourquoi bouleverser le vieil homme, qui finissait sa vie dans un étonnant détachement ?

Mais ce soir d'août, tout en faisant frire deux œufs dans son plat de campeur, il s'efforçait de chasser de son esprit les mots obsédants : « Sois heureux d'être ignorant ! » Ils vivaient donc dans un temps où la connaissance était devenue dangereuse ; l'espoir de délivrance résidait seulement dans une erreur tactique du maître de l'Allemagne et, sans doute le peuple entier le paierait-il très cher.

En attendant, Franz avait bien l'intention de profiter de cette fin du mois d'août. Il avait laissé sa moto à Saint-Niklaus, peu après midi, et pris le train à crémaillère pour Zermatt. Il ne connaissait pas beaucoup le Valais, lui ayant toujours préféré l'Engadine et les Grisons où il avait ses habitudes. C'était sa première rencontre avec le Matterhorn. Il lui était apparu du train, au tournant de la voie, peu avant d'atteindre Zermatt.

Devant la gare, des fiacres peints de couleurs vives, attelés à de petits chevaux fringants, attendaient les clients fortunés des grands hôtels. La rue principale était encombrée par le déferlement des touristes. Il avait éprouvé du plaisir à marcher à contre-courant, croisant ceux qui redescendaient de là-haut, brûlés, barbus, vidés, mais heureux. Son chemin serpentait par un boyau étroit, dessinant un double lacet entre les chalets de bois noircis par le temps, aux fenêtres à meneaux peintes en blanc et contre lesquelles éclatait le rouge des géraniums fleurissant aux balcons.

Il avait très peu d'argent mais il s'était payé le luxe d'une glace croulante de crème Chantilly, qu'il avait dégustée, attablé sous un parasol, à quelques pas du musée. Passé le centre du pays, il s'était engagé dans le vieux Zermatt, aux maisons serrées les unes contre les autres, en troupeau. Les habitants vivaient à l'étage où ils accédaient par des escaliers collés aux murs extérieurs ; des sentiers de terre s'ouvraient sur la rue principale, s'insinuant au petit bonheur, exhalant une forte odeur de foin.

A Winkelmatten, le Cervin lui était apparu dans sa plénitude. Plus qu'une montagne, une sorte de Dieu païen : 4 500 mètres, une pyramide de gneiss à la symétrie parfaite, ses faces exactement tournées vers les points cardinaux. Le pan est, qui s'offrait à sa vue, demeurait ce jour-là poudré de givre. L'automne était tout proche désormais. Dans les fentes horizontales, de la neige attardée lui donnait deux yeux blancs, cruels ; il ressemblait à un géant, colérique et fascinant.

Franz avait monté sa tente au bout d'un pré et avait ouvert sa carte pour repérer les petites excursions d'entraînement. Hameaux de Furri, de Zamutt… montée à la Schwarzsee puis la cabane Hörnli d'où partaient les cordées s'attaquant au Matterhorn. Après ? Eh bien, le Théodulgletscher le tentait puis, peut-être, le Breittorn, pourquoi pas ? Il avait encore de beaux jours devant lui.

Il en avait profité, Franz, et il avait eu raison ! Un ordre de mobilisation l'attendait depuis dix jours, lorsqu'il rentra chez lui. Arrivé à la caserne, il la trouva vide, les hommes étant partis pour la Pologne.

– Retournez chez vous, on vous convoquera !

Il ne se fit pas prier. Quelques semaines de sursis n'étaient pas négligeables. On avait dû l'oublier car il ne fut appelé de nouveau qu'en hiver, pour une période de formation. Zermatt l'avait sauvé de la terrible campagne de Pologne.

Ce même 21 août 1939, en France, Lise reprenait à Grenoble le train qui devait la ramener à Boulogne, après un camp de quinze jours dans le Dauphiné. Depuis deux ans, le scoutisme l'absorbait tout entière. Elle s'y était jetée avec toute la fougue, l'enthousiasme et l'obsession qui devaient précipiter bien des jeunes Allemands dans l'organisation de la Hitler Jungend.

Certes, les buts n'étaient pas les mêmes. Si Baden-Powel avait participé à la guerre des Boërs, il était devenu depuis un grand pacifiste, à l'idéal international. Néanmoins, les activités se ressemblaient ; les moyens d'attirer et de retenir la jeunesse différaient peu : prestige des uniformes et des défilés, course à la collection des badges, ces insignes cousus sur les manches, fanions et surtout la responsabilité donnée aux chefs d'équipes qui conférait aux adolescents, en même temps qu'un certain prestige, la notion de leur utilité, les réhabilitant en quelque sorte vis-à-vis des adultes, les sortant de l'espèce de ghetto où leur inexpérience les avait tenus enfermés.

Autour des feux de camp, les Jungmaedel écoutaient les poèmes d'Hannaker, d'Herbert Gunther, de Kurt Eggers ou de Shirach. Elles s'enflammaient par leurs exhortations au sacrifice pour un avenir meilleur tandis que Lise goûtait, elle aussi, d'autres instants de plénitude, avec ces chants exaltant la vie au grand air :

> « *Flambe, flambe,*
> *Au camp, toujours flambe,*
> *Grand feu du soir aux vives ardeurs,*
> *Avec allégresse, flambe*
> *Feu de la joie, en nos cœurs !* »

Et qui peut dire si les unes, nées de ce côté du Rhin, ne se seraient pas contentées d'être de braves petites guides et si Lise, mise à leur place, n'aurait pas sombré dans un aveuglement de jeune nazie !

En cette fin d'août 1939, Lise rentrait donc des Alpes avec un petit groupe de guides aînées. La région choisie pour le camp par la cheftaine ne l'avait pas enchantée. Pour elle, les Alpes, c'étaient de verts alpages, dominés par les neiges éternelles, des vieux chalets de bois brunis. Rien de tel à Notre-Dame-de-la-Salette. Rien de tel non plus à la Bérarde, où leur séjour s'était achevé sous la pluie. Des maisons de pierre, des montagnes de pierre, du roc de part et d'autre d'un torrent, aucun glacier dominant le paysage, aucune blancheur sur les sommets.

Un jour, en redescendant du col du Clos des Cavales, elles avaient rencontré un couple d'Allemands assez âgés. Elle leur avait offert du chocolat ; ils lui avaient cueilli des edelweiss. Ils étaient les premiers Allemands que Lise rencontrait.

En gare de Lyon, il y avait un inquiétant déploiement de troupes. Elles achetèrent un journal et apprirent le rappel de certains réservistes. Une affiche sur le quai attira le regard de Lise. C'était une invitation du tourisme suisse à visiter Zermatt : le Cervin étincelait derrière un premier plan de chalets noircis. C'était là qu'elles auraient dû aller ! Hélas, maintenant, la Suisse devenait un paradis inaccessible et pour longtemps, sans doute !

Elle pensa au couple allemand. Les edelweiss s'étaient en partie écrasés dans sa poche. Elle les sortit avec précaution et les mit entre deux pages d'un livre.

« Amis hier, ennemis demain ! » Ces mots ne représentaient rien pour elle. L'affrontement qui s'amorçait n'offrait aucune certitude quant à son issue. Peut-être tomberait-elle un jour sous la coupe de ceux qui avaient forcé à l'exil le Capitaine de Hambourg. Mais le vent pouvait encore tourner, amenant la libération de tous les Européens, Allemands compris et qui étaient ses frères. A dix-huit ans, il est bien rare d'être abandonné par l'espoir !

C'était aussi ce 21 août 1939 qu'était né le fils de Frédéric, Jan-Erik. L'accouchement avait été pénible mais le petit vivait. En arrivant à Boulogne, Lise trouva son père qui l'attendait pour se rendre avec elle à la maternité et faire connaissance du nouveau petit cousin. Le bébé était chauve mais ses sourcils presque jaunes laissaient deviner qu'il tenait de son père. Il suçait déjà son pouce et Frédéric, attendri, y voyait un signe de vitalité.

Danielle était à peine plus âgée que Lise, trois ou quatre ans ! Comme la vie avait été différente pour elles deux ! L'une, jeune femme qu'une jeunesse laborieuse et la connaissance de Frédéric avait épanouie, l'autre, adolescente attardée en occupations puériles, détournée de ses aspirations profondes par les tabous qui l'entouraient, toujours égarée dans des rêves, tentant de s'accrocher à des joies collectives mais, au dedans, combien solitaire !

La guerre était déclarée et Frédéric mobilisé ; mais ses trente ans dépassés le mettaient à l'abri des premières lignes et sa connaissance des langues l'avait conduit au contrôle postal de la ville. Danielle se remettait difficilement. Une complication ovarienne la cloua au lit dès l'automne de la drôle de guerre. Sa mère et ses sœurs travaillaient, il n'était pas question de leur demander une aide pour le bébé.

C'est Joseph qui prit sur lui d'intervenir auprès d'Helga. Laurette qui souffrait en silence de la rupture avec son frère, était entrée dans le jeu. Chose surprenante ! Helga ne s'était pas fait prier ! « Je n'ai jamais refusé de m'occuper de mon petit-fils ! » Elle semblait dire : « Pour qui me prenez-vous ? »

Lorsque Frédéric lui amena le poupon tout blond, tout rose, tel qu'avaient été les poupons de la famille, tante Helga reçut son fils comme s'ils s'étaient quittés la veille. Le drame était enterré !

Jan-Erik passa donc l'hiver à Marquise et Lise vint souvent à bicyclette pour s'occuper du bébé qu'elle prenait plaisir à manipuler. La guerre s'était endormie sitôt commencée, on en venait même à l'oublier !

En mars, tout à fait rétablie, Danielle vint elle-même chercher son fils. Tante Helga la serra sur son cœur. Elle avait fait un gâteau de Pâques et son célèbre pâté de lapin.

– Tu vois, avait dit Joseph à Lise, à quoi bon les grandes tragédies ! Avec le recul du temps, elles deviennent comiques ! Un jour, on finit toujours par se réconcilier mais les bons moments qu'on aurait pu passer ensemble, eux, ils sont perdus et on ne les rattrape jamais.

L'hiver de 1940 fut très rude. Chacun s'était installé dans la guerre. Frédéric s'était arrangé pour passer les nuits chez lui, dans la petite maison qu'il avait récemment achetée à Equihen. Dans la journée, il tuait le temps, en blaguant avec ses collègues du contrôle postal, organisé dans une ancienne école de la haute ville. Lise, qui émergeait de la léthargie où l'adolescence l'avait plongée, passait parfois le voir, tentant de retrouver la complicité tacite qui l'avait unie à son grand cousin, au temps de l'enfance.

Avec les autres, elle évitait de parler de la guerre. Seul son père semblait avoir gardé un esprit dégagé de tout parti pris, sachant encore distinguer entre les nazis et les Allemands, ne condamnant pas en bloc. Elle songeait quelquefois à ces jeunes gens que sa mère et Frédéric rencontraient à Hambourg. Que devenaient-ils ? Que pensaient-ils ? Ils étaient ses amis inconnus et si elle ne leur parlait plus en rêve, comme autrefois, leurs ombres l'accompagnaient encore.

Depuis deux ans, elle avait quitté l'école, études terminées par un brevet qui la satisfaisait amplement. Cousine Laurette avait conseillé à Joseph d'insister pour que sa fille poursuivît jusqu'au baccalauréat mais Lise n'avait rien voulu entendre. A l'Institution, on ne préparait que le baccalauréat comportant une option de latin et elle ne l'avait jamais étudié. Il lui aurait fallu au moins deux ans pour rattraper son retard. Deux ans d'uniforme et de contrainte : de gros bas épais au cœur du mois de juin, et des chapeaux aussi. Deux ans de rangs, d'obligations. Elle avait bien trop hâte de se sentir libre pour consentir ce supplément de dépendance !

Depuis le début de la guerre, le scoutisme, surtout chez les guides aînées, avait pris un caractère plus familial. On se réunissait chez l'une ou l'autre, plutôt qu'au local et, comme Claudie et Chantal, les deux meilleures amies de Lise, habitaient à deux kilomètres de la ville, dans une vieille demeure campagnarde et accueillante, c'était là surtout le lieu de rencontre et le point de départ des sorties, dont la présence de troupes avait limité l'importance.

A l'automne, elles s'étaient surtout beaucoup occupées des réfugiés de l'Est. On avait plaint ces pauvres gens, confectionnant pour eux couvertures et colis de vêtements mais nul ne réalisait encore ce que représentait la réalité de ce mot : réfugiés !

La guerre amenait peu de contraintes pour ceux dont aucun membre de la famille n'était mobilisé ! D'ailleurs, les affectations spéciales fleurissaient et nul ne s'en plaignait. La population était tenue au camouflage des fenêtres. Des « saucisses » britanniques agrémentaient le ciel et, assez souvent au début, les alertes aériennes se multipliaient ; alertes dont on riait, tant elles paraissaient inoffensives.

Dès Noël, la neige et le gel tinrent le pays sous une atmosphère inhabituelle. La neige, dégagée des seuils, s'entassa en murets le long des trottoirs. Près de chez Claudie, une pâture inondée servait de patinoire comme aux plus rudes hivers d'avant la Première Guerre mondiale. Les jeunes, ayant déniché dans le grenier de leurs parents des patins rouillés, entreprirent de les remettre en état. Bientôt, ce fut le rendez-vous des privilégiés dont les parents et les grands-parents avaient patiné au temps de leur jeunesse. Lise était de ceux-là, Joseph avait acheté des bottines neuves pour accompagner sa fille le dimanche. Après les heures joyeuses passées sur la glace, tous se retrouvaient dans un café proche pour y boire un vin chaud.

Un soir, Lise eut l'idée de descendre des combles les vieux skis de Grete, des planches de frêne sans rainures, à la spatule ouvragée et dont la fixation était une sorte de chausson d'osier maintenu par des courroies. Elle donna rendez-vous à Jean, un garçon passionné comme elle par le scoutisme et dont elle appréciait la présence. Ils se retrouvèrent très tôt le matin, se régalant ensemble des lueurs de l'aube sur la neige. Ils parlèrent peu, se contentant de cheminer côte à côte à travers la campagne éblouissante, ressentant dans sa plénitude la simple beauté de l'hiver.

Le printemps vint d'un seul coup ; on aurait dit un printemps nordique où les fleurs surgissent un matin là où la neige était encore la veille. Et, le 10 avril 1940, Lise apprit l'invasion de la Norvège. Les propos qu'elle entendait autour d'elle n'étaient pas tendres pour les Norvégiens. Leur entêtement à vouloir demeurer neutres, leur inorganisation militaire étaient très critiqués. Elle s'en voulait de ne pas savoir les défendre car elle-même comprenait obscurément leur comportement. Elle en souffrait sans rien dire, même pas à Joseph qui n'avait jamais témoigné d'une réelle compréhension envers les Norvégiens mais cette invasion l'atteignait d'une autre manière.

Que le régime hitlérien fût parvenu à acculer les Français à la guerre, cela n'avait rien de surprenant : depuis des années, on l'attendait ce conflit ! Avec une bonne propagande, en ressassant les fautes historiques de la Nation voisine, on conduit aisément un peuple à la bataille, mais cette attaque d'un petit pays désarmé qui n'avait ni son Déroulède ni son Barrès, et n'avait jamais témoigné qu'ouverture d'esprit et bons sentiments, c'était autre chose !

Pourquoi les Allemands obéissaient-ils ? Etaient-ils si corrompus, eux, ces frères et sœurs d'outre-Rhin qu'elle aimait toujours sans raison apparente, peut-être simplement parce qu'au temps de son enfance elle avait pris les grandes personnes en flagrant délit de mensonge à leur sujet. En même temps que ce désenchantement, venait aussi la quasi-certitude d'une rupture complète avec la famille de Norvège. Combien de temps durerait la guerre ? Le temps sans doute de se perdre de vue tout à fait.

***

En Allemagne, Sophie avait eu 14 ans l'année de la déclaration de guerre. Elle était devenue une belle adolescente, au visage plein et lisse. Il lui restait quelques taches de rousseur sur le nez qu'elle avait droit et court ; sa chevelure demeurait blonde, à peine un peu plus cendrée vers les racines. D'Opa Andreas et de son frère Franz, elle tenait le bleu lumineux des yeux mais, de Maria, sa mère, leur forme, non pas enfoncée sous l'orbite mais grands ouverts, avec quelque chose d'étonné dans le regard, une expression raisonnable et naïve.

Comme elle se sentait différente de la grande sœur Else ! Et pourtant si, depuis quelques années, elle menait contre elle une lutte sans répit, au fond de son cœur, elle gardait pour son aînée une affection profonde qu'elle dissimulait soigneusement. Qu'Else ne se fût pas laissée convaincre par le renouveau national-socialiste, qu'elle n'eût jamais partagé avec elle les mêmes idées, les mêmes joies, avait tant déçu la fillette qu'il lui semblait parfois appartenir à une autre race que le reste de sa famille.

Ainsi, cette réaction des siens au début de la guerre : Franz profitant au maximum des délais que le hasard lui apportait, avant de rejoindre l'armée, Else essayant d'échapper au service féminin et cet entêtement à douter de l'issue du combat et des motifs évidents qui avaient « obligé » le Führer à pénétrer en Pologne. Car les armées allemandes, elle le savait bien, n'avaient riposté à cette attaque polonaise que pour « secourir » les malheureuses minorités opprimées. Le massacre d'une partie de cette population par des militaires polonais, survenu le 3 septembre, en était pour elle une preuve irréfutable.

Son pays n'avait jamais souhaité la guerre, elle en était convaincue ; la mobilisation s'était faite dans une atmosphère très calme, presque apathique. Sophie avait vu des camions remplis de jeunes soldats qui montaient vers le théâtre des opérations ; ceux qui les regardaient passer ne témoignaient d'aucun enthousiasme. En fait, on avait l'impression que le peuple s'était résigné à la guerre. Celle-ci n'allait pas durer, d'ailleurs, juste le temps de rétablir un peu de justice là-haut ! Il fallait espérer que la France et l'Angleterre renonceraient à s'en mêler et signeraient rapidement la paix, après avoir regretté cette stupide déclaration de guerre !

Tel était l'état d'esprit de Sophie en l'automne 1939. Si les adultes n'acclamèrent pas frénétiquement les troupes qui partaient, la jeunesse elle, du moins celle qui militait, se sentit soudain envahie du prestige d'être enfin plus utile que jamais, plus représentative de l'âme allemande ! Les hymnes, les serments au drapeau, prenaient tout à coup valeur nouvelle, tangible et exaltante, l'esprit de sacrifice devenait une réalité aux dimensions d'un seul coup décuplées ! « Tu n'es rien, tu dois tout à ton peuple ! Ton drapeau est plus sacré que ta vie ! »

Dans les premiers jours, les écoles fermèrent et les jeunes furent « mobilisés ». Ils avaient leur place dans le combat ! Les chefs ne les en tenaient pas à l'écart, respectant ainsi les promesses qu'ils avaient toujours faites. Il y avait du travail pour eux : porter les ordres de réquisition, de mobilisation, répartir les cartes de rationnement, ramasser la ferraille, distribuer les masques à gaz... mais la Campagne de Pologne fut si rapide que l'école reprit en octobre.

Sophie était « montée en grade » au MB (Bund Deutscher Maedel - Jeunes filles des jeunesses hitlériennes). Elle appartenait au groupe 4. Avec fierté, elle lisait désormais *Das Deutsche Maedel* (revue nazie) laissant le *Jung Wilt* (revue nazie) aux petites ! Ses études primaires étaient terminées et c'était au lycée qu'elle se rendait désormais.

La situation financière de la famille s'était dégradée. Aucune aide ne venait plus de Franz qui, depuis son premier poste de professeur en 1938, avait quelque peu contribué à l'équilibre du budget. La vente d'un violon devenait un événement et Heinrich perdait peu à peu le moral. Aussi, lorsque Opa Andreas insista pour que tous viennent habiter Konstanz où ils trouveraient du travail, Heinrich accepta sans hésiter, d'autant plus satisfait que, depuis le début des hostilités, il redoutait de voir bombarder la ville toute proche.

Vivre chez ses grands-parents, surtout auprès d'Opa Andreas qu'elle savait être opposant aux nazis, pesait lourdement à Sophie ! Pourtant, Opa Andreas n'émettait plus aucune critique mais il y avait dans son regard, lorsqu'il le posait sur elle ou qu'il écoutait les nouvelles, tant de pitié ironique que cela en devenait intolérable !

A Konstanz, elle avait aussi perdu ses amies du groupe ; c'était curieux comme cette ville semblait vivre hors du grand courant guerrier qui entraînait l'Allemagne ! La Suisse toute proche avait sans doute imprégné ces gens d'un esprit neutraliste. On eût dit que cette guerre ne les concernait pas. Ils en parlaient du bout des lèvres et laissaient percevoir que ce combat était l'affaire des Prussiens et qu'ils s'y trouvaient mêlés contre leur gré, presque par accident. Ces « méridionaux » étaient désespérants !

En août 1939, le sort de la Pologne avait scandalisé les Norvégiens. Ils savaient bien que leur attitude de neutralité absolue était critiquée tant en France qu'en Angleterre et cela les ulcérait. Quand la Pologne avait été envahie, l'Angleterre et la France avaient appelé tous les peuples libres à s'unir pour combattre Hitler. Elles n'avaient pas compris que les petites nations soient demeurées neutres, mais les petites nations avaient accumulé bien des raisons de se méfier des alliés ; depuis des années, elles avaient compté leurs abdications successives ! Et alors qu'il était trop tard, pourquoi imposer aux Norvégiens les horreurs d'une guerre ? Peut-être la Norvège n'y échapperait-elle pas mais le plus tard serait le mieux !

Hitler n'était pas immortel ! Cependant, depuis que la Finlande avait été attaquée, le 30 novembre 1939, par l'Union soviétique, récente alliée de l'Allemagne, le malaise s'était encore alourdi. Dès le début de la guerre, le minerai de fer suédois avait été transporté depuis la Suède du nord, par le golfe de Botnie et la Baltique jusqu'en Allemagne mais, avec l'hiver qui ramenait les glaces sur mer, un nouvel acheminement par voie ferrée jusqu'à Narvik, puis par bateau, le long des côtes norvégiennes, posait un problème de conscience. La neutralité du pays favorisait les nazis et les Anglais s'en étaient émus. Cette invasion de la Finlande, en même temps qu'elle démontrait le peu de poids de la neutralité scandinave, augmentait son importance stratégique pour les deux camps.

Les Norvégiens étaient très partagés ; ils se doutaient bien que les Alliés allaient être tentés de leur demander l'autorisation de passage pour un corps expéditionnaire envoyé en Finlande. L'accepter, c'était justifier une intervention allemande en Norvège et, malgré les liens qui avaient toujours uni Grande-Bretagne et Scandinavie, c'était courir un grand risque que de leur accorder ce droit, d'autant plus que l'issue de la guerre était très incertaine.

Par ailleurs, dans son ensemble, la population envisageait calmement et avec optimisme les rapports germano-norvégiens. La Norvège n'avait pas de frontière commune avec le Reich ; aucun problème de minorités germaniques ! Les Allemands avaient toujours proclamé leur sympathie pour leur pays. Ils avaient organisé des congrès nordiques en Allemagne, invitant un grand nombre de Norvégiens. En retour, intellectuels allemands, acteurs, chanteurs, hommes de science, avaient toujours été accueillis en Norvège avec hospitalité et grande ouverture d'esprit par une population qui se savait pertinemment à l'abri de toute contamination totalitaire : les extrémistes, en Norvège, n'avaient jamais été pris au sérieux.

Un certain Quisling, ex-communiste devenu pro nazi, avait voulu calquer un mouvement de jeunesse sur les Jeunesses hitlériennes, donnant à ses recrues un uniforme comportant des chemises brunes. Les communistes avaient tenté, eux aussi, de répondre par des défilés de chemises rouges. Une loi n'avait pas tardé à passer, n'autorisant le port de l'uniforme qu'à la police, à l'armée et la marine. Et les conservateurs avaient expulsé de leurs rangs ceux qui avaient apporté leur support au Nasjonal Samling, parti de tendance nazie. Monsieur Quisling avait donc complètement échoué dès les élections de 1933. En 1936, son parti était tombé de 2,23 % à 1,83 % des électeurs. Chose surprenante, sa feuille de chou hebdomadaire, ironiquement appelée *Fritt Folk* (*La Nation libre*) avait repris subitement de l'importance au cours de l'hiver 1939. Monsieur Quisling attendait son heure.

Cependant, dès septembre, de larges crédits avaient été votés pour la défense nationale, jusque-là parente pauvre du budget. Depuis le début du siècle, la Norvège avait consacré à ses équipements sociaux, au bonheur de son peuple, ce qu'il aurait paru absurde d'engloutir dans l'armement d'un pays traditionnellement pacifiste et neutre. Mais les temps n'étaient plus les mêmes, un certain doute mûrissait parmi les membres du Storting, une sorte de désagréable pressentiment qu'on s'empressait de chasser, comme on tente de ne pas penser à la maladie, afin de se garder en bonne santé.

En mars 1940, Ingrid et Leif se marièrent à l'église de Frogner. L'oncle Harald unit sa petite-nièce et Leif Amsrud, pour le meilleur et pour le pire. Ingrid paraissait joyeuse. Pourtant des doutes l'assaillaient tandis que, le sourire aux lèvres, elle sortait du temple au bras de son mari ! Leif était un bon camarade, mais avant tout, un camarade ! Il ne l'émouvait pas. Auprès de lui, elle n'avait jamais ressenti cette impulsion incontrôlable qu'éveillait la présence d'Erling. Elle se demanda si ces élans pouvaient naître plusieurs fois dans une vie, si la volonté d'être heureuse pouvait finalement suffire à trouver le bonheur !

On avait évidemment discuté de la situation mondiale au cours du repas de noce et, lorsque la nouvelle était tombée brusquement dans la soirée, annonçant la fin de la guerre russo-finlandaise qui avait éclaté en novembre 1939, un grand soulagement s'était emparé de tous. Il leur sembla voir reculer la menace immédiate. Les Franco-britanniques n'avaient plus de raison de débarquer en Norvège et, de ce fait, Hitler se voyait souffler toute justification d'intervention.

Restait le problème de la route du fer, à travers les eaux norvégiennes, lorsqu'un bateau anglais, le Conack, avait libéré en février 299 marins britanniques prisonniers en prenant d'assaut l'Atlmark dans le Jössurg Fjord ; le gouvernement avait protesté contre la violation de ses eaux territoriales mais, Chamberlain, aux Communes, avait retourné la protestation, alléguant que la Norvège avait violé les lois internationales en permettant aux Allemands d'utiliser ses eaux territoriales pour transporter des prisonniers britanniques dans une prison allemande.

Les Alliés allaient-ils miner les eaux norvégiennes ? La population allait-elle se trouver dans l'impossibilité d'être ravitaillée ? Le printemps arrivait et les Norvégiens s'efforçaient de vivre comme si le bouleversement mondial qui s'amorçait n'était qu'une tempête dont les vagues ne pouvaient entamer les côtes granitiques de leurs fjords.

Après une quinzaine de jours de vacances dans le Gulbransdal, Ingrid et Leif étaient rentrés à Oslo. Le commerce des objets folkloriques était au point mort et la jeune femme avait trouvé à s'occuper en donnant des cours de dessin dans une école tenue par des religieuses catholiques. Leif était ingénieur dans un chantier naval et travaillait à Filipstadven. Ils s'installèrent dans une petite maison qu'ils venaient de louer à Bygdöy, sur la rive ouest du fjord d'Oslo.

Elle était située en contrebas de la route principale de Bygdöy menant à la résidence du roi, avec cet avantage de donner directement sur le Frogner Killen. C'était un ancien chalet d'été qui avait été aménagé pour faire une demeure permanente, parois doublées de lambris, fenêtres également doublées, chauffage installé dans la cave. Sa peinture jaunâtre déplaisait à Ingrid et elle se promettait, aux beaux jours, de la recouvrir de blanc. Beaucoup de maisons étaient rouges, mais elle avait un faible pour les chalets posés sur les gazons comme des mouettes sur leurs rochers, éclatantes de fraîcheur, tranchant à la fois sur le bleu du fjord et sur la verdure de l'été ! Pour l'instant, le jardin était à l'abandon mais bientôt viendrait l'époque du jardinage et des semis et Leif amènerait son voilier jusqu'au quai. Ensemble, ils travailleraient à le remettre en état pour l'été.

La nuit du 8 au 9 avril 1940 fut une nuit de nouvelle lune, particulièrement noire. D'épais nuages cachaient les étoiles. Dès sept heures, le 8, le jour avait sombré lugubrement. Il faisait très froid et une tardive chute de neige n'aurait pas été surprenante. Les Anglais avaient annoncé qu'ils avaient miné les eaux norvégiennes ; des bruits couraient selon lesquels le Storting s'était réuni en session secrète mais tant de bruits circulaient depuis ces derniers mois ! Les journaux de l'après-midi racontaient une étrange histoire selon laquelle un sous-marin anglais avait torpillé, au large de la côte sud, un navire allemand, le Rio de Janeiro, transporteur de troupes. L'équipage, sauvé par des pêcheurs, avait déclaré qu'ils allaient à Bergen aider les Norvégiens à défendre leur pays. Mais, sans doute, était-ce encore un bobard, un signe de la crédulité de ces pauvres soldats allemands à qui on faisait croire tout ce qu'on voulait.

Vers une heure du matin, brutalement, les jeunes mariés furent réveillés par la sirène d'alerte.

– Encore un exercice, grommela Leif. Ils nous emm... en pleine nuit ! Qu'ils nous laissent dormir, qu'ils nous foutent la paix !

Il se retourna, soupira, se rendormit mais la sirène continuait, insistante, anormalement insistante. Ingrid secoua son mari.

– Ce n'est pas une simple alerte, c'est autre chose ! Viens, levons-nous !

Il leur sembla entendre de sourds grondements vers le sud. Ils s'habillèrent, prirent leurs bicyclettes et se retrouvèrent dans la rue silencieuse. Ils allèrent en direction du Storting ; le black-out était complet, en raison de l'alerte. Ils tournèrent à Akers Gate, vers le port. Sur les quais, un groupe d'hommes s'agitait, parlant haut, en allemand ! Que faisaient-ils là, à cette heure ? Un ronronnement venait du fjord, c'était celui d'une vedette à moteur qui tournait inlassablement, attendant visiblement quelqu'un ou quelque chose, un bateau peut-être !

La présence de ce groupe d'Allemands bruyants et paraissant peu émus par l'alerte ne les inquiéta pas. Il y avait dans Oslo les gens de l'ambassade d'Allemagne et un certain nombre d'agents commerciaux. Peut-être avaient-ils trop bien vécu ce soir-là et prenaient-ils l'air avant de rentrer se coucher ! Mais les grondements qui parvenaient du Sud les intriguèrent bien davantage. Ils rentrèrent chez eux vers trois heures du matin. Leif prit, dans la petite armoire d'angle de la salle, la bouteille de vieil Aquavit. Ils en burent une rasade pour se réchauffer et, comme leur marche nocturne leur avait ouvert l'appétit, ils improvisèrent un repas avec les quelques provisions prises au hasard dans le buffet.

La Norvège était déjà envahie et ils ne le savaient pas !
Au matin, les nouvelles s'abattirent sur la population. Les frères Danois avaient été envahis dès 5 heures du matin et, quelques heures

plus tard, avaient capitulé. De tous les points de Norvège parvenaient des récits qui auraient paru invraisemblables si les habitants d'Oslo n'avaient entendu le canon depuis le début de la matinée.

On disait que le roi ainsi qu'une partie des membres du gouvernement avaient quitté la capitale après une réunion extraordinaire du Storting. Le roi fuyant, abandonnant son poste, était-ce possible ? Et si cela était ? Quelle raison l'avait donc poussé à agir de la sorte ?

Peu à peu, on apprenait que des bateaux de nationalité inconnue avaient pénétré au cours de la nuit dans le fjord d'Oslo. Ils étaient passés à grande vitesse devant les fortifications de Bolaerne et de Rauer et, sans répondre aux sommations, avaient pénétré dans les eaux interdites aux navires de guerre étrangers. A Horten, l'amiral s'était rendu compte qu'il s'agissait de navires allemands. Ceux-ci avaient continué leur route, malgré l'ordre de stopper. Quatre grands bateaux et une quantité de vedettes s'avançaient vers Oslo.

Un petit baleinier, ayant ouvert le feu avec son seul canon, avait immédiatement été réduit au silence. C'est alors qu'était entré en action le mouilleur de mines Olov Trygvason, aidé par le vieux Tordenskjold. Quatre-vingt kilomètres environ séparent Horten d'Oslo. La vaillance des marins norvégiens s'attaquant au torpilleur et croiseur léger Emden, avait retardé l'avance de l'escadre allemande. A vingt-cinq kilomètres d'Oslo, la forteresse d'Oskarsberg l'accueillit avec ses canons Krupp et ses torpilles, lancées du rivage. Le Blücher en feu s'était enfoncé dans les eaux du fjord et personne ne savait alors qu'avec lui disparaissaient les officiels de la Gestapo, chargés d'arrêter le roi et d'administrer la capitale. Le Lüstow, endommagé, avait fait demi-tour.

La garnison d'Oskarsberg, par sa résistance, avait permis au roi et au gouvernement d'échapper aux envahisseurs et de ne pas être faits prisonniers. Elle avait pris sous son feu le Gneisenau et ses vingt-six mille tonnes et il avait explosé avant d'aborder Digerud.

Cependant, les bombardiers tournaient au-dessus de Hosten et, l'amiral, après avoir consulté le quartier général d'Oslo, décida de se rendre afin d'épargner la population de Hosten et de Karl-Johansvern.

Une grande confusion régnait dans la capitale. Les troupes norvégiennes qui n'étaient pas officiellement mobilisées n'avaient, par conséquent, reçu aucune directive et ne savaient où donner de la tête. On disait que les centres de mobilisation étaient déjà aux mains des Allemands. L'aérodrome de Fornebu avait été pris par les troupes aéroportées si bien que, dans l'après-midi du 9 avril, une colonne d'infanterie allemande venue du ciel pénétra dans Oslo et occupa le fort d'Akershus…

Dans les jours qui suivirent, la population apprit par bribes ce qui était advenu des autres ports de leur pays et comment avait pu se réaliser ce chef-d'œuvre de ruse que les services secrets allemands avaient appelé : « Supercherie et camouflage pour l'invasion de la Norvège ». Alors, certains parmi ces gens paisibles et idéalistes se sentirent soudain animés par l'âme du Berserk, l'homme invisible des Sagas du Moyen Age, animé du démon de la bataille. La rage d'avoir été roulés qui les saisit décupla leurs forces d'opposition. Hitler et ses complices avaient cru comprendre la psychologie scandinave mais, rapidement, ils devaient avoir la preuve qu'ils s'étaient complètement trompés !

Le peuple qu'ils avaient envahi et qu'ils pensaient pouvoir assimiler facilement avait beau représenter la plus belle souche de la fameuse race aryenne, il avait aussi, au plus profond de lui, le respect du droit et de la vérité. Ce qui s'était passé dans la nuit du 8 au 9 avril représentait le mensonge le mieux organisé qui soit ! Toute tentative de pacte se heurterait à ce mensonge-là.

Le pasteur Harald, malgré ses soixante-dix ans, était de ceux que hantait le fantôme du Berserk. Pauvre Harald ! Depuis le 8 avril, il livrait, avec son démon, une bataille quotidienne. Sur la côte ouest, l'invasion avait été effectuée en quelques heures. A Narvik, l'Eidsvold et le Norge avaient été détruits peu après avoir lancé leur coup de semonce ; trois cent marins avaient péri en quelques minutes. Mais le commandant de la garnison, favorable à Quisling, s'était rendu. Il en avait été de même à Trondheim.

Cependant, l'aérodrome de Vaerner avait tenu deux jours. A Bergen, une aide britannique était arrivée rapidement, mais l'attaque de leurs quatre croiseurs et sept contre-torpilleurs avait été annulée par le commandant britannique en raison du risque représenté par les mines. Leurs batteries avaient tiré sur le Kœnigsberg, l'endommageant et les bombardiers l'avaient coulé.

A Kristiansand, les fortifications et les petits destroyers avaient ouvert le feu dès qu'ils avaient aperçu l'escadre allemande pénétrant dans le port. Le Karlsruhe et quelques vedettes s'étaient alors retirés mais, dans la matinée, un télégramme en provenance du commandement norvégien et rédigé dans le code de la marine norvégienne annonçait que des destroyers français et anglais arrivaient au secours du port : « ne tirez pas ! »

Peu après, les destroyers étaient en vue, battant pavillon français. Lorsqu'ils furent suffisamment engagés dans le port, tenant à leur merci les deux destroyers norvégiens, le pavillon français fut remplacé par l'allemand. Dans le ciel, surgirent alors les bombardiers. Il ne restait au commandant du port qu'à capituler pour épargner la ville.

On racontait aussi qu'à Agdenes, on avait vu arriver dans le port des bateaux de pêche norvégiens, pris en sandwich entre les bateaux allemands et que, de ce fait, les batteries de la vieille forteresse n'avaient pas pu tirer mais ces bruits étaient contredits.

Ce qui était certain, c'était qu'un peu partout sur la côte, des gens en place avaient préparé l'arrivée des nazis et ceci dans les moindres détails. Cette invasion avait été effectuée dans des conditions qui, si les conséquences n'en étaient pas dramatiques, auraient pu passer pour une énorme blague. Toutes ces histoires de faux pavillons, de fausse nationalité, avaient quelque chose d'incroyable, telle celle, par exemple, du baleinier Jan Willem qui était arrivé de l'Arctique sous pavillon américain ; à Agdenes, il avait pris un pilote norvégien qui l'avait amené à Narvik. Mais ce cargo n'avait pas d'huile de baleine dans ses cales, seulement des troupes et des munitions.

Un traité commercial d'avant 1939 avec l'Allemagne et l'accord de la Grande-Bretagne avait ainsi permis l'arrivée secrète de troupes dans les ports de Bergen et de Trondheim. Par ce traité, la Norvège s'engageait à fournir 30 000 tonnes de poisson à l'Allemagne mais, comme elle n'avait pas suffisamment de navires frigorifiques, il avait été convenu que des bateaux allemands viendraient eux-mêmes chercher la marchandise. Ils étaient venus en effet, dès la fin de mars et dans les premiers jours d'avril. Cachées à leur bord, les troupes avaient attendu le signal. Un immense truquage ! Pour un homme comme Harald, droit comme un arbre, qui s'était acharné à ne jamais condamner, c'était dur !

Il apprit que, parmi les hommes débarqués, beaucoup parlaient couramment le norvégien. Pendant plusieurs jours, Harald vécut dans l'appréhension de voir surgir son Anton, son Wiener-barn. Allait-il arriver, souriant, avec assurance, la bouche pleine de promesses fraternelles d'avenir commun ? « Seigneur, épargnez-moi cette épreuve-là ! »

Les semaines avaient passé et Anton ne s'était pas montré. Sans doute l'avait-on expédié ailleurs ou peut-être aussi, la conscience enfin réveillée, avait-il évité une rencontre! Harald se forçait à chasser de son esprit l'image du petit garçon qu'il avait choyé.

Le roi et le gouvernement s'étaient réfugiés à Hamar, puis à Elverum. Aucune déclaration de guerre n'avait eu lieu, mais, par la radio de Londres, on avait su que les nazis voulaient s'emparer du roi. La radio d'Oslo était entre les mains de Quisling qui avait lancé une proclamation, se désignant lui-même comme chef du gouvernement et donnant l'ordre à toute résistance norvégienne de cesser. Cette usurpation du pouvoir, ce mépris de la Constitution du Storting, ce mépris du peuple ne rencontra qu'un autre mépris. On apprit que le ministre des Affaires étrangères allemandes avait rencontré le roi, tentant d'obtenir la soumission de la Norvège.

Le 10 avril, certains avaient pu capter à la radio un message du gouvernement qui conviait les Norvégiens à continuer la lutte pour leur liberté: « Grossly and seckendly Germanie has violated every right of a small nation wishing only to live at peace! » (Grossièrement et sans scrupule, l'Allemagne a violé tous les droits d'une petite nation souhaitant seulement vivre en paix).

Le roi avait ajouté: « Je m'associe pleinement à cet appel du gouvernement au peuple de Norvège. Je suis convaincu que toute la nation m'aidera dans la décision prise! » Dès le lendemain, une attaque aérienne était dirigée à la fois sur Elverum où l'hôpital fut détruit et sur le village de Nybergrund où se trouvait effectivement le roi!

Réfugié dans les bois proches avec la population, dans la neige jusqu'aux genoux, Haakon rassurait les pauvres gens, terrifiés par l'attaque. L'effet des bombes explosives se trouvait diminué par la

227

profondeur de la neige. La mort ne voulut pas du roi pas plus que des autres membres du gouvernement, mais ceux-ci avaient compris le dessein de l'attaque, puisque aucun but militaire ne pouvait justifier le bombardement du village. Il leur fallait fuir plus loin !

Le roi était-il en Suède ou s'était-il réfugié plus loin, vers le Nord ? On discutait entre Norvégiens de ces diverses possibilités. Des nouvelles venant de Narvik apprenaient que des forces anglaises y avaient débarqué et des forces françaises, elles, à Namsos. Désormais, la résidence du roi devait demeurer secrète et c'est ce qu'il avait expliqué à son peuple dans son message du 13 avril. Ce fut seulement vers la fin du mois qu'on apprit qu'il était bien resté en Norvège mais qu'il devait, encore une fois, trouver un nouveau refuge plus au Nord car, à cette même époque, les détachements français, anglais et les troupes norvégiennes battaient en retraite de Lillehammer à Andalsnes.

Le 29 avril, le navire-hôpital Brand IX fut bombardé dans le port d'Ålesund et Bertha, la dévouée gouvernante d'Harald, perdit son fils ce jour-là. Un dimanche matin, à Borgund, aux environs d'Ålesund, un avion attaqua des femmes et des enfants revenant de l'office.

Le printemps était là maintenant. Les jours achevaient d'avaler les nuits et, dans la montagne, les torrents, libérés des glaciers, avaient retrouvé leur chanson et dévalaient les pentes ; avec entêtement, ils cherchaient leur chemin vers le fjord.

Harald aimait s'attarder sur le banc de son jardin. Le ciel prenait ce ton blanchâtre qui serait bientôt celui des nuits d'été. Le temps venait des longues soirées où le besoin de sommeil se ralentit et où, s'adaptant au cycle du soleil, l'homme du Nord sent ses forces décuplées, comme si le corps, gorgé de lumière, allait, jusqu'au solstice, vers une plénitude primitive.

Les dernières semaines avaient terriblement ébranlé le Pasteur, le forçant à livrer au-dedans de lui-même sa propre bataille. Il savait bien que ce combat qui commençait atteindrait l'Europe entière et n'était plus celui qui opposait jadis les impérialistes des grandes nations. C'était un combat pour la sauvegarde de la civilisation. Il ne s'agissait plus seulement de défendre un territoire, eût-il été odieusement envahi, c'était aussi l'Esprit qui était menacé. Pourtant, fallait-il tenter de vaincre, au prix atroce que toute guerre imposait désormais aux civils ? Et si la victoire venait un jour, et s'il vivait encore ce jour-là, saurait-il s'en réjouir ? L'esprit du Berserk reculait peu à peu en son âme d'humaniste et, à la rage qui s'était emparée de lui au début, avait succédé une grande tristesse, un découragement aussi qu'il s'efforçait de chasser.

Avec le crépuscule, venait l'immobilité des choses. Le bouleau, dont le feuillage frêle semblait transparent et qui tout le jour bruissait et palpitait, s'était figé tout à fait, comme s'il cessait de respirer. Des bouquets de feuilles velues naissaient sur le sorbier, tout contre la barrière. Un oiseau s'égosillait au loin. Tout était si calme qu'il entendit chanter le coucou de son bureau. Ce coucou, qu'Anton lui avait envoyé dix ans plus tôt pour ses soixante ans !

Harald se souvenait des discussions qu'il avait eues jadis avec sa nièce Grete, lors des rendez-vous de Hambourg. Grete était morte avant que la guerre n'apparaisse aux Français comme inévitable, et peut-être était-ce mieux pour elle ! Les pensées d'Harald se mirent à vagabonder au pays des souvenirs. Il songea à Lise, la fille de Grete, qu'il ne connaîtrait sans doute jamais. Elle allait avoir 19 ans, cette enfant ! Qu'était-elle au juste ? Comment avait évolué sa jeune conscience, au milieu de monde troublé ? Etait-elle une de ces catholiques qui lui avaient toujours parues un peu bornées ? Avait-elle hérité de l'intransigeance de sa mère, de sa droiture aussi ? A sa dernière visite en Norvège, Frédéric lui avait avoué que l'adolescente le décevait beaucoup. Quelle en était la cause ? Harald cherchait toujours les raisons profondes de l'évolution des êtres. Ainsi d'Anton ! Ainsi d'Ingrid !

Et Frédéric ? Mobilisé sans doute, et si peu de temps après son mariage. Harald saurait-il un jour ce qu'il advenait de cette branche française, fondée une soixantaine d'années plus tôt par son grand frère Magnus. Il n'avait plus aucune nouvelle de sa famille d'Oslo. La moitié sud de la Norvège était conquise ; les troupes anglaises avaient dû évacuer Andalsnes. Un pas sur le gravier du sentier le fit tressaillir ; la barrière grinça, une voix appela doucement :

— Révérend, Révérend…

Il marcha vers la voix. C'était celle de son voisin.

— Je viens d'écouter Londres, les nouvelles du soir. Les troupes alliées : Anglais, Français, Polonais et deux brigades norvégiennes ont chassé les Allemands de Narvik mais, en France, ça va très mal. Boulogne est tombée, les Allemands remontent vers Dunkerque !

Harald frémit mais ne répondit pas. Il fixait un point très loin de lui ; sans bruit, simplement quelques larmes mouillaient ses vieilles joues ridées. Le voisin continuait :

— Quisling répète que le roi a déserté, qu'il est donc le seul représentant auprès de l'occupant, le salaud !

Harald ne l'écoutait plus. Ainsi donc, Boulogne était tombée ! Il ne connaissait pas la ville mais c'était celle où s'était établi Magnus ; en quelque sorte, elle était sienne aussi. Curieusement, avec les larmes, son cœur s'était débarrassé de la désespérance. L'épreuve fortifiait soudain sa volonté, un moment défaillante. Oh ! Ce n'était pas de la haine dont il s'agissait. Jamais il ne pourrait en éprouver ! Il avait une dernière tâche à accomplir : trouver, à travers les contradictions, le juste chemin et y guider ceux qui, désemparés, viendraient à lui. Il n'éprouvait plus de colère mais une détermination invincible. Le poing tendu pour maudire, non pour s'abattre ! Et insoumis, oui, il le serait ! Il prit son mouchoir et s'essuya les yeux.

Ingrid et Leif rejoignirent Johannès et Hilda au matin du 9 avril. Leurs parents, comme tous les habitants de l'immeuble, étaient descendus à la cave, lors de l'alerte de la nuit mais ils n'avaient pas entendu le canon. Toutefois, ils étaient inquiets car la radio, commentant la grande tension consécutive à la pose des mines par les Britanniques dans les eaux de Norvège, laissait prévoir son aggravation. L'alerte finie, Johannès et Hilda étaient retournés au lit. Les nouvelles du matin annonçant l'action allemande les laissèrent d'abord incrédules, puis bouleversés. Leif et Ingrid s'étaient faits admonester comme des enfants pour être sortis pendant l'alerte. Leif voulait à tout prix trouver un moyen de rejoindre son unité militaire.

Dans l'après-midi du 9 avril, l'ordre d'évacuation fut donné à la population d'Oslo et la famille au complet rejoignit des amis en vacances de ski dans la montagne et qui logeaient dans une ferme à Barnum, près de Kolsås. Ils devaient attendre là que tout le Sud de la Norvège soit tombé.

Dès le 10 avril, les forces norvégiennes, remises du choc de l'attaque surprise, parvinrent à se regrouper et commencèrent à combattre. Beaucoup, comme Leif, réfugiés d'Oslo, s'éparpillèrent dans les fermes et s'organisèrent. Dans celle où la famille d'Ingrid s'était installée, ils étaient une dizaine et la campagne alentour devint, la nuit, leur zone de combat. Un matin, les Allemands vinrent perquisitionner et capturer cette poignée de combattants mais leur déconvenue devait être grande ! Ils trouvèrent dans la cuisine deux femmes qui préparaient le repas ; dans une chambre, sentant l'eucalyptus et le désinfectant, un malade et un médecin l'examinant. Ce dernier, très sèchement et en bonne langue allemande, leur demanda de ne pas l'importuner davantage !

Quatre hommes à l'étable s'affairaient autour d'une vache dont les membres inférieurs étaient écartelés par des liens et qui semblait avoir des difficultés à vêler. L'un des paysans, à genoux entre les pattes, sans se retourner, leur fit un grand geste qui indiquait clairement la sortie ; le second, manches retroussées, avait les bras luisants d'huile : le vétérinaire sans doute ! Les deux autres installaient une sorte de treuil. En sortant, ils croisèrent encore un employé (un valet) portant un seau de lait.

Il y avait évidemment beaucoup d'hommes valides dans cette ferme mais tous avaient un bon alibi et les ordres étaient de ne pas être trop durs avec la population. Quand ils furent loin, Ingrid s'effondra, ses nerfs craquèrent, elle se mit à trembler et à sangloter. Leif sortit de son lit en riant et Johannès, malicieux, s'exclama :

– Dire que c'est moi le vrai malade !

La vache, qui n'avait jamais eu l'intention de vêler, fut libérée.

– Tout de même, s'ils revenaient, s'inquiéta Hilda !

– Il y a le veau que la rousse a fait hier, dit le fermier. Il fait si sombre dans le coin où il est qu'ils ne l'auront pas remarqué !

– Tant mieux s'il n'y a pas de paysans parmi eux.

Ils ne revinrent pas et Ingrid supplia Leif de rester avec elle, de ne plus tenter de rejoindre l'armée reconstituée au Nord. Mais il s'entêta et, dès le lendemain, avec les autres, il s'évanouit dans la forêt qui les absorba.

C'est peu après qu'ils apprirent la nomination de Terboven comme Reichkommisser. C'était le 21 avril. Au début de mai, Ingrid et ses parents réintégrèrent Oslo où la vie continuait, apparemment normale. Ils eurent connaissance de l'ultimatum allemand par la radio anglaise qu'ils écoutaient chaque jour. Tous se demandaient si le roi, réfugié alors dans le Nord, allait céder au chantage. Et ils ne furent pas surpris, cinq jours plus tard, d'entendre le message du monarque expliquant son départ, le 7 juin, pour l'Angleterre. En ces mêmes jours, Leif rentra chez lui et Ingrid savoura la joie des retrouvailles, heureuse de n'avoir plus rien à craindre pour lui !

La population était maussade. Tous n'avaient pas compris le départ du roi. Ils avaient l'impression d'être abandonnés ! L'aide anglaise avait paru tellement dérisoire, la chute foudroyante de la France symbolisait l'écroulement de la démocratie et la Suède semblait se désintéresser complètement du destin norvégien.

Un sentiment de lassitude, proche de la résignation, était né qui aurait pu conduire le petit pays envahi à collaborer effectivement avec l'envahisseur ! Mais en déposant le roi, les Allemands avaient violé la Constitution, provoquant un sursaut et ranimant les volontés. Le Conseil administratif, nommé par la Cour suprême, avait mission de régler les affaires courantes. Il se maintint jusqu'au 25 septembre, date à laquelle Terboven proclama la déchéance du roi et du gouvernement Nygaardsvold.

La Norvège faisait désormais partie du Lebensraum allemand ! Il s'ensuivit la dissolution des partis politiques et treize commissaires, choisis par l'occupant, remplacèrent les membres du Conseil administratif. Malgré les déclarations d'amitié faites par les Allemands, il s'agissait là d'une nazification par la force.

Quisling pouvait bien préparer son traité de paix et essayer de le rendre apparemment acceptable ; le respect du droit prenait chaque jour dans le cœur des Norvégiens une place plus importante ! Pour protester contre la violation de la loi du pays, des membres de la Cour suprême démissionnèrent et les évêques firent promulguer des lettres pastorales.

***

En France, mai était arrivé, délicieux et inquiétant, enjôleur et tragique ! Et soudain, personne ne parla plus de la drôle de guerre. Dans la nuit du 9 au 10, les aérodromes de la région de Boulogne furent bombardés. A l'aube, la Belgique et la Hollande étaient envahies. On disait le port miné. Les premières voitures belges commencèrent à défiler dès le 11 mai, luxueuses d'abord, puis de plus en plus modestes. Le flot des réfugiés allait grossissant.

Le centre de contrôle postal pouvait d'un instant à l'autre recevoir l'ordre de se replier. « Je te confie Danielle et le gamin », avait dit Frédéric à son oncle. Je sais que tu seras mieux informé qu'elle. Si vous partez, emmenez-les. Maman ne voudra pas quitter Marquise et Laurette ne l'abandonnera pas. Danielle a des cousins à Pornic. Si tu pouvais la conduire là-bas. J'ai peur qu'on se batte ici et Danielle est de nouveau enceinte. Dès le 15 mai, Danielle vint donc habiter avec Joseph et Lise.

Désormais, ce n'était plus seulement des automobiles qui déferlaient du Nord mais aussi des bicyclettes ; ce n'était plus des gens qui, de sang-froid, avaient pris les devants pour mettre leur famille en lieu sûr, c'était une population affolée, ballottée, apeurée par les bruits qui s'amplifiaient, décuplant les récits d'horreur attribués aux Uhlans de 1914.

Joseph parlait de plus en plus de partir, lui aussi. Il n'y avait plus aucune affaire maritime possible. Le courtier chez qui il travaillait, s'en allait avec sa famille en Vendée. Lise ne voulait pas quitter Boulogne. Elle qui avait toujours souhaité voyager, avait l'impression que partir, ç'eût été déserter. Pour la première fois, elle éprouvait le sentiment d'appartenir à une communauté. Cette ville, cette région et ses habitants allaient souffrir ; elle ne devait pas se soustraire à la part d'épreuves et de dangers qui les attendaient. Elle tenta de dissuader son père :

– Mais enfin, Papa, à quoi cela servirait-il de s'en aller, nous risquons plus sur les routes qu'à la maison, et même s'ils arrivent, ils ne nous mangeront pas ! Tu as toujours dit que les Allemands étaient injustement calomniés !

– Les Allemands, oui, ma fille, mais pas ceux qui viennent là. Souviens-toi du capitaine de Hambourg ! S'il a quitté son pays, c'est qu'il les craignait, lui aussi. Et puis, tu sais, dans toutes les armées du monde, l'homme le meilleur n'est plus le même lorsqu'il a revêtu l'uniforme ; il se croit alors tout permis ! Et quand il fait meute avec les autres, il n'y a pas de limite à son avilissement !

– De toute manière, dit Lise, si ça continue comme cela, ils nous rattraperont !

– Peut-être, sauf si on va en Angleterre !

Depuis plusieurs jours, cette idée devait germer en lui. Parmi les réfugiés, on voyait maintenant, à bord de camionnettes, des soldats dont les uniformes verdâtres faisaient redoubler la panique. C'était l'armée hollandaise en déroute. Les scouts et les guides aidaient au Centre d'accueil installé rue Faidherbe. Ils parcouraient aussi la ville, guidant les familles vers ce lieu d'hébergement ou tentant de les caser chez des gens de connaissance lorsqu'ils consentaient à passer la nuit et à retarder leur fuite. Certains voulaient à tout prix trouver, qui une banque, qui la gare, qui un bateau tandis que les journaux prodiguaient des appels au calme : « Ne bougez pas ! Attendez les ordres ! »

Ordres et contre-ordres circulaient à travers la ville. « On évacue », disaient les uns. « Il est interdit de circuler », répondaient les autres ! « Les femmes doivent partir ainsi que les enfants », apprenait-on, un matin. Quelques heures plus tard, c'était un ordre de départ des jeunes gens !

Dans la nuit du 18 au 19 mai, eut lieu le premier bombardement sur la ville. Il recommença la nuit suivante et dans la journée, Joseph apprit le départ d'un grand nombre de personnalités boulonnaises. Les Belges couchaient partout, même sur les trottoirs. Chaque famille en logeait jusque dans les couloirs, installés sur des coussins ou dans des fauteuils. Certains habitants distribuaient des vivres à ceux qui passaient ; d'autres enfouissaient leurs réserves dans leur jardin !

Il y avait eu des morts lors du dernier bombardement ; pourtant la population n'en semblait pas très émue, plutôt stupéfaite, et seul le quartier concerné s'en trouvait bouleversé. Chacun commençait inconsciemment à mettre des limites à son émotivité. Le surlendemain, les bombes tombèrent sur le quartier des Tintelleries. De toute évidence, la gare était visée. Le petit Jan-Eric s'était réveillé, Danielle tremblait, elle répétait : « Je me demande où est Frédéric. Ah ! Si Frédéric était là ! »

Joseph conseilla à sa fille et à sa nièce de préparer leurs bagages : seulement l'essentiel, pas de paquets encombrants ! A bord, on aurait besoin surtout de vêtements chauds, les nuits étant toujours froides en mer. Il fallait faire vite : le port était consigné ! Depuis le matin, chalutiers, vedettes, dragueuses, remorqueurs et cargos sortaient de la rade.

Ils embarquèrent en fin d'après-midi sur le Holland, un tender, sorte de vieux transbordeur qui devait faire route vers Le Havre et non vers l'Angleterre. Ils avaient traversé une ville devenue soudainement déserte. Ceux qui restaient se terraient dans les caves. Lise avait fourré dans son sac à dos un bric-à-brac invraisemblable, prenant des objets sans valeur, laissant ce qu'elle possédait de plus précieux. A vrai dire, elle s'en moquait éperdument ! Par exemple, elle avait pensé à glisser dans un livre qu'elle aimait la vieille photo prise par Frédéric à Hambourg et représentant la famille norvégienne et la famille allemande ; un portrait de Grete aussi, tout jauni, où on la voyait au temps de sa jeunesse, assise sur un rocher du fjord d'Oslo.

Lentement, l'espace qui séparait le Tender du quai s'agrandissait, l'eau clapotait sur la coque, les avions tournoyaient dans le ciel et la DCA tirait. « Larguez les amarres ! » Avec ses quatre cent passagers à bord, le petit Tender quitta le port enfiévré.

Lise, à l'arrière du navire, voyait diminuer peu à peu à l'horizon le calvaire des marins, les falaises. La côte devint une mince bande grise qui se dilua rapidement. « Larguez les amarres… ! » Il lui semblait que tout un morceau de sa vie se trouvait désormais derrière un mur. Elle n'avait pas encore largué ses amarres, elle, et la corde déjà la tirait en arrière !

A la tombée du jour, le Holland fut secoué par une violente détonation ; le bateau oscilla : les passagers, dont la plupart n'avaient jamais mis le pied sur un pont de navire, se mirent à crier, persuadés que le tender avait heurté une mine, mais la déflagration venait de la côte. Peu après, un avion survola le bateau à basse altitude.

— Tout le monde au petit salon, au pont inférieur ou à fond de cale, hurla le capitaine qui craignait le mitraillage.

Lise essayait de distraire Jan-Erik qui geignait. Danielle, victime du mal de mer, avait perdu son énergie habituelle. Elle était allongée dans le salon, parmi les autres réfugiés ; ici, comme dans la cale, c'était un enchevêtrement de gens entassés, malades le plus souvent. On pleurait, on priait, on vomissait, humanité souffrante, plongée brusquement dans les conséquences de la guerre ! La nuit était froide, mais, par bonheur, la mer était calme !

Joseph avait été désigné pour monter la garde aux mines flottantes. Il se relayait avec des jeunes gens qui tentaient de rejoindre leur centre de rassemblement à Guingamp, en Bretagne. Lise regrettait tellement que Jean ne soit pas parmi eux ! Elle n'avait pas pu le prévenir à temps du départ du Holland.

Jan-Erik s'était endormi à côté de sa mère, sur un coin de banquette du salon. Lise préférait rester à l'air. Elle s'enroula dans sa couverture, contre la passerelle, et s'assoupit. Une voix de femme la réveilla :

– L'entendez-vous ? Le voilà, il vient ! Mon Dieu, protégez-nous ! Ah ! Il s'éloigne, il est là-bas, derrière le gros nuage ! Le voyez-vous ?

On aurait pu croire qu'elle délirait. Pourtant, ce n'était pas un cauchemar. Au-dessus du tender qui, bravement, taillait sa route, les avions tournaient sans cesse. C'était une belle nuit : lune dorée, jeux des légers nuages transparents. L'avant du bateau se détachait là-dessus, noir et net.

– Lumière, lumière ! cria une autre voix affolée au capitaine qui faisait le point dans la passerelle.

Vers deux heures du matin, la pluie se mit à tomber, transformant en boue la couche de poussière charbonneuse qui recouvrait le pont. Au large de Dieppe, le capitaine demanda si quelqu'un tenait à y débarquer. Il y avait encore assez de charbon pour poursuivre jusqu'au Havre. Tous les passagers furent d'accord pour aller jusque-là. Dieppe était trop près de la bataille !

L'aube apporta un changement de temps ; un brouillard épais voilait l'horizon. A bord, si certains s'étaient adaptés à la situation, d'autres se laissaient gagner par l'énervement. Une jeune maman, dont le bébé avait dix jours, avait vu son lait se tarir au cours de la nuit. La réserve d'eau potable était infime et réservée aux enfants. Un vieillard s'était abattu sans connaissance sur le pont mais sa syncope avait peu duré. Les visages étaient sillonnés de balafres noires et les hommes qui n'avaient pas pu se raser avaient des mines sinistres.

A sept heures du matin, le Holland fut en vue du Havre. Un patrouilleur leur apprit que la passe était minée et l'accès du port interdit. Il leur fallait gagner Ouistreham. Pour le charbon, c'était juste, mais on pouvait y arriver si on ne sautait pas sur une mine d'ici-là.

Une grève plate et blonde, au loin : la plage de Rivabella ! Le phare du poste de pilotage d'Ouistreham émettait en morse des instructions que nul ne comprenait : VH... VH... Le bateau répondait par sa sirène : « Demande pilote, demande pilote ! » Un vrai dialogue de sourds et pas de code officiel à bord. Soudainement le bateau-pilote vint se ranger au niveau du Holland. Le capitaine, à l'aide d'un porte-voix, demanda l'autorisation d'accoster.

La réponse fut nette, froide et démoralisante :

– Plus de réfugiés ! Ordres sévères ! On n'en veut plus ici ! Allez à Caen !

– Il y a des malades !

– Vous les débarquerez à Caen !

– Nous n'avons plus de vivres, plus d'eau et à peine de charbon !

– Vous charbonnerez à Caen !

Charbonner à Caen ! Pour quoi faire ? Songeait-on déjà à les rejeter encore plus loin ? Le bateau-pilote avait fait demi-tour. A bord, les passagers se regardaient, désemparés. Le capitaine fulminait. Ils avaient déjà tous l'impression d'être indésirables. Le Holland se traînait sur l'Orne, entre ses rives verdoyantes. Caen paraissait la Terre promise.

Le tender accosta en début d'après-midi. Une section d'infanterie, baïonnette au canon, les accueillit, formant un cordon et bloquant la passerelle :

– Interdiction de débarquer, plus de réfugiés. Poursuivez jusqu'à La Rochelle !

Cette fois, le capitaine se fâcha et Joseph qui connaissait un armateur de Caen le fit appeler. Les pourparlers durèrent quatre heures. Le capitaine refusait de repartir avec un bateau surchargé et des malades à son bord. Même avec promesse de vivres, d'eau et de charbon, il n'acceptait pas de quitter le port. Peu à peu, ils obtinrent de débarquer les malades et les ambulances arrivèrent à quai. Les familles s'affolaient à l'idée de se trouver séparées. Il faisait chaud. Danielle griffonna un mot pour Frédéric que Lise voulut aller déposer dans une boîte à lettres, quelques mètres plus loin. Un soldat l'attrapa par l'épaule.

– C'est défendu de quitter le quai !

Elle eut envie de cogner, comme autrefois, à l'école, puis elle tourna les talons. A quoi bon discuter ? C'était le temps des hommes en uniforme. Celui-là n'était pas un mauvais bougre. D'ailleurs, il la rejoignit presque aussitôt :

– Donnez, je vais vous la poster mais, vous savez, je ne crois pas qu'elle arrivera !

A cinq heures de l'après-midi, la poignée d'hommes qui avait pris en main la destinée de quatre cents réfugiés obtint du préfet l'auto-risation de débarquer. Ils s'affalèrent sur leurs ballots posés sur les quais ; des gens passaient, les regardant curieusement mais aucun ne proposa une aide quelconque. Les jours suivants, Lise erra dans les rues de Rivabella. La TSF livrait, par les fenêtres ouvertes, les dernières informations : on se battait dans les rues de Boulogne, mais le château tenait toujours.

Des jeunes gens passaient près d'elle, vêtus de blanc, raquettes de tennis à la main ; d'autres plaisantaient, attablés aux terrasses des cafés, devant des apéritifs multicolores. Sans doute, dans ce pays, dansait-on encore au Casino, le soir ! Elle eut l'impression de rêver !

Joseph trouva à louer une vieille boutique, dans la rue Emile Herbline. C'était une ancienne pharmacie, peinte en noir, lugubre, qui sentait le vieux, le fané, l'humide. Sur les murs tapissés de papiers tachés et décolorés pendaient d'innombrables portraits d'ancêtres aux visages apathiques et vieillots. La cuisine grouillait de cafards, la remise de la cour abritait des rats qui, curieux, venaient regarder aux fenêtres. Joseph et les siens s'installèrent là, attendant la suite des événements. C'était au cœur du quartier maritime. Chaque soir, les voisins s'asseyaient sur le pas des portes et bavardaient. Les hommes fumaient leur pipe.

Toutes les nuits, les avions bombardaient Le Havre et la boutique tremblait. Comment se dégager de là, rejoindre Pornic ou, à défaut, n'importe quel port où Joseph aurait pu retrouver un travail. Il allait à Caen chaque jour, glaner des nouvelles. Des bateaux de pêche d'Etaples, de St Valéry et de Dieppe avaient réussi à arriver jusque-là. Les émigrés du Nord éprouvaient un certain plaisir à se rencontrer, à se communiquer des informations.

Le 11 juin, ils apprirent l'entrée en guerre de l'Italie. Le poste de TSF des voisins retransmettait le discours de Paul Reynaud, dont la voix hurlait : « La France ne peut pas mourir ! » Trois jours plus tard, Joseph rencontra un chauffeur de taxi qui rentrait à vide vers Mortain, en Basse-Normandie ; il tenait un hôtel dans un petit village et lui assura qu'il pouvait les loger. Gardant toujours l'espoir de parvenir à la côte atlantique, ils quittèrent donc la rue Emile Herbline.

Ils passèrent une nuit dans ce petit village normand, puis, comme le chauffeur consentait à leur faire passer la Loire, ils reprirent la route. Cette fois, ils faisaient partie du flot des réfugiés, inimaginable migration mêlant civils et militaires, poussés toujours plus loin. Ils passèrent la Loire à Saint-Florent-le-Vieil ; c'était le dernier pont qui n'eût pas encore sauté. Il était convenu que le taxi les laisserait à Cholet où Joseph pensait trouver asile chez une de ses relations de travail de Caen.

A Cholet, c'était une véritable panique : les centres d'accueil étaient pleins. A l'approche du soir, les gens s'installaient sur les trottoirs. La relation de travail s'avérait introuvable !

– Alors, dit le chauffeur, vous êtes décidé, je vous laisse ici ?

Joseph, désemparé, ne répondait pas.

– A votre place, avec le bébé et cette dame qui n'a pas l'air costaud, je rentrerais ! Je vous le dis, au village, vous aurez toujours un toit et à manger. Ici, si les avions s'amènent, ça ne va pas être beau et après, quand le pont aura sauté, vous ne pourrez plus revenir en arrière !

Il répéta :

– Moi, je vous le dis, je repars tout de suite et je ne vous conseille pas de continuer sur ces routes-là ! Vous n'atteindrez jamais la côte.

– Qu'en pensez-vous Danielle ? demanda Joseph. Comment vous sentez-vous ?

– Fatiguée ! dit lentement Danielle, très fatiguée ! Mais décidez de ce que vous voulez, oncle Joseph !

– Et toi, Lise ?

– Rentrons, si tu crois que c'est mieux ! Moi, tu sais, de toute manière, ce que j'aimerais, c'est retourner chez nous !

Ils retraversèrent le pont. C'était le dernier pont sur la Loire et il sauta peu après.

L'armistice était signé. La nouvelle avait couru comme une traînée de poudre tandis que, sur les routes brûlantes où le goudron fondait, passaient, toujours harassés et loqueteux, les soldats de la débâcle. Les paysans rentraient les foins, le ciel était divinement bleu. Joseph ressentait l'abattement de la défaite ; il répétait :

– Quel écroulement, quel écroulement !

Et ses yeux gris, noyés de larmes, avaient retrouvé l'expression triste des premiers mois de son veuvage.

– Bon, disait Lise, d'accord ! Ce n'est pas drôle d'être vaincus, mais enfin on ne se bat plus, c'est le principal ! Il n'y aura plus de bombes et de mitraillage, nous allons pouvoir rentrer à la maison !

Les premiers soldats allemands arrivèrent quelques jours plus tard. Ils étaient vêtus de noir et portaient l'insigne à tête de mort. Ils étaient jeunes, roses et joufflus comme des bébés déguisés. Il y avait dans leur regard une assurance triomphante, désagréable. Ils ne ressemblaient pas du tout à l'image que Lise en attendait. Ils réquisitionnèrent l'hôtel.

Dechabinchove était arrivé quelques heures avant que leur parvienne la nouvelle de l'armistice : une bonne trentaine, un embonpoint naissant, l'œil bleu et froid derrière des lunettes cerclées d'écaille, les cheveux d'un blond éteint, marqués déjà d'un début de calvitie, haut de taille et large de carrure. Il posa sur le petit groupe de réfugiés assemblés sur la terrasse de l'hôtel un regard assuré et protecteur.

En peu de mots, il commenta la situation avec une certitude, un aplomb qui laissèrent mal à l'aise son auditoire. Tous ces gens inquiets et que l'invasion rapide du pays déconcertait, refusaient encore de croire à l'évidence de la défaite. Quand il eut exposé sa conviction d'une inévitable et nécessaire collaboration avec « l'ennemi », il ne tarda pas à être suspecté d'appartenir à la 5e colonne (on appelait ainsi les espions accusés de s'être infiltrés en France à la faveur de l'exode) et d'avoir mission de préparer le terrain favorable.

Lise avait emprunté quelques livres à la bibliothèque de l'école. Elle les avait pris au hasard et, hormis une histoire de chien policier se déroulant dans le Grand Nord canadien, ils ne la passionnèrent pas. Dechabinchove choisit un soir où elle lisait sur la terrasse de l'hôtel pour entamer la conversation :

– Vous devriez demander *Jean-Christophe* à l'instituteur. Je suis certain que ce livre-là vous plairait !

Le lendemain, elle se rendit à la salle de classe où une grande armoire vitrée contenait une centaine d'ouvrages très divers. Elle trouva *Jean-Christophe*. Pendant toute une semaine, elle s'en régala. Pour la première fois, elle trouvait exprimée en un français mélodieux une pensée proche de la sienne.

– Alors, interrogea Dechabinchove quelques jours plus tard, ça vous a plu, n'est-ce pas ? J'avais bien deviné que vous étiez capable d'assimiler autre chose que les niaiseries que vous lisiez !

Il enchaîna sur l'amitié franco-allemande, sur l'entêtement des Anglais à prolonger un vain combat. Elle se sentait emportée par un courant trop fort. Cet homme l'intéressait dans la mesure où leur entourage l'avait accusé de traîtrise. Il représentait pour elle l'individu arbitrairement suspecté. Et aussi, ils avaient ce point commun d'aimer *Jean-Christophe*. Mais quelque chose, un instinct de conservation de l'âme, l'avertissait que ce courant où il semblait tenter de l'entraîner pourrait la mener bien au-delà de sa capacité de résistance. Elle n'avait pas le goût de la discussion, mais curieusement, Dechabinchove ne l'intimidait pas.

– Je ne suis pas aussi certaine que vous de l'attitude qu'aura Romain Rolland ! J'ai peur qu'en abondant dans le sens de la collaboration, on ne commette la même erreur que celle commise par la majorité des Français : confondre une fois encore Allemands et Nazis. Se soumettre aux nazis, c'est un peu trahir l'Allemagne !

Il ne répondit pas, mais la regarda bizarrement.

– Vous ne devriez pas moisir dans ce trou. A Paris, j'ai des relations ! Je pourrais, sous peu, vous trouver un travail intéressant. La presse va se renouveler, vous sauriez vous y intégrer. Je repars dans une semaine après avoir glané un peu de ravitaillement dans les fermes. De toute manière, je reviendrai. Réfléchissez à ma proposition !

Il ajouta :

– Et n'ayez pas d'illusions, petite fille ! Pour l'instant, il n'y a pas d'amitié possible avec les Allemands qui ne passe pas par l'acceptation du nazisme. Ils sont là, ce sont les vainqueurs ! Vouloir s'opposer à eux ne peut qu'apporter des malheurs supplémentaires !

Le lendemain, il frappa à la porte de la chambre de Lise.

– J'ai un bouton de chemise à recoudre, voudriez-vous m'aider ?

Elle avait dans son sac à dos un petit nécessaire de couture. Elle en tira une aiguille et du fil.
– Donnez ! dit-elle.

– Ce n'est pas la peine que je l'enlève, dit-il. Vous pouvez bien le faire sur moi.

Il précisa, ironique :

– Si ça ne vous choque pas !

Alors que, sur la pointe des pieds, elle s'appliquait à piquer les trous du bouton de nacre, il l'attira brusquement contre lui. Elle était petite et son nez s'écrasa sur l'estomac tiède de l'homme. Ce n'était

246

pas désagréable, mais elle se cabra et il n'insista pas, se moquant seulement :

– Rétive ?

Elle chercha ce qu'elle pourrait dire qui la tirerait définitivement de ce mauvais pas.

– Je suis fiancée, lança-t-elle, en une sorte de défi.

Dechabinchove s'esclaffa.

– Et alors, quelle importance !

Il lui mit deux doigts sous le menton et le releva vers lui en un geste à la fois tendre et protecteur, qui l'émut et la raidit davantage.

– Et naïve, avec cela, la demoiselle ! Vous êtes très amusante, vous savez ! Allez, finissez de recoudre mon bouton et je vous fiche la paix !

Ce jour-là, elle emmena promener Jan-Erik dans la campagne. Elle marcha au hasard pendant des heures. Elle voulait éviter de revoir Dechabinchove, de ressentir cette espèce d'émotion qu'elle avait éprouvée et qui la culpabilisait. Pourquoi avait-elle dit qu'elle était fiancée ? Ce n'était même pas exact ! Bien sûr, il y avait Jean, mais le mot fiançailles n'avait jamais été prononcé ; il n'y avait entre eux absolument rien de définitif et les hasards de la guerre pouvaient les séparer à jamais ! Jean vivait-il encore seulement ?

Les soirées d'été particulièrement chaudes de cette année 1940 favorisaient entre réfugiés les conversations tardives, de fenêtres à fenêtres demeurées grandes ouvertes jusqu'à la nuit tombée. Decha-binchove en profita pour dissiper le malaise que son geste du matin laissait planer entre Lise et lui. Il questionna sur le fiancé, contint son ironie condescendante.

Lise ressentait, à se raconter, un plaisir rarement éprouvé ; il savait trouver les mots gentils et fraternels gommant la méfiance et Joseph qui, de sa chambre, entendait des bribes de l'entretien, souhaita ardemment le rapide départ de cet homme qui paraissait prendre de l'ascendant sur sa fille.

A la mi-août seulement, le courrier fut rétabli avec ce qu'on appelait désormais la zone interdite. L'été ne voulait pas finir ! Danielle s'arrondissait et Jan-Erik prenait de bonnes joues rouges de petit Normand. La municipalité avait réquisitionné des chambres chez l'habitant pour loger les réfugiés. Leur logeur avait mal pris la chose et leur menait la vie dure mais sa fille, qui était leur voisine, essayait de compenser la méchanceté du vieux !

La charcutière leur avait prêté des verres, Monsieur le Curé des tasses, la grainetière des casseroles, la femme du notaire le lit de Jan-Erik, la femme du maire un pot à lait et l'adjoint avait donné des couvertures. Ils n'avaient plus rien à eux. Ils avaient tout laissé et, curieusement, Lise se sentait libérée. Pourtant, elle aimait les meubles, les tableaux, les livres et les bibelots abandonnés mais, obscurément, elle percevait que ne plus rien avoir à soi, c'était une manière de commencer une nouvelle vie, débarrassée des contingences qui, jusque-là, avaient encombré la sienne !

Parfois, elle entendait d'autres réfugiés se lamenter sur le linge ou l'argenterie demeurés dans leurs armoires ; elle ne pouvait pas les comprendre ! Ces gens ne réalisaient-ils donc pas combien avoir gardé la vie, des corps intacts, était un privilège dont ils auraient dû se réjouir, oubliant tout le reste !

Sur la place de l'église, le dimanche, après la messe, le garde-champêtre battait tambour avant de lire ses « avis à la population ». Ainsi annonçait-il le jour et l'heure où les allocations des réfugiés seraient payées. Joseph s'y rendait, la mort dans l'âme, depuis qu'il avait entendu certaine réflexion insinuant qu'on payait les réfugiés à ne rien faire ! Aussi aidait-il autant qu'il le pouvait la fille de son logeur, dans son commerce de grains. Sur son costume de tweed, il passait une blouse grise d'emprunt et transportait les gros sacs de jute d'un bout à l'autre des hangars.

Lise promenait Jan-Erik à travers la campagne, dans une poussette, empruntée elle aussi et Danielle ensachait des graines de légumes. La première lettre de Jean arriva à l'automne. Il avait tenté de passer la Somme à bicyclette et avait dû rebrousser chemin. Il était affecté au service de ravitaillement pour les civils et semblait submergé de travail. Presque tous les amis scouts et guides s'étaient trouvés dans le même cas, enfermés en zone interdite. Lise était donc une des seules en exil.

Frédéric les surprit un soir. Il avait été fait prisonnier à Calais et s'était facilement évadé presque aussitôt, les gardiens étant débordés par le nombre de soldats français qu'ils avaient à convoyer il s'était dirigé vers le village de Bazinghen et, coupant de nuit à travers les marais, se cachant le jour, il était parvenu à Slak où chez des fermiers on lui avait donné des vêtements civils. Une fois débarrassé de son uniforme, il avait éprouvé un grand soulagement. Il avait jugé prudent de rester quelques jours à la ferme. Mais, dès le début de juin, le danger devenant moins grand, il s'était rendu à Marquise, chez sa mère. Là, il avait trouvé le dernier message de Danielle lui annonçant son départ pour… Le Havre ! Il était donc inutile qu'il retourne à Boulogne. Le mieux était d'avoir rapidement des papiers en règle et, pour cela, de rester à Marquise jusqu'à nouvel ordre.

Lorsqu'à la fin août, les premières lettres étaient arrivées, il s'était mis en route. Dans le train, pour passer la Somme qui constituait la frontière entre deux zones militaires, il s'était entendu avec un ami ayant un Ausweiss (laissez-passer). Au moment du contrôle, ils s'étaient enfermés tous deux dans les toilettes, un seul était sorti avec le laissez-passer lorsque les gendarmes allemands avaient frappé pour demander les papiers. Frédéric était resté collé derrière la porte. Le truc était encore bon mais n'allait pas durer.

Il passa l'hiver en Normandie, trouvant à s'occuper dans les fermes. A Noël, Danielle accoucha d'une fille. Joseph avait obtenu du travail comme Inspecteur du ravitaillement. Il parcourait la campagne à bicyclette et s'adaptait à cette nouvelle vie qui le tenait en plein air, du soir au matin. Il avait trouvé à louer une maison à la sortie du village et ils avaient quitté sans regret leur logeur acariâtre qui s'était vanté dans le pays d'avoir foutu ses réfugiés à la porte. Sa fille était demeurée en bons termes avec eux et Lise, pour la remercier, donnait à ses enfants quelques répétitions d'anglais. Parfois aussi, elle l'accompagnait sur les marchés des environs et l'aidait à vendre les semences. Elle vivait en blouse de vichy et chaussée de sabots. Dechabinchove la trouva ainsi, un soir où elle rentrait de Domfront.

– Alors, on s'encroûte ?

Il y avait un rien de suffisance dans sa voix.

– On devient une bonne Normande ? Pas encore décidée à venir à Paris ? Enfin, ma proposition tient toujours, Paris ou même plus loin, si ça vous tente. J'ai des relations importantes, pensez-y et ne perdez pas votre temps ici, vous le regretteriez !

Chapitre 2

1941-1942

En Allemagne, dès sa mobilisation, Franz avait refusé de devenir gradé. Ses classes terminées en Forêt Noire et en raison de sa profession d'enseignant, on l'avait désigné pour l'instruction des nouvelles recrues. Il ne devait pas rester plus de deux jours à ce poste, son officier estimant qu'il ne hurlait pas les ordres convenablement.

C'était donc comme simple soldat qu'il s'était embarqué à Dantzig en février 1941, avec, pour destination, la Finlande et la Norvège arctique ; on l'avait affecté à une unité d'artillerie côtière. Participer le moins possible à cette guerre absurde, éviter de servir le régime abhorré, mais survivre, tel était son souhait, et le destin l'avait servi.

C'était à l'époque, où, au Grand quartier général d'Hitler, on préparait l'opération Barbarossa. De semaine en semaine, le rassemblement des troupes près de Kirkenes avait été croissant et les hommes qu'on regroupait là étaient destinés à prendre Mourmansk, le seul port sur la mer Blanche qui ne fût jamais pris par les glaces en raison du courant chaud du Gulf Stream ! C'était par Mourmansk que la Russie pouvait être ravitaillée. Déjà le Tsar, au cours de la première guerre mondiale, avait compris son importance.

Il avait fait construire la voie ferrée de 1 400 kilomètres qui reliait le port à Saint-Pétersbourg et, pendant deux ans, soixante-dix mille prisonniers allemands et autrichiens avaient participé à la construction de cette voie. Vingt-cinq mille d'entre eux y étaient morts du typhus, l'été, de froid et de faim l'hiver. Et c'était encore pour cette importance stratégique de Mourmansk et aussi en raison de la proximité des mines de nickel de Petsamo que, dans la nuit du 20 juin 1941, on les avait mis en marche vers l'Union soviétique.

C'était l'été et le soleil ne se couchait pas. Ces hommes ne soupçonnaient pas alors le grand abandon qui les attendait. Ils craignaient les combats, certains n'en rencontrèrent aucun et Franz fut parmi ceux-là. Rien ne se passa selon les prévisions du Haut commandement ; la route sur laquelle ils comptaient et qui leur semblait indiquée sur les cartes n'existait pas. Il s'agissait d'un tracé marquant les déplacements des Lapons dans la Toundra.

L'unité de Franz s'était arrêtée devant « la presqu'île des pêcheurs » et avait reçu l'ordre d'y rester. La campagne de Russie devait être une campagne éclair. Ils seraient rentrés pour l'hiver. La preuve : aucun équipement n'était prévu pour la mauvaise saison ! Mais Franz et ses camarades, heureusement, n'avaient pas gobé ces belles assurances venues d'en haut ! Ils s'organisèrent aussitôt ; ramassage de pierres pour édifier des abris, récolte de mousses pour en boucher les interstices, recherche de planches pour confectionner des toits, recouverts aussi de terre et de pierres.

A peine les abris étaient-ils construits que le gel scella les pierres au sol. Vingt-quatre heures de retard dans leur travail et ils seraient morts de froid sous leurs tentes individuelles ! Avec des boîtes de conserves vides, emboîtées l'une dans l'autre, ils confectionnèrent des tuyaux de cheminée et, bientôt, des poêles de fortune alimentés au bois réchauffèrent les abris. Dieu merci, le bois ne manquait pas !

Pendant ce temps, les autres combattants de cette même division de montagne, placée sous le commandement du général Dietl, à laquelle s'ajoutaient le 136e Régiment et le 388e d'Infanterie, ainsi que la SS du 9ᵉ d'Infanterie, avaient tenté de prendre Mourmansk. Mais dès la fin de septembre, l'hiver était là, avec sa première neige et sa grande nuit montante. Puis étaient venues les tempêtes… Il y avait eu des combats dans la tête du pont de la Litsa, bien à l'est de la presqu'île des Pêcheurs. Vers la mi-décembre, l'apogée du froid figea hommes et matériel.

La tourmente régnait sur les plateaux et sur les vallées. Toute tentative d'attaque des uns ou des autres s'était enlisée dans des difficultés insurmontables. Alors, les petits hommes verts et ceux d'en face aussi n'avaient plus pensé qu'à se terrer et à avoir chaud ! La vie s'était organisée sur cette terre désolée. La vie s'était organisée pour les petits hommes verts ! Dans ce désert de glace et de pierre, leurs silhouettes minuscules s'agitaient, nains perdus au bout du monde !

Au printemps de 1941, Frédéric reçut une proposition de travail d'un ami resté dans le Nord. Il s'agissait d'un comptoir d'armement à la pêche de Gravelines qui avait besoin d'un employé parlant bien l'allemand pour s'occuper des répartitions de poissons et veiller à en livrer le moins possible aux occupants. On lui fournissait un laissez-passer pour lui et les siens. Il saisit l'occasion.

Il trouva facilement une petite maison près de Gravelines. Le jardin qui l'entourait lui permettait de cultiver quelques légumes et le poulailler de guingois bien réparé accueillit rapidement une vingtaine de poules.

Un an plus tard, Frédéric eut l'occasion d'adopter un magnifique chien Terre Neuve, âgé de dix mois et dont le maître venait de mourir. Il avait toujours adoré les chiens et celui-ci vint parfaire son bonheur retrouvé. La grosse voix de l'animal avait attiré l'attention d'un officier allemand et de ses ordonnances. Ces derniers, que Frédéric rencontrait assez souvent, avaient aussi remarqué le poulailler et ils étaient venus demander à acheter des œufs. Ils rapportaient sagement les coquilles ainsi que des restes, glanés au mess et qui aidaient à nourrir la basse-cour. Le chien les intéressait vivement. Fluk leur faisait fête, mendiant le sucre ou l'os que les hommes lui offraient souvent. L'hiver passait.

Or, ces deux ordonnances, menant à Gravelines une existence relativement agréable, vivaient dans la terreur d'être mutés sur le front russe. Etre au mieux avec l'adjudant, se rendre sympathiques au Capitaine, c'était la garantie de leur quiétude. Leur capitaine aimait les chiens. Ses ordonnances savaient qu'il avait remarqué Fluk et qu'il allait fêter, fin mars, ses quarante ans.

Le Terre-Neuve de ce Français ne serait-il pas un magnifique cadeau d'anniversaire? Son maître accepterait peut-être de le vendre à un bon prix. Il avait du mal à le nourrir. Et deux gosses avec cela, pour lesquels il devait certainement passer par le marché noir! Ils firent leur offre à Frédéric.

– Vendre mon chien? N'y comptez pas!

Ils exposèrent leur projet. Frédéric se retint d'exprimer sa pensée : « Votre capitaine, je m'en fous »! Il dit posément :

– Cherchez une autre idée! Je ne changerai pas d'avis quand bien même vous me proposeriez dix fois son prix!

Ils revinrent plusieurs fois à la charge. Le Français parlait bien leur langue. Ils engageaient donc la conversation sur n'importe quel sujet puis glissaient insidieusement sur les difficultés de la vie, le besoin d'argent pour acheter de la laine ou du chocolat. Volontiers, ils y allaient du petit couplet sur la triste guerre. Ils montraient les photos de Madame et des enfants.

Un soir, Frédéric avait invité à souper Vanovel, son copain du contrôle postal qui s'était évadé avec lui. Vanovel et sa femme avaient apporté quelques bonnes bouteilles d'avant la débâcle et Frédéric avait sacrifié sa dernière réserve d'apéritif. Les fenêtres étaient bien obstruées mais des raies fusaient sous les rideaux lorsque passèrent par-là les deux ordonnances. Peut-être était-ce le bon moment pour réitérer leur demande ? Ils allèrent chercher une bouteille de cognac qu'ils gardaient dans leur chambre. Au moment de la prendre, un sous-officier, celui qu'ils appelaient « le vieux » et dont ils se méfiaient, entra dans la pièce. Il ne restait plus qu'à le mettre dans la confidence et lui exposer les plans stratégiques devant aboutir à l'achat du chien. Ils lui proposèrent de participer au cadeau et l'autre, flatté, accepta.

C'est donc à trois qu'ils gagnèrent la maison de Frédéric. Ayant frappé à la porte, ils trouvèrent l'excuse du filet de lumière qu'ils voulaient seulement signaler. La nuit était froide. Les soldats restaient sur le pas de la porte, visiblement intéressés par la joyeuse soirée qui semblait se dérouler chez le Français.

« Pauvres gens, pensait Frédéric, ils ont bien envie d'entrer » ! Pourtant, il hésitait : « Si ça se sait, je passe pour un collabo ! Déjà que je leur vends des œufs ! » La maison se refroidissait vite avec cette porte ouverte. « Tant pis ! Il fait noir, personne ne le saura et ils n'iront pas s'en vanter puisqu'ils n'ont pas le droit de fréquenter la population ! »

– Entrez, dit-il, vous mangerez le dessert avec nous !

C'était la première bombance de Frédéric et de Vanovel depuis l'invasion. L'ambiance était chaude, trop chaude ! Après saluts et congratulations, les trois compères s'installèrent à la table et déposèrent en son centre leur bouteille de cognac. Frédéric servait d'interprète mais glissait des commentaires en français qui faisaient s'esclaffer Vanovel et paraissaient contrarier « le vieux » ! Les deux autres étaient visiblement à l'aise mais pas lui ; il était vexé de ne pas comprendre ces plaisanteries qui faisaient rire les Français et, persuadé que ceux-ci se moquaient d'eux, il but moins que les autres. Danielle et la femme de Vanovel commençaient à s'inquiéter. Elles ne saisissaient pas ce que racontait Frédéric mais elles voyaient bien que les hommes étaient éméchés.

– Eh ! dit Vanovel, dis-leur qu'il n'a pas assez gelé ces deux dernières années pour pouvoir traverser le Pas-de-Calais. Il faut attendre un hiver plus rude.

Frédéric traduisit, leva son verre de cognac, porta des toasts en allemand, en anglais, en norvégien et en français :

– A la fin de cette foutue putain de guerre ! On est tous frères, mes enfants, tous fils de cette brave terre où pousse la vigne. Je vous aime bien, vous savez ! Mais mon chien non, faut plus en parler, surtout pas pour un officier de ce con d'Hitler !

Malheureusement pour Frédéric, il connaissait toutes les injures existant en langue allemande. Il n'en rata pas une. Les femmes entendaient les mots Hitler et Führer revenir en cascade. Le « vieux » blêmissait. Il intervint brusquement, ramassa les ordonnances chacune par un bras et les poussa dehors. Puis il sortit lui-même en claquant la porte.

Le lendemain, Frédéric fut convoqué à la Kommandantur pour interrogatoire. La déposition portait les trois signatures. Il ne nia pas et raconta exactement ce dont il se souvenait.

– Ce que j'ai dit, je ne m'en souviens pas. Ma femme prétend que j'étais complètement saoul. Vous ne pouvez pas tenir compte de ce que raconte un homme ivre ! Je me rappelle simplement que les soldats voulaient que je leur vende mon chien et j'ai refusé. C'est tout !

Un interprète vint trouver Danielle et l'interrogea.

– Je ne peux rien vous expliquer. Mon mari, sous l'effet de l'alcool, mélangeait toutes les langues.

– Führer, Hitler, vous avez bien entendu ces noms ?

– Pas spécialement. En allemand, tous les sons se ressemblent !

Ils ne l'inquiétèrent pas davantage. Frédéric fut condamné à deux ans de prison pour propos contre le Fuhrer ; Vanovel à un an. Danielle apprit de la bouche d'un habitant ce qu'un des deux soldats lui avait confié : « Je n'ai pas pu faire autrement que de signer cette déposition, j'avais des témoins de ma présence chez eux, surtout le « vieux ». Lui nous aurait dénoncés comme ayant approuvé le Français. Il nous a bien fallu nous ranger de son côté ! »

Elle ne les revit pas. Sans doute, leur bombance et l'alcool apporté chez des habitants hostiles leurs valurent-ils le départ en Russie tellement redouté ! Quatre hommes virent ainsi leur destin bifurquer à cause d'un chien.

Peu de temps après son internement à Loos, Frédéric subit un deuxième interrogatoire.

– Manfred Wilms ? Vous connaissez ?

– J'ai déjà entendu ce nom, mais je ne vois pas où et quand. Vous savez, j'ai connu tellement d'Allemands, avant la guerre !

— Justement, il se trouve qu'on a trouvé votre adresse dans les papiers de l'un d'eux. C'est un traître communiste que nous venons d'arrêter parmi un groupe de francs-tireurs français ! Quand avez-vous vu Manfred Wilms pour la dernière fois ?

— Je ne sais pas de qui vous voulez parler !

L'officier lui tendit une photographie. Il n'avait pas besoin de la regarder, il savait bien quel visage il allait contempler ; mais il savait aussi qu'il devait donner le change. Manfred était probablement arrivé en France juste avant août 1939. S'était-il joint à un groupe de résistance ? Sans doute, pour ne pas compromettre Frédéric, n'avait-il jamais voulu le contacter. Cher vieux Manfred, il était foutu !

— C'est vrai, dit Frédéric, j'ai connu cet homme-là. J'avais oublié son nom. Je ne l'ai pas revu depuis 1932. Nous nous étions rencontrés en Norvège.

— Vous savez que votre cas est grave. Si nous avions à choisir des otages, vous seriez sur la liste. Nous pourrions vous fusiller !

L'officier secoua la tête.

— C'est dommage, dommage que vous n'ayez rien à nous dire de plus sur ce Manfred Wilms ! Evidemment, j'ai toujours la possibilité de vous faire interroger par la Gestapo et de leur confier votre cas mais je n'aime pas me débarrasser d'un travail ni le confier à d'autres. Avez-vous été mobilisé en 1939 ? Pourquoi n'êtes-vous pas prisonnier ?

— J'ai été démobilisé avant de pouvoir être « ramassé ».

– Hum… fit l'officier. Pas certain. Beaucoup de vos compatriotes se sont évadés en juin 1940 mais, passons, ce n'est pas çà qui m'intéresse ! Où étiez-vous affecté ?

– Au contrôle postal !

– Connaissez-vous d'autres langues en dehors de la nôtre ?

Frédéric énuméra : anglais, norvégien, des notions de flamand.

– Vous êtes doué !

Il répéta : « Dommage » ! Il compulsa ses dossiers, griffonna quelque chose, puis reprit :

– J'ai une proposition à vous faire. Je me suis renseigné sur votre cas. Vous n'avez, à ma connaissance, aucune activité politique. Vous avez peut-être reconnu ce Manfred Wilms, mais je vous crois, vous ne l'avez pas revu. La Gestapo ne tirerait aucun renseignement valable en vous interrogeant.

Il eut un geste de la main qui balayait la table.

– Donc, reprit-il, inutile. Par contre, j'aime l'efficacité. Voici une proposition : vous êtes prisonnier politique, je vous l'ai dit ! D'une minute à l'autre, vous pouvez être considéré comme un otage et fusillé si un de vos compatriotes imbéciles commet un sabotage !

Il tapotait maintenant sur la table avec la pointe de son crayon.

– Voilà ce que je vous propose : l'Allemagne a besoin de travailleurs, et de travailleurs trilingues comme vous, encore davantage. Vous voyez ce dossier ? Ce qui a fait de vous un suspect, à cause de Manfred

Wilms, un prisonnier politique à cause de votre grossièreté envers notre Führer, donc un otage en puissance et, pour finir peut-être, un cadavre dans le trou ! Eh bien, ce dossier peut disparaître en quelques instants si vous signez cet engagement de travailleur volontaire !

Il lui tendit un imprimé.

– Ce n'est pas difficile. Vous pourrez passer quelques heures avec votre femme avant de partir. Mais n'essayez pas de nous fausser compagnie. C'est votre femme qui vous remplacerait. Après tout, elle était présente à ce repas !

Frédéric signa. Il fit prévenir Danielle. En hâte, elle prit le train pour Loos. En rase campagne, le train fut mitraillé par les avions anglais, le chauffeur de la locomotive tué sur sa machine. Danielle, allongée dans un fossé, près de la voie, couvrait de son corps le petit Jan-Erik et Katie qu'elle voulait amener à leur père. Ils échappèrent aux obus mais n'arrivèrent que le lendemain à Loos. Frédéric roulait déjà vers l'Allemagne.

L'officier respecta sa parole ; il n'était rien resté du dossier faisant de Frédéric un prisonnier politique et ce fut bien comme travailleur volontaire qu'il débarqua à Wannsee, dans la grande banlieue de Berlin. C'était là qu'en 1932 déjà, il était venu avec Manfred. Il y retrouva d'autres Français : ouvriers dont l'usine travaillait pour l'occupant et qui avaient été mutés en Allemagne sans qu'on leur demande leur accord ; chômeurs embauchés d'abord dans leur département, puis envoyés d'office aussi outre-Rhin. Quelques réels volontaires, mais bien peu. Tous ces gens-là, longtemps après, seraient mis dans le même sac et accusés d'avoir servi les nazis, l'ennemi.

Wannsee était alors un camp de transit où chacun attendait une affectation. Déjà, à cette époque, l'Allemagne importait une quantité de travailleurs et, par moments, ne savait pas trop où les diriger. Il se trouva que ce jour-là, le Lager Führer avait reçu une demande de postiers pour Breslau. Prenant connaissance de l'âge de Frédéric, il fut assez étonné de le voir figurer parmi les volontaires. En allemand, celui-ci s'expliqua : après sa démobilisation, il n'avait pas trouvé de travail valable. Il avait une femme, deux enfants...

Le lager Führer était ravi de n'avoir pas d'effort à fournir pour ce questionnaire et puis, le Français lui plaisait.

– Et, dans l'armée, qu'avez-vous fait jusqu'à votre démobilisation ?

– Contrôle postal, dit Frédéric, je parle aussi l'anglais et le norvégien.

Il n'en avait pas fallu davantage. Il était, le lendemain, parti pour la poste de Breslau.

Ceci s'était passé au printemps de 1942 et Lise vivait depuis presque un an à Paris. Non pas qu'elle eût accepté les propositions de Dechabinchove, elle ne l'avait jamais revu, mais deux événements l'avaient déterminée à quitter la Normandie : le départ de Frédéric et des siens et le remariage de son père.

Le travail de Joseph l'avait amené à conseiller une jeune veuve qui menait seule une exploitation agricole. Ils avaient sympathisé. Joseph s'était mis dans la tête d'offrir un nouveau foyer à sa fille en même temps qu'à la jeune femme. Lise avait souvent eu l'occasion de la rencontrer car elle prenait goût à la vie des champs et appréciait la vieille demeure bâtie près d'un étang où l'été elle allait parfois se baigner. Joseph avait profité d'un déplacement de quelques jours à Saint-Lô pour expliquer son intention à Lise dans une longue lettre.

Joseph et Lucie se marièrent donc peu de temps après le départ de Frédéric pour Gravelines. Lise s'installa au Prieuré avec eux. C'était vrai qu'elle s'adaptait vite à l'existence simple qui, depuis près d'un an, était la leur. La décision de son père l'avait surprise mais elle la comprenait ; il était encore trop jeune pour demeurer veuf ! Pendant assez longtemps, elle avait cru pouvoir lui donner le goût d'une bonne petite vie ensemble en attendant de se marier elle-même. Mais la guerre était venue là-dessus, avec ses déracinements. Pour elle comme pour lui, il fallait tirer un trait sur le passé. Chacun d'eux commençait une nouvelle vie. Elle en éprouva une tristesse où n'entrait aucune jalousie ou rancune, seulement l'impression d'avoir perdu quelque chose, sinon quelqu'un.

Elle vécut avec eux jusqu'à l'été, gardant toujours en elle le désir de rentrer en zone interdite. Ce retour, inévitablement, devrait passer par Paris. Aussi, lorsque tante Paule leur eut appris qu'on recherchait, dans la capitale, des monitrices pour les centres de jeunesse, insista-t-elle pour partir et travailler là-bas. Joseph s'y résigna ! Lise avait besoin d'une occupation valable et il ne pouvait pas faire obstacle à ce désir légitime pour une fille de vingt ans.

Paris la noyait. Elle avait déménagé plusieurs fois, traînant avec elle ses deux valises et son sac à dos par les couloirs du métro. Les jours de congé, il lui arrivait de marcher sans but, droit devant elle, ne sachant quelle rue choisir, avec cette conscience pénible que son choix n'avait pas d'importance, puisque personne ne l'attendait. Le désarroi de la solitude la prenait à la gorge.

Elle s'asseyait sur un banc, regardait passer un couple d'amoureux, une femme qui rentrait chez elle.

Les longues soirées d'été laissaient les fenêtres ouvertes sur la rue, des bruits domestiques lui parvenaient des étages ; elle imaginait les familles qui vivotaient là-haut, dans ce Paris de la guerre, aux prises avec les problèmes quotidiens de ravitaillement et de travail, et souvent tourmentées par l'absence du prisonnier. Par bouffées, les accents du *Dernier rendez-vous* et de *Marjolaine* palpitaient dans l'air poussiéreux. Elle en venait à envier la médiocrité de ces foyers inconnus.

Ce besoin d'une présence amie devenait une obsession. Du métro aérien ou du train de banlieue qu'elle prenait le samedi pour trouver quelque espace vert, son regard se collait aux fenêtres des habitations, quêtant l'image fugitive d'un bonheur domestique. Ses meilleurs moments étaient ceux qu'elle passait près de tante Jeanne, la vieille amie de Grete qu'elle avait retrouvée à Paris. Pourtant, la pauvre avait peu de temps à lui consacrer ! L'hôtel où elle travaillait regorgeait d'officiers allemands pour lesquels il avait été réquisitionné et leurs exigences valaient bien celles de sa riche clientèle des années trente.

Lise passait la porte tambour, apercevait la chevelure mousseuse de tante Jeanne au ras du comptoir d'acajou, recevait son sourire comme une caresse. Tout doucement, les blonds cheveux de tante Jeanne devenaient blancs mais le regard restait jeune, réconfortant, la voix chantait, comme le piano, jadis, sous ses doigts menus. Elle disait, tendant la clé de sa chambre :

– Monte là-haut, je te rejoins dès que je le peux, installe-toi !

Lise prenait l'ascenseur de service et gagnait la mansarde où tante Jeanne avait réuni ce qui restait de ses biens. La fenêtre donnait sur l'avenue Friedland. En se penchant un peu, on apercevait à gauche l'Arc de Triomphe et son drapeau à croix gammée. Les vastes voitures des officiers montaient et descendaient sur la chaussée, dépassant les vélos taxis et les tandems. Sur le trottoir, claquaient les semelles de bois des promeneuses.

La chambre était meublée d'un sofa, d'une très vieille commode et d'un chiffonnier de marqueterie. Aux murs, sur la cheminée, partout, il y avait des photographies, images de jeunesse où Lise retrouvait le visage de sa mère, images plus récentes des enfants de tante Jeanne, Marc et Simone. Sur la petite table de bridge, garnie d'un napperon que Grete avait brodé *dans le temps*, reposait une coupe de bois peinte de motifs à la rose, rapportée de Norvège par Grete.

Les albums de photos, empilés sur une console, racontaient en images jaunies et pâlissantes la jeunesse de Jeanne et de Grete à la *belle époque*. Elles étaient là, en baigneuses 1900 ou chapeautées outrageusement pour une excursion à Folkestone ou encore patins aux pieds sur les marais gelés de Bazinghen. Puis venaient les photos de la guerre 1914, infirmières de la Croix-Rouge, officiers anglais, blessés convalescents, distribution de café aux soldats, en gare de Boulogne.

Lise, attendant tante Jeanne, parcourait les albums, passait d'avant-guerre à l'après-guerre, se retrouvait enfant, sa main dans celle de Papa Magnus qui trônait dans son fauteuil à bascule, entouré de ses petits-enfants français. Frédéric avait son air insolent et moqueur, son air de bravade tandis que cousine Laurette fixait le photographe de son calme regard détaché !

Puis, tante Jeanne venait bavarder un petit quart d'heure. Elle passait un coup de téléphone aux cuisines : « Vous seriez gentils de me faire monter deux thés » ! Le thé était bon. L'hôtel bénéficiait des meilleurs produits. Tante Jeanne le servait dans ses fines tasses de porcelaine de Chine. Elle faisait griller des toasts, accompagnés de vrai beurre, de vraie confiture. Ce petit goûter, dans la mansarde de l'hôtel occupé, prenait des allures de repas de luxe, de repas d'une époque révolue mais si proche encore !

Lise savourait le tout. Le parfum du thé, la transparence de la tasse, l'argenterie sur la table. Le soir, elle retrouverait la toile cirée, les couverts en métal noirci, les bols épais et la cuisine de cantine. Ses visites chez tante Jeanne étaient une intrusion dans un passé auquel elle ne se cramponnait pas mais qui la marquait encore, un retour au bien-être de son enfance.

Lorsque sa vieille amie ne se trouvait pas à la réception, elle l'attendait dans le salon de velours rouge qui s'ouvrait sur le hall, face à la salle du restaurant. De là, elle voyait passer les officiers, en joyeuse permission de détente, et les femmes soldats, vêtues de gris des pieds à la tête. Un jour, l'une d'elle la regarda avec insistance. Il y avait dans son visage un je ne sais quoi, qui évoquait chez Lise un souvenir confus, l'impression de l'avoir déjà vue mais où ? Elle n'avait jamais été en Allemagne ! Jamais non plus connu d'Allemande.

Elle s'imaginait parlant avec cette « souris grise ». Le personnel de l'hôtel ne comprendrait pas. Tante Jeanne elle-même serait peut-être contrariée ! Cette fille appartenait aux légions occupantes ! Elle pensait à Frédéric : ce qu'il s'en moquerait, lui ! Un soir, la croisant dans le hall, elle avait eu l'impression que l'étrangère l'avait devinée, que la prochaine fois, elle trouverait les mots d'où sortirait, en pleine guerre, une possible amitié ! Une amitié qui serait en même temps un défi !

Il n'y avait pas eu de prochaine fois ! Tante Jeanne lui avait annoncé, indifférente :

– Tu sais, mes « souris grises » ? Envolées ! Mais il va en arriver d'autres, c'est certain !

Qu'importait à Lise qu'il en arrivât d'autres ! Elle avait l'impression de perdre une amie. Elle ne savait même pas son nom ! Elle ne le saurait jamais mais, stupidement, elle ressentit la peine d'une nouvelle séparation.

Il y avait, au numéro 4 de la rue Doudeauville, au fond d'une cour, une salle d'œuvre qui était le siège du Centre de Jeunesse Jean Mermoz ; c'est là que Lise avait été affectée comme monitrice après un mois de formation à Boussy-Saint-Antoine et un court stage dans un centre du quartier de la Madeleine.

Elle y était arrivée, imprégnée des beaux exposés sur les centres d'intérêt, l'absence de sanctions, le pluralisme, etc. Rien de tout cela n'était applicable à Doudeauville. Elle y avait trouvé tous les échantillons possibles d'adolescentes, depuis la petite fille « bien », les illettrées, les tarées jusqu'aux grandes bringues qui commençaient à faire le trottoir. Des abandonnées surtout mais de pauvres gosses au fond !

Quant au quartier, rien n'avait changé depuis *Le péché du monde* de Van der Meersch. Elle y avait tout retrouvé, même des cœurs purs et l'ambiance et l'odeur de la pauvreté et les sœurs de la rue Stephenson avec leur cantine et la faim qui minait tout ce peuple grouillant aux chaussures à semelles de bois qui claquaient comme un hallucinant thème musical pour un film triste.

Elle les avait bien aimées, « ses filles » ! L'équipe de monitrices était devenue sa famille et, cependant, elle les avait abandonnées. C'est au début de l'été qu'elle avait pris sa décision. Peut-être les exigences de la vie de famille lui manquaient-elles plus qu'elle ne l'eût imaginé ? Cette liberté dont elle disposait, s'il lui arrivait parfois de l'apprécier, lui pesait aussi ! Et puis, il y avait d'autres motifs à son désir de retourner au pays ; périodiquement, lui venaient des nouvelles des bombardements dont les populations de la zone rouge du littoral étaient les victimes. Ses camarades d'adolescence étaient demeurées là-bas. Jean aussi y était !

A Paris, où les effets de la guerre ne l'atteignaient pas, elle avait honte de sa tranquillité. A vingt ans, elle se trouvait planquée, en quelque sorte ! L'idée d'entrer dans un mouvement de résistance ne l'effleurait même pas. Ceux dont elle entendit parler bien vaguement lui parurent surtout guidés par un objectif nationaliste. « Il fallait bouter les Allemands hors du territoire sacré » ! Cela ne correspondait pas à ses aspirations. Elle voyait les résistants comme des excités qui tuaient des officiers allemands au hasard et devenaient en partie responsables des exécutions d'otages que les affiches annonçaient peu après.

Peut-être qu'à cette époque, si les hasards de la vie l'avaient rapprochée d'un Marcel Gitton qui travaillait en contact avec des « résistants allemands » et qui fut exécuté le 4 septembre 1941 ou d'un Gabriel Péri qui, le 15 décembre, tomba sous les balles nazies en criant : « Vive l'Allemagne libre ! » peut-être que tout aurait été différent pour elle !

Mais non, elle vivait sans exaltation, préoccupée d'attraper le dernier métro de 23 heures lorsqu'elle allait au cinéma ou préparant les camps de fin de semaine où elle tentait d'entraîner « ses filles » pour leur donner le goût du plein air ; appréciant son Viandox dans un bar, en hiver, détestant le fromage blanc au goût de désinfectant dentaire qu'elle mangeait sur un banc, à Pigalle, en été.

Au jardin du Luxembourg, elle regardait pousser les légumes qui remplaçaient les parterres. L'hiver 1941-1942 fut très rude. Lise accompagnait les équipes qui allaient à la cantine cherche la soupe et le sempiternel ragoût de rutabagas dans les marmites de fer blanc ; elle aidait à leur transport. Le jus brûlant coulait sur les doigts ; la plupart des filles n'avaient ni gants ni moufles et leurs chaussures légères se détrempaient dans la neige. Les monitrices tentaient de fabriquer des chaussons qui puissent protéger un peu les pieds gercés.

Sa vie nouvelle qui, chaque jour, lui apportait la révélation des misères insoupçonnées mais proches, reléguait les grands événements de la guerre au second plan. Depuis un an, elle correspondait régulièrement avec Jean mais ne l'avait pas revu. A plusieurs reprises, elle lui avait demandé d'essayer de lui trouver du travail en zone rouge. Elle ne savait pas s'il désirait vraiment qu'elle rentrât et elle considérait un peu le résultat de cette démarche comme une sorte de test quant aux sentiments que Jean éprouvait pour elle.

L'hiver et le printemps avaient passé sans qu'aucune proposition ne lui parvienne. Lorsque les choses avaient pris un mauvais aspect pour ses juives, une idée avait commencé à germer en elle. Un jour, alors qu'elle revenait avec l'une d'elles en métro, de la rue des Vinaigriers où elles étaient allées prendre livraison d'un matériel particulièrement saugrenu (une gouttière pour jambe cassée), la petite Henriette, une douce fille destinée par sa mère à la prostitution et qui tentait d'y échapper s'était confiée à elle. Lise ne devait jamais oublier ses paroles !

– M'zelle Lise, on dit que j'suis juive parce que je m'appelle Guldenberg mais est-ce que je sais, moi, qui est mon père ? Peut-être bien qu'il n'est pas juif du tout ! Ma mère, elle veut que demain, je couche avec un type, elle me battra si je refuse ! Qu'est-ce que vous feriez à ma place ?

Et sans attendre :

– Ce que j'suis bête ! Vous ne pouvez pas répondre ! Ma place, vous ne pouvez pas imaginer c'que c'est ! Quelquefois, je m'demande si ça ne serait pas mieux pour moi qu'les Allemands m'emmènent travailler chez eux. On dit qu'ils vont l'faire. Si ça arrive, j'aurais bien aimé qu'vous veniez avec nous ! Ça s'rait pas possible dîtes ?

C'était début Juin. Lise avait songé toute la nuit à cette conversation : au fond, si Jean n'insistait pas pour qu'elle rentre, pourquoi pas ? Elle n'avait jamais revu Dechabinchove mais elle avait son adresse. Il se débrouillerait bien pour lui trouver un poste quelconque en Allemagne. Mais, le lendemain, il y avait une carte de Jean au courrier : « Je t'ai trouvé un travail, un Centre de jeunesse doit ouvrir en septembre. Reviens au plus vite ! »

Elle avait fait une demande de laissez-passer, prétendant devoir rencontrer son notaire pour régler la succession de sa mère puisqu'elle était majeure. Comme elle avait promis d'assurer la colonie de juillet, elle voulut régler cette histoire d'Ausweiss rapidement. Au bureau de délivrance, le destin la manqua curieusement une deuxième fois. A cette époque, pour toute pièce d'identité nouvelle, il fallait donner les noms de ses grands-parents.

– Humlum, fit l'employé français, soupçonneux, mais ça sonne juif, ça !

– Mais non, mon grand-père était norvégien !

– Attendez, je vais voir !

Et il se dirigea, le regard « important », vers l'employé allemand qui occupait un bureau dans le même service. Il n'eut pas à s'expliquer longtemps.

– Ach ! bougonna l'occupant. Das ist nicht wichtig (Pas d'importance ! Laissez tomber)

Le fonctionnaire français semblait plutôt déconfit et, pour se venger, il indiqua sur la carte : cheveux décolorés, ce qui était alors le signe d'une tentative illégitime d'assimilation à la race aryenne. Lise ne soupçonnait pas alors de quelle ornière un fonctionnaire allemand inconnu l'avait tirée !

Le 15 mai, les jeunes juives du Centre avaient été convoquées pour recensement et, le 1er juin, elles avaient reçu l'ordre de porter l'étoile jaune à partir de la semaine suivante. Le 8, elles étaient arrivées rue Doudeauville, encore tout excitées par le défilé de protestations des femmes juives qui s'était tenu entre la Goutte d'Or, Barbès, La Chapelle et, le 1er juillet, elles partaient avec les monitrices à la colonie de vacances organisée par le Centre au Vaux de Cernay, dans la vallée de Chevreuse, échappant ainsi à la rafle du 16 juillet dont elles n'eurent connaissance que beaucoup plus tard.

Lise les quitta à la fin de ce même mois pour regagner Boulogne. Elle avait éprouvé un certain remords en les laissant. Elle les savait menacées, mais de quoi exactement ? Le travail forcé en Allemagne ? Comme l'avait dit la petite Henriette, « serait-ce pire que leur vie actuelle » ?

Les paroles du capitaine de Hambourg, qui avait fui l'Allemagne nazie en 1934, les craintes exprimées par Frédéric, les émigrés quittant l'Europe au fond des cales de paquebots qui escalaient en rade de Boulogne quelques années plus tôt, tous ces signes s'étaient estompés. On avait bien parlé de camps d'internement mais le mot « camp » n'évoquait alors rien de bien précis et rien d'atroce en tout cas !

Plus tard, elle prendrait conscience d'avoir été comme la rescapée d'un naufrage, agrippée à sa planche et refusant de voir ceux qui se noyaient autour d'elle ! A cette époque de sa vie, elle avait souvent eu l'impression de vivre en sursis ; avant d'être fauchée, il lui fallait tout connaître : l'amitié, l'amour, la maternité… Pour l'amitié, elle croyait encore que c'était chose faite, l'équipe du Centre l'avait comblée ! Restaient l'amour et la maternité ! Mais elle devait faire vite et cette hâte, cette curiosité, cette gourmandise de la vie l'avaient poussée aux épaules vers un autre rivage.

Au cours de l'été 1942, elle se maria à Boulogne. Joseph, qui avait pris le train pour assister à la cérémonie intime, fut refoulé en route : ce jour-là, les Canadiens avaient tenté un débarquement à Dieppe. Toute la zone rouge était en alerte ; personne ne pouvait y pénétrer. Frédéric était en Allemagne. Ainsi, les deux êtres qui avaient le plus marqué son enfance furent-ils absents lorsqu'elle prit le premier tournant de sa vie. Une année plus tard naquit Edith, son premier enfant.

Else venait de quitter Paris. Elle avait, au cours des derniers mois, visité tous les lieux dont Franz, quelques années plus tôt, parlait avec enthousiasme. Elle avait appris à se reconnaître dans le dédale des souterrains du métro, récitant les noms des stations comme une litanie. Elle les prononçait à mi-voix, pensant à son frère, songeant aux hasards de la guerre qui l'envoyaient dans un pays qu'il aimait, tandis que lui-même passait sa deuxième année dans cette Laponie qu'elle avait rêvé de connaître.

Mais ce n'était pas ce genre de tourisme que l'un et l'autre auraient souhaité pratiquer. Combien lui pesaient les regards hostiles ou indifférents croisant le sien tandis qu'elle se promenait dans la ville occupée, prisonnière de sa tenue grise qui gâtait tout plaisir. Elle en venait à souhaiter l'instant où, rentrant dans son hôtel de l'avenue Friedland, elle passait devant la réceptionniste qui, elle, répondait aimablement à son bonsoir.

La présence de cette petite femme grisonnante et distinguée, derrière son bureau, lui rendait l'illusion d'un retour à la maison.

Elle aurait aimé s'arrêter un peu avant de monter l'escalier et lui dire quelques mots. Derrière les lunettes, la vieille dame avait les yeux d'un bleu très doux qui lui rappelaient Oma ; elle aurait voulu lui demander pardon d'être là, en uniforme et aussi lui dire merci pour son regard sans haine.

Mais Else n'osait pas ! Jadis, aux rendez-vous de Hambourg, elle aurait pu nouer des liens avec ces Français qu'elle y rencontrait ! Ce garçon qu'elle admirait tant et dont son cœur d'adolescente avait gravé le prénom à jamais dans son souvenir : Frédéric ! Où était-il maintenant ? Qu'étaient devenus tous ces gens ? Et la famille norvégienne ? Tous des ennemis ! Avec un peu d'audace, oui, elle aurait pu, mais il était trop tard !

Il lui était arrivé de croiser, dans le hall de l'hôtel, une jeune fille qui venait rendre visite à la réceptionniste, l'embrassait et l'appelait tante Jeanne. Elles s'étaient ensuite rencontrées assez régulièrement. Else, la souris grise, l'autre portant sur son blouson l'écusson des monitrices d'un Centre de jeunesse. Elles ignoraient respectivement leurs noms mais leurs regards s'accrochaient. Vers la fin de février, elles se souriaient. Quelques jours de plus et elles allaient se parler, forcer le destin, oublier la guerre ! Affronter l'opprobre ! Encore une semaine et elles seraient devenues amies, malgré tout ! Plus rien d'autre ne les concernait que cette amitié possible qui voulait éclore ! Mais, dès les premiers jours de mars, Else fut informée de son transfert en zone rouge (zone interdite du Nord de la France et renforcée sur le littoral). Elle n'allait plus revoir la jeune française. A la tante Jeanne, au moment de quitter l'hôtel, elle avait dit simplement, à la hâte, les yeux baissés :

– Je regrette de partir, Madame, vraiment, je regrette beaucoup, je regrette…

Elle avait fait un geste imperceptible, montré son uniforme et ajouté :

–... Tout !

Une fois de plus, le destin est ironique ! Else a été nommée à Boulogne et cette ville ne lui est pas tout à fait étrangère. Elle se souvient parfaitement avoir entendu son nom quelques années plus tôt, aux rendez-vous de Hambourg. C'était la ville natale de Frédéric à qui Franz avait parlé jadis et qu'il avait cherché à retrouver en 1935.

Elle habite en haute ville et travaille comme secrétaire à la Kommandantur. Presque en même temps qu'elle, sont arrivés dans Boulogne des travailleurs belges et hollandais et des requis civils qui vont couler, tout au long de la côte, murs de béton et forteresses. L'hiver se traîne, la neige est tombée au début du mois puis sont venues les pluies glacées et le brouillard.

La population semble être habituée aux alertes aériennes. Les avions anglais survolent souvent la ville et mitraillent les vedettes et les bateaux de guerre massés dans les bassins du port. Les rues de la basse ville portent les traces des bombardements successifs, subis depuis bientôt deux ans ! Pour Else, c'est vraiment le premier visage de la guerre. A Strasbourg d'abord, à Paris ensuite, la vie était paisible, un peu comme si la guerre n'était qu'une hallucination de l'esprit.

1er avril ! Else a reçu ce matin des nouvelles des siens. Maria a trouvé du travail à l'hôpital et Heinrich dans une petite fabrique de sous-vêtements. Il a assez de temps libre pour aider Oma et Opa à cultiver leur jardin. Küken sacrifie toujours ses études à ses activités de la Hitler Jungend. Ce n'est pas dit explicitement dans la lettre mais Else a bien compris ainsi : « Notre Sophie est toujours trop occupée pour que son travail scolaire n'en pâtisse pas, elle apporte à ce qu'elle fait un grand dévouement. » De Franz, on ne sait pas grand-chose si ce n'est qu'il est toujours en Laponie. Il n'espère pas de permission avant la fin de l'année! Ses parents lui donnent aussi des nouvelles de Mika, infirmière dans un hôpital à Dresde. Wolfgang est sur le front de l'Est depuis janvier.

Cela, elle le sait bien, il lui a écrit depuis. Elle l'avait rencontré à Konstanz, lors de sa permission à Noël. Franz, déjà, était dans l'Arctique depuis plusieurs mois. Ils étaient allés se promener en Forêt Noire, seuls tous les deux, avec leurs souvenirs d'adolescents, si unis en esprit qu'Else, craignant de se tromper sur leurs sentiments, s'était refusée à y reconnaître l'amour.

Depuis, elle regrette d'avoir laissé repartir Wolfgang, d'avoir gâché sa dernière soirée de permission. Est-ce le ciel de printemps qui, aujourd'hui, augmente son remords! Elle se reproche d'avoir maîtrisé, une fois de plus, les élans de son être et pourquoi? A quoi bon demeurer raisonnable dans un monde où tout est déraison? Ce soir même, elle écrira à Wolfgang. Elle fera une longue lettre pleine de projets pour la prochaine permission. Elle s'exprimera sans fausse honte et sans respect humain.

Qu'il fait doux tout à coup, en ce premier jour d'avril! Else a fait quelques courses en ville. Dans un magasin, elle a vu en vitrine un joli foulard de cotonnade, dessins cachemire sur fond rouge qu'elle voudrait acheter pour les 17 ans de sa sœur. Elle savoure le soleil, revenu après une longue période de brouillard, ce ciel clair d'un bleu très fin, léger, dont elle ne soupçonne pas un instant la perfidie. A la porte du magasin, un bébé dans sa voiture attend en gazouillant que sa mère ait achevé ses achats. La porte de la boutique est étroite et sans doute était-il difficile d'y faire passer le landau.

L'enfant la regarde et lui tend les bras. Il a, sur le front, des boucles blondes que la chaleur colle à sa peau moite. C'est le bébé Küken qui est là, brusquement surgi de sa mémoire, un Küken innocent et tendre! Oh! Küken! Comme je les hais pour avoir fait de toi cet être dur, pour avoir pris ton esprit et ton cœur et t'avoir réduit à cet état de robot imbécile! Et à l'instant où son destin va se jouer, c'est la colère ranimée par le souvenir de Küken qui envahit son âme. Au moment où tombe la première bombe, c'est sur le bébé qu'Else s'abat. Il hurle, mais il vit! C'est le dos de l'Allemande qui l'a protégé! Quand on la retire, ses lèvres sont encore sur la joue de l'enfant, éclaboussée de sang.

Elle reprenait peu à peu conscience, elle voyait au-dessus d'elle le visage d'un des secouristes qui la transportait sur une civière, un très jeune garçon. Malgré l'extrême lassitude qui s'emparait d'elle, elle avait soudain envie de parler, de communiquer! Ce qu'elle regrettait le plus, lorsqu'elle regardait en arrière, vers les années enfuies, c'était bien de n'avoir jamais su s'extérioriser. Ainsi sa vie était pleine de mots qu'elle aurait dû dire ou écrire ou de gestes qu'elle aurait dû faire au moment opportun; mais quelque chose l'avait à chaque fois arrêtée, empêchée d'être vraiment elle-même et son existence était faite d'occasions perdues, d'élans intérieurs demeurés stériles!

Pourquoi n'avait-elle jamais su s'exprimer? Pourquoi n'avait-elle jamais réussi à se libérer de cette gêne qui nouait sa gorge et paralysait ses lèvres? Ses parents! Comme elle les aimait! Mais l'avaient-ils su? S'en étaient-ils jamais rendu compte? Ce jeune homme français qu'elle rencontrait aux rendez-vous de Hambourg, pourquoi avait-elle détourné les yeux chaque fois qu'il la regardait? Et cette jeune fille, qu'elle avait croisé si souvent dans le hall de l'hôtel, à Paris? Pourquoi n'avait-elle pas tenté de lui adresser la parole? Son uniforme peut-être, la crainte de n'être pas comprise? Non, il y avait autre chose, cette sensation de l'inutilité des mots et des gestes ; ce refus d'orienter son propre destin ! Une sorte de détachement ! Et maintenant, il était trop tard, trop tard pour dire, trop tard pour embrasser, trop tard pour être à Wolfgang, trop tard pour tout !

Elle était étonnée qu'on se soit occupé d'elle, une souris grise ! Elle savait bien comment on les appelait ! Ce n'était pas méchant, d'ailleurs une souris ! Elle fit un effort pour parler, dire quelque chose de banal. Impuissante à trouver les mots dans cette langue qu'elle pratiquait si peu, elle murmura :

– Je vous remercie de vous déranger pour moi !

Puis, tandis qu'elle s'en allait, allongée entre les brancards, brinqueballée par-dessus les gravats, les excavations et les morts dont elle entrevoyait les visages figés, gris de poussière, marbrés de sang, elle pensait que ce n'était là qu'une vision fragmentaire des horreurs de la guerre. Elle n'était, elle, qu'un de ces insectes broyés par le pas d'un géant. Elle pensa aux fourmis qu'on traquait dans le jardin d'Oma. Les humains, dans une guerre, ne comptaient pas davantage !

Elle se mourait et l'importance des choses décroissait à mesure qu'elle s'acheminait vers le terme de son existence. On avait posé la civière à terre. Elle n'avait plus la force de soulever un bras mais son esprit gardait toute sa lucidité. Elle pensa encore : « J'ai de la chance, je ne souffre pas, je meurs en plein air, tandis que d'autres étouffent sous les décombres et je vois clair, j'entends… » Elle avait toujours eu la foi ; sans être pratiquante, elle croyait en un au-delà mystérieux auquel elle se livrerait en confiance. Elle dit tout haut et en allemand :
– Je me demande bien ce qu'il y a derrière ?

Puis, les images du passé s'accélérèrent. Elle avait huit ans et des nattes. C'était une jolie sortie où l'institutrice les avait emmenés, au pied des Monts de la Forêt Noire. Ils avaient marché à travers les forêts et, à l'auberge où ils s'étaient arrêtés, on leur avait offert des bouteilles d'eau minérale. Ces bouteilles d'eau fraîche, pétillante, quel luxe elles avaient représenté pour ces enfants assoiffés si peu gâtés au jour le jour. Quelle magnificence !

– De l'eau, dit-elle encore, s'il vous plaît, j'aimerais boire !

En Norvège, la situation s'était durcie au cours des mois qui avaient suivi l'invasion. L'occupant nazi ne comprenait pas ce peuple à qui il tendait la main, prodiguant les marques de fraternisation. Les Norvégiens étaient décevants ! Dans toutes les couches de cette population, ils rencontraient une volonté, un entêtement, un refus de collaboration sincères.

Le président de l'Association des armateurs avait été arrêté ; les organisations d'agriculteurs se cabraient. Dans l'enseignement, élèves et professeurs unis et sur la défensive, se montraient d'une méfiance irritante.

Harald vint à Oslo pour Noël ; un jeune vicaire le remplaçait à Aalesund. Ingrid attendait un bébé pour le printemps et Hilda avait sacrifié toutes ses réserves pour que la fête apporte à tout le monde un souvenir des jours de paix. Johannès n'était pas encore bien vaillant et il fallait redouter pour lui les conséquences d'une sous-alimentation qui ne tarderait pas à survenir si la guerre durait encore longtemps. Mais il paraissait si joyeux d'être chez lui en famille qu'on oublia en ce jour la maladie qui l'avait miné. Au dessert, Harald dit soudain :

– Savez-vous à qui je pense à cette minute ? A ceux de France, bien sûr, mais aussi à ceux que nous appelions ceux d'Allemagne lors de nos rendez-vous à Hambourg ! Souhaitons que nos pensées les rejoignent tous en ce jour.

Ingrid revoyait leurs visages. A Hambourg, en 1934, elle avait donné son adresse aux jeunes Allemands. Si la guerre les menait en Norvège, oseraient-ils lui rendre visite ? Même sous l'uniforme, elle n'aurait pas hésité une seconde à les accueillir ! Elle regrettait maintenant de n'avoir pas fait suffisamment d'efforts pour les connaître davantage lorsque c'était possible ! Souvent, lorsqu'elle croisait dans les rues les soldats occupants, elle éprouvait plus de pitié que de rancune. Il lui semblait qu'aimer son pays, c'était souffrir de ses fautes. Elle se demandait aussi quelle serait la réaction de Leif devant une telle rencontre !

Ce dernier s'était mis en rapport avec les membres du Front intérieur de résistance nouvellement créé et Ingrid vivait dans la crainte de le voir arrêté. Elle ne le croyait qu'à demi lorsqu'il assurait qu'il ne risquait rien et que son rôle était insignifiant ! Elle aimait Leif un peu comme, adolescente, elle avait aimé Finn ; rien de commun avec ce qu'elle avait ressenti pour Erling ! Mais son tempérament énergique l'avait aidée à refouler ce qu'elle considérait maintenant comme une sentimentalité excessive et, peu à peu, elle était parvenue à une certaine sérénité, une quiétude de l'âme éprouvant désormais le besoin permanent de la présence de Leif et de son appui. Elle avait en lui une confiance absolue qui la rendait vulnérable à toute déception !

De le voir prendre des responsabilités qui l'écartaient d'elle et pour lesquelles il semblait se passionner, la mettait mal à l'aise et faisait naître en elle une sourde irritation qui gâtait la joie de sa proche maternité. Son fils, Henning, naquit en avril 1941. A cette époque, des amis de Leif avaient été arrêtés ; d'autres, nombreux, s'étaient embarqués, d'abord pour les Lofoten et, de là, avaient gagné l'Angleterre. Là-bas, se reconstituait un noyau de troupes norvégiennes. Les aviateurs étaient dirigés sur le Canada où ils étaient formés dans des camps d'entraînement, en vue d'un débarquement futur.

A Oslo, la grève du lait avait servi de prétexte pour arrêter des syndicalistes ouvriers et, le 31 juillet, l'état d'exception était proclamé. Le recteur de l'Université et des professeurs, anciens camarades de collège de Johannès, furent envoyés à la prison de Victoria Terrasse. En septembre, de nombreuses exécutions exaspérèrent la population. Leif n'en pouvait plus. Sa femme était enceinte une nouvelle fois et cette seconde maternité lui apparaissait absurde. Il s'en voulait mais s'irritait aussi de la fécondité d'Ingrid. Il avait espéré trouver un moyen de gagner en famille l'Angleterre ou la Suède afin de laisser les siens en sécurité et de pouvoir enfin rejoindre les forces libres.

Cette future naissance réduisait à néant tous ses projets. Et puis, il n'aimait pas voir le corps d'Ingrid déformé. Il éprouvait une sorte d'aversion pour cette mutation passagère mais si disgracieuse. C'est à cette époque qu'il l'avait trompée ! Elle en eut l'intuition qu'elle refoula désespérément, se cramponnant à l'espoir que seules ses activités de résistance le tenaient si longtemps et si souvent le soir, hors de la maison.

Plus tard, lorsqu'elle en eut confirmation, cette certitude ne l'éloigna pas de Leif. Non pas que cela lui parût être sans importance mais elle estima seulement cette épreuve comme une peine supplémentaire s'ajoutant à celles qui, successivement, les avaient atteints dès la troisième année de la guerre et surtout une immense déception ! Elle avait cru Leif plus fort, plus loyal. Il avait été faible et il avait menti. Dorénavant, elle le considérerait différemment, avec plus de détachement peut-être mais, pas une minute, elle n'envisagea de vivre sans lui.

Dès le début de 1942, les décisions du gouvernement de Quisling, portant atteinte à la liberté de l'enseignement, furent très mal accueillies par la population. Le frère de Leif était instituteur et toute la famille put suivre les manœuvres tendant à soumettre les enseignants aux nazis. Tout d'abord, ils reçurent l'ordre de se faire inscrire comme membres d'une corporation professionnelle d'instituteurs.

C'était un premier pas vers une tentative de créer un état corporatif qui légaliserait le gouvernement Quisling et signerait la paix. C'était aussi une tentative pour gagner à la cause nationale socialiste les enfants et la jeunesse pour qui il fut décrété que tous, de 11 à 18 ans, devaient servir dans la jeunesse du Parti. La grande majorité des instituteurs refusa alors de s'inscrire, soutenue par les parents et les pasteurs. Le frère de Leif était parmi eux.

Dès le 20 mars, il fut arrêté et envoyé à Trondheim, en représailles, dans un camp d'entraînement physique qui devint rapidement un camp de travaux forcés, avec quelques centaines d'autres enseignants. Ils avaient voyagé dans des wagons à bestiaux glacés. A Trondheim, on les avait embarqués à plus de cinq cents sur un transporteur équipé pour 150 passagers et qui les avait conduits à Kirkenes.

Ils restèrent là jusqu'en août, la maladie faisant des ravages dans le camp de conditionnement. La plupart furent rapatriés pour l'hiver et un *statu quo* s'établit entre le gouvernement Quisling et les enseignants. L'Eglise apporta un soutien vigoureux aux instituteurs. Aussi, les évêques furent-ils congédiés et celui d'Olso arrêté! Le jour de Pâques, Harald, comme presque tous les pasteurs, avait déclaré publiquement qu'il déposait son emploi officiel.

Ce même printemps 1942, la côte Ouest fut le théâtre d'attentats et de représailles. Des postes émetteurs, tout au long du littoral, renseignaient les Anglais et des commandos britanniques débarquaient parfois. Ce fut ce printemps-là que naquit Bodil.

En octobre, Terboven proclama l'état de siège à Trondheim. Harald vivait une bien étrange vieillesse, toute d'émotions, de chagrins mais d'activités aussi ! Plus d'une fois, il avait caché et réussi à faire évader parachutistes et prisonniers. Il était en contact avec l'équipage du Vigra, un petit bateau qui effectuait une liaison avec l'Angleterre, les îles Lofoten et la côte norvégienne.

Une nuit, Harald avait été réveillé, alors qu'il hébergeait dans son grenier un Yougoslave « en transit ». Il s'était habillé calmement, s'efforçant de demeurer impassible, à garder ce masque d'indifférence qu'il tentait d'apposer sur son visage lorsque son cœur battait trop fort. Il avait ouvert sa porte et là, debout dans la neige, s'était trouvé face à face avec un soldat allemand sans armes, un soldat qui l'appelait oncle Harald et qui bredouillait sa peur en Norvégien, sa peur et son remords, sa détresse aussi. C'était le Wienner Barn, Anton, son Anton de 1920 ! Il était là finalement ! Non pas à l'heure de la victoire mais à celle du désarroi. Il n'était pas venu prêcher sa doctrine triomphante. Il venait, humble et tremblant de peur. Il avait déserté !

Alors Anton avait rejoint le Yougoslave sous le toit et, pendant quelques jours encore, Harald s'était privé pour nourrir ces deux-là qui voulaient rejoindre l'Angleterre. Il leur montait là-haut un peu de pain, du hareng, quelques conserves de choux raves râpés et Bertha, sa vieille servante, confectionnait pour eux des crèmes avec des flocons de pommes de terre et de la saccharine. Il s'entretenait avec « son enfant » retrouvé. Il répétait :

– Comme je suis heureux, comme je suis heureux que tu aies compris ! Maintenant, je peux mourir, tu sais ! Quel bonheur que tu aies pensé à venir ici !

Il le préparait aussi à une vie difficile de l'autre côté.

– Je te « recommande » à ceux d'en face, mais on se méfiera de toi. Il ne sera pas toujours drôle, vois-tu ! Enfin, l'essentiel est que tu ne tombes pas entre leurs mains !

Anton était loin en mer lorsque le pasteur Harald fut arrêté !

**

Le commandant Kurt Stalenberg relisait les notes qu'il accumulait dans un dossier : « la taille moyenne d'un Norvégien de 21 ans est de 1 m 73 et 1 m 62 pour les femmes ; les plus petites statures se trouvent dans la région de Finmark et du Troms, les plus grandes dans le sud du Trondelag-More et Aust Agder… »

Suivaient des mensurations de crânes : « Les plus étroits sont observés dans les régions de l'Est, les plus larges en Finmark, Troms et aussi dans le Sogn le Fjordane et en Hordaland. 64 % des Norvégiens ont les yeux bleus purs tandis que 7 % les ont bruns. »

Kurt Stalenberg souligna le mot « pur » et continua sa lecture : « Les régions de Trondelag, More, Austagder, montrent la plus grande proportion d'yeux bleus ; 79 % contre 35 % au Finmark. Dans le Troms, le pourcentage tombe très bas. »

Il entoura Troms d'un carré rouge. « Les cheveux les plus blonds se trouvent en Trondelag-Est en Telemark. Les plus foncés en Finmark, dans le Troms et les contrées de l'Ouest. Les mélanges de cheveux

282

foncés et d'yeux bruns sont plus fréquents au Finmark, Troms et les contrées de l'Ouest, y compris Bergen. »

Pas de doute : c'était surtout au Trondelag qu'il devait s'intéresser ! Là demeuraient les racines de la pure race aryenne ! Il parcourut encore quelques lignes concernant la forme du visage : « long dans l'Est, plus large au Sud, sur la côte Ouest et au grand Nord », apports lapons, apports de navigateurs, tous ceux qui avaient sans doute abâtardi les populations !

Après avoir dessiné une croix sur les comtés qui l'intéressaient, il referma le dossier en soupirant. Il avait la chance d'avoir été nommé justement très près des principales régions citées ; mais il était sans cesse ennuyé par des questions embarrassantes. Ainsi, ce pasteur qu'on avait arrêté et qu'il allait devoir interroger, condamner sans doute pour l'exemple. Ces Norvégiens le décevaient. Il éprouvait pour eux des sentiments contradictoires, un peu comme une femme amoureuse qui ne se sent pas remarquée par l'homme qu'elle désire, au point de vouloir s'en venger !

Alors qu'il était à Oslo, il avait vu, l'hiver, la foule des skieurs partant le dimanche en bandes, tous coiffés des bonnets rouges semblables à ceux de leurs Niss comme s'ils voulaient narguer l'occupant par leur insouciance ! Jamais de provocation de leur part mais ils agissaient exactement comme si les militaires étaient des êtres invisibles, leurs regards passaient au travers ; ils ignoraient ces hommes et, dans les magasins, feignaient ne pas les voir ! Comme il le détestait ce petit personnage symbolique et moqueur, ce Niss, dont on retrouvait dans chaque demeure le regard ironique !

Le commandant Kurt Stalenberg se leva, alla à la fenêtre ; la nuit venait déjà et la neige tombait depuis la veille ; la cheminée tirait mal et le poêle fumait. Il avait très mal digéré son repas ; c'était une mauvaise journée !

Harald était interrogé dans la salle de l'école. Il répondait calmement en allemand aux questions du commandant Kurt Stalenberg.

— Vous parlez bien notre langue, lui dit brusquement ce dernier, passant d'une manière déconcertante de la hargne à l'amabilité.

— J'ai eu des amis allemands, Monsieur.

— Leurs noms ? Leurs adresses ?

Harald secoua lentement la tête.

— Je ne saurais dire, il y a longtemps qu'ils ont quitté l'Allemagne, peu après 1933.

— Et le déserteur que nous recherchons était sans doute votre ami, lui aussi ?

— Bien plus, Monsieur, presque mon fils. Il était, en 1920, parmi les centaines d'enfants affamés que la Norvège a accueilli au lendemain de la Première Guerre mondiale.

Kurt Stalenberg toussa.

— Refusez-vous toujours de dire où il est ?

— Précisément, je l'ignore !

— Vous le savez parfaitement ! Nous avons un rapport sur vous. Vous avez déjà favorisé plusieurs évasions. Je cite : il y a deux mois, des jeunes Norvégiens ; au printemps dernier, un aviateur britannique. Nous voulons savoir qui vous aide !

Harald n'écoutait plus ; au moins, l'évasion du prisonnier yougoslave ne lui était pas imputée, une de moins. Pour celui-là, il les avait roulés. Un éclair d'ironie passa dans son regard.

– Vous savez que je peux vous faire interroger par d'autres, que nous avons des moyens de vous faire parler !

– Je sais cela aussi, dit Harald.

Kurt Stalenberg transpirait. Il n'allait quand même pas devoir livrer ce vieillard à la Gestapo ?

L'homme qu'il avait devant lui le dépassait d'une demi-tête. Il était droit et magnifique dans sa dignité. Il paraissait, malgré les circonstances, d'une incroyable sérénité. Les cheveux étaient blancs, mais la forme du crâne, le bleu des yeux ne trompaient pas : c'était un type de pure race aryenne. Et il allait devoir le condamner !

– Vous reconnaissez avoir caché, au printemps dernier, un parachutiste britannique et favorisé son évasion ?

– C'est exact, dit le pasteur. Il était blessé, je l'ai soigné. Je n'ai fait que mon devoir !

– Vous étiez tenu de le déclarer. Nous l'aurions soigné nous aussi, à l'hôpital !

– Peut-être, mais après ?

– Après ? Cela ne nous aurait plus regardé, ni vous, ni moi !

– Si, dit Harald. La vie d'un homme regarde toujours un autre homme !

– Au cours d'une guerre, rien d'autre ne nous regarde que la victoire de notre pays.

– Alors, dit lentement Harald, vous pouvez penser que c'est pour cela que j'ai agi ainsi.

Kurt Stalenberg se sentit rougir. La colère monta en lui puis se changea en amertume. Il demanda :

– Mais enfin, pourquoi nous détestez-vous ?

– Vous n'avez donc rien compris ? reprit posément Harald. Voyez-vous, nous autres Norvégiens, étions un petit peuple libre et terriblement attachés à notre indépendance parce qu'elle était pour nous la garantie d'un bonheur paisible. Si nous avions un culte, c'était bien celui de la liberté individuelle. Pendant des années, nous avons observé le spectacle des grands d'Europe et tenté de les comprendre. Nous avons un profond respect pour la vérité, Monsieur et, comme votre pays avait affirmé qu'il ne nous voulait aucun mal, nous l'avons cru ! Les Français ont une certaine habitude de la guerre ! Les Anglais aussi. Nous, nous ne voulions pas y croire. Alors, le sursaut a été d'autant plus vif que la surprise était grande. Vous nous avez bafoués et nous sommes susceptibles, monsieur, comme tous les petits ! Et vous voilà surpris que nous ne vous aimions pas ?

Le pasteur fit passer son regard sur celui de l'officier allemand mais le ton de ses paroles demeura d'une extrême courtoisie. Il poursuivit.

– Savez-vous surtout ce que moi, je vous reproche ? Et plus que tout ? Vous avez bouleversé l'âme de notre peuple. Vous avez réveillé en lui le feu Viking, vous nous avez métamorphosés et fait humer la haine ! Aussi, dans l'avenir, rien ne sera plus comme avant ! La guerre n'est jamais purificatrice. Elle permet la révélation des instincts les plus bas ! Elle sape la moralité !

– Tous vos compatriotes ne raisonnent pas ainsi, reprit le commandant Stalenberg ; beaucoup d'entre eux viennent à nous pour combattre le bolchevisme !

Le pasteur Harald haussa les épaules :

– Des enfants, à peine des hommes ! Ils ont l'âge où l'on s'enflamme sans discernement !
Il pensait à Anton.

Kurt Stalenberg s'irritait de la maîtrise du vieil homme. Sans doute son âge, son ministère aussi lui conféraient-ils cette dignité qui mettait mal à l'aise l'officier. Il aurait voulu lui insuffler sa propre colère.

Dans les jours qui suivirent, des commandos norvégiens envoyés d'Angleterre, tuèrent deux agents de la Gestapo, dans un village des environs d'Aalesund. En représailles, Kurt Stalenberg fit exécuter le vieux pasteur Harald. Les siens n'avaient rien pu faire pour lui. Tout s'était passé trop vite pour qu'une intervention soit possible ! Ils n'eurent même pas la consolation de s'être débattus pour le sauver ; placés seulement devant le fait accompli, ils ne pouvaient détacher leurs pensées de cette atroce exécution. Jour et nuit, son image obsédante les hantait !

Johannès, dont la santé demeurait précaire, ne se remit pas de ce choc et fit une rechute. Il s'éteignit en décembre.

Chapitre 3

1943-1945

C'est dans la solitude de l'Arctique, que Franz va apprendre la mort d'Else, puis celle de Wolfgang tué en Russie. Ces nouvelles vont tomber sur lui tels des couperets ! Son sommeil se peuple de cauchemars qui se prolongent au-delà du réveil. Il voit Else étouffer en l'appelant au secours. Il voit Wolfgang courant dans l'immensité d'une plaine, traqué par un tank, poursuivi comme le gibier que le chasseur accule, trébuchant ! Le tank joue à l'affoler. Wolfgang se terre dans un trou d'obus et le tank fonce, s'immobilisant au-dessus du trou pendant de longues minutes. Plus de Wolfgang : enfoncé dans le sol, avalé… Comment pourra-t-il jamais oublier ces années d'épouvante, ces visions affreuses ?

Voilà bientôt trois ans qu'avec ses camarades, une dizaine de soldats, ils vivent là, en Laponie, à plus de vingt kilomètres du groupe principal et depuis si longtemps écartés de toute civilisation qu'ils en viennent à ne plus parler. L'habitude de l'isolement, ils l'ont acquise depuis ces trois années en Laponie au point de ne plus dire rien d'autre que l'essentiel, les lèvres figées, la langue engourdie, refusant les mots sans valeur. Trois années qu'ils se sont enfoncés vers le Nord, engoncés dans leurs capotes rêches, alourdis par l'équipement de campagne.

Des cahutes de planches, tapissées de mousses, ont remplacé les abris du début. Adossées aux pentes, elles protègent les petits hommes verts, abandonnés sur cette immensité ! Eclatante de blancheur sous le ciel arctique, la presqu'île des pêcheurs barre l'horizon immuable. Il semble que les hommes qui hantent ces lieux soient enracinés ici, sans raison, oubliés dans ce désert minéral ! Les positions allemandes s'éparpillent parmi les éboulis de roches, avec quelques pièces d'artillerie braquées vers le Nord et qui ne servent jamais !

Chacun a son tour de garde devant les positions russes. Episodiquement, on tire, selon les ordres reçus, pour bien rappeler à ceux d'en face la présence ennemie. Ils répondent, par routine. De part et d'autre, on a mieux à faire qu'à jouer à la guerre ! De part et d'autre, les difficultés d'existence sont les mêmes et pêcher a plus d'importance que tirer du canon !

L'hiver, la tempête rompt continuellement les fils téléphoniques et c'est le travail de Franz et de ses camarades de les réparer à toute heure, inlassablement. Ils quittent leur précaire abri, s'aventurent sous les bourrasques glacées, le gel mord sous les moufles, les câbles collent. Depuis que l'un deux a disparu, égaré dans le blizzard, ils ont installé une corde pour se guider et retrouver l'abri par les plus affreux jours.

Franz est souvent volontaire pour le service du courrier ou celui du ravitaillement. Il va à skis, avec cette longue foulée des skieurs de fond, vers le centre postal, distant d'une vingtaine de kilomètres. Il aime glisser dans la solitude malgré le vent incessant, il n'a jamais froid ! Et quelle joie de débiter des branches de bouleaux à la hachette et d'allumer un petit feu pétillant dont l'odeur lui rappelle ses bonheurs d'enfant !

Les collines portent sur leurs flancs les sculptures du vent sur la neige, des sortes de vagues, des stries régulières. Ici, toutes les montagnes sont chauves ; seules les vallées abritent des saules et des bouleaux nains. De mois en mois, le corps de Franz s'endurcit un peu plus, mais son âme, malgré les épreuves, ne perd pas sa faculté de bonheur. Il glane au jour le jour toutes les petites joies que lui distribue cette nature sauvage. Il se régale avec le poisson qu'ils pêchent abondamment. Ils ont fabriqué des hameçons, ils n'ont qu'à lancer la ligne pour récolter à foison.

Les toiles de tente servent à remonter les énormes morues ou les flétans jusqu'aux cabanes. Jamais, au cours de leur vie, ils ne se régaleront de poissons aussi frais ! Il y a, à tirer parti du mieux de la situation qui leur est imposée, un plaisir certain, la satisfaction d'un retour aux sources, une libération, en somme, que Franz savoure en connaisseur, sachant ce qui se passe ailleurs.

Combien appréciable dans cet isolement du grand Nord est l'entente régnant entre les quelques hommes laissés ici pour tenir une position absurde ! On leur dit qu'ils sont là pour combattre la dictature bolchevique mais ils savent bien, eux, que leur propre régime est tout aussi totalitaire que l'autre et combien plus funeste !

Quand survient le découragement, il semble à Franz avoir été jeté dans un torrent qui le mène à l'abîme : nager contre le courant ou avec, cela ne peut plus rien changer ! Depuis qu'il est ici, il n'a eu droit qu'à une seule permission. 600 kilomètres en camion découvert, sur les pistes finlandaises, jusqu'à Rovaniemi. Il n'a jamais eu si froid. Pourtant, il avait eu la chance de trouver la meilleure place, derrière le conducteur, un peu abrité par les planches !

A Konstanz, il avait retrouvé Mika, elle aussi en permission. Ils étaient allés faire du ski au Feldberg, en Forêt Noire. C'était un travailleur français qui gardait le refuge, une vraie planque, disait-il ! Tous trois avaient essayé d'oublier la guerre.

La partie d'échecs vient de se terminer. Franz allume une cigarette. Il relit la dernière lettre de sa mère : « l'oncle Gustav est réformé, trois doigts coupés, conséquence d'une main gelée en Russie ». Le veinard ! Le voilà tranquille jusqu'à la fin de la guerre ! Mieux vaut qu'il ait rejoint les siens, ils peuvent avoir bien besoin de lui au cours des jours qui vont venir ! Franz se demande ce que pense maintenant son oncle, si fier en 1940 de son uniforme d'officier. Une petite phrase de sa mère lui paraît significative : « Gustav est venu nous voir après son séjour à l'hôpital. Il m'a chargé de te dire qu'il avait souvent pensé à toi ces temps derniers, à vos conversations, lors de nos rendez-vous de Hambourg et que c'était toi qui avais raison ! »

Franz jure : « Il est bien temps ! » Combien, tels que l'oncle Gustav, auront-ils besoin du désastre complet pour commencer à voir clair ? Combien de victimes aura-t-il fallu, combien de ruines ? Il fume désespérément et, tandis que le léger voile mauve monte en spirale mouvante sous ses yeux à demi-fermés, son regard qui filtre – deux traits bleus sous les paupières plissées – devient fixe et dur comme du métal.

Cette lettre a remué des souvenirs : il se revoit enfant, parcourant Hambourg, accroché à la main du grand-oncle Otto, Else pendue à l'autre main. Il revoit Blankenese, les repas et cette famille franco-norvégienne qui festoyait en même temps qu'eux. Où est aujourd'hui ce Frédéric qu'il avait manqué à Boulogne en 1935 ? Et la petite Norvégienne ? Et le vieux pasteur ? Comment supportent-ils la présence nazie sur leur sol ? Comme la vie ressemble à une interminable partie de cache-cache ! Le voilà, lui, dans les meilleures années de sa vie, piétinant à la porte extrême de la Norvège, sans jamais avoir jusqu'ici parlé à un seul Norvégien ! Ah ! S'il était à Oslo, il irait les voir, ces gens dont il a toujours l'adresse !

Il allume une autre cigarette. Irait-il vraiment ? Il se voit, sonnant chez eux, en uniforme. Comment serait-il reçu, l'occupant ? Et même en admettant qu'il soit bien accueilli, quels ennuis peut-être après pour ceux qui auraient ouvert leur porte à un « Allemand » !

Il jure encore. Sa main gauche martèle le banc où il est assis. Ses tristes pensées se noient dans des lambeaux de musique. La sonate *Appassionata* le saisit chaque fois que son cœur est gonflé de peine ! Quelle fougue quand il la jouait sur le piano de son grand-père Andreas ! Voilà bientôt quatre ans qu'il n'a pas touché un clavier. Ses doigts sont raides : sauraient-ils encore exprimer Beethoven ? Ses doigts sont des doigts de soldats, engourdis, abîmés par le métal gelé et les travaux quotidiens.

Il sort une troisième fois la lettre de Maria : « Sophie a été très bonne avec nous après la mort de notre Else. Elle a fait tout ce qu'elle pouvait pour nous rendre l'épreuve moins dure, mais elle est toujours animée d'un tel besoin de se rendre utile que nous l'avons laissée partir pour un camp de travail dans les territoires de l'Est. Opa et Oma ne sortent plus beaucoup. Opa passe des heures dans son fauteuil sans dire un mot mais il s'occupe toujours lui-même des repas de Wander. C'est un vieux chien maintenant, Wander. Je crois que tu pourras comprendre le vœu que nous formons : celui qu'il ne quitte pas ce monde avant son maître ! En ces temps où tant d'humains périssent, il peut paraître indécent d'attacher tant d'importance à la vie d'un animal mais toi, je sais bien que ce souhait ne te choquera pas ! »

Franz replie la feuille… Chère Maria… douce et résignée et si ouverte au cœur des autres, cherchant toujours le bon côté des gens, si vulnérable aussi. Il aurait voulu la serrer dans ses bras. Quand il rentrera, il faudra qu'il se marie, qu'il trouve une femme un peu comme elle, qu'il donne à ses parents des petits-enfants à chérir. Alors, c'est à Mika qu'il pense !

Sophie avait été enchantée lorsque les cousins de Stettin l'avaient invitée aux vacances de Noël qui suivirent l'invasion de la Russie! Oncle Gustav avait une permission. Werner n'avait encore que neuf ans et Gunther, son petit frère, venait juste de fêter ses sept ans mais tous deux se débrouillaient déjà bien et étaient très fiers de leur père, promu officier.

En Russie, les victoires se succédaient. Pourtant, lorsque l'opération Barberousse s'était déclenchée en juin, on avait dit que tout serait terminé avant l'hiver. La preuve : les troupes étaient parties sans équipements spéciaux. Jamais le Führer n'aurait lancé ses hommes dans une campagne où ils auraient pu souffrir d'un tel manque! On assistait maintenant à l'ultime sursaut des Soviétiques. C'est ce qu'assurait aussi l'oncle Gustav.

Sophie admirait la résistance au froid de son oncle. Malgré le gel et la neige, il se promenait sans manteau et sans moufles, seulement avec ses gants de peau et son bel uniforme de lieutenant. Les militaires allemands étaient à ses yeux des hommes exceptionnels ; avec eux, on ne pouvait que vaincre la Russie et ce n'était pas l'hiver qui viendrait à bout de ces guerriers-là !

Pourtant, un jour, le petit Werner avait innocemment porté un coup à la belle confiance de sa cousine.

– Tu sais, Papa ! Il n'est pas moins frileux que moi !

Il avait avoué s'être caché dans une armoire tandis que son père s'habillait.

– Eh bien ! Il met trois sous-vêtements l'un sur l'autre, sous sa chemise.

Il les avait comptés, pas d'erreur possible, trois tricots fins et chauds qui remplaçaient avantageusement le manteau ! Tel était le secret de la fameuse résistance au froid du glorieux officier ! Werner riait d'avoir pris son père en flagrant délit d'orgueil ! Mais Sophie en était attristée. Elle avait voulu défendre son oncle :

– Tu te trompes !

– Non je t'assure ! Viens voir !

Elle l'avait suivi jusqu'à la chambre de son oncle et le gamin lui avait montré le nombre imposant de gilets rangés dans la valise de son père qui était prête pour son départ. Ce n'était pas une preuve ; néanmoins, Sophie demeura troublée ! Depuis, elle observait le buste de Gustav, tentant de deviner l'épaisseur des dessous !

Lorsque, sa permission terminée, il reprit un soir un train vers l'Est, elle se laissa aller à lui dire :

– Je t'admire, oncle Gustav, tu es si vaillant, sans manteau, par ce froid !

Il lui tapota la joue, répondant modestement :

– Oh ! C'est bien naturel, tous nos officiers sont ainsi, c'est une question d'habitude !

Werner adressa un clin d'œil à sa cousine et elle eut envie de lui allonger une bonne gifle mais ce n'était pas le moment car tante Martha semblait si triste. C'est au cours de l'hiver suivant que Gustav perdit trois doigts de la main droite et un orteil, dans la glace de Russie. Lorsqu'elle apprit la nouvelle, Sophie se souvint de cette histoire de sous-vêtements et de gants. Elle la raconta.

– L'idiot! s'exclama Heinrich. Avec des moufles, il serait peut-être resté intact!

Opa Andreas ricana pour la première fois depuis longtemps.

– Intact! Mais encore au front! C'est bien plus avantageux pour lui d'être rentré avec si peu de choses en moins!

– Tu veux dire, articula lentement Sophie, qui parlait peu à son grand-père, tu veux dire qu'il l'aurait fait exprès pour être réformé?

– Je ne veux rien dire du tout, jeune fille!

Il l'appelait toujours ainsi, avec un rien de mépris dans le ton.

– Je constate un fait, c'est tout! A notre époque, reprit-il, ou plutôt à la tienne – car ce n'est plus la mienne –, un homme est mieux dans son foyer, même estropié, qu'à assiéger Stalingrad!

Quelques jours plus tard, le 2 février, Stalingrad entrait dans l'histoire! L'ombre d'un doute, quant à l'issue de la guerre, n'entama nullement l'optimisme de Sophie. Elle ne voulait pas se laisser gagner par le défaitisme qui commençait à montrer le bout du nez. Elle se refusait à analyser la situation. Elle était si jeune aussi. La stratégie militaire ne la concernait pas. Faire confiance aux responsables, c'était l'essentiel et cet essentiel était tellement plus confortable!

Elle avait 17 ans et Else n'était plus. Franz piétinait là-bas aux portes de la Russie et elle demeurait seule, désormais, à pouvoir réconforter ses parents! Jusque-là, elle avait sacrifié une grande partie de son temps aux travaux qui incombaient aux filles du Bund Deutscher Maedel: travaux des champs surtout, aides dans les garderies d'enfants et aide à apporter aux familles de mobilisés. Elle envisageait d'abandonner ses études et d'entrer dans l'enseignement en qualité d'auxiliaire scolaire. En trois mois de cours, suivis de trois semaines de stage, on formait désormais des monitrices chargées de s'occuper des méthodes actives auprès des jeunes enfants des territoires de l'Est. C'était tout à fait le genre de besogne qu'elle souhaitait accomplir !

La nouvelle de la mort d'Else vint contrarier ses projets. Si elle n'en laissa rien paraître, cette épreuve l'atteignit doublement et au plus profond d'elle-même. Pour la première fois, les siens étaient directement touchés par la guerre ! Opa Andreas avait dit : « Voici l'œuvre du fou » et, en l'espace de quelques heures, elle avait vu ses parents vieillir de plusieurs années, comme si, entre le matin et le soir de cette journée, le temps s'était accéléré d'un seul coup. Ainsi, Else ne rentrerait plus jamais à la maison ! Sophie ne parvenait pas à y croire. La guerre pouvait se terminer, la vie reprendre un cours normal, Else ne reviendrait pas !

C'était cela, la mort – ce non-retour, ce trop tard –, le sacrifice du sang lui paraissait soudain perdre de son prestige et, pourtant, elle n'en éprouva aucune révolte, aucune rancœur contre le chef suprême et bien-aimé qui avait conduit son pays à la guerre ! Elle gardait intacte l'idée que rien n'était de sa faute ! Le conflit lui avait été imposé ! L'Allemagne, grâce à ses troupes courageuses, allait triompher de l'épreuve, apportant le bonheur aux hommes d'Europe qui accourraient nombreux rejoindre leurs frères d'armes pour combattre les Soviétiques et rendre la liberté au peuple russe ! Sa sœur était une des victimes innocentes de ce combat mais il fallait être forte et maîtriser son chagrin !

Car du chagrin, elle en avait, la jeune aryenne et cette tristesse des désaccords qui avaient plané entre les deux sœurs depuis quelques années et cette impossibilité définitive de se réconcilier avec Esle puisque Else était morte ! Toutes ces choses se bousculaient en elle, proches du remords ! Comme elle tenait à la fois à aider les siens et à prendre sa part à l'effort de guerre, elle s'engagea à travailler dans une usine près de Konstanz. Si la guerre durait et, lorsque le temps aurait coulé un peu, elle reprendrait son projet de devenir auxiliaire d'enseignement.

La guerre avait duré ! Le temps avait coulé ! Et elle avait repris son projet ! Elle était à Elbing lorsque l'Italie signa un armistice séparé en juillet 1943. Ce coup n'ébranla pas davantage son moral. Cependant, en juin 1944, une rencontre avec une camarade dont le frère Carl revenait du front russe la troubla profondément. Dans cette famille, tous étaient des nazis convaincus, aucun mensonge ou exagération ne pouvait venir d'eux. Or, Carl avait raconté ce qu'il avait vécu en Ukraine du Nord. L'ordre était venu de réquisitionner des travailleurs : femmes et enfants de dix à quatorze ans, afin de les envoyer en Allemagne. On avait surpris les gens aux portes des églises de nouveau ouvertes et des cinémas. On avait aussi cerné plusieurs quartiers, encerclé des villages, raflé la population.

Comme les habitants refusaient, la troupe avait déclenché une véritable chasse à l'homme. Les villages avaient été brûlés, on avait entassé la main-d'œuvre dans des wagons de marchandises. Des femmes y avaient accouché à côté des mourants, sur le plancher, sans même la paille qu'on donne au bétail, beaucoup avaient été violées ! Carl avait dit chez lui :

– Si jamais les Russes arrivent, sauvez-vous, ne restez pas entre leurs mains, ils vous feront payer tout cela très cher !

Il avait ajouté :

– On nous a trompés ! Je n'ai plus confiance en aucun des chefs nazis !

Il est des êtres au destin invraisemblable. Frédéric était de ceux-là. Arrêté pour ne pas avoir voulu vendre un chien, suspecté de communisme, frôlant le rôle d'otage, il s'était retrouvé, au bout de quelques mois, derrière un guichet de poste en Silésie. Au début, son travail consistait à rouler des chariots surchargés de sacs ; puis on avait eu besoin d'un remplaçant au tri et il avait été désigné dans ce service. Promu ensuite au tri de la Feldspost avec quelques autres Français, ils purent désormais s'amuser à suivre sur une carte les fluctuations du front de l'Est puisque chaque numéro de Feldspost inscrit sur l'enveloppe correspondait à une destination réelle, apposée sur les sacs postaux.

Sa chambrée était à Eichenpark, le parc des chênes, qui côtoyait l'Oder dans sa boucle est. C'était le reste d'une très vieille forêt. Dans une clairière, on avait construit une sorte de centre d'accueil, mi-guinguette, mi-dortoir où logeaient des postiers hollandais. Tout près de là, une immense baignade et des pentes gazonnées dont devaient profiter en été les gens du pays. Il travaillait au guichet depuis la fin d'octobre 1943. A cette époque, l'armistice signé par l'Italie avait obligé des unités allemandes à aller remplacer au pied levé les Italiens défaillants.

Son service était celui de la recette principale, un bureau très important pour cette ville de 700 000 habitants. Son chef de service, Monsieur Kalberg, avait une jambe de bois, « gagnée » à « Ferdounn » (Verdun) qu'il tapait parfois avec sa grosse règle de bureau ; ses yeux étaient si froids dans un visage long et sévère ! Il avait rapidement mis Frédéric au courant du travail qui lui incombait, travail écrasant et monotone au possible. Et puis, un jour, un haut fonctionnaire de la Reichspost vint trouver le Français et lui demanda s'il avait le permis de conduire.

Depuis que la STO (Service du travail obligatoire atteignant les jeunes des pays occupés) avait envoyé en Allemagne un grand nombre de jeunes Français, on envisageait d'utiliser certains d'entre eux comme chauffeurs de camion, les retraités affectés à ces services se révélant trop vieux ou trop fatigués. Pour les former, l'auto-école avait besoin d'un interprète qui assisterait le professeur. C'était l'affaire de quatre à cinq heures pendant deux mois. Il s'agissait d'heures supplémentaires qui lui seraient restituées en congés de compensation.

Bien entendu, Frédéric accepta! C'est ainsi qu'en pleine guerre, il put profiter d'une semaine de vacances dans un chalet de montagne à Krummhübel, tout près de Schneekoppe, le plus haut sommet de la chaîne des géants, dans les Sudètes. Comme la guerre était loin encore, en cet hiver-là dans la coquette petite salle à manger d'hiver du Berg-Hof! La nourriture était bonne: potage aux haricots, cochonnailles variées, gros morceaux de chevreuil et tartes monumentales! Les nappes étaient pimpantes, à petits carreaux rouges et blancs et la serveuse aimable!

Il bavarda avec la patronne: son mari et ses deux fils étaient mobilisés; l'un gardait des prisonniers à Sagan et revenait de temps en temps. Les autres se battaient sur le front italien. La femme était persuadée que tous les travailleurs étrangers étaient des volontaires et elle ne comprenait pas leur peu d'empressement à l'ouvrage! Elle lui prêta des skis, des chaussures et une carte où étaient indiqués les refuges de la région. Il passa à Krummhübel les plus beaux jours de sa nouvelle existence et promit d'y revenir après la guerre avec Danielle et les petits.

Au retour, une nouvelle surprise l'attendait : la Reichspost, dont dépendaient les services d'autobus, avait besoin d'un chauffeur pour une ligne de campagne. Il devait passer le permis de transports en commun dès le lendemain. Il l'obtint sans difficultés – à l'époque, on n'était pas regardant – et il reçut l'ordre de se présenter pour partir avec un autobus à Oder Gerlachsheim, en Basse Silésie, afin d'assurer une ligne postale passant par Marklissa, Lauban et Görlitz.

Tous les ordres tombèrent sur lui comme une avalanche, à peine une heure après son succès à l'examen. Il lui fallait se faire radier des guichets du bureau, passer au magasin d'habillement de la poste afin de toucher ses uniformes de chauffeur pour l'été et pour l'hiver. Ce dernier comprenait une magnifique pelisse en peau de bique, modèle 1905, modifié en 1924. Il devait aussi faire transférer son inscription alimentaire et, dès le lendemain, passer par le Wagen-Ubernehmung, cérémonie du transfert de véhicule.

Les mois passèrent. La région servait de refuge à une importante usine de Hambourg qui avait été détruite. On avait remonté, tant bien que mal, une chaîne de fabrication à Marklissa. Les ouvriers étaient dispersés dans les fermes des environs et Frédéric avait été affecté à leur ramassage. L'hiver était rude et il devait veiller à ce que le radiateur du car ne gèle pas la nuit. Chaque matin, mettre en route le moteur apportait une suite d'émotions. Il logeait chez une veuve dont l'une des filles militait au Parti. Dans le village, on l'avait adopté ! Parfois même, les gens se confiaient à lui. Ainsi s'acheva le printemps de 1944.

Il reçut la dernière lettre de Danielle en avril. Elle était depuis peu en Dordogne, une seconde fois réfugiée depuis l'évacuation de la zone rouge. Elle donnait des nouvelles des enfants, de Laurette, d'Helga. Elle savait peu de choses sur Lise sauf qu'elle attendait un second bébé pour le mois de juillet et qu'elle avait bien voulu garder Fluck en attendant la fin de la guerre. Le chien ne serait pas malheureux avec elle !

De l'oncle Joseph, il n'était pas question. Frédéric aurait voulu savoir ce que devenait ce « Bon Oncle », comme il l'appelait, qui avait toujours été chic avec lui, le plus compréhensif de toute la famille ! Il l'aimait bien !

***

« Pourquoi ai-je tant attendu pour aller les voir » ? se demandait Joseph dans le train qui l'emmenait vers Boulogne ? Il n'aimait guère entreprendre des démarches et ce n'est qu'au début du printemps qu'il s'était résolu à demander un laissez-passer. On était en mai. C'était la saison où, quatre ans plus tôt, ils avaient quitté le pays. Bien des choses avaient transformé sa vie : son remariage, le départ de Lise et cette mutation de lui-même, ce passage de l'activité maritime à l'activité terrienne qui, curieusement, ne lui avait nullement été pénible ! Sans doute possédait-il, demeurées sous le boisseau, des aspirations paysannes insoupçonnées que son exil avait révélées.

Sa nouvelle existence le comblait de joies saines. Ce bonheur de faire fructifier la terre, d'engranger les récoltes... Il avait pu soustraire un cheval à la réquisition et il faisait des projets d'avenir comme s'il n'était pas déjà engagé sur l'autre versant de la vie : quand la guerre serait terminée, ses petits-enfants viendraient chez lui, en vacances. Il leur apprendrait à monter à cheval. Peut-être aurait-il un jour un pur-sang arable comme son cher Soudan, celui qu'il montait en Afrique.

Ses petits-enfants ! Pour l'instant, il y avait Edith et Lise espérait un garçon pour juillet. Ce mariage en pleine guerre était loin d'être

302

raisonnable. Quand il l'avait écrit à sa fille, elle lui avait répondu que, de toute manière, tout était déraison et que, la paix paraissant tellement improbable, elle ne voyait pas pourquoi elle aurait attendu davantage! Tout de même, il était heureux de la retrouver, sa grande, et de cajoler l'enfant Edith, la petite-fille de Grete.

Le train roulait lentement. Il regarda par la fenêtre et, tout à coup, il vit les avions. Presque aussitôt, le train s'arrêta et le grondement régulier des bombardiers s'enfla soudain.

Il était coincé sous des débris, mais il respirait. Il voyait le ciel entre l'entrelacs des tôles. Il se traîna dehors. Tout n'était que poussière et fumée. Sa jambe gauche le faisait terriblement souffrir. Sans doute était-elle cassée mais il avait encore de la chance d'être si peu atteint. Il entendit le vrombissement des avions alliés qui revenaient et qui piquaient pour mitrailler ceux qui s'échappaient du convoi; alors tout s'embrasa!

Ce même jour, Boulogne fut une nouvelle fois bombardée. Les attaques aériennes devenaient quotidiennes désormais. Dès le début de l'alerte, Lise éteignait le réchaud à gaz, puis elle ouvrait une trappe qui faisait communiquer le rez-de-chaussée et la cave de la maison. Par un escalier très raide, presque une échelle, elle descendait Edith. Son ventre lourd d'une naissance prochaine frottait au passage le rebord du plancher.

Quand elle avait installé Edith qui ne marchait pas encore sur un des matelas disposés à terre en prévision des nuits à passer là, elle remontait, appelait le chien de Frédéric qui, à chaque fois, dégringolait en glissant jusqu'au matelas où il s'allongeait haletant à côté du bébé. Elle n'aimait pas descendre dans cette cave, mais Jean semblait y tenir et elle tentait d'étouffer son angoisse. L'été approchait et chacun pressentait l'imminence du débarquement allié. Jean avait trouvé un appartement à louer à la campagne. Une semaine encore et ils déménageraient. L'enfant attendu naîtrait hors de la ville.

Quelle idée avait eu Joseph d'annoncer sa visite pour les prochains jours ? Sans doute, l'ausweiss demandé depuis des mois pour la zone rouge venait-il tout juste de lui parvenir. Le ronronnement des bombardiers écrasait la ville, la DCA crachait, les explosions se succédaient, accompagnées du tremblement des murs et d'une affreuse odeur de poussière chaude.

Où était Jean ? Chaque fois que l'attaque la surprenait pendant le jour, elle vivait l'angoisse de l'attente. Elle se souvenait de l'époque où elle attendait son père, anxieuse à l'idée qu'il pouvait se noyer dans les bassins du port. Que de fois en ce temps-là l'avait-elle imaginé coincé entre un cargo et le quai ! Elle priait alors, elle marchandait avec dieu. Et tout à coup, elle pensa : « Pourquoi serais-je toujours épargnée ? » Jadis, elle avait eu le pressentiment qu'elle allait perdre son père ou sa mère. Aujourd'hui, les mêmes affres la saisissaient. C'était Jean ou Joseph ! L'un des deux à l'instant la quittait. Quelques jours après, elle apprit le destin tragique de son père.

Jean travaillait toujours au service municipal du ravitaillement. Il installa sa famille à une dizaine de kilomètres de Boulogne qu'ils quittèrent le matin même du 6 juin, jour du débarquement. Il les rejoignait chaque soir à bicyclette. Edith ne marchait toujours pas et Axel allait naître. Le chien de Frédéric assista à la naissance. Il ne voulait pas quitter Lise et le médecin dut l'enjamber pour mettre l'enfant au monde. Quand tout fut terminé, il changea de place et se coucha au pied du berceau. Tout cet été-là, Fluk passa ses nuits à courir la forêt voisine et, au matin, il rentrait, exténué.

Lorsque l'armée canadienne prépara la prise de la ville, le village où ils étaient réfugiés fut évacué. Ils partirent de nouveau, à pied cette fois, les deux enfants dans le même landau. Le chien les accompagnait mais, au bout d'une dizaine de kilomètres, il rencontra une chienne et la suivit. Jean et Lise le crurent perdu. Ils passèrent trois semaines dans un autre village et, lorsqu'ils revinrent à leur premier refuge, ils retrouvèrent Fluk qui les attendait, assis sur le pas de la porte.

Ils s'étaient attachés à ce chien mais, bientôt, son maître reviendrait. La guerre allait finir ! Avec Frédéric, peut-être revenu, Lise tenterait de retrouver la trace de ceux de Norvège et, pourquoi pas, de ceux d'Allemagne aussi ! Ils n'avaient jamais été ses ennemis. Un jour peut-être pourrait-on se donner de nouveau rendez-vous à Hambourg…

***

Au début de juin 1944, Frédéric fit la connaissance de prisonniers de guerre français venant d'un commando. On parlait de plus en plus de la possibilité d'un débarquement allié et la fin de mai n'apportant pas l'événement, tous se trouvaient découragés. Il y avait parmi eux un séminariste candide que Frédéric appelait, pour le taquiner : l'Abbé !

– Je vais te confier quelque chose, l'Abbé ! Sais-tu pourquoi je suis ici ? Je te le donne en mille : parce que je n'ai pas voulu vendre mon chien à un couillon de soldat allemand qui le voulait pour son officier !

Il lui avait raconté l'histoire.

– Tu vois, l'Abbé, pour un peu j'aurais fait figure de héros ! Si j'avais été fusillé comme otage, sûr qu'on aurait remis à ma femme une médaille à titre posthume ! Moi, l'affreux pacifiste, moi, l'antimilitariste, on m'aurait pris pour un grand résistant parce qu'un type s'est entêté à embarquer mon chien ! Il y a de quoi rire ! Leur invasion, vois-tu, je m'en serais foutu du point de vue territorial ! Ils avaient besoin de place, nous, on en avait trop ! Et tu sais, même changer de nationalité, ça ne fait pas de différence si on est heureux là où on est. Pourtant, l'Abbé, ce qui me déplaît en eux, c'est leur adoration de la force, leur respect imbécile pour tout ce qui la symbolise. J'avais un ami en Allemagne, avant-guerre, lui était différent ! Il a probablement filé en France et s'y est fait prendre. C'est un peu aussi à cause de lui que je suis ici ! Quant aux types qui m'ont dénoncé, eh bien ! nous semblions bons copains. Ils aimaient les bêtes, on bavardait, on se sentait des affinités mais ceux-là étaient déjà contaminés et, parce qu'ils avaient peur, ils m'ont vendu, avec remords peut-être mais ils l'ont fait !

Parfois, ils parlaient religion. Frédéric s'amusait à faire marcher le petit séminariste.

– La foi, l'Abbé, j'aimerais bien l'avoir, tu sais ! Tout serait plus facile, mais je ne l'ai pas ! Si je l'avais, j'aurais tout planté là il y a longtemps ! Tout, c'est-à-dire tout ce qui attache au monde. Je ne comprends pas tes croyants, ils agissent presque toujours comme si la vie sur terre était plus importante que la vie qu'ils disent éternelle. La foi, pour moi, impliquerait le dénuement complet, le dévouement total, le rejet de l'argent, du commerce, des affaires, des hiérarchies, des respectabilités ; la foi, ce serait les pieds nus, la faim, une lutte éperdue pour la justice, le grand partage. Ton Jésus, l'Abbé, s'il est quelque part, il n'a pas su se faire comprendre. Pauvre Jésus !

Dès le 6 juin, Frédéric apprit de la bouche du secrétaire du maître de Poste la nouvelle du débarquement allié. A dater de ce jour, le temps passa plus rapidement. Au village, les gens parlaient davantage. Le front se rapprochait. Un jour, la poste de Marklissa reçut des instructions pour la dispersion des véhicules en cas d'alerte aérienne. A la fin de la deuxième quinzaine de septembre, par un matin magnifique, sonna le Vor Alarm. Les avions – une quarantaine de bombardiers – se dirigeaient vers le Nord-est.

Quelques jours plus tard, ce fut une formation de chasseurs, puis il y eut une bataille aérienne au cours de laquelle un vieux chasseur allemand s'abattit dans la forêt. C'est à cette époque que la logeuse de Frédéric apprit que son fils de 18 ans avait dû être amputé. Elle eut une crise de nerfs et tomba dans les bras de Frédéric en criant : « Je suis heureuse, il n'est pas mort ! On me rendra mon fils, il ne sera plus soldat ! »

Dès octobre, se dessinèrent les signes précurseurs de l'écroulement du pays : terreur consécutive à l'attentat du 20 juillet, menace russe à l'Est, les Alliés sur le Rhin ! L'automne fut lugubre ; l'hiver s'annonçait rigoureux bien que la neige ait tardé à tomber. Dans les premiers jours de décembre, une circulaire parvint au bureau de Marklissa, précisant que les étrangers devaient être rapatriés vers les grandes villes afin d'être plus étroitement contrôlés. Il retourna à Breslau, pas pour longtemps ! Presque aussitôt, on lui donna l'ordre de s'occuper de la remise en état des véhicules de la poste.

Dès lors, il ne quitta plus les routes, un jour envoyé en Pologne, un autre jour en Tchécoslovaquie. Il alla successivement à Glatz, à Salzbourg, à Frankfurt à Oder, à Liegnitz, à Litzmannstadt. Chaque jour, il avait à réparer des crevaisons, des pannes, des moteurs délabrés.

Entre Noël et le Nouvel an, parvint la nouvelle de la grande offensive russe, à l'Est. Au début de janvier 1945, descendant de tramway, Frédéric vit soudain, incongrue, une charrette à foin tirée par un cheval maigre. Tout en haut du fourrage étaient assis plusieurs femmes, un vieillard et deux enfants. C'étaient les premiers réfugiés de l'Est qui arrivaient. Dès le lendemain, les tramways ne fonctionnaient plus. Il faisait près de 20° en dessous de zéro et il y avait un froid sec, accentué par le vent. Les réfugiés devenaient de plus en plus nombreux, ils se suivaient par groupes de trois, quatre charrettes, toujours pleines du même lamentable bétail humain : femmes, enfants, vieillards ; quelquefois, un chien suivait sur la route.

Le long des trottoirs, des jeunes filles du « Secours d'hiver », organisé par le Parti, distribuaient des boissons chaudes. Frédéric les regardait lorsqu'il vit l'une d'elles s'effondrer, une toute jeune et jolie fille, typiquement aryenne. Elle tendait son café vers un des chariots où un vieil homme semblait dormir. Seule la tête émergeait du foin. Soudain, la jeune fille s'était affaissée en hurlant : l'homme était mort !

Frédéric avait soulevé la jeune fille à bras-le-corps et l'avait transportée dans l'arrière-boutique d'une pharmacie. Elle avait rapidement repris connaissance ; ouvrant les yeux, elle avait dit seulement :

– D'où venez-vous ?

– De France, avait dit Frédéric. Puis, n'estimant plus sa présence nécessaire, il s'en était allé.

C'était la toute petite Allemande qui avait perdu une dent aux rendez-vous de Hambourg en 1932. Mais, bien sûr, ils ne s'étaient pas reconnus.

Fin janvier, par vent d'Est, on entendit le canon et alors apparurent les petits biplans russes qui se promenaient bas, mitraillant et arrosant tout ce qui bougeait de bombes antipersonnel !

La ville se préparait au siège. On érigeait des barricades, on bourrait des sacs de sable. La terre gelée était impossible à travailler. Frédéric fut informé qu'il partait pour aider à construire des fossés antichars. Sur le groupe des requis planait une atmosphère de crainte. L'affiche les mobilisant portait cette inscription : « Quiconque se dérobe à ses obligations annexes de défense directe du Reich sera fusillé sans jugement. » Tous avaient le sentiment de l'inutilité de leur travail mais ils se taisaient.

Ce jour-là, relâché à midi, Frédéric se rendit chez le médecin qu'il connaissait bien et se plaignit de lumbago. Il obtint trois jours de repos. Alors, il résolut de tenter sa chance et de s'éloigner du front russe. La situation était grave pour les travailleurs, ils auraient des difficultés à faire admettre qu'ils n'avaient pas été volontaires. Ils avaient œuvré pour l'ennemi et pouvaient être considérés comme traîtres.

Il alla trouver, au Reichstpost-praesidium, le chef de tous les ouvriers étrangers, celui-là même qui l'avait accueilli, lui et ses camarades, le jour de son arrivée à Breslau. Il ne lui dit pas qu'il était censé être malade et l'autre ne lui demanda pas à quel titre il était venu. Il n'en eut pas le temps. Avec astuce et précision, Frédéric lui expliqua la situation des postiers français.

Il palabra longtemps avec l'Allemand qui comprenait mais ne voyait qu'une solution pour leur permettre d'être évacués par trains, une évacuation qui dépendait d'un service de la police nouvellement créé. Il leur fallait obtenir un ordre de mutation avec destination précise et lui-même ne pouvait fournir qu'un ordre de mission qui ne remplaçait pas un laissez-passer. Ces ordres de mission, il en rédigeait à la pelle, ces jours-là, pour tout le personnel. Frédéric ne prit pas le temps de réfléchir : un papier officiel avec tampon, c'était déjà beaucoup.

— Je ne suis pas opposé à la délivrance d'ordres de mission pour les postiers français mais je vous les remettrai en blanc. A vos risques et périls ! Vous les remplirez vous-même !

Il en obtint trente-quatre. Mais la plupart de ses collègues ne voulurent pas prendre le risque de s'en servir ! Finalement, ce fut un Hollandais qui partit avec lui à bord d'une voiture dénichée dans le garage du tenancier de la guinguette qui avait lui-même quitté la ville deux jours auparavant. Le Hollandais l'avait trouvée par hasard et la voiture avait démarré, non sans difficultés, après des essais qui avaient duré tout l'après-midi. Les deux compères étaient en uniforme de chauffeur ambulant de la poste ; dessous, ils avaient accumulé tout ce qu'ils avaient de plus chaud, au cas où, Russes en vue, ils auraient dû se débarrasser de leur pelure accusatrice.

A la sortie de Breslau, ils évitèrent les barrages. Ils roulèrent jusqu'à Marklissa. De là, ils espéraient trouver un moyen plus sûr et moins compromettant pour rejoindre la zone conquise par les Alliés. Frédéric pensait sérieusement à une péniche sur l'Elbe qui le mènerait – pourquoi pas – jusqu'à Hambourg ! On était le 10 février 1945. Mais, à Marklissa, il retrouva son chef postier qui lui demanda de reprendre le volant d'un autobus pour conduire de malheureux réfugiés, des femmes et des gosses, loin du champ de bataille.

C'est ainsi qu'une fois de plus, il se vit confier un autobus, un énorme engin Mercedes à six roues et, pour comble, il était attelé à une remorque à quatre roues, pour soixante-dix personnes. Il ne croyait pas beaucoup aux bruits horribles qui couraient sur les atrocités russes, lui qui n'avait jamais gobé la propagande germano-phobe des journaux français de sa jeunesse. Cependant, comme son oncle Joseph, il se méfiait des armées de vainqueurs. Sa Danielle avait fui avec Bon Oncle et Lise, en mai 1940. C'était l'été alors et, tout compte fait, ils avaient eu beaucoup de chance ! Il pensa que, s'il la savait, par ce froid, avec ses gosses, attendant du secours à bord des routes mitraillées, il implorerait le Dieu du petit Abbé pour qu'un brave fridolin vînt perdre un peu de son temps et prendre des risques pour elle.

Alors, il se dévoua, heure après heure, nuit après nuit ! Ils allèrent à Liegnitz, à Parchwitz où ils chargèrent une fois de plus vieillards et enfants. Après Liegnitz, ce fut Cottbus et Zullichau. Quand l'autobus était plein, les gens restés sur le trottoir cherchaient à grimper sur le toit, déjà encombré de bagages. Pendant les derniers jours, Frédéric prenait à peine le temps de manger, dormant comme une brute entre deux convois.

Dix jours plus tard, l'ordre arriva d'évacuer les familles des postiers de Marklissa. Par Friedland, Zittau, Leitmeistz, il les conduisit au petit village de Lewin : une étrange bourgade, plantée sur un mamelon pointu et dominée par un clocher qui rappelait les bulbes des minarets turcs. Il resta à Lewin deux longues semaines. Il se sentait usé. C'est de là qu'il devait assister au grand bombardement de Dresde, distante seulement d'une trentaine de kilomètres, mais il n'en soupçonna pas l'horreur !

Il avait dit à son chef de Marklissa qu'il voulait un ordre de mission pour Hambourg. Jamais il n'aurait pu supposer que, malgré l'agonie qui approchait, l'administration fonctionnerait encore assez bien pour le satisfaire. Deux semaines après son arrivée, un facteur lui apporta un ordre de mission pour Hambourg. Il mit cinq jours pour y parvenir et y arriva le vendredi 7 mars.

Il se traîna jusqu'au buffet de la gare et commanda un café. Presque aussitôt, un schupo, qui avait repéré son allure de clochard, s'approcha et lui demanda ses papiers qu'il examina consciencieusement. En les lui rendant, il lui donna l'ordre de passer la nuit au Centre d'accueil des ouvriers étrangers. L'Ausländerheim était un local situé en contrebas d'une rue, non loin du port. Les pieds des lits de fer baignaient dans cinq ans d'eau boueuse. Un poêle où cuisaient des tranches de betteraves rouges refoulait sa fumée dans la pièce. Il fit demi-tour et retourna à la gare. Le policier y était encore. Frédéric lui décrivit l'état du centre d'accueil. L'autre l'écouta sans broncher, le regarda longtemps de ses petits yeux enfoncés dans un visage aussi ridé qu'une vieille pomme :

– Ecoutez, dit-il, il y a un autre Centre d'accueil pour les réfugiés de Prusse orientale. Tentez votre chance mais retenez bien que ce n'est pas moi qui vous y envoie.

Il ajouta, en français, avec un clin d'œil :

– Compris ?

Frédéric prit un tramway qui l'amena au port franc. En raison du blocus, les barrières étaient levées et son accès était libre. Le Centre d'accueil pour les réfugiés de Prusse orientale était situé dans un grand entrepôt. On y avait mis de la paille fraîche. Il s'installa dans la pénombre près d'une jeune fille roulée dans une couverture. Elle lui offrit un biscuit qu'elle tira de sa poche. Il était infect et sentait la naphtaline mais il le mastiqua lentement. La jeune fille venait de Stettin où un hydravion l'avait récupérée sur la plage.

Il commençait à s'endormir lorsque l'alerte sonna sur Hambourg. Ils durent descendre dans un abri qui lui parut d'une profondeur incroyable. Il n'aimait pas être sous terre et, plus il descendait, plus il lui semblait se rendre au rendez-vous d'une mort affreuse. Ils restèrent là si longtemps qu'il se rendormit sur un banc.

Le lendemain, il se rendit au lieu indiqué sur son ordre de mission. On lui assigna un poste de pousseur de chariot et un logement près de l'Hôtel de Ville, dans l'Alsterwall. Derrière le quai s'étendait l'Alster, le plus petit des deux lacs situés en plein centre de Hambourg. Sur la rive, en face, on apercevait la silhouette des demeures cossues à travers les squelettes des arbres dégarnis. Le ravitaillement était très déficient, les bombardements se succédaient sans trêve. Celui du 13 mars fut particulièrement violent. C'était par un clair après-midi qui annonçait le printemps. Frédéric pensait au printemps d'avant-guerre lorsque, tout gosse, un beau matin il sortait de chez lui, humant un air nouveau, léger et attiédi comme une caresse.

Les sirènes se mirent à hurler et, presque aussitôt, le ciel se couvrit d'un nuage de superforteresse. L'une d'elles précédait les autres et lança un fumigène qui tomba droit devant lui. Aucun doute, l'objectif était la gare. A cet instant, il vit se détacher les bombes, couleur argile cuite. Il courut à l'abri, ferma derrière lui la porte étanche puis celle du sas. Alors lui parvinrent les bruits des premières explosions. Il eut, en esprit, l'image d'un tapis mortel qui avançait vers eux. Les détonations devinrent moins sourdes, plus sèches, brèves et violentes, puis un énorme claquement auquel succéda une odeur de poudre brûlée. Il perdit notion de ce qui se passait et se retrouva, meurtri mais vivant, au pied d'un mur contre lequel il avait dû être projeté !

Il saignait du nez et sa chemise était déchirée. Du bout de l'abri, des plaintes lui parvenaient, des silhouettes se mouvaient dans la poussière. Il vomit. Un brancard pissant le sang passa près de lui. Ça coulait du corps étendu dessus, comme s'il était percé de coups d'épée. Il vomit encore. Il se demanda d'où il pouvait tirer tout cela. Il se releva en titubant et sortit de l'abri. La fin de l'alerte sonnait ; il leva les yeux et vit que l'immeuble qui avait abrité son bureau était éventré du haut en bas de ses treize étages. Il dormit quarante-huit heures.

La population se terrait. Chaque soir, des centaines d'avions bourdonnaient au-dessus de la ville, retournant vers l'Angleterre après avoir bombardé Berlin. La DCA les laissait, épargnant ses obus. Des haut-parleurs, répartis sur toute la ville, donnaient constamment à la population la situation aérienne afin d'éviter toute surprise aux habitants qui travaillaient. Pourtant, une nuit où Frédéric était de service, une énorme formation de forteresses lâcha ses surplus sur Hambourg sans que l'alerte fût sonnée. Il passait Mönckebergstrasse lorsque, brutalement, l'enfer se déchaîna. Les monstres volaient bas, une lueur d'incendie s'alluma dans la direction d'Alsterwall. Frédéric fila vers sa résidence. Il traversa en diagonale la place Adolf Hitler et réalisa que le bureau de tabac, en bas de la Mönckebergstrasse, avait disparu.

Tournant le coin de l'Hôtel de ville, il eut sous les yeux les ruines de la DeutschBank. Alsterwall n'avait qu'une rangée de maisons puisque c'était un des quais de la petite rivière qui descend du lac jusqu'au port. Des blocs de pierre des grands immeubles étaient tombés presque dans la rivière. Ne pouvant escalader les ruines, il fit le tour par la vieille église du Sacré-Cœur, passa sous le métro aérien et revint le long de l'Alsterwall. Il grimpa l'escalier de son immeuble. La bombe était tombée derrière le mur contre lequel était son lit. Des longerons étaient cassés, les planches du fond éparpillées, sa couverture déchirée. Son camarade était déjà à l'hôpital !

Désormais, à la moindre alerte, Frédéric se précipitait dans un abri profond, situé sous la gare centrale. Lui qui avait souffert de claustrophobie aurait voulu ne plus quitter ce trou qui lui semblait invulnérable et où la peur l'abandonnait un peu ! Dès que l'alerte sonnait, il y courait comme un dément. Le temps séparant la préalerte de l'alerte même diminuait de plus en plus, à mesure que les jours passaient et il courait de plus en plus vite à chaque raid aérien. Puis les bombardements lourds cessèrent, remplacés par des mitraillages et les grondements de l'artillerie canadienne qui approchait.

On ne dormait plus, on ne mangeait plus. Seulement un peu de soupe et quelques ronds de saucisson. Le marché noir sévissait encore mais les réserves s'épuisaient. Les sacs postaux destinés aux prisonniers américains libérés depuis longtemps fournissaient aux postiers hollandais des suppléments qui auraient pu les mener au poteau d'exécution mais cette crainte-là avait disparu !

Le 1er mai, une édition spéciale du journal de Hambourg annonça le suicide d'Hitler : « Der Führer gefallen ! » Le Gauleiter de Hambourg, imitant Dönitz, déclara d'abord que le combat continuait mais, deux jours plus tard, changea d'avis et déclara Hambourg ville ouverte. L'affiche proclamant cette décision ajoutait : « Celui qui veut se battre a toutes les occasions possibles de le faire en dehors de Hambourg. »

Le 2 mai, la ville était libérée. Les chars canadiens entrèrent les premiers. La radio alliée diffusait sans cesse des messages aux ouvriers étrangers les enjoignant de ne pas bouger, d'attendre le recensement des militaires pour être rapatriés. Sur les chars où l'Union Jack était peint sur la tourelle se tenaient des hommes en kaki. Des journaux suédois circulaient déjà.

Dès le 3 mai, la ville fut fouillée, les tireurs isolés recherchés et les passants interrogés. Les troupes circulaient en Half-track. C'était une drôle de sensation de ne plus rien craindre. Plus rien venant du ciel ! Plus rien venant des contrôles de police ! Frédéric regardait l'eau dormante du grand Alster : bientôt, les voiles des dériveurs fleuriraient. Un jour proche, sans doute, des touristes reviendraient. Un jour, des gens se donneraient rendez-vous à Hambourg ! Serait-il encore de ceux-là ?

Pour lui, il savait qu'il n'aurait plus jamais envie d'y revenir ! Au cours des dernières semaines, on lui avait raconté le martyre de la ville et de sa population, lors des bombardements de juillet 1943. Il ne pourrait jamais retrouver l'Alster et les canaux sans évoquer ceux qui s'y étaient noyés pour échapper au phosphore qui se rallumait dans leurs cheveux dès qu'ils sortaient la tête de l'eau. Même reconstruite, Hambourg serait toujours un cimetière. Il repensa au petit abbé. Il se surprit à lui parler tout haut : « A partir du moment où les tiens ont béni les canons, l'Abbé, votre Jésus, il vous a plaqué ou il est mort pour de bon ! »

L'ami Manfred avait dû mourir aussi, fusillé, torturé peut-être ! Il fit le tour de l'Alster et s'arrêta là où se trouvaient les villes dont les jardins abandonnés s'étiraient jusqu'à l'eau. La piscine, au centre du jardin public, n'était pas démolie, elle choquait !

Il prit le métro qui fonctionnait encore et se rendit à Altona et à Blankenese. Le restaurant où avaient lieu les rendez-vous de Hambourg était intact parmi les ruines. Il n'en croyait pas ses yeux. Il y entra et demanda un café. Rien n'avait changé, ni le décor ni la patronne et elle le reconnut. Ils bavardèrent et Frédéric lui rappela les années d'avant-guerre et les repas d'anniversaire.

Elle ne savait rien de la famille allemande. Le pilote avait rejoint sa fille à Stettin, au début de la guerre. Il devait être très vieux maintenant, s'il vivait encore !

– Et ceux de Norvège, demanda-t-elle ?

– Les dernières nouvelles étaient de 1940. Ma cousine venait de se marier. Depuis nous n'avons rien reçu. Moi-même, je ne sais rien de ma famille depuis plusieurs mois !

La femme ne paraissait pas surprise de le voir là. Elle ne demanda même pas ce qu'il faisait en tenue de postier allemand et, lui, renonça à raconter une nouvelle fois son histoire.

– Revenez nous voir, dit-elle, en guise d'adieu. Amenez-nous votre famille : il ne faut pas renoncer à vos rendez-vous de Hambourg !

Cependant, c'était un autre rendez-vous que Frédéric avait ici. Lui qui était passé indemne à travers la guerre, ayant souvent frôlé la mort, c'était là, bêtement, civilement et sans héroïsme, qu'il allait la rencontrer.

Ce jour-là, il avait voulu revoir Barmbeck où un immeuble de quatre-vingt-seize logements se dressait, solitaire, comme une île, surgi du nivellement du quartier. Il faisait très chaud et l'orage le surprit à Dehnaide. Une pluie chaude, diluvienne, coulait sur les ruines. Frédéric courait dans la boue pour rejoindre le camp au plus vite ; il longeait les pans de mur, ne pensant qu'à la bonne chemise sèche qu'il revêtirait en arrivant.

Disloquées, lavées par l'averse brutale, les pierres s'écroulèrent sans qu'il les ait vues se détacher. L'une d'elles l'atteignit à la tempe et il resta là, étendu, les yeux tournés vers un ciel libéré, qui s'éclairait du côté d'Altona !

**

Juillet 1944 avait apporté un nouveau coup à Sophie. Le complot contre le Führer laissait un doute sur l'issue du combat et sur le personnage même du chef vénéré. De valeureux officiers avaient été arrêtés, jugés, condamnés ! Ils avaient voulu trahir et ils méritaient de payer, c'était la conclusion logique qui s'imposait d'abord à l'esprit de la jeune fille. Toutefois, à partir de cette époque, sa foi nazie fut ébranlée.

Sophie se trouvait en Prusse Orientale lorsque la menace russe se précisa. Jusqu'à la dernière minute, le gauleiter, chef du parti de Prusse orientale, avait interdit à la population de partir, niant volontairement l'existence d'un quelconque danger et, lorsque l'attaque ennemie était survenue, il avait abandonné les malheureux, les laissant mêlés aux combats. Avec beaucoup de sang-froid et un dévouement sans limite, aidée par la vaillance de ses 19 ans, Sophie avait aidé à l'évacuation des villageois vers la Silésie. Elle les laissa à Dresde puis elle se rendit à Stettin pour une visite à ses cousins.

L'oncle Gustav, réformé, travaillait dans un bureau de l'administration civile. Il était méconnaissable, visage creusé, vêtements flottants sur le corps amaigri. Un pli amer au coin des lèvres modifiait son sourire, jadis épanoui. Et le regard surtout n'était plus le même : désormais chargé de tristesse ! Il embrassa sa jeune nièce, s'informa de ses nouvelles activités. Elle parla des réfugiés, raconta les évacuations.

– Pauvres gens ! Pauvres gens ! Cela nous guette tous, tu sais…

Et comme elle voulait protester :

– Non, ma petite fille, tu es courageuse, je peux te le dire ! Ne te fais pas d'illusions, il y a longtemps que nous avons perdu la guerre !

Il ajouta :
– Cette maudite guerre !

Comme Carl, il insista :

– Mais je ne laisserais pas les miens aux mains des Russes !

Au début de janvier 1945, Sophie fut envoyée à Berlin. Maintenant, elle savait ce qu'était la guerre ! Elle connaissait le prix des jours de gloire ! L'exaltation de l'adolescence s'était consumée devant les visions d'horreur imposées à sa jeune sensibilité. Sophie s'était souvenue des paroles aberrantes qu'elle avait chantées quelques années plus tôt ! « L'aurore pourpre d'Allemagne. » Dérision du destin ! C'était bien l'aurore pourpre mais aussi la nuit embrasée ! Et les brasiers d'où coulaient les ruisseaux de phosphore étaient nourris du sang de la jeunesse allemande mais aucune gloire n'en naîtrait jamais !

Un matin, sortant d'un abri, après une nuit de pilonnage incessant, elle avait eu le spectacle d'un quartier entièrement effondré, noyé dans la fumée, enveloppé de l'odeur écœurante des incendies ; un peu partout, des langues de feu ceinturaient les ruines d'une sorte de guirlande mouvante. Elle était la seule rescapée de la cave où le gaz avait asphyxié les autres. Elle s'était assise sur un matelas crevé incongrûment étalé en travers de ce qui avait été une rue. Alors, lui étaient revenus les mots du poème d'Heinrich Anakker : « O ! Tout Puissant Esprit qui fais ta solennelle entrée, voici que parle au monde, par mille langues de feu, l'Allemagne nouvelle ! »

La tête enfouie dans la laine épandue, elle avait pleuré, pleuré tout son saoul ! Elle n'aurait su dire combien de temps elle était restée là, jusqu'à ce qu'une équipe de secours n'arrive près d'elle. Elle avait accepté du schnaps : elle qui avait horreur de l'alcool en avait redemandé puis elle s'était mise à aider au dégagement des corps sous les décombres. Depuis le 17 janvier, Dantzig était tombé et, le 27, la Prusse orientale avait été séparée du Reich. Les Russes avaient traversé l'Oder et ils allaient assiéger Berlin. Elle se souvint de ce que Carl et l'oncle Gustav avaient dit !

– Ne tombez pas aux mains des Russes !

Elle avait peur mais pas un instant elle ne songea à se débarrasser de son uniforme. Sur le matelas, avec ses larmes, s'était évanoui tout ce qui l'avait empoisonnée. Elle avait pris la résolution d'assumer ses responsabilités. Nazie, elle l'avait été, elle ne le nierait jamais. Ce serait son nouveau courage ! Elle savait maintenant que son pays touchait le fond de l'abîme et elle fut saisie par ce qui lui semble brusquement une horrible évidence : il avait fallu en arriver là pour guérir car elle comprenait désormais que c'était un mal qui avait atteint l'Allemagne quelques années plus tôt.

Si l'attentat contre Hitler avait réussi, si la paix avait été conclue en juillet 1944, alors, elle-même et le peuple allemand auraient eu l'impression de n'avoir pas été vaincus. Beaucoup n'auraient pas su réellement ce qu'était une guerre, ce qu'était l'œuvre du Führer qui aurait gardé éternellement le prestige du héros martyr !

Certes, bien des morts et des ruines auraient été évités, mais jamais le peuple n'aurait eu cette révélation de l'horreur qui, en définitive, était salutaire ! C'était une pensée terrible mais lucide ! Qu'elle lui soit venue à l'esprit lui apparaissait pourtant une monstruosité !

***

En Norvège, dès février 1943, un décret avait mobilisé les hommes de 18 à 55 ans pour le travail forcé. Prétexte de travaux agricoles qui s'étaient avérés être des travaux de terrassement pour la construction de fortifications. Les inscriptions avaient été sabotées et retardées par un providentiel incendie des archives mais, deux mois plus tard, devant un refus massif des réquisitionnés, les rafles avaient commencé. Sur près de cent mille hommes en âge d'être requis, trois mille seulement avaient pu être trouvés : c'était alors que Leif était entré pour de bon dans la clandestinité.

Il n'apparaissait plus à Oslo. Ingrid recevait de ses nouvelles de temps en temps par des intermédiaires. Un beau jour, elle apprit qu'il était au Canada. Hilda et elle se trouvèrent bientôt seules avec les deux petits : Henning et le bébé Bodil, encore au berceau.

Souvent, elles devaient se relayer pour attendre toute la nuit à la porte des laiteries leur ration de lait si nécessaire aux enfants ! Une voisine leur rapportait alors des thermos d'ersatz de café qui les aidaient à se réchauffer.

Ingrid n'eut plus alors qu'une idée : rejoindre Leif. Embarquer par la mer avec les petits était impossible ! Les passeurs se chargeaient d'hommes valides utilisables pour les combats mais jamais ils ne voudraient s'encombrer d'une femme et de jeunes enfants ! En revanche, passer en Suède était envisageable. Elle prépara méthodiquement cette expédition.

Mise au courant, Hilda tint à accompagner sa fille. Elle était encore vigoureuse et pouvait la seconder efficacement. Pendant l'hiver, elles s'entraînèrent aux longues marches, elles glanèrent chez des amis tout ce qu'elles pouvaient trouver pour parfaire leur équipement mais il leur fallait un guide et Ingrid dut se faire introduire auprès d'agents compétents.

C'est ainsi que, dans l'Hedmark, elle obtint, sur recommandation, un rendez-vous avec une femme qui vivait dans une ferme avec ses deux fils d'une douzaine d'années. Elle lui exposa son désir de passer en Suède afin de rejoindre son mari au Canada. La femme était belle, à peine plus âgée qu'elle, brune, avec un regard à la fois bienveillant et énergique. L'habitation était confortable, des tableaux de peintres connus, des tapisseries anciennes ornaient les murs de la salle.

– Mon mari est absent pour quelques jours. Revenez nous voir la semaine prochaine, il fera de son mieux pour vous aider. Ayez confiance en lui. Jusqu'ici, tous ses passages ont très bien réussi !

– Même avec des enfants ?

– Même avec des enfants !

La femme lui posa amicalement la main sur l'épaule.

– Vous avez bien raison de vouloir rejoindre votre mari !

Ingrid revint la semaine suivante. Ce n'était pas facile. Il lui fallut prendre des camions de ravitaillement puis faire un long bout de route à skis mais il lui fallait à tout prix rencontrer cet homme.

Il l'attendait dans la jolie salle aux tableaux de maîtres et cet homme était Erling Sorensen! Ils se serrèrent la main, sans voix l'un et l'autre!

Erling tenta enfin de masquer la gêne qu'ils éprouvaient; il posa des questions banales auxquelles elle répondit machinalement. Ils ne s'écoutaient pas. Les mots les atteignirent quelques heures plus tard lorsqu'ils se trouvèrent séparés! Alors, chacun dans son isolement, entendit en écho le misérable échange.

Avec cordialité, Liv Sorensen suggéra à Ingrid de venir s'installer chez eux avec sa mère et ses enfants en attendant le jour favorable au passage de la frontière; il leur fallait, en effet, saisir les meilleures conditions météorologiques et cette solution facilitait la mise au point finale de leur tentative!

Ingrid hésita puis accepta. Elle se demandait si cette femme amicale savait qui elle était! Parfois, elle sentait son regard appuyé sur elle, grave et perplexe; on aurait dit que Liv Sorensen s'imposait une épreuve et attendait calmement le verdict.

Ils allaient côte à côte, par un chemin qui montait en lacets à travers la forêt; Erling avait trouvé un prétexte pour emmener Ingrid chez un camarade qui s'occupait avec lui des passages et habitait sur l'autre versant de la colline.

Elle racontait brièvement, à voix basse, ce qu'avaient été ces dernières années. Il fit de même. De longs silences coupaient leur dialogue.

— Es-tu heureuse? demanda-t-il soudain.

— J'ai trouvé un certain bonheur et peut-être est-il plus durable que celui que nous aurions pu connaître !

— M'as-tu pardonné ? insista-t-il encore.

— Ce n'est pas de ta faute, dit-elle lentement, je t'ai rencontré trop tard !

Elle contemplait la vaste étendue étincelante du lac encore couvert de neige, qu'elle devrait traverser pour gagner la Suède, mais ce n'était pas le lac qu'elle voyait. C'était au-delà, l'irrémédiable séparation ! Il ne leur restait que peu de temps à être ensemble, il leur fallait balayer la réserve qui les paralysait et parler librement.

— Tout est bien, dit-elle. Tes fils sont beaux et je suppose que tu aimes ta femme ? Vois-tu, quand je t'ai revu l'autre jour, je ne savais plus où j'en étais, j'étais assaillie de remords. Maintenant, je retrouve la paix, je crois bien que je t'aime encore et, pourtant, j'aime aussi Leif !

— Le cœur humain est vaste, dit-il doucement. Il n'y a pas là de quoi te troubler !

Un peu plus tard, il dit encore :

— Peut-être avons-nous eu la chance d'échapper à l'usure de la vie quotidienne, l'habitude ne ternira pas ce qui nous unit !

Ainsi s'efforçaient-ils tous deux à la sagesse mais ce n'était pas si simple qu'ils voulaient s'en persuader ! Au fil des jours, l'un et l'autre sentaient mollir leur volonté, Ingrid se reprit la première : non pas seulement en pensant à Leif mais surtout à Liv, cette femme qu'elle avait appris à estimer et dont elle sentait encore la main encourageante posée sur l'épaule. A cause de cette amitié-là, elle était demeurée sur sa faim.

Ingrid, Hilda et les deux petits passèrent la frontière à la fin de l'hiver, sur le lac gelé, limitrophe de la Norvège et de la Suède, Erling les accompagna jusqu'au bout. L'étreinte de leurs mains s'était prolongée au moment de l'adieu, puis Erling avait posé un doigt sur les lèvres d'Ingrid pour prévenir les mots :

– Ne dis rien, je sais ce que tu penses !

Elle le regarda intensément et, brusquement, l'embrassa. Il ébaucha le geste de la serrer dans ses bras mais déjà elle avait reculé. Alors il embrassa aussi les enfants et Hilda dont il avait paru jusque-là ignorer la présence :

– Maintenant, allez vite, vite, le plus vite possible !

Et elles avaient obéi sans plus penser à rien d'autre qu'à cette rive du lac qu'elles devaient atteindre sans être vues. Elles ne savaient pas encore qu'elles ne devaient jamais revoir la Norvège !

***

Depuis la fin du mois d'août 1944, la Finlande était à bout de force et, en septembre, elle avait signé avec la Russie un armistice dont un article lui imposait de ne plus tolérer la présence des troupes allemandes sur son territoire. La réaction d'Hitler avait été immédiate : « Les amis d'hier sont des traîtres, nous resterons ! » Ainsi, les différentes sommations du gouvernement finlandais demeurèrent-elles sans résultat et, dans certaines régions, les combats s'engagèrent mais le ravitaillement devenait impossible. L'ancien commandant en chef de l'armée de Laponie, le général bavarois Dielt, s'était suicidé après l'attentat manqué du 20 juillet et son successeur avait décidé de passer outre et ordonné la retraite pour éviter à ses troupes un destin tragique.

C'est pourquoi, Franz s'en revient des terres boréales finlandaises et toute une armée avec lui : un demi-million d'hommes qui se traînaient sur les routes de Finmark, au long des pistes. Ils se sont mis en marche à l'automne 1944 et la grande retraite a commencé. A chaque étape, les nuits ont avalé les jours toujours plus goulûment. Les voilà de nouveau en Norvège. Les camps de ravitaillement ont été abandonnés, ils regorgent de denrées.

Au passage, les soldats jettent leurs masques à gaz et bourrent les étuis de cigarettes ou de beurre. Ils font aussi provision de schnaps qu'ils comptent échanger contre du poisson. Les voitures hippomobiles avancent dans la journée ; la troupe, de nuit, à pieds, par étapes de 30 à 40 kilomètres, craignant les représailles de la population mais jusqu'à Troms, cette dernière a été évacuée. Terboven, le gouverneur allemand de la Norvège a donné l'ordre aux habitants d'abandonner leurs maisons avant le 30 octobre à midi. Certains sont partis par mer, à bord de longues barques du Finmark, d'autres se sont réfugiés dans les montagnes. Tandis que la déroute étire ses convois d'hommes tout au long de la Norvège, ceux-là guettent le moment où le dernier soldat aura disparu vers le sud pour revenir vers les demeures en ruines.

Car, stupidement, obsédés par l'idée de ne pas laisser aux Russes la moindre possibilité d'abri en cas de poursuite, les troupes du Génie, marchant les dernières, ont la mission impérative d'incendier les maisons. Vandalisme aussi inutile qu'imbécile ! Que de haine allumée en même temps que les brasiers où s'effondrent les petites maisons rouges des pêcheurs !

L'odeur du feu les poursuit au-delà de chaque village. Parfois, un camion conduit par des requis du travail obligatoire, ramasse des soldats et leur font gagner quelques heures sur ce long cheminement. Souvent, ces requis sont des Français du STO et Franz est heureux de parler avec eux !

Depuis le 15 novembre, le soleil n'apparaît plus : seule une lueur fugitive réduit le jour à un long crépuscule ! Ils ont traversé la rivière Pasvik et puis, de nouveau, les plateaux nus, lunaires, les rochers travaillés par des gels millénaires. Un pont de bois sur la Tana, puis la forêt. Repos dans les demeures abandonnées ayant échappé aux flammes ; aurores boréales projetant des feux orangés sur les reliefs accentués et qu'on pourrait confondre avec des lointains incendies. Parfois, c'est une estacade qui achève de brûler, au bord des eaux noires.

A Noël, ils sont dans un camp à l'Ouest de Troms ; en février 1945, à Narvik... Depuis octobre, la résistance norvégienne, prévoyant la retraite allemande et ayant mission de la retarder en raison de l'attaque des Ardennes qui gêne les Alliés, organise des sabotages sur les voies ferrées et les routes. Pour cette raison, la Compagnie de Franz embarque en bateau jusqu'à Bodö. Là, on leur promet le train mais non, ponts, tunnels et voies sont endommagés. C'est à pied qu'ils repartent encore. Ils en ont désormais une telle habitude qu'il leur semble être partis pour avancer ainsi à longs pas jusqu'à la fin de leurs jours !

Il n'est plus question de courrier. Cependant, ils savent par la radio qu'ils vont vers la captivité ou la mort ! Si on les presse ainsi d'évacuer la Norvège, c'est qu'on espère encore jeter leurs forces dans une ultime bataille ! Dorénavant, il leur arrive de pouvoir échanger leur schnaps et leurs cigarettes. Franz a accumulé toutes ses rations d'alcool dans un bidon. Il n'a pas de difficultés pour se faire comprendre :

– Ha du fisk ?

– Ha du snaps ?

Mais la plupart du temps, c'est dans un silence total qu'il traverse les villages. Il arrive qu'à la porte de leurs petites maisons de bois rouges, les habitants leur tendent le poing ; s'ils savaient ce que ce geste réjouit Franz ! Il n'a même plus l'impression d'être concerné et comme il les envie, ces hommes qui osent montrer ce qu'ils pensent ! Comme il aimerait pouvoir faire comme eux !

Pendant ces trois hivers, il n'a jamais eu à tirer sur un Russe mais, lorsque certains gradés sont venus le harceler, c'est contre eux qu'il a rêvé de braquer son fusil. L'un deux, surtout et la vue des Norvégiens aux poings tendus le lui rappelle : celui-là, comme il a eu envie de l'abattre ! Ah ! C'était bien lui l'ennemi !

Et tandis qu'ils marchent, nuit après nuit, vers le sud et un avenir inconnu, les jours commencent leur ascension galopante. Lorsqu'ils ont quitté Narvik, le soleil déjà éclairait de 9 heures à 16 heures. A Trondheim, quand enfin ils retrouvèrent le train pour Oslo, il a gagné encore deux heures, malgré la latitude perdue. Mars les trouve à Oslo où ils restent une semaine, attendant le bateau. Franz ira-t-il à cette adresse d'Oslo qu'il a toujours gardée ? Ces Norvégiens sont étonnamment calmes. Bien sûr, les résistants ont fait leur travail ; bien sûr, ils leur ont tendu le poing mais, sur mille kilomètres, pas un coup de fusil, pas un geste insensé de vengeance ! Pourquoi refuseraient-ils de recevoir le vaincu ?

Il se promène dans le Frogner Park. Il aime ces sculptures de Vigeland, cet hymne à la vie ! La Thomas Hefteyagate est tout près de là. Il suit la rue, s'arrête devant la maison ! Il est sur le point de sonner et puis, brusquement, il redescend les trois marches. Plus tard, bien plus tard, il se promet de revenir.

Ce séjour à Oslo a été leur première grande halte sur le chemin du retour. Ils ne sont pas les derniers soldats allemands à quitter la Norvège et le bruit court que le combat continuerait ici si toute l'Allemagne était envahie. La Scandinavie deviendrait ainsi le dernier repaire du « Fou ».

Décision démente, mais non impossible. On peut s'attendre à tout en ces jours où la défaite accule les maîtres de l'Allemagne aux déterminations théâtrales ! A Oslo, il reste encore des effectifs importants qui ont ordre de demeurer là, jusqu'au bout.

Dans la nuit du 14 mars, une opération de grande envergure, entreprise par une centaine de saboteurs, a achevé de perturber toutes les communications ferroviaires mais, dans les rues de la capitale, la population est paisible ! Ils vont quitter la Norvège. Le bateau qui les emmène passe le long des îles. Ce n'est pas encore le printemps mais la neige fond au flanc des montagnes qui dominent la ville. Bientôt, la végétation renaîtra sur ces rives.

Franz imagine la grande fête qui, ici, accueillera la reddition de l'Allemagne ! Il a des visions de foule, de milliers de drapeaux norvégiens flottant aux mâts des maisons, aux proues des bateaux. Il sourit, il passe devant l'île de tante Asta mais, pour lui, c'est une île comme une autre. Vers sept heures, le soleil disparaît derrière un nuage ; dans quelques heures, ils seront au Danemark.

A Aarhus, on vendait dans la rue des œufs, du lard, du fromage. Par bonheur, les Danois manquaient de cigarettes. Les masques à gaz se vidèrent et leur contenu remplaça avantageusement la monnaie. L'Europe vivait à l'heure du troc, retrouvant l'ancestrale coutume, oubliée au cours des siècles de l'argent roi.

Au Danemark, les trains roulaient comme aux jours de paix. Celui qu'ils prirent les mena à Hambourg. Pour la première fois, Franz voyait le spectacle désolant d'une ville en partie détruite. L'oncle Otto n'habitait plus Altona depuis plusieurs années. Il avait rejoint sa fille à Stettin pour finir sa vie auprès d'elle. Où se trouvait maintenant toute cette branche de sa famille maternelle ? Les retrouverait-il si on les acheminait vers l'Est, comme il en était question ? Depuis des mois, Franz n'avait plus aucune nouvelle des siens. C'est à Rostock que le train les déposa.

Il n'y avait comme perspective, au bout de leur longue marche, que l'ultime lutte pour défendre Berlin. On allait les jeter dans la bataille et c'est encore à pied qu'on leur fit prendre cette direction. C'est là, en avril 1945, que Franz rencontra le combat pour la première fois et qu'il vit ces chars monstrueux, semblables à ceux qui étaient passés sur Wolfgang. Alors, il connut la peur. En quelques jours, leur unité eut plus de pertes que pendant leurs quatre années dans l'Arctique.

Les routes étaient encombrées de fugitifs, fuyant depuis la Prusse orientale. Sur leurs grandes charrettes à quatre roues, les familles avaient entassé une partie de leurs biens et l'avoine pour les chevaux. Souvent, ceux qui les conduisaient – les seuls hommes du convoi – étaient des prisonniers de guerre portant sur leur uniforme les grandes lettres KG. Sans doute, travaillant dans les fermes de Poméranie ou de Prusse, étaient-ils devenus de véritables chefs de famille, remplaçant les pères et en assumant les responsabilités. Ils emmenaient les leurs, tentant de les protéger à la halte. On les respectait. Franz se demandait si le Français Frédéric n'était pas parmi eux ! Quel hasard, mais quelle joie s'il avait pu en être ainsi !

La nuit, le ciel, à l'est, était rouge d'incendies ! Chaque jour, ils espéraient apprendre la reddition de leur pays. Et, lorsque le 20 avril, jour anniversaire d'Hitler, le colonel les réunit pour les haranguer, ils crurent l'instant arrivé, mais non ! « La situation n'est pas inquiétante ! Elle n'est que neuve ! » Voilà ce qu'il leur dit, imperturbable et, prononçant cette ineptie, il les regarda un à un, guettant un sourire, un air narquois, qui aurait pu justifier une accusation de défaitisme et une exécution immédiate pour l'exemple !

Les dents serrées, les yeux rivés au sol pour ne pas se trahir, ils se continrent. A la même heure, les Russes étaient dans Berlin, les Anglais devant Hambourg, les Français à Karlshruhe et en Forêt Noire, les Américains sur les rives de l'Elbe. A Konstanz, ils étaient « libérés ». Entre Magdebourg et Berlin, dans les premiers jours de mai, ils furent faits prisonniers par les Américains. Ils déposèrent leurs fusils devant un grand noir qui, négligemment, d'un geste du pouce, leur indiquait l'entrée du camp.

Au cours des jours suivants s'effectua le tri : d'un côté, les justes, c'est-à-dire les manuels, utiles et considérés comme peu responsables, de l'autre, les suspects, les intellectuels, inutilisables et dont les professions avaient pu favoriser le régime. Franz fut de ceux-là : puni pour ceux qu'il avait exécrés.

***

Sophie ne regagna Konstanz que plusieurs mois après la fin de la guerre. Maria et Heinrich la croyaient disparue. Opa était mort le jour où les alliés étaient entrés dans la ville. Franz avait eu cette dernière consolation de savoir son père libéré. Oma s'en était allée, à peine un mois plus tard, endormie un soir dans son fauteuil, une chatte sur les genoux, Wander à ses pieds. Elle ne s'était pas réveillée, tout simplement, accomplissant ainsi le souhait qu'elle avait toujours formulé de n'ennuyer personne avec ce passage-là !

Les parents de Sophie lui racontèrent toutes ces choses et aussi les petits détails de leur existence, au cours des derniers mois. La guerre ici n'avait pas laissé de traces. Depuis les premiers jours, le black-out n'avait été ordonné qu'à partir de 23 heures et seulement dans la vieille ville. Pas de défense antiaérienne, aucun survol, aucun bombardement ! C'était seulement depuis l'arrivée des Alliés que le couvre-feu avait été décrété dès 19 heures.

Les deux derniers hivers avaient été pénibles : on allait aux environs chercher du bois de chauffage qu'on ramassait et ramenait sur des bicyclettes. C'était Heinrich qui y pourvoyait. Il y avait peu de gaz, quelques heures le jour et très peu d'électricité. Depuis 1944, la viande était un mets inconnu. Un peu de boudin, parfois, quand un voisin tuait un cochon. Le jardin d'Oma avait été bien précieux, les légumes récoltés se troquaient facilement.

En 1943 et 1944, Maria avait eu un travail énorme à l'hôpital. Une épidémie de diphtérie et une autre de scarlatine s'étaient répandues dans la population sous-alimentée dont la résistance à la maladie avait diminué. Il avait fallu vacciner tous les habitants !

De plus, la sécurité de Konstanz faisait de la ville la cité accueil des femmes enceintes. Elles arrivaient des régions sinistrées et bombardées, mettaient leurs enfants au monde au grand hôtel de Walthause, réquisitionné à cette fin. Ensuite, on les acheminait vers l'Alsace.

Heinrich avait gardé son travail à Radolfzell presque jusqu'aux derniers jours de la guerre. Il ne l'avait quitté que pour se joindre aux vieux mobilisés dans la Volkstura et chargés de défendre le territoire mais aucun enthousiasme n'animait ces hommes de soixante ans qui s'étaient empressés de rentrer chez eux sans s'être servis du fusil et avaient aidé à pavoiser de blanc pour accueillir les Alliés. Sophie avait écouté sa mère, devenue bavarde soudainement depuis le retour de sa petite fille, sa petite Küken retrouvée ! De ce qui les avait moralement séparées au cours des dernières années, il n'était plus question. Maria, comme Heinrich, ne prononcèrent pas une fois le nom d'Hitler, le mot : nazi.

Elle, Sophie, les entendait parler, faisant semblant de s'intéresser à des insignifiances, à des anecdotes qui lui paraissaient dérisoires. Jamais, elle ne raconterait ce qu'elle avait vécu ! Ses parents étaient demeurés dans une sorte d'îlot préservé ; seule la mort d'Else les avait vraiment éprouvés. Ils apprendraient bien assez tôt ce qui s'était passé ailleurs !

Peu à peu arrivèrent les nouvelles : Franz, prisonnier dans le Schleswig ; Gustav, disparu dans Berlin, Martha et ses fils, dans un camp de réfugiés. Sophie attendit le retour de Franz pour entrer chez les Franciscaines !

QUATRIÈME PARTIE

LES SURVIVANTS

1945, la guerre était finie ! Il y a des mois qu'on guettait la paix, qu'on la sentait venir, qu'elle reculait, qu'elle revenait si bien que, le jour où elle est là, on a presque du mal à y croire ! On attendait une grande explosion de joie, de l'exubérance, mais non ! Il semble que le monde soit trop las, trop incrédule, pour oser se réjouir vraiment ! C'est un peu comme l'entracte d'une tragédie. La paix paraît si fragile ! Et le dernier acte de guerre a été Hiroshima !

Sur la place de la mairie pavoisée, un orchestre joue les hymnes américain et russe : une foule grave les écoute. Il émane de ces deux hymnes une extraordinaire puissance mais il y a en eux quelque chose d'inexorable ! Ils suggèrent encore des images effrayantes d'hommes en armes, de machines de guerre écrasant tout sur leur passage. C'est à la fois grandiose et terrifiant.

Lise serre la petite main tiède d'Edith, dont les grands yeux sombres contemplent les bouquets des drapeaux alliés. Elle frissonne, comme si la force montant de l'orchestre possédait un pouvoir maléfique et menaçant. Ses enfants échapperont-ils au cycle infernal des guerres ? Leur génération connaîtra-t-elle enfin l'entente des peuples du monde ? Verront-ils l'Europe finalement fédérée ?

Et s'il devait en être autrement ? Elle pense à Grete : « Si je devais voir une nouvelle guerre, je me jette sous un train ! » Elle entend Joseph : « Voyons, Grete, voyons… ! » Comme tout cela est loin !

Tant de choses depuis l'impasse de ses jeunes années. Parfois, elle passe devant ce qui fut sa maison; la hampe du drapeau a disparu, mais ni le pont ni le tunnel n'ont été détruits. Il arrive que la porte soit ouverte. Alors, elle a envie d'y pénétrer comme si elle allait retrouver là les mêmes tabourets de tapisserie rouge sur lesquels ses six ans naviguaient pour entrer dans Hambourg! Elle revoit Papa Magnus dans son fauteuil et Joseph découpant la dinde, à Noël, et Frédéric…

Un soir – c'était la nuit tombante –, la fenêtre de l'ancienne chambre de ses parents était éclairée, cette chambre où Grete était morte dix ans plus tôt. Elle avait alors eu l'impression de les perdre tous une seconde fois: Papa Magnus, Grete, Joseph, Frédéric… Car elle savait maintenant qu'elle ne reverrait jamais Frédéric, bien qu'elle ne parvenait pas à croire à sa mort!

Elle entendait toujours sa voix, elle revoyait ses mimiques, ses gestes, pensant: « Tiens, je vais demander ceci, cela à Frédéric! » mais Frédéric est derrière le mur, avec les autres, disparu et pourtant si proche!

Franz quitta son camp de prisonniers en mars 1946. C'est à Hambourg qu'on lui remit ses papiers de libération. Il avait compté toucher un arriéré de solde mais le fonctionnaire qui le reçut lui remit royalement la somme correspondant à deux journées de troufion. Pas question avec ces quelques marks de prendre en gare un billet de train pour Konstanz! C'est donc en fraude qu'il se hissa dans un wagon de charbon retournant à vide vers la Ruhr. Il avait l'adresse d'un camarade libéré avant lui parce que manuel et qui habitait Essen. Il passa la nuit chez lui. Le copain était marié, le ménage semblait avoir du mal à joindre les deux bouts. Franz n'osa même pas leur emprunter un peu d'argent pour poursuivre sa route. Le lendemain, il rôda encore une fois dans la gare et se casa dans un train de marchandises roulant vers le Sud.

Aux approches de l'Oddenwald, le train s'arrêta en rase campagne. Il connaissait l'endroit. C'était à une dizaine de kilomètres d'une ferme exploitée par un oncle de Wolfgang et Mika. Quelques années plus tôt, il avait passé là plusieurs jours avec ses amis.

Il sauta sur le ballast. C'était le printemps, son bruissement se propageait dans les prés, des appels fusaient des buissons. Il éprouva un grand plaisir à marcher libre dans la splendeur du jour ! Depuis cinq ans, il avait pris l'habitude de glaner sur son chemin tout ce qui pouvait être utilisé, tout ce qui était consommable ; aussi, son attention fut-elle éveillée par la présence de nombreux escargots ! Il allait en ramasser pour les apporter au cousin de Mika. Au moins, il ne s'amènerait pas les mains vides.

C'est ainsi qu'il était arrivé à la ferme, tout heureux d'avoir quelque chose à offrir mais Mika était à Konstanz et ses cousins regardèrent, horrifiés, les escargots, ignorant que ces bestioles étaient comestibles. Franz eut l'impression de leur paraître quelque peu détraqué ! Des années après, il en riait encore !

On ne circulait pas encore entre la ville allemande de Konstanz et la ville suisse de Kreuzlingen. Au-delà de la frontière, commençait un monde d'abondance encore interdit mais c'était plus fort que lui ! Franz, dès son retour, dirigea ses pas vers le poste de douane. Il se trouva nez à nez avec Mika, dans la Emmishoferstrasse, presque au même endroit où, quinze ans plus tôt, ils s'étaient rencontrés pour la première fois !

Ils se donnèrent rendez-vous à l'embarcadère du bateau pour Meersburg. Franz avait préféré qu'elle ne vienne pas le chercher à

Almansdorf dans cette maison qui avait appartenu à Opa Andreas et qui était désormais celle de ses parents. Revoir Mika aurait réveillé chez Maria le souvenir d'Else et puis, peut-être, aurait-elle aussitôt échafaudé une histoire romanesque autour de cette rencontre !

Pour lui, Mika, c'était seulement sa jeunesse, c'était Wolfgang et c'était Else, c'était ce que tous deux avaient perdu ! Ils marchèrent jusqu'à Markdorf et grimpèrent jusqu'au Gehrenberg. Par bribes, ils se racontaient leurs années de guerre, peu de détails d'ailleurs, pudiques l'un et l'autre sur leurs épreuves et leurs récents souvenirs.

Pour Mika, il n'y avait pas de mots pour parler de ce qu'elle avait vu. C'était le passé plutôt qu'elle évoquait calmement, sans trop de tristesse, et c'était un peu comme si Else et Wolfgang les précédaient sur le chemin. A l'heure du couchant, ils étaient encore là-haut, dominant le lac.
– Franz, murmura soudain Mika.

Il se pencha un peu vers elle, croyant qu'elle voulait lui parler mais elle répéta : « Franz », secoua la tête et dit :

– Non, rien, ça me fait plaisir seulement de répéter ton nom comme une preuve que nous vivons bien vraiment, tous les deux.

Elle soupira comme une enfant lasse, se tourna vers le soleil déclinant et ferma les yeux, éblouie. Elle pressa alors son front contre la manche du chandail bleu de Franz. Les derniers rayons de l'astre les baignaient de lumière dorée. Franz scruta avec surprise l'étroit visage fatigué aux paupières baissées qui reposait contre son bras ! Mika n'était pas précisément le type féminin qu'il avait apprécié au temps où ses vingt ans s'emballaient pour une fille. Elle n'était pas jolie. Elle paraissait tellement vulnérable, comme Else. Elle ressentait trop les choses et tout la marquait plus qu'une autre !

Depuis dix ans, elle avait vieilli prématurément, les veines saillaient un peu sur ses tempes et quelques cheveux blancs se mêlaient aux mèches brunes que la brise chassait sur son front ! Sous ses yeux, des ombres mauves accusaient la lassitude du regard.

Franz détaillait une à une les marques du temps et de la souffrance sur les traits et le corps de son amie, les coins des lèvres qui s'affaissaient un peu, réduisant le sourire, l'ossature délicate devenue trop saillante, la silhouette raidie, presque anguleuse. C'était vrai, Mika n'était plus une belle fille mais elle lui était chère, si terriblement chère ! Il avait besoin de sa présence d'une manière impérative. Il l'avait retrouvée et, telle qu'elle était, il comprenait qu'il ne pourrait plus se passer d'elle !

Franz mit des années à se réadapter au rythme et aux exigences de la vie civile. Tout lui paraissait contrainte. Il gardait de ses années passées dans l'Arctique l'habitude d'une exceptionnelle liberté, celle des grands espaces, du silence aussi. Dans l'immédiat après-guerre, il étouffait. Financièrement, la vie n'était pas des plus faciles. Mika se révélait un modèle d'économie et de patience. Peu à peu, elle grignotait la gêne, s'organisait comme une fourmi. Leur petit Hans-Joseph était né en 1947 et, quelques semaines après la naissance, elle trouvait un emploi dans une clinique.

Chaque matin, elle déposait le bébé chez sa belle-mère et, le soir, elle le reprenait après son travail. Le jardin soigneusement cultivé fournissait en abondance fruits et légumes. Ils élevaient aussi des lapins ; soit qu'on les mangeât, soit qu'on les troquât contre de la volaille, soit qu'on vendît les lapereaux, la famille parvenait ainsi à joindre les deux bouts.

Maria tricotait et cousait pour tous. Heinrich tannait les peaux des chinchillas entre deux réparations de violons. La vie reprenait. Chaque printemps épongeait davantage les souvenirs tragiques. Au lycée, Franz avait été chargé des cours d'histoire. Il s'efforçait de faire comprendre aux écoliers comment la génération précédente s'était trouvée mystifiée. Contrairement à beaucoup, il ne craignait pas de les éclairer sur les exactions des nazis et il savait le faire sans pour autant culpabiliser les jeunes qui l'entouraient, ne manquant jamais l'occasion de leur dire qu'ils devaient connaître le passé afin d'être maîtres de l'avenir! Et ses élèves l'aimaient!

Un jour, Franz reçut une lettre de la mère supérieure des Franciscaines de M... lui disant que sa sœur Sophie sombrait dans une véritable dépression. Pour elle, il n'y avait aucun doute. Sophie était entrée en religion sous le coup que lui avait porté l'après-guerre! Elle n'avait jamais eu de véritable vocation mais s'était sentie culpabilisée! Y avait-il eu dans sa décision première, une idée de rachat ou simplement un dégoût du monde ou peut-être encore le besoin d'échapper aux images d'horreur et de cauchemars que les révélations sur les camps de la mort avaient apportées?

Le couvent lui était-il alors apparu comme un abri? La mère supérieure considérait que Sophie pouvait facilement être libérée de ses vœux mais, dans l'immédiat, il fallait d'abord la soigner et l'aider à reprendre pied dans le monde. Cette réadaptation, ce fut finalement l'œuvre de Mika! Avant tout, il fallait à sa belle-sœur un cadre familial! Leurs revenus étaient modestes, ils avaient à leur charge les parents de Franz et un deuxième bébé s'annonçait; pourtant, elle accueillit Sophie sans hésitation. Elle savait combien l'envoûtement dont avait victime leur jeune sœur avait gâché la jeunesse de son mari et d'Else mais elle voulait oublier cet égarement d'enfant et, tacitement, dans la famille Linden, on convint de ne jamais parler du passé.

Une fois guérie, Sophie trouva du travail dans un Home pour jeunes infirmes. Six mois après, elle se sentait assez sûre d'elle pour louer une chambre en ville et reprendre son indépendance. Elle s'occupait de l'entraînement physique qu'on tentait de donner aux petits handicapés. Aider ceux-ci à améliorer leurs pauvres performances convenait à son tempérament dynamique. Elle avait retrouvé sa volonté de jadis et savait l'insuffler aux autres.

Après la naissance de la petite Sigrid, Mika cessa de travailler. Le niveau de vie s'élevait peu à peu, Franz avait pu enfin s'acheter une moto et, pendant les vacances, il avait repris ses randonnées en Suisse et en Autriche. Sophie venait parfois garder les enfants, permettant ainsi à sa belle-sœur d'accompagner son mari. Il leur semblait qu'à l'approche de la quarantaine, ils commençaient seulement à vivre. L'air d'Europe était devenu respirable ! Les gouvernements paraissaient sur la bonne voie de l'union ! Il y avait bien la tension est-ouest mais une autre guerre était devenue impensable !

Encore quelques années et ils remplaceraient la moto par une voiture. Alors, avec les enfants, ils pourraient prendre des vacances dans ces pays de soleil qu'ils ne connaissaient pas : Italie, Espagne, Yougoslavie, Grèce, peut-être ! Ils regardaient déjà les cartes routières, les vitrines des magasins vendant des articles de camping. Ils avaient tant d'années perdues à rattraper !

Vers la même époque, en France, Jean et Lise songèrent à prendre des vacances en famille. Depuis quatre ans, Jean travaillait à Dunkerque et avait acquis sa maison à Grand-Fort-Philippe. Dans les chambres de l'étage, il y avait maintenant six enfants, tous si différents : Edith et Axel, les enfants de la guerre : elle, sérieuse et réfléchie, regard noir largement ouvert, boucles dorées qui fonçaient ; lui, malicieux avec ses yeux de couleur d'amande fraîche. Puis, le petit Breton, Erwan, souvenir d'un voyage à Belle-Ile, tout blond celui-là et en qui Lise revoyait Frédéric. Aude, aux épaisses nattes de couleur de paille ; Colin, qui avait tout hérité de Joseph, et surtout l'inquiétude des prunelles grises, un peu tristes ; et Anne-Grete, la dernière !

Tous les six, sources de joies et de tourments et dont ils ne pouvaient présager l'avenir ! Lise avait l'impression qu'en les engendrant, elle les avait confiés à un fleuve dont elle ignorait les méandres et l'aboutissement ! L'un d'entre eux retrouverait-il un jour le chemin d'Oslo et, à l'inverse de l'ancêtre, prendrait-il racine sur la terre délaissée ?

Par Christiane Haller, avec qui elle avait repris contact après-guerre, Lise avait appris en partie le destin de la branche norvégienne. D'Ingrid, elle savait seulement qu'elle s'était établie au Canada avec les siens. Personne ne connaissait son adresse. Chaque fois que Christine était retournée là-bas, dans la famille de son mari, elle avait tenté de s'informer mais nul, à Oslo, n'avait jamais pu la renseigner.

***

Dieu ! Que la côte varoise était encore jolie en cet été de 1954 ! Pourtant, on constatait déjà le désastre d'une urbanisation envahissante qui achevait de dévorer le littoral de l'Estérel et s'apprêtait à croquer les Maures. Lise et Jean campaient avec leurs enfants chez des viticulteurs qui les avaient autorisés à planter leur tente sous trois pins parasols, en lisière des vignes. Ils venaient là pour la première fois et tout était révélation : le chant des cigales, le bruissement des cannisses, les couleurs de la mer et la tiédeur des soirs, lorsque les pierres rayonnaient encore la chaleur du jour.

La plage, toute proche, enclavait son sable blanc entre le cap des Sardinaux et celui des Issambres. Les petits, Aude et Colin, s'y ébattaient au soleil. Erwan commençait à nager et les grands, Edith et Axel, munis de masques et de palmes, cherchaient des poulpes dans les rochers tout proches. Le monde sous-marin avait été, pour ces deux-là comme pour leurs parents, la grande découverte de leurs vacances méditerranéennes. Lise savourait ces quatre semaines où, mari et enfants autour d'elle, elle n'avait rien à craindre pour aucun d'eux! Elle respirait pleinement, sans inquiétude, goûtant les petites joies que leur offrait la vie saine du camp.

C'est au cœur de ce bonheur que tomba la nouvelle du rejet de la CED par la France!

Depuis 1948, Lise avait suivi les efforts des Européens pour parvenir à une Fédération. Pour elle, ce qu'elle considéra comme une faute de la France, fut un choc qui gâcha en partie la fin de ses vacances. Soudain, le ciel fut moins bleu, l'eau moins chaude. Les angoisses de son enfance, assoupies depuis la fin de la guerre, renaissaient d'un coup. La notion d'armée lui faisait pourtant horreur! Elle était viscéralement antimilitariste mais il apparaissait hélas que les grands dirigeants des blocs n'étaient nullement décidés à renoncer aux armes. Les peuples eux-mêmes, bien que terriblement décimés et meurtris n'étaient pas encore parvenus à se libérer de cette sorte de fatalité du : « si tu veux avoir la paix, prépare la guerre ».

Dans ces conditions, puisque l'armée était inévitable, mieux valait une armée européenne que des armées nationales. Elle aurait au moins l'avantage de permettre aux jeunes générations de mieux se connaître et de réduire à néant la possibilité d'un nouveau conflit entre européens. Ce jour du rejet de la CED, elle eut l'impression d'un recul de la conscience européenne, recul dont peu mesuraient encore les conséquences. Elle pensa à ses propres échecs dans ses tentatives de rencontrer des familles allemandes.

Cette suite de déconvenues avait commencé dès 1945, lorsque Jean et elles avaient voulu rentrer en contact avec un prisonnier qui aurait pu trouver chez eux une ambiance familiale et les aider au jardin. Ils avaient appris trop tard que la chose était possible et, lorsque Jean avait fait la demande, les prisonniers avaient déjà quitté la ville.

Puis lorsque, en 1946, le père Pire avait créé l'aide aux personnes déplacées, ils avaient demandé à parrainer une famille. On leur envoya une adresse dans l'île de Sylt. Ils écrivirent en français, envoyèrent un colis à Noël, invitèrent un enfant pour l'été. Les gens répondirent une longue lettre en Allemand, donnant l'âge et les prénoms des enfants. C'était une famille nombreuse. Ne sachant pas l'allemand, Lise et Jean confièrent la lettre à un ami qui leur promit de la faire traduire par un parent. Les mois passèrent et on leur avoua finalement que la lettre était égarée. Ils n'avaient pas pris la précaution de noter l'adresse et ils ne parvinrent jamais à se souvenir du nom de cette famille.

Ils écrivirent à l'organisme mais c'était trop tard et trop compliqué de retrouver la trace de réfugiés qui passaient d'un camp à l'autre avant d'être définitivement accueillis dans une région déterminée !

Cette journée du 31 août 1954, où les journaux commentaient l'échec de la CED, devait donc demeurer toujours dans son souvenir. Jean tenta d'atténuer sa déception :

– Tu verras, on trouvera autre chose, l'idée est en marche. Il y a déjà la communauté de charbon et de l'acier et elle émerge drôlement ! Bientôt, nous aurons le marché commun !

Lise eût un petit sourire fatigué.

– Un marché ! C'est çà, le marchandage, quoi ! Et les marchands de connivence pour exploiter les peuples !

– Tu es pessimiste et impatiente ! Il faut laisser couler le temps !

– Il n'y a pas d'âme dans un marché ! Le temps n'arrangera rien ! Et il peut même défaire…

Elle sentait que, justement, il fallait faire vite ! L'Europe, ruinée et sous le coup des malheurs de la guerre, pouvait encore renverser les vieilles conceptions nationalistes. Par raison, elle pouvait accepter l'union. L'amour viendrait après avec l'approfondissement de la connaissance ; mais demain, il serait trop tard ! Les intérêts financiers viendraient à court terme, à bout des meilleures intentions et des bons sentiments. Il fallait faire vite pour que, dans dix ans, Edith et les autres voyagent à travers une véritable Europe sans frontières, pour qu'à leur jeunesse, née à la charnière de deux mondes, s'offre une entreprise passionnante. Reconstruire une société à leur mesure, décantée des obstacles qui, depuis un siècle, avaient entravé le progrès social. L'unité européenne était seulement une étape et s'ouvrait sur l'humanité entière.

Edith eut douze ans en 1955. Elle étudiait l'allemand et un échange lui aurait été profitable. Où l'envoyer ? Il y avait encore peu d'organisations officielles, hormis quelques initiatives très coûteuses et ses parents pensèrent qu'une entente de famille à famille était la meilleure solution.

Un ami de Jean avait, peu après la guerre, fait son service militaire à Konstanz. Il en avait gardé un souvenir enthousiaste. Pourquoi pas Konstanz ? Un lac chaud où la petite pourrait nager, la Suisse toute proche. Justement, ils devaient camper en Italie, cet été-là. Konstanz serait un détour agréable ; ils visiteraient la Suisse en passant.

345

Lise écrivit au directeur du Lycée de Konstanz, lui soumettant sa proposition d'échange. Elle reçut une réponse par retour du courrier. La lettre émanait d'un professeur de Français, Franz Linden. Il avait lui-même des enfants, encore un peu jeunes pour quitter leur famille mais pour qui le moment viendrait d'aller en France. Il était ravi d'avoir trouvé un foyer et des personnes paraissant mener le même genre de vie qu'eux-mêmes, aimant le camping et la vie simple. (Lise, dans sa lettre, avait insisté sur le côté rustique de leur existence.) Il proposait de recevoir Edith dès l'été et de remettre à une ou deux années le séjour de l'un de ses enfants. Il s'offrait aussi à héberger Lise et les siens à leur passage.

Monsieur Linden, professeur de Konstanz habitait une agréable maison, proche des rives du lac, et les six petits Français s'y étaient comportés comme s'ils avaient toujours connu les lieux. Edith était sans doute la plus réservée, peut-être un peu anxieuse de quitter les siens pour la première fois et pour quatre semaines ! Axel avait trouvé la bicyclette du fils de la maison et la regardait avec envie. Erwann, dans la cuisine, réclamait à boire. Aude et Colin poursuivaient le chat. Anne-Grete grognait. C'était une sorte d'invasion dans la demeure paisible.

Lorsque le maître de maison était apparu sur le pas de sa porte, les uns et les autres avaient su aussitôt que l'échange était réussi, une de ces intuitions que le temps ne dément pas ! L'épouse du professeur avait un regard calme et maternel, elle parlait le français moins bien que son mari mais suffisamment pour qu'Edith ne se trouvât pas désemparée les premiers jours. La fille, Sigrid, étudiait les langues classiques, le français s'y ajouterait plus tard. Hans-Joseph, lui, l'apprendrait dès son entrée au lycée.

Ils avaient, pour la nuit, couché les enfants un peu partout : sur des divans et des matelas pneumatiques puis ils les avaient laissés sous la garde d'une vieille dame, une certaine Oma Maria qui était la mère du professeur. Ils passèrent une partie de la soirée dans une auberge du vieux Konstanz et burent du vin de Moselle qui, au retour, leur tourna la tête et les rendit joyeux. Pour Lise et Jean, tout dans ce pays de Bade était nouveau. Ils s'y sentirent bien à l'aise, appréciant la beauté de la ville et des rives du lac, l'hospitalité de leurs hôtes.

***

Au cours des années qui suivirent cette première rencontre, ils se revirent quelquefois, mais rarement car, en grandissant, les enfants voyageaient seuls, de part et d'autre. Le professeur et sa femme n'étaient jamais venus à Grand-Fort. Le Nord de la France avait mauvaise réputation touristique et Lise, comme Jean, les comprenaient : l'Italie, la Yougoslavie ou l'Espagne les attiraient davantage ! Ils avaient aussi, toutes proches, la Suisse et l'Autriche qui, en hiver, leur offraient à bon compte de magnifiques champs de ski.

Cependant, à chaque échange, par l'intermédiaire d'Edith, puis d'Axel et d'Hans-Joseph ensuite, ils apprenaient par bribes des détails sur leurs vies parallèles. Ils s'écrivaient régulièrement, exposant leurs problèmes familiaux mais aussi leurs opinions sur les événements qui secouaient le monde. Par cet échange, ils saisissaient mieux le décevant recul de l'Union Européenne dont la dégradation, depuis 1958, allait croissant sans que les opinions publiques s'en rendissent compte, toutes saoulées qu'elles étaient par les belles déclarations des gouvernants, plus nationalistes que jamais !

Mais ils avaient aussi des motifs d'espérance. Les Français commençaient à voir plus clair sur les origines du nazisme. Des livres paraissaient, révélant l'existence d'une résistance allemande. C'est ainsi que Lise avait lu *La rose blanche*. Sophie Scholl (jeune étudiante résistante, condamnée à mort ainsi que ses camarades, tous décapités à la hache en février 1943) était née le même jour qu'elle, coïncidence qui l'avait fortement impressionnée, sachant pertinemment qu'à sa place, elle n'aurait jamais eu son courage.

Elle avait puisé dans ce livre quelque réconfort. Quelques années plus tôt, au cœur de la guerre, elle avait rejoint en pensée ceux qui, de l'autre côté, souffraient en leur âme de ce mal atteignant l'Allemagne. Elle savait désormais ne s'être pas trompée !

Edith et Axel avaient lu le récit et, lors d'un séjour à Konstanz, Axel avait trouvé une édition allemande de *La rose blanche*. Monsieur Linden était tout étonné que son jeune hôte eût déjà lu ce livre. Axel avait précisé :

– Maman y tenait beaucoup et puis on l'a prêté et il a été perdu. On ne peut plus se le procurer car l'édition est épuisée.

Monsieur Linden, pour Noël, leur avait envoyé une édition allemande de l'ouvrage. Dans la lettre qui l'accompagnait, il écrivait aussi : « Quel hasard, Madame ! Ce petit volume dont j'ai tenu à lire une grande partie en classe ! Axel l'a vu sur mon bureau et m'a dit, à mon grand étonnement, qu'il le connaissait. Vous savez, des milliers de gens ont pensé comme elle mais ils étaient lâches et n'ont pas eu son courage. Il me semble que ce sont des affinités spirituelles qui ont conduit nos deux familles l'une vers l'autre ! »

Ils avaient aussi d'autres raisons d'espérer ! Des liens se tissaient entre les hommes. Les maires fondaient l'Union des maires d'Europe. Les villes, les associations sportives se jumelaient, des groupes de jeunes s'échangeaient. Certains prisonniers commençaient à oser dire qu'ils n'avaient pas été si malheureux chez leurs patrons allemands et ces derniers reconnaissaient que bien des Franzosich étaient loin d'être fainéants et dégénérés comme on avait voulu leur faire croire !

Les uns et les autres retournaient, avec femme et enfants, visiter les régions où ils avaient vécu pendant la guerre, cette guerre qui, cette fois au moins, avait apporté aux belligérants la connaissance respective, effaçant les idées préconçues ! Bientôt, suivraient les premiers mariages !

– Tu sais, dit un jour Edith à sa mère, lors d'un retour de Konstanz, Monsieur Linden a traversé toute la Norvège, pendant la guerre ! Une fois, comme çà, on parlait du soleil de minuit et je disais que notre arrière-grand-père était norvégien ! C'est bien çà, hein ? C'était bien ton grand-père ?

– Oui, dit Lise, Papa Magnus.

Et tandis qu'elle prononçait ce nom, une bouffée d'enfance lui venait, une certaine mélancolie aussi. Papa Magnus, dans son fauteuil à bascule, et la mélopée de la langue scandinave. Elle gardait encore, de ce temps-là, la nostalgie de ces langues germaniques. Pourquoi ne s'était-elle pas acharnée à les apprendre ? Elle avait essayé, faisant réciter les leçons d'allemand à Edith et Axel, puis à Erwan mais ses enfants l'avaient vite dépassée. La routine quotidienne dévorait ses jours, la laissant au soir de chaque journée trop fatiguée pour un effort supplémentaire !

Plus tard peut-être, quand ils seraient grands, quand elle serait vieille ! Lise n'avait jamais parlé à ses enfants des rendez-vous de Hambourg ! Pourquoi l'aurait-elle fait ? Elle-même n'y était jamais allée ! Et maintenant, il n'en était plus question ! Quel habitant du nord de la France aurait eu l'idée saugrenue d'aller passer ses vacances dans la région de Hambourg ?

Assoiffés de soleil et d'eau claire après les hivers brumeux et venteux qu'ils devaient supporter, c'était toujours vers le sud qu'aux vacances ils allaient camper depuis qu'ils avaient une voiture !

Pourtant, lorsqu'elle évoquait Frédéric, le nom de Hambourg retentissait en écho. De Danielle, demeurée en Dordogne après la guerre, elle recevait peu de nouvelles. Tante Helga avait succombé à une crise de diabète et cousine Laurette, toujours active et prévoyante, avait pris la gérance d'une librairie. Danielle l'aidait. Jan-Erik était déjà à l'Université et sa sœur dans une école de commerce.

Lise ne les avait jamais revus et se doutait bien qu'elle ne les reverrait jamais ! La Dordogne n'était pas sur le chemin habituel des vacances et le détour aurait paru long à Jean et à leur vieille voiture, toujours pleine d'enfants et de bagages ! Lorsqu'elle avait appris la mort de Frédéric, elle n'avait pas eu le courage d'aller voir Danielle, sous-estimant l'importance de sa visite là-bas. Bien sûr, ses deux aînés et Jean la tenaient sur place. Depuis le début de la guerre et plus encore après la mort de son père, elle n'avait pu s'habituer à l'idée de quitter les siens, gardant toujours l'impression désagréable que chaque « au revoir » pouvait être un adieu !

Elle avait ainsi laissé Danielle seule avec son chagrin. Et sans doute cette dernière en avait-elle été peinée. Peu à peu, les lettres s'étaient espacées, les liens s'étaient rompus !

A mesure que les années passaient et que se multipliaient les échanges entre Konstanz et Grand-Fort-Philippe, les personnalités des deux familles se précisaient. Au travers des enfants, ils apprenaient les uns et les autres leurs qualités et leurs défauts.

– Mon père se fâche trop subitement, se plaignait Hans-Joseph !

Lise plaisantait :

– En français, on dirait : c'est une soupe au lait ! Ça monte d'un seul coup mais c'est bon !

Elle tentait d'expliquer au garçon qu'une journée d'enseignement mettait à bout les nerfs des plus patients. Erwan se moquait de sa mère :

– Avec son Europe, elle devient obsédée. Bientôt, elle s'habillera en vert et blanc comme son drapeau fédéraliste !

Monsieur Linden le rabrouait :

– Ta mère, elle prend les choses à cœur ; tu ne peux pas en réaliser l'importance ! Elle est trop passionnée, ta mère, mais ce n'est pas un défaut !

Franz comprenait que chaque faux-pas du gouvernement français faisait mal à ces Français-là et lui s'ingéniait à trouver des excuses à chaque bévue nationaliste. C'était dommage qu'ils n'aient jamais eu l'occasion de se rencontrer davantage. Les « Cher Monsieur, Chère Madame » de leurs lettres étaient devenus « Chers Amis » mais c'était peu en douze ans ! Mika le remplaçait parfois pour assurer les liens de la correspondance. Cependant, pour elle, l'effort était plus grand que pour lui-même et, s'il se laissait aller à la paresse, il arriva que de longs mois s'écoulent sans échanges de nouvelles. Mais ces silences avaient peu d'importance. Ils savaient bien, ici et là-bas, qu'une amitié qui durait depuis tant d'années ne pouvait plus s'éteindre.

Ils étaient, au fond, comme de vieux compagnons de guerre, bien que l'ayant vécue, les uns et les autres, dans les camps adverses ! Ils l'avaient chacun subie, sans jamais ressentir aucune haine, aucun orgueil national, absents des victoires comme des défaites, torturés surtout par les malheurs infligés aux peuples d'Europe, gardant sans relâche l'esprit en quête d'une pensée commune qu'ils savaient bien exister ; assoiffés de vérité et de justice, isolés à leur manière, chacun dans le camp que le destin lui avait fixé, et sans jamais avoir su se réjouir de ce qui semblait satisfaire leur entourage !

***

En 1964, pour la première fois, Sophie s'était offert des vacances. Un forfait pour les Baléares, une petite île qu'on disait à l'abri des grands courants du tourisme : Formentera. C'était là-bas qu'elle avait connu Anton, celui qui était devenu son mari. Chaque matin, passant sur le balcon de sa chambre, elle se repaissait de la beauté des lieux, beauté presque irréelle ! Une plage de sable blanc, enchâssée entre l'âcre d'un cap et les dunes blondes, plantées de pins. A l'horizon d'une mer turquoise, émergeait, certains jours, l'imposant rocher du Vedra.

L'hôtel donnait sur la plage et des fenêtres du restaurant on apercevait les baigneurs attardés.

Elle s'était sentie bien seule, au bout de quelques jours ; mais après les petits saluts timides de table à table, étaient venues les conversations banales. Elle allait nager tôt le matin, longeant la côte, se reposant dans une anse, savourant l'incomparable limpidité de la mer.

Un jour, reprenant pied, un peu fatiguée par le bon kilomètre crawlé qu'elle s'était imposée, elle vit un petit attroupement sur la plage. Un accident ? Elle se hâta, souhaitant inconsciemment que ce ne soit pas un enfant ! C'était une vieille dame, gisant inanimée au bord de l'eau. Ils étaient quatre à s'en occuper. Un homme d'une cinquantaine d'années pratiquait le massage cardiaque. Sophie l'avait aidé. Ils s'étaient relayés vainement pendant deux heures. L'unique médecin de l'île n'arrivait pas ; sans doute était-il en tournée à l'autre bout du pays !

Finalement, le petit groupe mit le corps sur un matelas pneumatique et une singulière procession remonta par le sable brûlant de la plage jusqu'à l'hôtel où les pensionnaires, indifférents, prenaient leur repas. La noyée n'était pas une cliente de l'hôtel. On apprit, dans l'après-midi, qu'elle était venue le matin en taxi pour passer la journée sur la plage. Par son passeport, trouvé dans le sac resté sur le sable, on sut que c'était une touriste allemande. Sophie s'offrit pour prévenir sa famille.

– Vous permettez que je vous aide ? demanda l'homme qui avait dirigé la tentative de réanimation, je parle facilement l'espagnol, je peux vous être utile je crois, dans ce pays, pour les formalités.

Sophie pensa à tous les morts qu'elle avait vus au cours de la guerre et qui, en ce temps-là, finissaient par laisser les vivants insensibles. Cette vieille femme avait eu une mort douce, une crise cardiaque, peut-être ; sa vie s'était achevée sur la vision des vacances !

– Fatiguée ? demanda l'homme.

– Un peu, et puis ces choses vous bouleversent quand même !

Elle indiqua du menton les gens attardés dans la salle du restaurant.

– Je me demande comment ils ont pu garder l'appétit ?

Ils parlèrent un peu de leurs vacances, de l'île.

– Vous connaissez le littoral, vers la longue pointe de sable ?

Elle n'était jamais allée par-là.

– Vous pourriez louer une bicyclette, comme moi. J'habite au port ! C'est un hasard si je suis venu ici ce matin. Vous verrez, l'île vaut la peine d'être visitée à fond ; si vous le voulez, je peux vous guider. Il faut bien connaître les chemins. Moi, c'est mon deuxième séjour ici !

Il s'appelait Anton. Il avait cinquante ans et un fils : Benedikt.

– Ça vous surprend ? C'est que j'étais autrichien, vous savez !

– Vous étiez ?

– Oui, depuis un bon bout de temps, je suis citoyen des Etats-Unis !

Ils se virent presque chaque jour. Il l'accompagna au départ de l'avion du retour. Quand il se retrouva seul dans l'aéroport déserté, il se sentit désemparé. Elle lui avait laissé son adresse. En janvier, il lui écrivit quelques lignes. Sa femme, dont il était séparé depuis longtemps, venait de mourir ; son fils s'était marié. Il avait envie de venir faire du ski en Autriche. Pouvait-elle lui recommander une station et peut-être l'y rencontrer ? Elle répondit simplement : « Je passe la dernière semaine de février dans la vallée de la Leutasch, pension Kutaï. »

***

Elle mangeait seule, adossée au dôme blanc du vieux poêle qui emplissait la pièce d'une douce chaleur lorsqu'il arriva un soir où elle ne l'attendait plus. Ils avaient bafouillé, gauches, comme s'ils avaient vingt ans ! Elle avait dit :

– C'est gentil d'être venu !

Alors qu'elle pensait : « Quel bonheur ! » En elle-même, elle se morigénait : « Une vieille fille de quarante ans ! Une ancienne bonne sœur ! Tu deviens folle, ma fille ! Tes neveux riraient bien de te voir ! Et ton frère ? » Puis la saveur du vin tyrolien épongea leur embarras.

En sortant de la salle, son regard glissa sur l'image que lui offrait le miroir du couloir, une image sans miracle : celle d'une silhouette alourdie, d'un visage durci par le sillon creusé entre les yeux, d'une chevelure blonde qu'éteignait l'envahissement des mèches argentées.

– Cette fois, c'est moi qui connais le pays, lui dit-elle, alors qu'ils faisaient quelques pas dehors pour respirer un grand coup d'air frais avant d'aller dormir. Comme il ne nous reste que peu de jours, il faut en profiter.

Sophie se mordit les lèvres, remarquant le regard amusé d'Anton. Elle se sentait rougir et se remit à bafouiller :

– Enfin, je…

Il lui tapa familièrement l'épaule.

– Mais oui, mais oui. Vous avez tout à fait raison ! Dès demain, nous chaussons les skis.

Depuis le matin, ils suivaient la piste en direction d'Erwald. Le passage dans les bois était devenu étroit et ils avaient déchaussé leurs skis qu'ils portaient sur l'épaule. Il marchait devant elle, descendant d'un pas régulier le sentier qui dévalait vers l'auberge, Sophie ne pouvait détacher son regard de la nuque hâlée de son compagnon. C'était une nuque étrangement juvénile, ourlée de fins cheveux grisonnants, une nuque lisse, fragile et dont le creux l'émouvait au point d'avoir envie d'y poser doucement les lèvres.

Comme elle se sentait jeune soudain, mais combien ligotée ! L'âge ne l'avait pas guérie de son attitude garçonnière qui la faisait se vêtir d'épais chandails cachant ses formes et peigner ses cheveux à la diable, comme si y apporter une certaine coquetterie eût été dérisoire. Le matin même, devant la glace, elle avait entrepris de relever en arrière ses mèches souples, dégageant son visage : ainsi, elle paraissait dix ans de moins ! A quoi bon ? Cet homme, s'il éprouvait quelque sentiment pour elle n'attachait sans doute aucune importance à ces détails.

La sympathie qui les liait n'était-elle pas située au-delà des apparences humaines ? Il lui restait de ces jeunes années cette notion absurde qu'une femme doit cacher ses troubles et ses attirances, qu'il lui faut laisser à l'homme les initiatives, ne jamais ébaucher elle-même les premiers pas ! Son séjour au couvent n'avait fait qu'aggraver ses inhibitions.

L'aptitude d'Anton, son flegme, sa pondération, la désemparaient. Elle avait imaginé autre chose, mais rien, rien n'arrivait ! Certes, Anton témoignait d'une grande cordialité mais il n'avait recherché aucune occasion de la toucher ou de se rapprocher d'elle et, s'il n'était pas bel et bien venu d'Amérique pour la voir, elle aurait pu croire qu'elle lui était tout à fait indifférente !

A l'auberge, le dos appuyé contre le poêle tyrolien qui les imprégnait d'une douce chaleur, ils commandèrent des omelettes sucrées. Comme elle avait refusé de boire, il eut le geste amical de lui faire partager le contenu de son verre de vin puis de sa tasse de café. Elle crut un court instant qu'il allait parler mais Anton demeura muet et son impassibilité lui fit monter les larmes aux yeux. Elle remit ses lunettes de soleil.

En sortant, elle s'appuya à lui pour rechausser ses skis et il l'aida à en refermer les fixations. Pour ceux qui les voyaient, ils devaient ressembler à un couple uni de longue date. Elle se sentait oppressée ; les minutes, les heures s'écoulaient, précieuses, et il lui semblait qu'elle laissait fuir le bonheur. Au moment d'aller se coucher, elle avait encore espéré qu'il esquisserait un geste de tendresse, peut-être qu'il l'embrasserait mais ils se dirent bonsoir de la façon la plus conventionnelle, sans même s'effleurer la main, avec une complète réserve. Elle eut conscience d'être ridiculement romanesque, ridicu-lement sentimentale.

Elle resta longtemps éveillée, elle ne pouvait s'empêcher de penser que, s'ils continuaient ainsi, ils se sépareraient sans que rien n'eût évolué dans leurs relations ; chacun retournerait à sa vie person-nelle, cette rencontre serait sans lendemain, un échec, pire même, un avant-goût de bonheur qui la laisserait affamée !

Le lendemain, les choses ne semblèrent pas s'annoncer différentes ! Tout en buvant leur café et en étalant le beurre sur le pain parfumé au cumin, ils établirent le programme de la journée. Sophie avait échangé son ample pull-over contre un autre, plus moulant, elle avait aussi noué ses cheveux en arrière, dégageant sa nuque. Lorsqu'elle avait pris place en face de lui, elle avait cru lire dans les yeux d'Anton une certaine surprise, un soupçon de malice, juste de quoi la faire rougir une fois de plus, comme si elle avait encore dix-huit ans.

Cette fois, ils empruntèrent la piste menant à Buchen. Ils débou-chèrent de la forêt sur un plateau qui s'inclinait en pente douce. Anton était en tête. Il se laissa porter par la vitesse de ses skis et s'arrêta, lorsque la vallée de l'Inn apparut sous ses yeux. Sophie le rejoignit à l'instant où le chant assourdi des carillons de Telf montait jusqu'à eux. La vue s'étendait loin, vers le Sud-ouest où le fleuve insinuait son cours.

Des collines boisées semblaient flotter comme des îlots sur l'ivoire de la large vallée. Au Sud, les montagnes de l'Œtztal étincelaient de lumière éblouissante. L'ensemble avait les tons des vieux tableaux flamands, dorés par la vétusté du vernis. Sophie vivait ce qu'elle nommait jadis des minutes de grâce. Une plénitude fugace, apportée par ce chant de cloches. Cette solitude, au cœur du paysage grandiose, lui distillait une joie intense ; elle eut soudain l'impression que le temps n'existait plus !

Depuis quand étaient-ils là ? Quelques minutes ou des années ? Avant cet instant, elle n'avait pas existé et elle frissonna à l'idée que ce bonheur pouvait disparaître. Une impulsion de tendresse incontrôlable lui fit appuyer brusquement son front sur l'épaule amie. Incapable d'exprimer sa joie, elle dit seulement :

– Oh ! Anton, regarde ! Tu entends, Anton, comme c'est beau !

Il tourna un peu la tête, coula son regard clair vers le sien, le retint longtemps capté, fouillant son âme. Et elle ne bougeait pas, répétant doucement ce prénom qu'elle aimait prononcer. Il la prit par le bras qu'il serra très fort. Il demanda :

– Tu n'as vraiment rien d'autre à me dire ? Voilà trois jours que j'attends !

Elle enfouit son visage contre sa poitrine.

– Je ne peux pas, Anton, je ne sais pas, je suis une vieille fille, Anton !

Il prit la tête de Sophie entre ses mains, caressa doucement sa joue.

– Sotte, chère sotte, je veux que ce soit toi qui parles ! Je veux te libérer de toi-même, tu comprends ! As-tu honte d'aimer ? Ou bien me trouves-tu si vieux que l'amour ne me convienne plus ?

Elle dit très bas, dans un souffle :

– Mais je t'aime, Anton !
Et il lui sembla qu'elle naissait pour de bon une nouvelle fois.

C'était au soir du même jour.
– Ecoute, avait-il dit, tu ne sais rien de moi, il faut que je te raconte un peu !

Il évoquait son enfance misérable à Vienne, dans les années 1920.

– Un jour, avec d'autres gosses, j'ai pris un train pour un voyage qui n'en finissait pas, puis un bateau ; notre groupe a débarqué tout là-haut, en Norvège. Un homme qui me sembla immense me prit par la main : « C'est toi, Anton, n'est-ce pas ? » Il savait mon prénom, je me suis demandé comment il l'avait appris. Il parlait bien allemand. Il m'a emmené dans un restaurant où le repas me parut merveilleux puis nous avons repris un autre bateau et enfin nous sommes arrivés chez lui, à Ålesund. J'ai compris très vite qu'il était pasteur. Chez nous, je n'avais rencontré que des prêtres catholiques et je ne savais pas bien ce qu'étaient les luthériens.

Une paysanne venait chaque jour faire son ménage et la cuisine. Elle s'appelait Bertha. De ça, je me souviens bien car il plaisantait toujours sur ce prénom. Ils m'ont accueilli d'une manière que je n'aurais pas dû oublier. Je suis resté longtemps là-bas jusqu'à ce que mon père ait obtenu du travail. Quand je les ai quittés, je crois bien que je les considérais comme une seconde famille.

Alors, j'ai retrouvé Vienne où c'était encore la misère. Mon grand-père avait vendu sa maison et, deux semaines plus tard, on achetait deux boîtes d'allumettes avec cet argent. Il n'était pas le seul dans ce cas, mais certains, faisant affaire avec des juifs, obtenaient des dollars, envoyés par les sionistes des Etats-Unis. Ainsi, peu à peu, les riches juifs mettaient la main sur les biens immobiliers de la population et ils nous dépouillaient. Alors, je suis devenu un jeune nazi convaincu.

Sophie eut un geste pour l'interrompre. Elle voulait lui dire qu'elle aussi…

– Attends, enchaîna-t-il, tu dois savoir le reste : comme je parlais couramment le norvégien, on m'envoya là-bas en 1940. J'étais gêné malgré tout et je ne suis pas allé visiter mon pasteur, jusqu'au jour où je fus à même de voir de près le travail de la Gestapo – un type avait un émetteur clandestin et ils l'avaient interrogé, je les ai vu le torturer. J'ai encore tergiversé quelques semaines après cela et puis j'ai saisi une occasion pour déserter. Alors, j'ai cherché refuge chez lui et il m'a caché. Il m'a aidé à fuir et, sur un bateau, j'ai pu gagner l'Angleterre, puis les USA. Des années après, j'ai appris qu'ils l'avaient fusillé. Voilà comment un vieil homme que j'aimais est mort à ma place !

Elle venait de remonter le temps avec Anton ! Ils avaient ainsi retrouvé ensemble leur jeunesse bouleversée et, sans honte, oubliant l'âge venu, ils s'étaient aimés.

***

En mai 1970, Lise reçut une visite inattendue : une adorable grande fille sonna chez elle un matin. Elle la prit d'abord pour une amie de Anne-Grete mais un fort accent méridional dissipa aussitôt son erreur. Il était surprenant, cet accent, dans la bouche de cette blonde enfant qui semblait sortir tout droit d'un dépliant touristique scandinave !

– Cousine Lise ? dit-elle, sans la moindre timidité. Je suis Judith, la petite fille de Frédéric !

Elle participait à une compétition de natation à Dunkerque. Laurette avait dit : « Si tu le peux, essaie donc de voir la cousine Lise ! » Brave Laurette ! C'était maintenant une vieille dame. Lise pensa qu'elle aurait dû continuer à lui écrire, même sans réponse. Mais les jours passaient, on remettait au lendemain et c'était ainsi qu'on perdait les siens de vue. Lise accompagna Judith à la compétition. Entre deux épreuves, la fillette venait s'asseoir près d'elle et elle en profitait pour la questionner.

– Et ta grand-mère ?

Ca ne va pas très fort ! Elle ne veut plus voir personne, surtout depuis que mon oncle Jan-Erik a été blessé en Algérie. Maman a dit que ça l'a achevée. Elle est dans une maison de santé.

– Jan-Erik a été blessé ?

– Il paraît ! Moi, j'étais petite. Elle a eu très peur en l'apprenant mais, finalement, ce n'était pas grave !

– Quel âge as-tu ?

– Treize ans !

Elle avait une aisance dans l'eau et un crawl tout en souplesse qui auraient enchanté son grand-père Frédéric. Au moment du départ, Lise lui demanda où elle passerait ses vacances.

– Ça, je ne sais pas ! J'aurais voulu, figure-toi, aller en Allemagne. Là-bas, dans le Sud, on apprend surtout l'espagnol mais moi, c'est surtout l'allemand qui m'intéresse.

– Tiens donc, fit Lise. Eh bien, j'ai des amis allemands, je peux essayer de t'arranger un séjour chez eux ! Je vais écrire à ta mère, c'est promis. Quand je l'ai quittée, c'était encore un bébé qui ne marchait pas ! J'ai pris beaucoup de retard dans ma correspondance !

Judith était déjà dans le car quand une idée sembla lui revenir d'un seul coup. Elle baissa la vitre, se pencha et dit rapidement :

– Ah ! J'oubliais. Tante Laurette m'a demandé si tu savais ce qu'était devenue la famille norvégienne ?

– Tu lui diras que certains sont au Canada. Je ne sais pas grand-chose de plus ! D'ailleurs, je vais aussi lui écrire, à tante Laurette ! C'est juré ! Tu as rudement bien fait de venir me voir !

Avec cette visite de la petite-fille de Frédéric, c'était tout le passé qui assaillait Lise d'un seul coup. Ses enfants étaient maintenant des adultes et elle avait l'impression d'être montée vingt ans plus tôt dans un train fou dont elle ne pouvait contrôler la course. Il allait si vite qu'il était impossible de graver au soi les paysages entrevus.

Ainsi déjà, certaines périodes de la vie de chacun de ses enfants s'étaient échappées de son souvenir. Elle essayait parfois de retrouver les visages d'Edith et d'Axel, vers leur douzième année. La voix d'un autre à huit ans. La tentative échouait presque toujours. Les aînés étaient mariés, les autres avaient quitté la maison pour poursuivre leurs études. Ceux-là rentraient le samedi soir, appré-ciaient les bons repas qu'elle leur préparait afin de compenser la monotonie des Resto U (restaurants universitaires) et repartaient le dimanche après-midi.

Les vacances surtout n'étaient plus les mêmes ! Terminés les camps d'été en famille, les activités communes aux parents et aux enfants, les connaissances faites ensemble au cours des semaines passées sur les rivages méditerranéens. Terminés aussi les séjours de Pâques à la montagne, toutes ces petites joies que l'aisance venue peu à peu avait permis de goûter enfin ! Lise ressentait encore quelque nostalgie en les évoquant mais c'était, au fond, des souvenirs de bonheur, sa richesse en quelque sorte, que la paix établie en Europe lui avait permis d'accumuler !

La lettre de Lise adressée à la famille Linden concernant Judith se croisa, comme cela arrivait, avec celle de Franz Linden. Il écrivait : « J'ai eu, au cours du mois de mai, la visite d'un cousin que j'avais perdu de vue depuis la guerre. Il était accompagné d'une jeune Norvégienne dont une partie de la famille est française et a habité le Nord de la France. Vos enfants m'ont dit un jour que vous étiez d'origine norvégienne. C'est pourquoi, j'ai pensé que vous pourriez peut-être aider cette jeune fille à retrouver ses lointains cousins ! Je vous joins donc son curriculum vitae et son adresse à Oslo. Mais, pour l'instant, elle ne rentre pas chez elle ! Mon jeune cousin l'a kidnappée et emmenée visiter l'Italie.

***

A mesure que les années s'écoulaient, Franz pensait de plus en plus souvent à son enfance. Le souvenir d'Opa Andreas demeurait en lui plus que jamais vivant. Il revoyait son grand-père promenant sa chienne au bord du Bodenese. Il ne savait pas combien il lui ressemblait ! Ses enfants étaient devenus des adultes, ils avaient leurs occupations. Franz et Mika ressentaient à leur tour le besoin d'un compagnon de promenade. Quand l'occasion se présenta, ils achetèrent un chiot.

Un samedi de mai 1970, par un temps lumineux et doux, Franz rentrait d'une longue balade sur la rive du lac. Mika avait dû s'absenter pour visiter, dans le Palatinat, une parente hospitalisée récemment. Sigrid, leur fille aînée, était à la maison. Elle accueillit son père dans le jardin où elle se relaxait après de longues heures de travail dans sa chambre.

– On a téléphoné pour toi, un de tes cousins, un certain Werner. Il est de passage à Konstanz. Il viendra te voir demain avec une collègue, m'a-t-il dit. Comme il ne connaît pas la maison, je lui ai promis que tu irais les chercher à leur hôtel !

Cela contrariait un peu ses projets : il avait pensé faire une randonnée en Suisse ce dimanche-là mais il pouvait bien la remettre. Jamais il n'avait eu de nouvelles de la branche maternelle de sa famille et Maria s'était éteinte sans rien avoir appris sur sa sœur et ses neveux.

– Oui, naturellement, tu as eu raison !

En 1970, alors qu'elle était depuis deux ans journaliste à Oslo, Bodil Amsrud reçut une invitation à un voyage d'études sur le thème de la pollution, organisé par la République fédérale allemande. Elle avait quitté le Canada après la mort de sa grand-mère. Henning, son frère aîné, avait regagné l'Europe depuis quelques années déjà, au lendemain de l'accident d'avion qui avait coûté la vie à leurs parents et à leur petite sœur Dagmar.

Ils avaient toujours souhaité retourner en Norvège, non que leur existence canadienne leur déplût mais une certaine curiosité et le besoin de connaître l'Europe avaient conduit Henning le premier, à un simple voyage touristique qui était demeuré sans retour. Hilda, trop âgée pour supporter un nouvel exil, était restée à Vancouver où Ingrid et Leif s'étaient fixés après la guerre.

La vieille dame s'était éteinte en 1966 et Bodil, seule désormais, s'était décidée à rejoindre Henning à Oslo. Elle avait hésité, avant de quitter l'Amérique. Le vieux continent l'inquiétait, mais elle ne s'habituait pas à la solitude et puis, au cours des dernières années, ses amis d'enfance s'étaient éparpillés. Depuis qu'elle était enfant, elle avait toujours eu à s'occuper des autres et une grande affection la liait à son frère. Lui parti, Hilda sous la terre du cimetière, rien ne la retenait plus au Canada qui l'avait accueillie vingt-trois ans plus tôt, bébé réfugié d'Europe !

Aussi loin qu'elle remontât dans ses souvenirs, elle ne retrouvait d'autre image de sa mère que celle d'une jeune femme marchant à l'aide de béquilles. A l'âge de vingt-cinq ans, Ingrid avait été frappée par la poliomyélite. Tout enfant, Henning et elle-même s'étaient habitués à aider leur mère dans ses moindres déplacements. Comme celle-ci restait de longues heures dans un fauteuil, elle avait eu bien du temps à leur consacrer ; elle leur faisait la lecture, racontait des histoires merveilleuses et leur apprenait le norvégien. Ingrid avait témoigné une volonté de fer pour se rééduquer : au début, Leif la portait jusqu'au bord de la piscine où elle s'exerçait à nager. Trois mois après, elle s'y rendait seule avec ses béquilles.

Au fil des années, elle avait acquis une adresse lui permettant même de jouer au ballon avec ses enfants. Ils avaient une maison de vacances sur le Pacifique car Leif gagnait bien sa vie dans la construction navale et, lorsqu'ils s'y trouvaient réunis, leurs parents évoquaient immanquablement leur propre enfance sur le fjord d'Oslo !

En grandissant, Bodil s'était rendu compte de la sérénité avec laquelle ses parents avaient surmonté leur épreuve. Entre elle et sa mère, régnait une grande confiance, alliée à une totale liberté d'expression. Ingrid, souvent, se confiait à sa fille :

– Ton père a été merveilleux ! Peu d'hommes m'auraient aidée comme lui ! Il m'a évité le découragement, cherchant toujours à m'entraîner plus avant, vers une vie normale ! Tu étais jeune encore quand je me suis trouvée enceinte une troisième fois mais tu ne peux t'imaginer la joie que j'ai éprouvée à l'idée d'avoir encore un enfant, de pouvoir mettre au monde un bébé ! Comme si j'étais une femme normale !

Leif avait fait aménager pour elle un atelier commode où elle pouvait se livrer à son passe-temps favori : la peinture ! Ses toiles étaient un éclaboussement de lumière. Elle les exposait parfois au profit des œuvres aidant les handicapés. Un visiteur, lors d'une exposition, avait cru bon de lui dire :

– Vraiment, vous n'avez pas eu de chance !

– Si, avait-elle répondu : je suis vivante, j'ai trois enfants en bonne santé et un mari qui m'aime. Je peux voir les saisons les unes après les autres m'apporter leurs splendeurs. J'ai gardé l'ouïe et l'odorat : j'entends les symphonies que m'offre la nature ; je peux sentir le parfum des fleurs, l'odeur de la mer, celles du feu de bois ou des foins coupés et mes jambes mortes ne m'empêchent pas de nager. J'ai tout surmonté !

Leif, de son côté, parlait toujours avec admiration de l'énergie de sa femme.

– Ce qu'elle a fait pendant la guerre, passer la frontière avec deux gosses ! Peu auraient osé l'entreprendre ! Je n'ai jamais regretté d'avoir lié ma vie à la sienne ! Je crois même qu'aucune autre femme ne m'aurait paru supportable !

Bodil avait souri. Son père lui semblait un peu trop excessif. Pourtant, beau comme il l'était, il avait dû avoir pas mal de succès auprès des femmes !

Quelques années auparavant, Leif avait dû effectuer un voyage d'affaires en Europe. Pour fêter l'anniversaire de leur mariage, il avait offert à Ingrid de l'accompagner en emmenant la petite Dagmar. Ils devaient se rendre à Hambourg.

– Quand j'étais jeune, avait dit Ingrid, je rencontrais là-bas des cousins français. L'un d'eux est mort, mais d'autres vivent peut-être encore. Maintenant, cela m'amuserait de retrouver leur trace.

– Et bien ! Qu'à cela ne tienne, avait proposé Leif. Nous ferons un petit saut en France. C'est si petit, l'Europe !
Leur avion s'était écrasé au décollage.

Henning s'était marié peu de temps après son retour en Norvège. Il travaillait dans une agence de voyages, dans les bureaux de l'aérodrome de Fornebu. Il s'était installé avec sa femme dans l'appartement où s'était déroulée l'enfance de sa mère, à deux pas de Frogner Park ; sa grand-tante Asta, qu'ils ne connaissaient pas, leur avait légué une maison d'été sur l'île de Ildjern. Pour la nouvelle génération, le rythme de vie qui avait animé l'existence d'Ingrid, reprenait, immuable.

Le fils d'Henning, Nils, pataugeait sur les bords du fjord comme l'avait fait sa grand-mère. Il tenait d'elle ses cheveux raides, d'un blond pâle et uniforme, le teint coloré, le regard perçant. Son nez, assez fort et retroussé, se plissait comiquement lorsqu'il souriait. La femme d'Henning accueillit Bodil avec gentillesse et une grande simplicité et cette dernière se trouva aussitôt heureuse à Oslo. Au bout de trois semaines, elle avait obtenu un travail de traduction pour un journal : deux ans après, elle était passée au service de la rédaction, puis des reportages. C'est ainsi qu'en ce mois de mai 1970, elle avait pris l'avion pour Bonn.

A cette époque, dans son journal, il était surtout question du remplacement de Kere Willoch, ministre du Commerce et Européen inconditionnel par un membre du parti du Centre. Depuis quelques mois, les possibilités d'adhésion de la Norvège au Marché commun provoquaient des remous dans l'opinion publique. En 1962, le Storting avait autorisé le gouvernement à ouvrir des négociations avec la Communauté mais l'Europe des Six semblait alors s'enliser. Depuis 1958, la France « avançait à reculons » vers l'avenir européen !

Systématiquement, son gouvernement sapait toute tentative pouvant mener à une fédération, décevant ainsi ses partenaires. Aussi, le visage de l'Europe des Six, tel qu'il se présentait désormais, n'offrait plus rien de bien enthousiasmant ! Et il était aisé à ceux qui, par nationalisme ou pour de multiples raisons très différentes, craignaient l'adhésion de la Norvège à la Communauté, d'inviter la population à s'opposer à toute intégration ! Les Norvégiens se trouvaient heureux et ils redoutaient de perdre la simplicité de leur bonheur ! Pendant des siècles, la Norvège avait vécu sous la domination danoise et suédoise. C'était une jeune nation encore toute ivre d'indépendance et profondément ulcérée par la manière dont les Allemands l'avaient envahie.

Au lendemain de la guerre, consciente de sa fragilité, peut-être aurait-elle répondu à l'appel lancé par Churchill mais il semblait maintenant aux Norvégiens qu'il était trop tard. Ils avaient encore le souvenir de la Société des Nations qui n'avait jamais tenu compte des avis des petits pays. Entrer dans la Communauté leur semblait inutile puisque les grands, les riches, une fois de plus, les mépriseraient. Le général de Gaulle avait paru souhaiter une sorte d'hégémonie franco-allemande. Jamais il n'avait semblé vouloir tenir compte des nations de moindre importance et les récentes courbettes que Georges Pompidou faisait au dictateur espagnol toujours en place, leur déplaisaient fortement.

Les jeunes craignaient aussi l'envahissement industriel de leur pays, avec toute la dégradation de la nature que cela pouvait entraîner. Ils risquaient de perdre leurs terres et de voir leur pays se couvrir de propriétés privées allemandes et françaises. Et, pour achever d'irriter les Norvégiens, la Communauté avait refusé d'étendre les eaux territoriales de 3 miles à 12 miles, comme le demandaient les pêcheurs des Iles Lofoten et du Finmark qui ne pouvaient subsister que de la pêche et de ses industries.

Néanmoins, Bodil était invité à Bonn, en tant qu'observatrice, et surtout peut-être afin qu'elle informât ses lecteurs des efforts faits en Allemagne pour remédier à la pollution envahissante. Elle y arriva un dimanche soir et retrouva les autres participants à l'hôtel Eden de Bad Godesberg.

Sa chambre donnait sur le parc ; elle lui parût d'un luxe extrême. C'était son premier grand reportage à l'étranger et elle éprouvait quelque inquiétude à l'idée de ce voyage groupé et de ses relations avec des compagnons inconnus, sans doute bien mieux familiarisée qu'elle-même avec les problèmes qui leur seraient exposés ! Dans le salon d'entrée, ils s'étaient présentés les uns aux autres : deux Français, un Italien, un Hollandais, un Anglais, un Belge. Le Belge avait précisé :

– En réalité, je suis Allemand, mais comme j'appartiens aux services de la communauté de Bruxelles, on m'a inscrit comme Belge, ce qui, d'ailleurs, ne me gêne pas du tout !

Il s'appelait Werner. C'était un grand type, maigre, à qui il était difficile de donner un âge : 35, 40 ans. Il y avait sur ses traits quelque chose de fatigué, de précocement vieilli et, dans ses paroles aussi, une certaine amertume, une ironie un peu triste dont il ne savait se départir. Pourtant, il ne manquait pas d'humour, une sorte d'insolence envers ce que la génération précédente avait dû tenir pour sacré !

On les avait emmenés dîner dans un restaurant installé au sommet d'une vieille tour. La vaste salle dominait la ville et la vue s'étendait jusqu'aux rives du Rhin. Werner s'était trouvé à table à côté de Bodil ; elle ne parlait pas le français qui s'avérait être la langue dominante du groupe et son voisin, s'en étant rendu compte, lui avait traduit à mi-voix l'essentiel en anglais. Ainsi, lorsqu'un des invités avait formulé des éloges sur la fameuse politesse allemande, en ricanant, il avait singé brièvement la raideur du buste et, claquant les talons sous la table, il s'était penché vers elle en murmurant : « Baldertash ! » (foutaise).

Le groupe fut conduit à Essen, Düsseldorf et, par avion, gagna Hambourg.

— Je me rapproche du pays, dit Bodil à Werner, alors qu'ils gagnaient Altona pour le repas de midi. Quelques heures de bateau et je serai de nouveau à Oslo.

— Heureusement pour vous, on va nous offrir un autre visage de l'Allemagne, son « midi », en quelque sorte, avec deux journées prévues au lac de Konstanz.

— Vous connaissez ?

— Non, mais je dois encore avoir de la famille là-bas. Sur un annuaire, je trouverai peut-être leur adresse. Mon cousin était professeur ! J'étais tout gosse quand je l'ai vu pour la dernière fois. Sa sœur est venue à la maison pendant la guerre et puis, nous nous sommes tous perdus de vue ! Je n'ai plus jamais entendu parler d'eux. Il faut dire que j'ai changé si souvent de domicile depuis 1945 !

Elle n'osait pas l'interroger sur ces années-là. Quel âge avait-il à cette époque ? Par quelles épreuves était-il passé ? Elle enchaîna :

– Ma mère connaissait Hambourg. Elle y venait quelquefois avec ses parents, je ne sais plus pour quelles raisons, rencontrer quelqu'un de la famille, je crois bien. Moi aussi, voyez-vous, je dois avoir des cousins inconnus quelque part mais les miens sont en France et je n'en sais pas plus sur eux que vous sur les vôtres. Je me suis dit qu'un jour, je profiterai de vacances pour essayer de les retrouver.

– Vous serez peut-être déçue !

– C'est-à-dire que je n'ai pas l'intention d'aller chez eux, de frapper à la porte et de dire : « Je suis votre cousine ! » Non, je vais voir, me renseigner, les observer un peu avant. Je ne sais pas encore exactement comment je m'y prendrai, en supposant que je retrouve leur trace !

Ils arrivaient tout au bout d'Altona.

– Après le repas, je voudrais aller me balader un peu à pied, de ce côté.

Il montrait les collines verdoyantes vers Blankenese.

– Je suis venu ici quand j'étais gosse mais je ne me souviens plus de rien ni pourquoi j'étais là, ni quand, ni comment. Il fit un geste des deux mains, comme pour mesurer quelque chose :

– Il y a des trous grands comme çà dans ma vie !

Bodil commençait à se sentir très à l'aise parmi ses compagnons de voyage. Ils s'efforçaient tous de s'exprimer en anglais afin de ne pas la tenir à l'écart de leurs conversations. Le soir, ils allèrent danser au Café Lossen. Le lendemain, ils étaient à Berlin-Ouest, somptueusement reçus à l'Hôtel du Zoo sur le Kurfürstendamm et toujours pris en mains par les représentants d'Internations qui, partout, les accueillaient avec une chaleureuse cordialité. C'était un vendredi et, après une courte réception à l'Université suivie d'un déjeuner, on leur donna quartier libre. Presque tous désiraient visiter le célèbre musée de Dahlem.

– Je n'aime pas les musées, glissa Werner à l'oreille de Bodil. Avez-vous quelques projets personnels ?

Et, comme elle répondait négativement :

– Un tour à Berlin-Est ? Est-ce que ça vous irait ?

– J'aimerais mais je dois mettre de l'ordre dans mes notes et rédiger un peu. Elle demanda, après quelques instants :

– Ça demanderait beaucoup de temps ?

– Je me suis renseigné. Nous pourrions être rentrés pour 18 heures.

– Alors, c'est Ok.

On leur servit une fois de plus un repas de grande classe arrosé des meilleurs vins, dans le cadre charmant d'un restaurant de Grünenwald. Ils sortirent de là, le teint allumé par la bonne chère, l'esprit euphorique et ils prirent un taxi pour gagner Checkpoint Charlie (point de passage entre les 2 Allemagnes après le mur). Werner et Bodil ne rencontrèrent aucune difficulté pour passer cette porte s'ouvrant sur Berlin-Est. La qualité de fonctionnaires de Bruxelles aplanissait celle qu'aurait pu apporter à Werner sa naissance en Poméranie.

Ils firent tamponner leurs passeports, échangèrent un peu d'argent et, presque étonnés de cette facilité, se retrouvèrent de l'autre côté du mur. Depuis qu'ils étaient passés, Werner se taisait, on aurait dit qu'il était seul et Bodil respectait son silence. Ils avançaient dans le désert qui s'étendait au-delà de la porte de contrôle. Werner regardait à droite, à gauche, cherchant des points de repère.

Des ouvriers réparaient le Staats Opéra. Peu à peu, il commençait à s'y retrouver. Il nommait ce qu'il croyait reconnaître : l'église de la Franzosiche Strasse, le château du Kaiser Wilhem, Kloster strasse, la Bibliothèque, l'Université. Sur l'Alexander Place, des groupes d'écoliers jouaient autour de la fontaine. Les magasins qui la bordaient, comme le sol, comme les grands immeubles blancs, donnaient une sensation d'espace et de sérénité.

Un peu plus loin, commençait la Karl Marx Avenue, avec ses bâtiments clairs mais uniformes et lourds. Au « Moscou », ils entrèrent prendre une tasse de café ; une famille fêtait là un mariage. Un orchestre polonais jouait un jazz un peu démodé mais agréable. Les musiciens étaient vêtus de tuniques violettes, éclatantes et leurs cheveux tombaient sur leurs épaules à la mode. Quel était ce monde où il s'éveillait, croyant avoir rêvé ?

Tandis que Bodil mangeait un gâteau au fromage blanc, il commanda une seconde tasse de café. Tout en la buvant à petites gorgées, il regardait fixement la jeune fille sans la voir !

– Excusez-moi, dit-il brusquement, je dois vous paraître un piètre guide ! Jusqu'à ce jour, je n'avais rien réalisé mais, maintenant, comme disent les Français : J'ai le nez dessus ! Ça fait drôle, vous savez !

Ils étaient sortis et il marchait de nouveau comme un somnambule. Elle savait bien qu'ici, tout pour lui avait un goût amer et elle se taisait. Soudain, il s'arrêta, désignant le trottoir au coin d'une rue et dit d'une voix bizarre :

– Ici, on enjambait les cadavres !

Il ajouta, accompagnant ses paroles d'un geste vague :

– C'est là, quelque part, que nous avons perdu la trace de mon père. Il nous a quittés, je ne sais plus pourquoi, chercher de l'eau peut-être, ou autre chose. Nous n'avons jamais su ce qu'il était devenu ! Tout brûlait, tout s'effondrait, tout…

Ils retournèrent vers Alexander Platz. Les écoliers jouaient toujours autour de l'énorme fontaine. Il faisait chaud. Bodil sentait sa gorge se nouer. Elle n'avait aucun souvenir de la guerre mais les récits qu'elle avait lus lui avaient fait connaître l'agonie de Berlin ! Et voici qu'elle passait des mots à la réalité !

Ils prirent le métro, quasiment désert dans ce quartier proche du mur. Tandis que, sous terre, ils regardaient Frieddrichstrasse, il s'excusa encore :

– Vous ne regrettez pas trop votre après-midi ?

– Pas du tout, ça change des parcours organisés et c'est une expérience qui m'a tellement impressionnée ! Et ne croyez pas que je dise cela par politesse ! Ce n'est pas du tout mon genre !

Elle hésita un peu, posa sa main à plat sur l'avant-bras de Werner, en précisant :

– Avec moi, il faut parler seulement si vous en avez envie !

Parce qu'il était né avant la guerre, Werner avait l'impression d'être déjà vieux. Tandis que l'orchestre péruvien jouait sur l'immense estrade de la Philharmonie, il regardait la nuque mince où moussaient les mèches légères de cheveux pâles. Volontairement, il s'était faufilé parmi ceux du groupe qui étaient placés au second rang.

Depuis le début de ce voyage, il s'était toujours, de plein gré ou par hasard, trouvé placé aux côtés de la jeune Norvégienne. Il lui fallait réfléchir un peu, cesser pour un soir de s'occuper d'elle mais c'était plus fort que lui. Bodil n'était plus à ses côtés, mais elle était devant lui et ses mouvements lui offraient parfois le profil de son visage : bouche rieuse, nez délicieux, court, aux narines délicatement découpées, menton bien formé, joues enfantines, creusées d'une fossette et légèrement duvetées de soie blonde, sous l'oreille dégagée par le chignon.

Quelle différence d'âge pouvait-il y avoir entre eux ? Dix ans, douze peut-être. Ce n'était pas si important, en fait ! Mais les vingt premières années de sa vie lui semblaient avoir compté double – guerre, exode, séparation, camp de réfugiés, maladie, sana, solitude – puis, des études tardives, la course aux diplômes et, pour finir, Bruxelles, la Communauté et les déceptions qu'elle lui apportait ! S'était-il jamais senti jeune ? Comme s'il avait deviné ses pensées ou suivi son regard, son voisin français lui murmura :

– Diablement jolie, la petite, hein ? On dit que les Scandinaves sont faciles. A votre place, mon vieux...

S'il n'avait rien éprouvé pour Bodil, il aurait riposté sur le même ton, plaisanté un bon coup. Là, au contraire, il se sentit agacé. D'ailleurs, il avait horreur des gens qui parlaient pendant un concert. Il se contenta de mettre un doigt sur ses lèvres.

A Stuttgart, Werner chercha dans un annuaire l'adresse de ses cousins de Konstanz. Il y avait plusieurs Linden mais un seul qui fût professeur. Une voix féminine et jeune lui répondit, la fille du cousin sans doute ! Ses parents étaient absents pour la journée. Werner Walenberg ? Non, elle n'avait jamais entendu ce nom-là ! Un cousin. Ah ! Et bien oui, son père serait de retour pour dimanche. Pas sa mère, non, elle soignait une parente malade – Strand Hôtel Löchnerhaus-Insel Reichenau ? Bien, son père irait le chercher là, vers quelle heure ? Werner calcula rapidement : Stuttgart-Konstanz en auto, ce serait rapide ! Disons vers onze heures, sans doute ! Il regagna en sifflotant la Zirbelstube où les autres étaient déjà à table. Bodil était ravie !

– Tout ce bois, comme ça sent bon ! Je me sens chez moi ici !

En cette fin de voyage, elle se mettait un peu à parler en allemand et, pour simplifier, elle tutoyait tout le monde. Ils appréciaient tous sa présence enjouée, toujours contente et admirative, goûtant les mets, les paysages, l'architecture, avec le même appétit de jeune louve.

Le lendemain, ils partirent moins tôt que prévu et s'attardèrent à visiter une ancienne abbaye. Il fut décidé qu'ils mangeraient en route, dans une auberge. Werner était soucieux, il avait donné rendez-vous au cousin Franz et, pour leurs retrouvailles, ce contretemps était assez fâcheux ! Il essaya de le prévenir par téléphone. Le numéro ne répondait pas.

– Ne vous en faites pas, lui dit leur guide – à qui il confiait son embarras –, je vais faire passer un message à l'hôtel où nous descendons.

Rassuré, Werner rejoignit le groupe. Ils arrivèrent à Konstanz peu avant quatre heures. L'hôtel avait été aménagé luxueusement dans un ancien cloître dominicain, sur les bords du lac. A la réception, il demanda s'il y avait un message pour lui.

– Rien, lui dit l'employé.

C'est alors qu'il remarqua l'enseigne de l'établissement. Il n'était pas au Standhôtel, mais au Steigenberger.

Moins fatigué, il s'en serait aperçu plus tôt puisque l'hôtel prévu sur le programme se trouvait sur l'île de Reichnau et que celui où ils étaient descendus était situé en pleine ville de Konstanz. Le cousin Franz l'avait certainement attendu vainement. Décidément, la rencontre s'annonçait mal ! Il s'engouffra dans une cabine téléphonique et forma hâtivement le numéro.

Cette fois, une voix d'homme lui répondit :

– Ah ! Le petit Werner, c'est toi ! Enfin !

Il s'excusa, raconta le malentendu, demanda s'il pouvait encore venir le déranger en plein après-midi de dimanche !

– Et bien, fit la voix. Je t'ai déjà attendu quelques heures. Je ne suis plus à cinq minutes près ! Ne bouge pas ! Je viens te cueillir en voiture. Il me faut bien vingt minutes avec la circulation. Attends-moi devant l'hôtel.

– Je serai peut-être avec une collègue.

– Va pour la collègue, fit la voix.

Bodil descendait de sa chambre.

— Je vous emmène chez le cousin de Konstanz, ça vous dit, au moins ?

— Bien sûr !

Il pensait que la présence de Bodil rendrait l'entrevue plus facile. Elle était liante et personne ne résistait à sa frimousse. Curieusement, il se trouvait gêné pour renouer le contact avec cette famille de Bade dont il avait peu de souvenirs. Devant l'hôtel, passait la voie ferrée.

— Nous allons l'attendre de l'autre côté, fit Werner. En auto, il ne peut venir jusqu'ici.

Ils traversèrent la voie et s'appuyèrent à un mur, au bord de la chaussée. De là, ils voyaient arriver les voitures. Ils attendirent en vain. Werner s'inquiétait :

— Ce pauvre Franz avait pu avoir un accident en venant les chercher. Peut-être en était-il responsable ?

Il regrettait de lui avoir donné ce rendez-vous.

— Je continue à faire le guet, proposa Bodil. Allez encore téléphoner chez lui, vous saurez s'il est parti depuis longtemps ou si quelque chose ne va pas !

Dans le hall, le cousin Franz s'enquerrait auprès du réceptionniste afin de savoir si un certain Werner Walenberg était bien descendu dans cet hôtel.

Depuis plus d'une demi-heure, il attendait de son côté, ayant gagné les lieux par un sentier pédestre qui reliait directement les rives du lac au vieux cloître. Avec un peu moins de patience de part et d'autre, ils se seraient manqués et c'était justement le premier pas vers la fin de la partie de cache-cache qui durait depuis cinquante ans entre les gens des rendez-vous de Hambourg !

Sigrid leur avait préparé un repas de fromage et de charcuterie et Franz avait retiré de sa réserve une bonne bouteille de vin de Meersburg. Tout en beurrant sa tranche de pain avec application, Werner jetait à la dérobée des coups d'œil perplexes sur son cousin Franz. Certainement, ils auraient pu passer l'un à côté de l'autre sans savoir qui ils étaient. La différence d'âge entre eux était importante, elle représentait presque une génération. L'homme qui se tenait en face de lui scrutait aussi son visage. Ses épaules étaient voûtées, ses cheveux dégarnis mais le regard bleu demeurait d'une extrême jeunesse.

— Ainsi donc, voici le petit Werner, répétait-il en riant, le bébé joufflu des rendez-vous de Hambourg !

— Les rendez-vous de Hambourg ? interrogea Werner. Que veux-tu dire ?

— Ah mon Dieu ! Tu étais trop jeune, tu ne peux pas te souvenir. Tous les ans, nous, les Badois, nous vous retrouvions là-bas avec vous, les Poméraniens ! Nous fêtions ensemble l'anniversaire de l'oncle Otto. Naturellement, l'oncle Otto, çà ne te dit rien non plus, n'est-ce pas ?

— Pas possible ! dit Werner. Je te voyais à Hambourg ? Et bien, tu vois, il ne m'en reste rien !

La jeune fille qui accompagnait Werner mangeait avec appétit et buvait sec le vin fruité des coteaux de Meersburg.

— Alors, dit Franz en regardant malicieusement Werner, cette jeune personne est ta « collègue » ?

— Depuis trois jours ! Nous nous sommes rencontrés par hasard. Des compagnons de voyage, plutôt ! Elle est norvégienne, c'est Bodil !

— Tiens, murmura Franz, ça me rappelle des souvenirs, ça !

Il enchaîna :

— Raconte-moi un peu ce que vous faites ici !

Les deux hommes parlaient trop vite pour que la jeune fille comprenne leurs propos. Elle y renonça et regarda autour d'elle. Sur le piano, il y avait la photographie de deux garçons.

— Vos fils ? interrogea-t-elle.

— L'un des deux, celui de gauche. C'est pris en France, il y a quatre ans lors d'un de ses séjours là-bas. Depuis des années, nous faisons des échanges avec une famille française.

— Où cela ? demanda-t-elle.

— A Grand-Fort-Philippe, dans les Flandres !

— Je dois avoir des petits-cousins, quelque part par-là ! Ma mère m'a parlé d'eux quelquefois. Mon arrière-grand-père avait fait souche là-bas.

— Aimeriez-vous retrouver leur trace ?

– Je serais curieuse, oui ! Pourriez-vous donner mon nom et mon adresse à ces Français que vous connaissez ?

– C'est facile ! Ils feront certainement tout leur possible pour vous aider. Tracez-moi un petit arbre généalogique. Vous voyez quoi ? Cela peut faciliter les recherches !

Sur la feuille de papier, son stylo remontait le temps ! Bodil Amsrud, fille de Leif Amsrud et d'Ingrid Humlum. Grand-père : Johannès Humlum. Tout en haut, coiffant ses descendants, il manquait un nom : celui de son arrière-grand-père qui s'était fixé en France un siècle plus tôt. Elle fouilla davantage dans sa mémoire. Il fallait absolument qu'elle se souvienne du prénom de cet arrière-grand-père ! Sa mère l'avait évoqué parfois. C'était un très vieux prénom démodé, Grand-Pa Mag… Magnus… c'était cela ! Maintenant, elle en était certaine !

***

C'était incroyable. Lise relisait le papier : Bodil Amsrud, fille de Leif Amsrud et de Ingrid Humlum, petite-fille de Johannès Humlum, arrière-petite-fille de Papa Magnus ! Mais elle n'avait pas fini de frôler l'invraisemblance ! Pouvait-elle croire en la perfection que prend parfois le hasard dans son accomplissement ? Tout s'était précipité et c'était d'une seconde lettre de Konstanz qu'étaient venues les nouvelles de Norvège :

« Au retour d'Italie, Werner et Bodil se sont arrêtés chez nous encore une fois. Votre jeune cousine a été très surprise de la rapidité avec laquelle j'étais parvenu à retrouver sa famille française ; quant à moi, rien ne m'étonne plus, sans doute, ignorons-nous toujours certaines circonstances de nos existences parallèles où nos destins ont dû se frôler ! J'ai souvent été saisi en pensant à toutes les occasions manquées, semées sur le chemin des hommes. C'est donc moi qui viens vous annoncer le prochain mariage de Werner et de votre jolie cousine. Vous êtes invités à Oslo, comme nous-mêmes. Pourquoi ne nous donnerions-nous pas rendez-vous à Hambourg? Nous prendrions ensemble à Kiel le bateau pour Oslo! Voyez-vous, si j'ai pensé à cette possibilité, c'est un peu en raison d'un souvenir de jeunesse, quand nous étions enfants, j'allais avec mes parents et mes sœurs rencontrer une fois par an des oncles et des cousins à Hambourg. Werner aussi y venait! C'était toujours à la même date, en été, et nous mangions dans un restaurant de Blankenese. »

Ainsi donc, Monsieur Linden, le professeur de Français qu'elle connaissait depuis quinze ans, c'était le Franz des rendez-vous de Hambourg! C'était son portrait et celui de sa sœur Else que ses yeux d'enfants regardaient jadis avec avidité. Ils surgissaient dans son existence après tant d'années qu'ils la laissaient incrédule! Et pourtant, tout concordait! Il lui semblait ajuster le dernier morceau biscornu d'un puzzle!

***

C'était un beau matin d'été finissant. Une brume légère noyait les berges de l'Elbe et suspendait dans le ciel pâle des silhouettes d'acier et de béton. Jean avait voulu lui offrir un billet d'avion pour Hambourg mais elle avait préféré embarquer sur un cargo, privilège facilement obtenu et qui la comblait.

L'équipage de l'Erna regardait, amusé, cette femme qui plissait les yeux pour scruter les rives à la manière d'un vieux pilote. A bâbord, où les collines verdoyantes du Süllberg émergeaient, Lise cherchait Blankenese. Appuyée au bastingage du bateau, elle essayait d'imaginer sa rencontre avec ceux de Norvège. Franz Linden lui avait écrit quelques détails les concernant: Ingrid et Leif n'étaient plus mais ils avaient eu deux enfants ; Henning, déjà marié, habitait Oslo et Bodil allait s'unir au cousin de Franz.

Ce dernier, sa plus jeune sœur et Werner étaient sans doute les seuls survivants de ceux d'Allemagne. Elle ne connaîtrait jamais Else Linden, tuée à Boulogne en 1942. Elle ignorerait toujours qu'elle l'avait pourtant croisée à Paris, pendant la guerre. Ceux de Norvège, ceux d'Allemagne, chers fantômes de son enfance. Si longtemps ils l'avaient accompagnée sur le chemin de sa vie, ombres peuplant ses rêves ! Voici qu'ils entraient dans la réalité ! Voici qu'elle les rejoignait !

Peu à peu, le pont du cargo s'estompait, absorbé par ses souvenirs. Et renaissait alors l'imagination qui, jadis, l'avait menée au port de Hambourg, sur un vieux tabouret retourné. Elle allait passer sous l'encadrement des portes séparant les deux salles de la maison des Tintelleries, le dessin du tapis émergeait du bassin où accostait l'Erna. La passerelle était jetée, elle allait débarquer et le douanier l'attendait derrière le bahut d'acajou luisant de cire.

Avec cinquante ans de retard, elle entrait à Hambourg !

FIN

BIBLIOGRAPHIE

Petite Histoire de l'Europe, Bernard Voyenne

La Peste brune, Daniel Guérin

Le 3ᵉ Reich, W.-L. Shirer

Histoire de la jeunesse hitlérienne, Werner Klose

Opération Barbarossa, Paul Garel

Les antifascistes allemands dans la Résistance française, Florimond Bonte

I saw it happen in Norway, Carl J. Hambro

Norway – 1940-1945 – The Resistance Movement, By Glav Riste and Buit Nökleby

Norway and the second War, John Andenes, Glav Riste, Magna Skodvin

L'auteur remercie ses amis d'Allemagne, de Norvège et de France qui ont bien voulu lui confier leurs souvenirs.

TABLE DES MATIÈRES

Imprimé en France
ISBN 13 : 978-2-35027-574-1
Dépôt légal : 1er trimestre 2007